王充闾文学作品与研究（第四卷）

感悟充闾先生

王充闾文学研究中心 编
执行主编 原学玉

北方联合出版传媒（集团）股份有限公司
春风文艺出版社
·沈阳·

图书在版编目（CIP）数据

王充闾文学作品与研究.感悟充闾先生/王充闾文学研究中心等编.— 沈阳：春风文艺出版社，2022.8
ISBN 978-7-5313-6280-7

Ⅰ.①王… Ⅱ.①王… Ⅲ.①王充闾—人物研究—文集 Ⅳ.① I217.2 ② K825.6-53

中国版本图书馆 CIP 数据核字（2022）第 113849 号

编委会

主　任　王恩来

副主任　张　冰　雒学志　李秀文　戴　月

主　编　原学玉

副主编　邢　瑜

编　委　曹　辉　郭玉杰　张金芝　刘　洋

目　录

第一部分

中国当代文学巨匠王充闾　　　　　　　　　　　　　张　冰　003

关于杜甫诗情与诗艺的对话　　　　　　　　王充闾　王向峰　020

在王充闾文学研究中心成立十周年座谈会上的讲话　　王向峰　042

在王充闾文学研究中心成立十周年座谈会上的发言（摘要）

　　　　　　　　　　　　　　　　　　　　　　　　李景阳　049

幽兰贵独芳　　　　　　　　　　　　　　　　　　　高作智　053
　　——我所知道的著名作家王充闾先生

留得岁月纸上香　　　　　　　　　　　　　　　　　程绿竹　065

乡土、乡音、乡情　　　　　　　　　　　　　　　　戴　月　069

文苑高风励后昆　　　　　　　　　　　　　　　　　原学玉　072
　　——感念充闾先生对我的教诲

过去的声音　　　　　　　　　　　　　　　　　　　刘文景　080
　　——献给王充闾老师及其亲朋好友

这样的十六年　　　　　　　　　　　　　　　　　　刘文景　108
　　——王充闾写作《逍遥游：庄子传》用了十六年

笔耕墨耘镌钟鼎　　　　　　　　　　　　　　　　　任　民　110

王充闾先生：《芦荻》题字二十七年情　　　　　　　吴兆源　114

风范不磨　情谊长青	全尚志	121
——难忘充闾先生的才华与情		
我与充闾无缘	姚志刚	132
充闾先生与营口诗词	汤和伟	135
书生本色自始终	孙临清	138
——读王充闾诗词浅识		
悠然回首见南山	邰育诚	147
——拜读王充闾诗词集《蘧庐吟草》		
山河灵秀　芳草歌诗	邰育诚	154
——读王充闾先生著《青灯有味忆儿时》		
良师益友　岂必谋面	石立文	163
读充闾老师《蘧庐吟草》想到的	曹辉	166
弱水三千　取一瓢饮	江若湘	175
我所认识的王充闾	石杰	179
宦况诗怀一样清	刘文艳	186
——记著名散文作家王充闾		
未完成的王充闾	黎枚	198
中国古代知识分子的历史命运	祝勇	202
——与王充闾对话		
王充闾的意义	古耜	215
文史随笔的哲思妙悟	吴玉杰	218
文章老更成　健笔意纵横	刘继才	228
——品读王充闾		

大情怀大视野大手笔面对历史的沧桑　　　　　　　　　　林　喦　243
　　——与著名散文家王充闾先生的对话

用负责任的态度书写历史文化　　　　　　　　　　　　王　研　252

传记写作要写人更要写心　　　　　　　　　　　　　　王　研　259
　　——对话王充闾

在寻找与感悟中发现灵性　　　　　　　　　　初　旭　王景涛　265
　　——评王充闾的散文创作

哲理美：对人生与世界的感悟和升华　　　　　　　　　王　科　275
　　——王充闾散文印象一论

四十年的艰难跋涉　　　　　　　　　　　　　　　　　如　是　284
　　——王充闾散文论

自我的再次放逐　　　　　　　　　　　　　　　　　　石　杰　298
　　——论王充闾1977—1984年的散文创作

论王充闾智性散文的叙事节奏　　　　　　　　阎丽杰　麻玉霞　309

第二部分

题赠王充闾文学研究中心成立十周年　　　　　　　　王向峰　317

敬呈充闾先生　　　　　　　　　　　　　　　　　　张　冰　318

读王充闾"人文三部曲"三首　　　　　　　　　　　李秀文　321

学习充闾先生诗文点滴体会　　　　　　　　　　　　原学玉　322

读王充闾《国粹》感赋三十五首　　　　　　　　　　寇春连　324

敬充闾先生诗歌二十一首　　　　　　　　　　　　　张家安　333

新雨分我一杯羹　　　　　　　　　　　　　　　　　王爱民　340
　　——读王充闾作品有感

读充闾先生《国粹：人文传承书》赋诗五十七首	赵彦久	343
七言长排·充闾先生《文脉》读后感	于秋香	367

第一部分

中国当代文学巨匠王充闾

◎ 张　冰

　　古老的大辽河奔腾不息。在这广袤而富饶的土地上，诞生了一位杰出的文学巨匠王充闾。他在中国文学百花园中，以其丰硕的成果、突出的贡献、厚重的积淀、特有的风格，树立了一面旗帜，筑起了一座新的里程碑。

　　王充闾先生是中国当代著名作家、学者、诗人。六十年来，他创作的文学作品、学术著作《清风白水》《春宽梦窄》《一生爱好是天然》《沧桑无语》《面对历史的苍茫》《何处是归程》《成功者的劫难》《龙墩上的悖论》《事是风云人是月》《域外集》《逍遥游：庄子传》《成功的失败者：张学良传》《国粹：人文传承书》《蘧庐吟草》《诗外文章：文学、历史、哲学的对话》《文脉：我们的心灵史》等七十余种、八十余部作品，在内地与港台地区以及国外四十余家出版社出版，计一千五百余万字。

　　1997年散文集《春宽梦窄》获国家首届鲁迅文学奖，2000年《一生爱好是天然》获全国首届冰心散文奖。2004年、2007年，连续两届被聘任为全国鲁迅文学奖散文杂文评奖委员会主任。曾有多篇散文作品入选高校、中学、小学语文课本和高考试题。散文集《北方乡梦》被译成英文、阿拉伯文。2016年入选辽宁省"十位优秀老艺术家"，辽宁日报以《王充闾：永远在路上》为题，发布整版文章；同时，万卷出版公司出版二十卷本《充闾文集》。他的代表作"人文三部曲"——《逍遥游：庄子传》《国粹：人文传承书》《文脉：我们的心灵史》风靡文苑，成为无数作家、读者仰之、追之、慕之的艺术精品。其中，《国粹》被评为2017年中国好书奖，参加全国"书影中的七十年新中国图书版本展",并列为全国中小学图书馆馆藏书目,目前发行二十余万册。

作为全国散文界具有代表性的作家,王充闾先生的作品以鲜明的高雅、清雅、古雅的特征,继承和引领历史潮流,蜚声中外,令国人瞩目。多年来,王充闾先生的文学成就一直得到中央领导、文学界、学术界的充分重视,名家纷纷著文评介,并有文学史家、知名教授对其作品设置专题进行研究。他的创作水准和学术地位得到国内文学界公认。1992年,中央政治局常委李瑞环到辽宁视察,对王充闾先生及文学成就给予充分肯定。2018年,王充闾先生的《诗外文章:文学、历史、哲学的对话》研讨会在北京举行,中央政治局原常委刘云山发来长达一千余字的贺信,对王充闾先生取得的成就给予高度评价。同年,中共中央总书记习近平视察辽宁时,向省委领导询问王充闾先生身体与创作近况。中央领导的肯定和关切,足以证明王充闾先生在中国文坛的地位和分量。王充闾先生不愧是中国当代文坛上一颗璀璨的巨星,他为中国文学发展史增添了新的光彩。

一

王充闾先生的祖籍在河北大名府,后迁至辽宁省盘山县。他1935年2月出生于盘山县大荒乡后狐狸屯。1941年入私塾系统接受国学教育,达八年之久。1949年在盘山中学读书,1954年考入沈阳师范学院中文系,毕业后分配在盘山第一中学任语文教师,后任盘山县报编辑。1962年调入营口市内工作,先后任营口日报社编辑,营口市委办公室科长、副主任。1980年调入辽宁省委组织部任调研室副主任,旋即担任省委书记秘书。1983年调回营口市工作,先后任市委常委、宣传部长、秘书长、市委副书记兼市政协主席。1988年调任辽宁省委常委、宣传部长、省委宣传思想工作领导小组组长。1996年任省人大常委会副主任、党组副书记。其间,当选中国作家协会第五、六届主席团委员,辽宁省作家协会主席、名誉主席、中华诗词学会顾问，受聘南开大学等五所高校兼职教授。2005年退休后，他创作的势头更加强劲了。

二

王充闾先生的祖辈从河北大名府迁至辽宁盘山县后，也把老家"讲古说书"的乡间习俗带了过来。每至傍晚，邻人便聚集在一起，说书讲古，谈奇道异。童年时代的王充闾受到了潜在的历史与文学熏陶。特别是从六岁起他便就读私塾，八年时间，从"三、百、千、千"到"四书五经"，通过熟读以至背诵儒家经典和《左传》《史记》《庄子》《楚辞》《文选》以及唐诗宋词、历代散文，奠定了系统的国学基础，厚植了传统文史的积淀。从王充闾先生撰写的《青灯有味忆儿时》《绿窗人去远》《我的第一位老师》等作品中，看得出他那苦练"童子功"、奋勉求学的情形。

迨至中学、大学时代，随着他学问积蓄的日渐厚重，他的知识视野也更加开阔了。他不满足于课堂所得，遂以大量精力从事课外阅读，举凡中外人文历史、文学艺术以及科普类作品（特别是想象力丰富的小说），他都借来阅读，并且记下心得笔记。他说，自己读书，从来就不是为了消遣，而是着眼于借鉴人生、启发思考、提高写作能力。

王充闾先生早在就读私塾期间就学写文章、研习对句，至今可见当年留下的一些对联和1948年以《灯笼太守》为题的一文一诗（那时他十三岁）。20世纪50年代后期，他的文学作品首见于报刊，陆续有小说《搬家》《沸腾的春夜》《葬鹰》与一些散文随笔在《营口日报》《辽宁日报》《辽河文艺》上发表。这些，他自谦是"文学胎息"，亦即创作的准备阶段。

王充闾先生真正意义上的文学创作，大体上可以分为四个时期。

20世纪80年代中期到90年代前期为发轫期。这期间有五部作品问世：散文随笔集《柳荫絮语》（1986）、《人才诗话》（1987）、《清风白水》（1991）、《春宽梦窄》（1995）和诗词集《鸿爪春泥》（1993）。这些作品集中反映出两个鲜明的特点。

一是纯属业余写作。他在散文集《清风白水·后记》中说:"在文学创作队伍中,我不属于正规军,充其量只能算一名亦劳亦武的民兵。出版了三本散文集,都是业余时间的产物。我的工作担子很重,每天除了繁杂的公务,再去掉三餐一梦,几乎抽不出多少时间读书,遑论创作!按说早就该和缪斯女神斩断尘缘了,我也曾下过狠心和文学创作挥手告别。无奈'凡心'难退,一遇到催人奋进、引人遐思、令人感慨的风物人情,心潮便会不期然地荡起感情的波澜,重新燃起创作的欲望,于是,已经落地的杨花又复飞扬起来。"看得出来,王充闾先生的创作成功,除了因为他确有深厚的功力,也和他的勤奋、刻苦是分不开的。他在担任营口市委领导期间,每到节假日、星期天,便谢绝所有探访和应酬,躲在军分区的一个房间里,突击治学与写作。他说:"平日公务在身,虽想到一些题目,却难得有宽裕时间完成。因为'时间常恨少',所以就不得不'苦战连昏晓'了。"

二是起点甚高。1986年3月至1987年7月,王充闾先生应人民日报·海外版《望海楼随笔》专栏约稿(当时全国共邀六位撰稿人),写了几十篇思辨性散文,后来结集为《人才诗话》,时任中宣部常务副部长徐惟诚(余心言)慨然作序。其间,他还在香港《大公报·大公园》副刊发表多篇散文,遂名声大震,法国巴黎的世界华人报刊特意发函、征稿。著名文学评论家冯牧先生在《书生本色 诗人襟怀》一文中说:"业余作者在经过勤奋学习和实践之后进而成为有所成就的作家,所在多有,并非罕事;但是难能可贵的是这样的业余作者,王充闾在步入文学道路之始,就具备了相当充分的思想文化准备,相当丰富和广泛的生活积累,相当敏锐和深沉的艺术才思,以及颇具大家风范的把握与驱遣文学语言的功力。"为此,"我还是愿意把他看作是一位文学写作的斫轮老手,一位在散文写作上出手不凡和独具机杼的散文家。"(《文学自由谈》1993年第2期)。在此前后,王充闾先生还写作了抒怀、叙事、纪游之类文章,相继结集为《清风白水》

和《春宽梦窄》两部散文集，前者属于"美学化的散文"，集中表现了作家自我的审美体验与诗意的审美情怀；后者则尝试了运用带有意识流特征的梦幻式写作手法和自由联想的方式。徐中玉、郭风、荒煤、谢冕、阎纲、兰棣之、陈辽、雷达、孙郁等文学大家都发表过文章对其进行评介；1994年，作家出版社专门召开了研讨会，充分肯定了王充闾先生的创作成绩，指点了前进方向。1997年，《春宽梦窄》获得了首届鲁迅文学奖。

王充闾先生文学创作第二个阶段是转型期，时间在20世纪90年代中期至90年代末。这一阶段，他从过去着眼于游观感兴，关注山水人文，转型到叩问沧桑，揭示历史规律，展现人格风范；形式上由抒情纪事美文转向以人物为主的历史文化散文。这一时期具有代表性的散文集有《面对历史的苍茫》（1998）和《沧桑无语》（1999）。在《面对历史的苍茫》中，作家在状写历史烟云时，以一种清新的美学追求和冷峻的历史眼光，渗透对人文历史、社会生活的独特理解；在《沧桑无语》中，作家把眼光转向了过去的岁月，倾注于历史的风云和生命的来路，以雄浑沉着的笔致，开掘历史人物的深沉意蕴，将零编片简、断瓦残碑装订成新的史册。在敏锐的思辨之中，以冷峻深邃的史家目光审视存在的价值，诠释人生哲理意趣，体验审美情境，使得全书充满诗语的意境，形成了独特的审美与智性理趣。这些作品大体以游迹为踪，循着诗文的指引，以回顾和反思的方式徜徉于历史长河中，叩问历史沧桑，探索社会人生。"以诗入文""以诗言思"，诗、史、思高度契合。

王充闾先生的转型有其外在与内在的双重肇因。就外在说，其转型和社会、时代与读者需求有着密切关联。面对全球化的语境，加上西方现代主义人文科学的影响，人们的主体意识、探索意识、批判意识大大增强，审美趣味发生变化，不再满足于一般性的消遣、娱乐，而是期待着通过文学阅读增长生命智慧，深入一步解悟人生；另一方面，在社会转型期，现实生活中越来越多的人产生现代性的焦虑，他们也希望从历史的神秘中寻求可以称为永恒的东西。而历史文化散文较之轻灵、精致的抒情散文、写景美文，有着更多的文化蕴涵和反省意味，可以提供较深的精神资源与认识价值。

从内在说，王充闾先生从1985年开始，直到1995年，十载之功，长期坚持自觉补课。其时，中国文坛正在发生着巨大变化，创作与研究领域理论热潮一浪高过一浪，尤其是"美学热"在举国上下蓬勃掀起。作家的主体性表现鲜明，文学在朝着本体回归。他自觉地认识到，自身中国传统文化积淀更为深厚，而现代的学问、西方的文史哲美，相对来说较为薄弱，急需充实许多新的理论、新的学说、新的思想，特别是以马克思主义理论武装头脑。此前，他曾专门利用三个月时间，系统学习了恩格斯的《反杜林论·哲学编》，反复精读，在上面写满了学习心得，共有五种笔迹。在此基础上，他又深入研读了马克思和恩格斯的《德意志意识形态》，马克思的《1844年经济学哲学手稿》。这些经典著作为他的认知与领悟开启了一扇窗户。此外他还读了黑格尔的《美学》、罗素的《西方哲学史》、丹纳的《艺术哲学》、卡西尔的《人论》等哲学、美学名著，以及国内几位美学家的著作，还有法国年鉴派史学、美国新历史主义史学著作。这在理论根底、思维方式、认知能力方面，为他转向历史文化散文奠定了基础。

统观王充闾先生的历史文化散文写作，可以明显看出如下几个特点：一是成系列，如帝王系列、文人系列、女性系列、爱情系列、友情系列、哲思系列等。二是说古不忘观照社会现实。三是与讲学、讲座结合。许多篇章都在多所高校、"白云书院""辽海讲坛"上讲过，有的则是应高校要求专门写就的，如在南开大学讲的《拉丁美洲魔幻现实主义的文化生成》，在沈阳师范大学讲的《萧红的文学创作道路》，在中国医科大学讲的《"南华一卷是医王"》（引宋人诗，说庄子事），还有近日在中国传媒大学博士生课堂上讲的《哲理诗的历史地位与艺术展现》等。四是就选材说，专爱啃"硬骨头"。王充闾先生一向认为，一些有价值的具有永恒魅力的精神产品，解读中往往都具有无限的可能性。艺术的魅力正在于用艺术手段燃起人们探索未知领域的欲求。为此，他特别喜欢研索那类富有争议的人物，这些人物人生道路曲折、复杂,生命历程充满了戏剧性、偶然性,以及谜一般的代码与能指,甚至蕴涵着某种精神密码。

王充闾先生文学创作的第三个阶段,是21世纪初的五年间,属于深层探索期。这期间,他在关注历史、关注人生的同时,着力于灵魂的叩问——对人自身的挖掘,关注人生困境和人性弱点,反思文化和人性,突出对人自身的探索。代表作品有《何处是归程》(2000)、《淡写流年》(2001)、《一生爱好是天然》(2001)、《碗花糕》(2002)等。许多作品,笔调是轻松的,思想却是绵密的,心情是沉重的,在描摹人情世态、历史变迁,抒发人生感悟和探究心灵奥秘中,流露出某种警策情怀与悲悯意识,给读者以心灵震撼与精神启迪。

这个阶段,作家仍然继续他的历史文化散文创作,但有新的拓展与追求。作品中对于人的精神世界、人的命运抉择、人生意义进行了深入探求,反映出研索历史悖论、文化悖论、人性悖论的特点。这些散文主要辑于《寂寞濠梁》(2004)、《文明的征服》(2004)两部散文集中。这两部专著文笔优雅从容,意蕴精深幽远,将历史与传统引向现代,引向人性深处,以现代意识进行文化与人性的双重观照,从中获取超越性的感悟,因而卓立于当代学者、散文大家之林,深为海内外读者所喜爱。

五年间,王充闾先生在这些方面留下了大量散文名篇,如《用破一生心》(2002)、《成功者的劫难》(2002)、《香冢》(2003)、"纳兰系列"(2003—2004)、《灵魂的拷问》(2004)、《他那一辈子》(2004)等,在尊重史实的前提下,运用人物心理分析法、人性分析法对历史人物进行人性、人格的双重解读,揭示其不为人知的种种隐秘,以及他们痛苦、扭曲的心灵世界。同时王充闾先生也致力于提炼并弘扬民族传统文化中至今仍具有重要价值的东西,摒弃民族心理重负,力求在喧嚣、功利的物欲世界里重塑民族文化精神,重寻人类精神家园。

"充闾文章老更成。"这是国际儒学联合会理事、沈阳师范大学兼职教授王恩来先生切中肯綮的评价。确确实实,与时俱进,永不停步,为王充闾先生之特质与优长。王充闾先生本人也曾说过:"我们都知道,电脑操作系统需要不断升级换代,淘汰那些旧版应用程序,进行'卸载'处理,以便减少内存,腾出足够空间。如果把我们个人的知识结构系统看作电脑操作系统,自然也面临着不断升级换代的问题。"

王充闾先生文学创作的第四个阶段,是2005年退休后这十几年,可以说是飞跃期。他的精力集中了,效率显著提高,成果更为丰硕,反映了潜力大、后劲足的特点。在这段时间,他很少进行外出社会活动和日常的友朋聚会,"吃请"、游玩从来就不参与,现在连文学采风、作品研讨活动都极少参加。文友们也充分理解,说:"他忙,别打搅他。"反之,高校讲学、各类讲座增多;作品出版增多。这叫作"两多一少"。这些年王充闾先生的代表性作品有《龙墩上的悖论:中国皇帝命运大思考》(2007)、《王充闾人物系列(三卷本)》(2012)、《逍遥游:庄子传》(2013)、《中国好文章:古文卷》(2014)、《成功的失败者:张学良传》(2015)、《国粹:人文传承书》(2017)、《诗外文章》(2018)、《文脉:我们的心灵史》(2019)等。2020年,北京大学出版社将《逍遥游:庄子传》《国粹:人文传承书》《文脉:我们的心灵史》重新整合出版,定为"王充闾人文三部曲"。

从这些作品中可以明显地看出王充闾先生的研究和创作向国学转轨的趋势。2009年,王充闾先生在北大讲学时,一位学者建议:现在传统文化与国学研究受到高度重视,但是,在全国范围内面临着一项重大挑战,就是这方面人才"青黄不接",老的写不动了,年轻的功力不足,难以胜任其事。因而他向王先生建议:"你有国学基础,又有较好的马克思主义理论修养,学术视野比较开阔,应该从自身优势出发,把主要精力投向传统文化的研究与创作方面。"特别是近年来,习近平总书记多次强调,优秀传统文化是中华民族的精神命脉,是涵养社会主义核心价值观的重要源泉,也是我们在世界文化激荡中站稳脚跟的坚实根基。为了有效地继承和发展优秀传统文化,需要认真做好创造性转化和创新性发展的工作。这样,就坚定了王充闾先生在这方面做出努力的决心与信心。

《龙墩上的悖论：中国皇帝命运大思考》以中国历代皇帝这一特殊群体为写作对象，刻画了从秦始皇到溥仪，中国历代帝王中十三位具有典型性的封建帝王形象。通过揭露他们的悖谬人生、贪婪人性，展示封建制度的腐朽没落，荒诞乖谬，从而破译那些缺乏理性，充满玄机、变数和偶然性的历史悖论。作家用一种新的方式解读历史：透过大量的细节，透过无奇不有的世相，透过它的非理性、不确定性因素，复活历史中耐人寻味的质素，唤醒人类的记忆；发掘那些带有荒谬性、悲剧性、不确定性的异常历史现象；关注个体心灵世界，重视瞬间、感性、边缘及其意义的开掘。既穿行于枝叶扶疏的史实丛林，又能随时随地抽身而出，借助生命体验与人性反思，去沟通幽渺的时空，默默地同一个个飞逝的灵魂进行跨越时空的对话，进行人的命运的思考、人性与生命价值的审视。由感而悟、由情而理地深入历史精神的深处，透视历史的真实。

《逍遥游：庄子传》的写作难度极大，且不说先秦典籍的解读需要深厚的国学功底；单就素材的把握，也是一道难关。众所周知，关于庄子的历史记载寥寥无几，最具权威性的史学家司马迁在《史记·老子韩非列传》中记下的一段话，也仅有二百三十五个字，关于本人的生涯、行迹，年寿几何，归宿怎样，治学根脉、先世渊源与后世传承状况，统付阙如。一切都是"恍兮忽兮""芒乎昧乎"，可以说整个就是一个谜团。难怪有的学者说："庄子活在时间之中，而不是置身空间里。"王充闾先生排除万难，勇闯新路，首先从庄子本人的著作中去找素材、找思想、找观点。在过去研习的基础上，又用了三四个月时间，聚精会神，心无旁骛，从多角度、多层次解读《庄子》这部经典。对于章节字句、义理辞采，特别是关于庄子其人其事，思想主张、精神风貌，进行了认真的考究。日夕寝馈其中，未曾稍有懈怠。其次，他又用了将近一年时间，收集、披阅、研究古往今来有代表性的关于庄子的学术著作，充分吸收、借鉴时贤往哲的研究成果。第三，积累素材。1997、2005、2012，十五年间，王充闾先生三次前往河南、山东、安徽有关地区，围绕着传主及有关人物足迹所至，进行实地访察，阅览方志，组织座谈，一以搜索第一手素材、资料、实证及乡里轶闻、民间传说，一以广泛听取草根阶层对于庄子及庄学研究的看法、意见，注重现场和民间的取向。第四，在此基础上，精心组织素材、深入构思。王充闾先生以写实手法，全面展现传主的生命历程、思想轨迹、性格特点，阐明传主哲学、文学方面的成就及其在国内外的深远影响。本书以全新的视角、生动优美的语言，为读者展现出一个有血有肉、生活于两千多年前的庄老夫子。作品一经面世，即获得学界的普遍赞扬。知名学者评价：这是一部集大成的代表作，作者过去三十几年的成果全都可以略过，只要有这一部就可以垂之久远了。

《国粹：人文传承书》可说是形象化的中国人文传统史，也是一部中国人的心灵精神史。王充闾先生以优美的散文阐释中国人文传统，通过对先祖、人文、河山、传统的认知和感悟，写出了中国人的人文情怀、精神世界、心灵空间及中国文化特有的智慧、气度、神韵，让人们身临其境地感受中华民族的沧桑正道，领悟日常的安身立命之道、斯文优雅的人生理念、生存处世的生活智慧，增添中国人心灵深处的文化自信，让古老的中华文明在当代呈现出生生不息的生命力。全书以事为经，以情为纬，独辟蹊径地钩沉蕴含国粹文化的诸般命题，统摄国粹文化诸多范畴的精神脉络。它通过一篇篇美文，把人文传统与优雅汉语完美结合，富有诗情画意又极具激活力，是一部可以流传下去的大书。

新作《诗外文章：文学、历史、哲学的对话》分为"先秦至唐五代""宋辽金元""明清及近代"三卷，共七十七万字。这部创新型的诗文合璧作品，依凭近五百首历代哲理诗的古树，绽放哲学智慧、人生感悟的时代新花。创作中，作家借鉴东坡居士的"八面受敌"法，每立一题义，都是从多重视角研索、深思，从而拓展了情趣盎然的艺术空间，做出准确而精辟的点拨。全书意蕴丰厚，格调清新，文情并茂，兼具学术性与可读性，在北京召开的研讨会上，受到专家学者们的一致好评。中共中央政治局原常委刘云山特向研讨会发来长达一千余字的贺信，向王充闾先生及新作出版发行表示祝贺。

《文脉：我们的心灵史》把历史的恢宏叙事、文化的宏大格局融入中国文化的历史日常描述，让读者形象地感受中华民族几千年的人生智慧和精神血脉，追寻中国人延续几千年的心灵秘史，是新时代不可多得的文化巨著。它选取中华文明长河中的朵朵浪花，以大散文笔法讲述五千年刻骨铭心的往事，点亮人们心灵中的那一盏灯。它是一部形象化的中国人的千年心灵史，也是一部中国人的人文精神史。

辽宁大学博士生导师、著名文学评论家王向峰撰文评价道："《文脉：我们的心灵史》正是这样以如椽的大笔，在千年的文脉流淌中，尽写中国人的心灵。千年文化一脉相承，这本书会让我们把中国优秀文化传承下去，并在新时代我们的生活中不断创新。"王恩来撰文称赞："在我看来，《文脉：我们的心灵史》不论从选题、内容和结构上看，还是从学术性、思想性和文学性上去考量，均是在《国粹》基础上的超越，是充闾先生历史文化散文创作的又一高峰。"

三

三十年来，研究者从不同角度对王充闾先生及其作品进行了细致的文本分析和理性的价值评估，出版了大量的学术研究专著，如郭风、冯牧、徐中玉、谢冕等二十几位著名学者撰写的《王充闾散文创作论集》（1994），王向峰教授主编的《王充闾诗词创作论集》（1996），吴玉杰博士主编的《论王充闾历史文化散文的审美超越》（2000），王向峰主编的《王充闾散文创作研究》（2001），颜翔林教授著的《历史与美学的对话——王充闾散文研究》（2001），作家石杰著的《王充闾：文园归去来》（2004）、《叙述与改写：王充闾历史文化散文研究》（2004），王向峰主编的《走向文学的辉煌——王充闾创作研究》（2009）、《王充闾的庄子世界》（2015）

等，都是这方面的学术专著；还有贺绍俊教授编著的《当代中国文学图志》，李晓虹博士著的《中国当代散文的发展史略》（中文版、韩文版）、《中国当代散文的审美架构》，何青志研究员编著的《东北文学五十年》等，都设有专章对王充闾先生的创作加以论述。此外，还有近几年散见于报刊上的数百篇尚未结集的评论文章。无论是学术专著还是评论文章，对王充闾先生文学创作的价值、意义以及所达到的水准，都做出了充分的肯定和高度的赞赏。

沈阳师范大学中国文化与文学研究所所长、博士生导师，著名文学评论家孟繁华曾评论说："一曰，王充闾是当下重要的散文大家。他煌煌二十余卷文集，以其正大的面貌、浩瀚的雄姿、淡然的笔触和云卷云舒的万千气象，展示了他丰赡、多样的散文创作成就。他曾有多种社会角色，但他本质上还是一位学者和作家。可以说，在当代作家中就国学修养而言，很难有人可以和王充闾比较。二曰，王充闾的散文是散文困境中的一座丰碑。他独立的思想和情怀，在温和从容的书写中恰恰表现出一种铮铮傲骨，在貌似散淡的述说中坚持了一种文化信念。三曰，王充闾的文化散文在文坛上独树一帜，可以看作这个时代散文创作的标志性成就，他在文坛引起的巨大反响仍在持续。四曰，王充闾先生就是这个时代融汇古今、学贯中西的大学者和散文家。"

中国散文学会会长、著名作家、学者林非评价说："充闾先生的散文创作，保持着数量和质量上的高度统一，这既显示了他高超的水准，又说明了他勤奋与严肃的追求。"

辽宁大学博士生导师、著名文学评论家王向峰曾说："王充闾的散文创作已经达到了艺术的辉煌阶段，他不仅找到了比较集中的题材开发地，又能充分地运用特有的审美眼光去观照，在体物赋情时，把精炼的古文融化在现代文学语言中，造成自己的诗意散文，情采与哲思并茂，不论全国的评论界，还是广大的读者群，都公认其为散文文体创造的大家。"

辽宁社会科学院副院长、东北大学文学院院长彭定安赞扬道："王充间先生的作品不仅在国内有广泛的影响,有广大的读者群,在国外亦有相当的影响力。其作品以高超的文化品位,博得社会的足够认可。"

沈阳师范大学中国文化与文学研究所副所长、教授,著名文学评论家贺绍俊曾言:"王充闾是当代的散文大家,他不事张扬,是时间把他托出了水面。这更加证明了他是凭借文学本身来说话的。"

著名出版家、三联书店原总经理兼《读书》杂志主编沈昌文说:"王充闾的功底真好,举杯一唐诗,落杯一宋词,如今,这样的文人已经不多见了。"

著名剧作家、学者、诗人苏叔阳称赞道:"充闾先生是当今中国作家中少有的几位有大学问的人。"

辽宁大学文学院院长高凯征曾言:"一曰,王充闾散文在聚敛传统、聚敛道德价值层面上达到了中国散文界多年没有的高度。二曰,王充闾的创作道路既体现了我国当代文学发展的某些历史性的轨迹,同时也体现出他本人对文学个性化的思考和探索,并由此形成了他的创作的特点、价值和意义。而后一点,是他得以成为当代散文大家的主要因素。"

西南大学教授、评论家傅德岷说:"王充闾的'历史文化散文'空灵飘逸。以诗意的思想、冷静超脱的灵感、精巧潇洒的结构、典雅隽永的叙述获得了对历史的新的文化语境的阐释。其独特的美学魅力领一时之艺术风骚。"

中国社会科学院研究员、知名评论家、学者李洁非说:"王充闾的历史散文的文史含量着实令人吃惊,作家胸中若无几百本书的阅读积累,无论如何是写不出的。"

人民文学出版社社长臧永清评论说:"充闾先生对中国历史的研究之深、之广,甚至是很多专攻于此的历史学教授所不及的。"

辽宁省原副省长、教授、作家、诗人林声肯定道:"王充闾是国际级人物。"

国际儒学联合会理事、沈阳师范大学兼职教授王恩来曾评论说:"一曰，我们可以看到，某些作家在某一时期写出一些好的作品后，便给人以江郎才尽之感。而充闾先生一直处于精进的状态，特别体现在艺术性、思想性与学术性的兼备上，体现在'人性烛照、灵魂滋养'的责任担承上。在我看来，从'言必有诗'的兴观群怨，到向历史深处求知，进而对生命和人生进行深入开掘和哲学思考，也是充闾先生散文创作的三种进境。二曰，充闾先生是从营口走向全国乃至华人世界的大作家，其影响已超越国界。虽然如此，已过古稀之年的充闾先生，仍以'非此不乐''欲罢不能'的态度，精神矍铄地在人类的精神家园中进行深度探访与寻觅，并不断地给我们带来惊喜。这使我想到孔子晚年的自述：'其为人也，发愤忘食，乐以忘忧，不知老之将至。'在两千五百多年后的今天，充闾先生再现了这一至纯至美的大境界。"

中国当代的专家、学者对王充闾先生及其作品的评价还有很多，这里只列举十数条，可谓"尝鼎一脔"。营口王充闾文学馆收藏了多部评价王充闾先生及其作品的专著，可供大家借阅品读，以进一步加深对这位文学巨匠的了解与感悟，推动更多专家学者积极参与王充闾文学的研究工作。

四

王充闾先生的出生地是辽宁省盘山，过去为营口市辖区；20世纪中叶，他本人在营口市工作了二十余年，即他的前半生是在营口度过的。因此，他一向视营口为乡梓，一直怀有深厚的感情。

"政声人去后"，他给营口人民留下颇高的形象：一曰他儒雅谦和、博学多才，饱读诗书、励志勤奋；二曰他平易近人、作风民主，清正廉洁、行居俭朴；三曰他胸怀宽广、光明磊落，严于律己、宽以待人。大家公认：王充闾先生的为人、为事、为官、为文堪称领导干部的楷模。

在担任市委常委、宣传部长和市委副书记兼政协主席期间，王充闾先生自觉地坚持党性原则，始终遵循全心全意为人民服务的宗旨，把党和人民的利益放在首位,与时俱进,开拓创新。他善于倾听不同意见,集思广益,注意调动和发挥各方面的积极性。在营口工作阶段,王充闾先生充分地展现出他丰富的为政经验和高超的领导才能。

在他担任市委常委、宣传部长期间,根据营口近代历史文化特点,在党政班子顶层总体设计下,由王充闾先生分管、主导,先后成立和完善了营口京剧团、评剧团、曲艺团和戏曲学校,将袁阔成、单田芳、管波等著名评书、京剧表演艺术家推向全国。在他的倡导下,营口市先后成立了作家协会、书法家协会、美术家协会、诗词学会、曲艺家协会等。1986年营口市成立了诗词学会,比中华诗词学会还早一年多,而王充闾先生即使到省里工作,也始终担任营口市诗词学会名誉会长,直到2011年8月第五次会员代表大会才卸任。20世纪80年代,在王充闾先生的领导下,营口的宣传思想文化工作走在全省的前列,在全国也有较高的影响力。

他在担任营口市委副书记兼政协主席期间,协助市委书记注重团结市委和政协,善于调动各级领导干部及政协委员的工作积极性、创造性,积极为党委和政府建言献策。他积极倡导广大干部学习理论和业务知识,做到"博学多才""又红又专"。在实际工作中,他要求大家讲实话、干实事、求实效。他尊重人才,尊重知识,特别注意发挥党外人士的积极作用,号召党员干部要主动同党外人士交朋友。在营口工作期间,他与老一代的知识分子、学界名流冯定庵、沈延毅、吕公眉、陈怀、孙昌武等大批名家建立了深厚的友谊。1985年,营口市党政代表团出访日本,身为市委副书记,他主动提出由党外副市长宋宝玉同志担任团长,以便于开展工作。2001年,著名爱国人士、原市政协副主席冯定庵先生,以九十高龄写出回忆录《无悔人生》,特意请王充闾先生作序,说:"请你聊缀数言,并非由于位高名重,而是出于内心的敬重。"1999年,党外著名诗人吕公眉先生去世,正值酷暑,王充闾先生百忙中从沈阳赶到盖州,亲往灵前吊唁,并应吕老生前嘱托题写了墓碑。

即便在省城工作,他也时刻想念着营口,关心着营口。2006年初,王充间先生建议，争创全国"中华诗词之市"，被市委采纳。市委十届三次全会做出了创建"中华诗词之市"的决定。经过七年的艰苦努力，2013年底，经中华诗词学会的全面验收，营口终于成为黄河以北第一个"中华诗词之市"。到目前为止，全国只有十二个城市获此殊荣。

2011年8月，王充间先生应邀参加营口市诗词学会第五次代表大会，在大会上，他借用鲁迅《故事新编》中的四篇小说题目——"理水、铸剑、出关、奔月"，对营口市诗词学会新一届理事会和领导班子提出希望。他指出："理水"，要对过去的工作进行总结，吸取好的经验，弥补不足，不断推动各项工作开展；"铸剑"，新一届领导班子要带领全体会员，提高创作本领，铸牢诗词基础，学真本领，练真功夫，提高整体水平；"出关"，营口诗词创作水平在全省名列前茅，今后要让营口诗词走向全国，走向世界；"奔月"，要有长远眼光，让营口诗词在全国独树一帜，在中华诗词界有一定影响，出一批有影响的诗人及作品。

在王充间先生的诸多作品中，有不少描写家乡营口的文章。早在1962年曾写作《赏花吟——熊岳书简》《红粱赋（金色辽南）》两篇散文，发表在全国报纸《大公报（北京版）》上；而《柳荫絮语》（1985）、《山不在高（金牛山）》（1984）都曾入选优秀散文选本；他离开营口后，还为家乡撰写了大量诗文，发表在国家级报刊上。《营川双璧》和《辽南三老》分别向全国推荐了著名书法家、诗人沈延毅、吕公眉、陈怀三位"元老"艺术家；《在那桃花盛开的地方》（1998）则热情歌颂了熊岳的秀美风光；2011年他的散文《前程向海》在《人民日报》上发表，作家从两张新老照片的对比着手，书写了营口开埠一百五十多年的沧桑巨变和取得的伟大成就，向海内外朋友介绍了营口、推介了营口，也为营口这座中国近代历史文化名城增添了光彩。

2011年10月，应市委领导请求，王充间先生为营口文化名人馆题写了馆名，并参观了营口文化名人馆。他对营口文化名人馆给予充分肯定，认为这是传承文化的重要举措，是档案人对营口文化事业的重大贡献。他在参观过程中对部分名家作品连声叫好，对历史和当代重点人物进行了点评，称赞营口文化名人馆为营口打造文化强市做出了贡献。

2012年4月，王充闾先生为营口市领导干部做了一场题为《增强党员领导干部的人文修养》的专题报告。他联系国际社会和国家发展全局，从我国自身发展实际出发，旁征博引，运用大量国内外实例，从历史和哲学的角度，剖析领导干部能力修养问题，报告内涵丰富、生动精彩，广大干部受到了一次深刻的党性教育。

按其一贯超然的个性，王充闾先生惜时如金，是不愿介入外界事务的，但他对营口依然感情深厚。他离开营口已三十余年，仍然乡梦依依，时时萦记着这里的经济文化发展与社会进步。

为了宣传、敬仰、研究王充闾先生及其文学作品，打造城市文化名人品牌，2011年7月经市委批准，营口成立了营口王充闾研究中心，又建成了王充闾文学馆，为海内外热衷于王充闾文学研究者搭建了高端平台。特别是王充闾文学馆，展示了王充闾先生的所有作品，包括部分手稿、日记（含笔记）、获奖及应聘奖牌（杯）与证书等。如果你闲暇时光顾此馆，犹如徜徉在诗山文海之中，可以体验到王充闾先生以传统式的儒雅风范，以丰厚而娴熟的国学功底，以独特而新颖的创作才华，以鲜明而丰厚的诗人情怀，以一代文豪大家的胸襟与气魄，铸就了八十余部文学大作的风采。

同时，从王充闾先生的文学作品中，你还可以感悟他热爱党、热爱祖国、心系人民的忠贞意志与奉献精神；传承与弘扬优秀民族传统的自觉意识与文化自信精神；坚韧不拔、刻苦磨炼、自强不息、言行一致的坚定意志与顽强奋斗精神；渴望超越、挑战自我、不断创新、永不自满的坚强毅力与积极进取精神。这些作品像春风洒向大地，滋润万物，造福人间。

"江山代有才人出，各领风骚数百年。"王充闾先生与他的文学作品必将以足够的实力载入历史史册，为中国文学发展史创造新的辉煌！

关于杜甫诗情与诗艺的对话

◎王充闾　王向峰

编者按：杜甫在中国诗史和文化史的地位是无与伦比的，其以沉郁的家国情怀和切身经历完成的书写，为后世留下了一部伟大的"诗史"。王充闾先生与王向峰先生在辽宁省政协文史馆萃升书院对话唐诗，共谈杜甫诗情与诗艺。对谈的形式，一位抛题，一位破题，相互"挖坑"又互为推动，使得一场准备起来比较困难，但因为长期深厚的学识积淀又能充分展开的对话，在你来我往的交流中逐渐走向深入，杜甫诗歌的情感艺术秘境在一段段妙语连珠、引经据典中层层揭开。"本刊特稿"特别将这场有意味、有内涵的对话全文刊录，以飨读者。

摘要：杜甫是与李白齐名的伟大诗人。他的诗与他的时代的战乱和人民的不幸遭遇，以及自身的苦难紧密相关，他以切身经历和沉郁的情感，用各种诗体的形式，真实地反映了现实生活的广阔情景，其诗被后世公认为"诗史"，其人被尊崇为"诗圣"。杜甫以充沛的家国情怀，广用当时正在形成的比较定型的各类近体诗型与传统的古体诗型，共时而又精心地创造出千古传诵的大量诗篇，不论是诗所反映的历史现实内容，还是情思的深切程度，以及诗艺的高超之笔，在中国诗史与文化史上都树立了高标，成为后世以至今天写诗人的取法对象。两位对谈杜诗者，互为推动，旁征博引，使杜甫其人其诗，都取得了如同在场的直观效应。

关键词：杜甫；现实主义；家国情怀；关心人民；诸体兼备

王向峰：杜甫作为唐代的诗人，过去经常被和李白比较，有的尊李抑杜，有的尊杜抑李，各有所爱。但是总体来说，这两位诗人在中国的历史上，没有人可以和他们比肩。在今天比较他们谁高谁低也毫无意义，只能说李杜各有什么特点。李杜作为联袂的诗人来说，虽然有韩柳（韩愈、柳宗元）、元白（白居易、元稹）等共称，但都没法和李杜相比。从影响上来说，在家国情怀方面，杜甫的影响是越来越大，其中原因，我们在后面会谈到。至少我们可以说，在中国诗歌历史上能够和李杜相比，能够和杜甫相比的人并不多。关于这一点，我们从杜甫草堂大门两边的楹联就可以看出。这副楹联的作者叫顾复初，是清后期湖南寓川的一位学者，他用三十四个字，把杜甫在诗史上的地位、命运言说到无以复加的地步。

异代不同时，问如此江山，龙蜷虎卧几诗客；
先生亦流寓，有长留天地，月白风清一草堂。

"异代不同时"是从杜甫在《咏怀古迹五首·其二》里写宋玉的一首诗里的一句"萧条异代不同时"截出的。"异代"可以说从中国有诗歌史以来，各个时代的诗人放在一起，历数一下"异代不同时"。"问如此江山"就是中国的历史天地当中，有很多非常有名的诗人可以喻为"龙""虎"，但是究竟有几人能和杜甫相比？我们今天不妨从中国历史上有名的诗人来历数一番。龙蜷虎卧，中国第一个有名有姓，留下鸿篇巨制的是屈原，而后是宋玉，杜甫对这两位诗人是非常崇敬的。"窃攀屈宋宜方驾，恐与齐梁作后尘"，写的就是其一定要学习屈原和宋玉。对于宋玉，有人不以为然，但是宋玉的才华，他的赋是很少有人能与之比肩的，这是在战国时代。然后就是秦汉，汉代有贾谊和扬雄，有杜甫非常崇敬的苏李诗（苏武和李陵的交往问答诗），有《古诗十九首》，诗的情思和艺术价值是非常高的。杜甫对苏李这两人非常重视，且不断地研磨和学习。到了三国时代，还有建安七子、竹林七贤等，一直到初唐有"四杰"。在对这些诗人的历数当中，真正能够和杜甫等量齐观的，或者说直到今天影响依然能与李杜同辉的诗人并不太多。所以确实如顾复初所言"问如此江山，龙蜷虎卧几诗客"，究竟有几个人能和杜甫相比？这就说明杜甫在诗歌历史上的地位，除了屈原和李白，几乎是无与伦比的。

白居易的好朋友元稹，他应杜甫之孙杜嗣业的邀请，在杜甫墓从湖南迁往河南首阳山的时候，为杜甫写了墓序铭。墓序铭主要讲了杜甫的历史地位。后来虽然有金之元好问、清之潘德舆等人，认为他对杜甫标榜"上薄（引者按：此处'薄'之字义是进迫勉努，即努力跟随之意）风骚，下该沈宋，古傍苏李，气夺曹刘，掩颜谢之孤高，杂徐庾之流丽，尽得古今之体势，而兼人人之所独专"，有只注重杜诗形式的偏颇，没有对杜诗的社会历史内容以及发扬诗三百之传统的关注，以致只注重他能够写出各种诗体而已。元好问认为元稹的这个评价有偏颇，没有道出杜甫在历史上怎么样继承前代，接续《诗经》三百篇，写出社会的历史状貌等，是"少陵自有连城璧，争奈微之识珷玞"，也就是元稹没有看到杜甫的"连城璧"，"尽得古今之体势，而兼人人之所独专"是只看到了"石头"。元好问对元稹此文的评价是不公平的，因为元稹一句"上薄风骚"，就把杜诗对风骚之旨的传承与成功发扬首先揭出，而杜诗中的表现又确实如此。

今天我们读杜甫的诗，唐代诗人那么多，中国历史上非常有成就的诗人那么多，为什么以杜甫为题来谈？这方面充闾有非常深刻的见解，而且有专论文章。

王充闾：今天在这里先谈杜甫和他的诗，我想到京剧《珠帘寨》，它是京剧里面少见的一出两个老生对戏。京剧一般的都是老生和青衣，或者老生和花旦，或者老生和小生，《珠帘寨》里面用两个老生，今天就是两个老生在这里对话。

杜甫这个题目，我想从两个方面做一点补充。

一是为什么单把杜甫提出来？就因为杜甫是诗圣，诗圣了不得，有的人说，李白还是诗仙，王维还是诗佛呢！"仙"和"佛"是讲他们诗的特点，王维是佛禅之风，李白是浪漫主义，有仙气。这个"圣"不是，"圣"是顶尖的意思，是无可比拟的东西，这叫"圣"。孔子叫圣人，"圣"是一个综合的指标，它既包括"德"，也包括"艺"，另外也包括个人的影响。杜甫的影响到何种程度？影响到唐代以后，从中唐以后，特别是到宋代，杜甫红得了不得！宋代的诗是继唐代之后的一个高峰，再就是清代，这个中间有个明代，明代的诗，它学唐，但是总体来看是不成功的。真正能够和唐宋比的是清代，这么两个大的朝代，这是了不起的。这是从杜甫的地位来讲。

二是讲杜诗，就说"杜诗"这两个字。现在有红学、孔学。杜诗，你在网上打个"杜"字，就会出来"杜诗"，打个"李"字，却没有"李诗"。也就是说，它已经成为一个公用的专有名词。你看，杜甫下面还有小杜（杜牧），他是老杜，这种情况下还会有"杜诗"之说，就说明它如同红学一样，早为世所公认。纵观历代的诗坛，这也是唯一的现象。

杜甫活了五十八周岁，三十五岁之前他在读书游学，这期间他的影响并不大，基本是盛唐时期，这是第一个时期；第二个时期就是十载长安，就非常有名了，然后又赶上安史之乱，这大概有八年，这期间他做过官，叫杜拾遗。后来他离开了当时的京城，从陕西的华州到甘肃的秦州，从秦州经过当时的同谷，到了成都，"支离东北风尘际，漂泊西南天地间"，进入了生命与创作的最后一个时期，漂泊西南，总共是十一年时间。游学读书这段不计，因为这个时段他写得很少，总共三十几首诗，留下的真正的代表作不是很多。之后的二十多年，从陕西、甘肃、四川、重庆，到湖北、湖南，他居然留下了三十七处"草堂"，这也是了不得的事情，在二三十年时间，他所到之处几乎都留下了遗迹。这三十七处草堂有两处给我留下了深刻印象：一个是成都的杜甫草堂，大家一到成都去，一个是武侯祠，一个是杜甫草堂，都会去看。成都的杜甫草堂，在杜甫离开浣花溪草堂一百三十七年后，唐昭宗天复二年（902年），晚唐词人韦庄慕名而至。韦庄之弟韦蔼在《浣花集序》中，谈到韦庄"辛酉春，应聘为西蜀奏记。

明年，到浣花溪寻得杜工部旧址，虽芜没已久，而柱砥犹存。因命芟夷，结茅为一室。盖欲思其人而成其处，非敢广其基构"，完全是旧貌初复。还有一个是同谷的杜甫草堂，杜甫在这里待了一个多月时间，留下了十几首诗。同谷属于现在甘肃的成县。1992年，东北三省和西北六省的宣传部长在一起开会，从兰州到天水，天水当年称作秦州，那里有个杜甫草堂，参观之后，听当地人说，成县还有个杜甫草堂。我说，看过你这个之后还需要看吗？他说要看，这是建立最久的一个草堂。成县，实际是杜甫从这里路过，当时知县请他到那里看看，等他到了之后，这个知县却没有热情地接待，结果让杜甫非常扫兴。当时，他和妻子、儿女、小弟六口人一起走，忍饥挨饿，困难重重，只能靠采药维持生计。我们来到现场，看到杜甫草堂坐落在飞龙峡谷，坐北朝南，依山而建。碑文记载，宋徽宗宣和三年，在成州知州晁说之支持下，于"杜工部昔日栖居之地修祠而奉之"。从宋代才开始正式重建草堂，祭祀不绝。三十七个草堂大部分在四川、重庆、湖北、湖南这一带，陕西也有。

王向峰：杜甫从长安十年，当一个从八品的小官，就是左拾遗。左拾遗是为皇帝提供咨询建议的官员，主要职责是谏言皇上的政策决策失误。其实不论是给皇帝提意见，还是对下边的人进行监察，都是不讨好的事。对杜甫一生影响最严重的一次，就是他疏救房琯。房琯是一个什么样的人物呢？安史之乱，唐玄宗领着杨贵妃和一些朝臣逃往四川，到四川后，房琯被委任为流亡政府的宰相，这是很受重用的。这个时候实际上已皇朝无主了，长安已被安禄山占领。这个时候太子李亨在凤翔，没等到他父皇任命，就在宦官李辅国的推拥之下自命为皇帝理政，但必须得到皇帝的任命才能够名正言顺地登基。这个时候唐明皇派宰相房琯拿着诏书到了凤翔，给他一个正式名位叫唐肃宗。这个事情很重要，没有诏书这个皇帝就是自立的，所以这时唐肃宗对房琯是很感激很信任的，任命房琯做宰相。房琯是一个书生，崇尚虚名，好发空论，缺少治理国家的才能。他请缨为帅去剿平安史余寇，用的是春秋时代的车战之法，结果在陈陶、青坂大败，"四万义军同日死",引起了朝野很大的不满,肃宗念于昔日没有对他治罪。但此后房琯优游岁月,嗜好鼓琴,好谈佛论道,荒于公务,常称病请假,他的反对派贺兰进明等人又上本参他,唐肃宗于是开始对房琯特别反感,贬其为太子少师。杜甫这时出于对房琯早年之盛名、晚为醇儒的了解,并有知遇之情,上疏为房琯辩护,辩护的言辞非常激烈。皇帝认为他大逆不道,几乎要把杜甫处死,后来很多重臣来说情,肃宗把杜甫从八品的拾遗撤了,贬为华州的参军。杜甫从此离开了京城,但是杜甫对房琯的情感一直没有减退。后来房馆得新皇代宗启用,受命赴京任刑部尚书途中死于阆州僧舍,并葬于阆州;而杜甫闻严武新任成都府尹兼剑南节度使,并对他有任命,即回成都,暮春时节经过房琯墓侧,想到当年伏奏无成的往事,特别写了一首情思浓烈、诗艺高超的五律《别房太尉墓》。这是杜甫的痛彻肺腑之诗,一开头是写自己在房墓之前的痛哭:"他乡复行役,驻马别孤坟。近泪无干土,低空有断云。"

杜甫在房琯的墓前哭得非常伤心,眼泪把坟前的土都湿透了。他写"近泪无干土,低空有断云",就是说我对朋友的痛感悲情,让天上的云彩都感动得裂断为碎片,失去着落。"近泪无干土,低空有断云"这样的诗,无论是从情感、诗艺,在唐诗的律诗里面,可以说是美到无以复加的地步。"对棋陪谢傅,把剑觅徐君。唯见林花落,莺啼送客闻。"里面用了两个典故,一个是说房琯他有像东晋谢安一般的帅才,一边下棋一边指挥淝水之战,竟能打败苻坚,实际上,美誉得有点过分,房琯没有这个能力,但对老朋友死后犹有钦敬之情是可以理解的。"把剑觅徐君"也是个典故,在春秋时代,吴国的延陵季子访问晋国,佩带一把宝剑,经过徐国时,徐国国君观赏季子的宝剑,嘴上没有说什么,但脸色透露出想要宝剑的意思。季子也心照不宣,从晋国回来,想把剑送给他时,可是徐君已经故去了。于是季子来到徐君墓前,把剑解下来挂在了树上。随从问:"人已经死了,还把剑挂在此,有什么用呢?"他说:"当年,我就在心里把这把剑赠送给他了,他死了,我应该把剑挂在他的墓前,实现当年的心诺。""把剑觅徐君"是歌颂房琯对朋友的忠诚不易。"唯见林花落",这种感动已经能让树上的花都纷纷落下来,连树上的莺,看到两位阴阳相隔的朋友,情犹如此深厚,也非常感动,用自己的啼声替泉下不能回谢的房太尉送朋友别去。在我阅读唐诗的经历中,没有任何一首诗给我的感动能够达到这个程度,真让人痛彻心扉,"怅望千秋一洒泪",人的一生中能遇有几个这样生死不渝的朋友?袁枚说:"鸟啼花落,皆与人通;人不能悟,付与秋风。"杜甫真是把诗写绝了!

充闾,你在文章里面写到,杜甫的一生是诗圣的悲哀,那么杜甫这种命运遭遇和当时国家的动乱、人民的不幸几乎是同样的,这使他更深地体会到国家动乱给人民造成的悲苦,就这个问题,你在文章里面是怎么构思的?

王充闾:2019年,为撰写《文脉——我们的心灵史》一书,我重新研读了杜诗,阅读了《杜甫评传》,最后写出《诗圣的悲哀》这篇万余字的长文。里面剖析了杜甫何以到老年的时候,讲了"百年歌自苦,未见有知音"的问题。记得著名学者冯至先生说过:"杜甫对于他以前和与他同时代的诗人,都热情地给予恰如其分的称赞与公正的评价,但当时人们对于杜甫却十分冷淡。在他同时代比较著名的诗人中,无论识与不识,竟没有一个人提到过他的诗。"尽管这番话出自名家笔下,我也还是觉得有些太绝对了,所以文章中没有引用。现在看,冯至先生所言是准确的。

从冯至先生说的杜甫对于同时代的诗人都给予热情的称赞,再联系到你刚才讲到的房琯,还有杜甫追怀他的诗,启发我产生许多新的认识。我想,当年杜甫到这个地方来,"他乡复行役",接着讲"驻马别孤坟",为什么叫"别孤坟"?

王向峰:是等于说,房太尉他现在还在世一样。

王充闾:对,我同意你的看法。除了房琯以外,还有一个郑虔,他和杜甫的关系与房琯和杜甫的关系比较类似。杜甫对郑虔非常崇拜,郑虔比杜甫大二十岁,在过去差二十岁相当于整整一代,因而杜甫对郑虔尊称老师。郑虔的地位很低,"诸公衮衮登台省,广文先生官独冷",杜甫对此十分不满,义愤填膺。郑虔被处分,杜甫为他鸣不平;郑虔被流放之前,杜甫也尽力地给他讲情,但还是被降职。于是他写了一首七律,其中有"万里伤心严谴日,百年垂死中兴时"两句:一方面写空间,"万里",因为他被流放的地方非常远,"严谴",很严厉的处罚;一方面写时间,"百年垂死",郑虔岁数很大了。"中兴时"的"中",应该读去声,才符合平仄要求。1949年以前,凡是写旧体诗的人都绝对合律,所以无疑要读去声。有争论的是,这个去声字"中"如何理解? 20世纪50年代,山东大学杜诗研究专家萧涤非写过《杜甫传》和《杜甫诗选注》,他认为虽然读去声,但还应作平声的"中兴"解释,因为当时两京收复,可称中兴。我查看了清代沈德潜的《唐诗别裁集》,他认为这个读去声的"中",在古代有"当"意,也就是正赶上兴旺发达的时候。我倒觉得这个解释更好一些。这首七律是杜甫在郑虔临走的时候写的,等到后来郑虔去世了,杜甫又写了七绝《存殁口号》(存、殁,即生者与死者):"郑公粉绘随长夜,曹霸丹青已白头。天下何曾有山水,人间不解重骅骝。"

郑虔是个画家,死了;"曹霸丹青已白头",曹霸还活着,但是也老了。"天下何曾有山水",天下怎么会没有山水?他讲的是人化的自然,山水经过笔墨的传播进入人们的视野。也就是说,除去郑虔以外,谁也"粉绘"不出来。"人间不解重骅骝"中的"骅骝"是良马。身怀绝技的曹霸已经老了,却一直得不到重视,所以说"人间不解重骅骝",表达了杜甫非常愤慨的情绪。应该说,杜诗当中,表达这种愤慨情绪的不是太多。他和李白不一样,杜甫奉行儒家"致中和"之旨。我讲"诗圣的悲哀",说到悲哀与愤慨,既说他本人的凄苦遭际,也包含着对社会不公、英才失路的怅惋。看得出来,这个"未见有知音",除了诗歌之外,也包括他这个人。这和他个人的遭际、仕途的颠折直接相关,也说明"立言"之外,杜甫更看重的是"立功立德"。

王向峰:"名岂文章著?"

王充闾:说的是,名传后世不是靠文章,得靠事功。

王向峰："致君尧舜上，再使风俗淳。"

王充闾：刚才你说，杜甫当左拾遗，是从八品。其实，此前曾让他当个从九品的小吏，杜甫一看，你把我也太不当回事了！干脆就不去了。即便是从八品，又怎样呢？在这样的情况下，杜甫能说"有知音"吗？不过，也不能忽略另一层。陆游说，杜甫一生最大的悲剧就是没有当高官。认为如果杜甫当了高官，以他的学问、才识、能力，一定会大有作为。对此，我不以为然。真让杜甫当宰相，或者其他高官，他也未必能当得好。我曾说李白是一个不合格的政治家，杜甫也未见好多少，我看还是当他的诗圣好。刚才你讲到了疏救房琯——你是左拾遗，负有进谏职责，但是应该掌握好分寸，也就是"度"——可行则行，不可行即止。《论语》中有"事君数，斯辱矣。朋友数，斯疏矣"的说法。这个"数"，在这里要读"shuò"，在古代是屡次、频繁的意思。"事君数，斯辱矣"，是说你如果在皇帝面前老是不停地数说，那你就该受屈辱了。"朋友数"，朋友关系再好，你一天到晚，总是批评别人，就疏远了。杜甫忽略了"不可则止"这一点，觉得自己既当左拾遗，就应当尽责，结果"责"得唐肃宗勃然大怒，罢了他的官。

王向峰：郑虔比杜甫大二十几岁，和杜审言（杜甫的爷爷）的年龄差不多。安禄山打进长安以后，没跑的那些官员全被抓到洛阳，郑虔是其中之一。抓到洛阳以后，想叫这些人做安禄山手下的朝臣，有些人半推半就，也就接受了。有些人不接受，王维在其中。王维写了一首诗《菩提寺禁裴迪》，这首诗对王维之后的经历非常有益。其中一句"百官何日再朝天"是说我们这些人，哪一天能重新回到朝廷，尊崇唐天子？是说安禄山不是正经货。等到这些人回到长安后，一个一个地被问责，王维把这首诗拿出来了，朝廷一看，还有点儿气节。郑虔也是其中的一个，他是没真正去服从安禄山，但是也没有非常明确的气节性的表现，所以就一起掉下来了。对这些朋友，除了房琯让杜甫特别敬重，还有李白、郑虔，其他好像就没有谁了，但是严武还时时想着帮衬杜甫。

王充闾：严武还可以。

王向峰：严武对杜甫非常好，但杜甫对严武，有的时候也不是特别恭敬。

王充闾：严武的学问赶不上郑虔，他是个武将。

王向峰：今天谈到杜甫，我们现在复兴中国传统文化，特别是在诗词方面，能够恢复像诗经、楚辞、汉赋、乐府、唐诗、宋词、元曲的繁盛，这些都是诗歌历史的重要阶段。今天有很多会写旧体诗的朋友，就写诗来说，今天以什么姿态，以什么人作为我们尊崇和取法的对象？固然我们可以选很多人，无论是大江东去，还是小桥流水，可选对象很多，但是杜甫是我们写诗最不能忽视的一个取法对象。

就杜甫的诗来说，它有非常大的价值，核心的因素是什么？最重要的因素就在于他特别关心国家的命运，也特别关心和同情民间的疾苦。这点在中国的传统诗人当中，固然也有很多人都是很关注国计民生，有家国情怀的，但是能够达到杜甫这样深度的，能和杜甫比肩而立的诗人是没有的。而且杜甫有一个别人不具备的特点，就是他在乱世当中，他自身的经历、家庭的命运，以至于个人的前途都和国家紧密相关。他经历了平常人在那个时代所经历的各种不幸和痛苦，就拿穷困程度来说，他的儿子饿死了。就这点来说，我们历数一下，从屈原往下数，一直到杜甫的时代，哪一位诗人终生浪迹天涯，到处为家，穷困到自己儿子饿死的地步？在书本上找不到这么一个人。在他自己非常穷困的时候，剩下一文钱，这一文钱，他不花，拿在眼前，作为自己精神上的安慰，作为欣赏对象。秋天来了，特别冷又特别饿，看到外面有种叫决明子的树，树开着圆圆的黄花，他看到以后，就希望每一朵花都是一枚钱，这样就可以从树上摘下钱来，就不会那么穷困了。但幻想难解真穷困，还是得找朋友解难。这时高适在彭州当刺史，杜甫给在任的老朋友高适写了一封求援信，是五言绝句："百年已过半，秋至转饥寒。为问彭州牧，何时救急难？"一个伟大的诗人，他的绝顶的诗才，竟为求朋友救济之用，可谓斯文沦落的极致。所以杜甫每到一地，拖家带口，没有钱，有时就在山丘上掏个山洞住。在长安时，"朝扣富儿门，暮随肥马尘。残杯与冷炙，到处潜悲辛。"就是完全在末座上看着别人脸色，为主人写点儿什么，残羹冷炙地吃一顿。没有这些经历，杜甫他哪知"朱门酒肉臭"，绝不会把百姓的疾苦写得那么深入，他和百姓苦乐相连，所以他的诗才能贴近生活，感应现实，深入时代，置身其中，想脱离都脱离不了！所以后来杜甫被尊为"诗圣"，而他的诗被认为是"诗史"，不仅仅因为他诗写得好，而是有这个深刻的底线在那里。这一点对我们今天的作家、诗人有非常重要的职业生命的启示意义，就是怎样才能够让自己的作品和广大人民群众息息相关、紧密相连。像白居易给元稹的书信里面所批评的那个"率不过嘲风雪、弄花草而已""丽则丽矣，吾不知其所讽焉"，就指的是没有对现实的那种深入的态度和表现，不关心家国的事情，这类作品很难永久地流传下去。

　　元稹给杜甫写的墓志铭并序，里边谈及杜甫诗一个非常重要的特点，"尽得古今之体势，而兼人人之所独专。"是说在杜甫的诗里面能看到已往众多诗家的诗艺特长包含其中，这并非虚言。这里只举杜甫五言的叙事兼抒情的两首诗。

　　《赠卫八处士》：杜甫在动乱中，回家的路上，投宿在他早年结识的一个姓卫的朋友家，朋友本身并没有更高的身份，也无诗文留存。如果没有战乱的话，杜甫与之相会的可能性几乎没有。"人生不相见，动如参与商"，天上有参星和商星，这两颗星一个出来，另一个就会隐没，永远不能同时出现在天空，参商两星见面太难了。那么非常有幸，杜甫经过这个地方，找到了这位朋友，"今夕复何夕，共此灯烛光。"太难得了！回想过去，分别时都是年轻人，今天都已鬓发灰白，提起过去的许多人都已作古，"昔别君未婚，儿女忽成行"。"问答乃未已，驱儿罗酒浆"，两人问答没有完的时候，老朋友就赶紧叫孩子去准备饭食，"夜雨剪春韭，新炊间黄粱。主称会面难，一举累十觞。十觞亦不醉，感子故意长。"老朋友重新相会，特别感慨和动情，喝起酒来，十觞不醉。虽然难得相见，但是还得分别，分别以后会怎么样？"明日隔山岳，世事两茫茫。"这种战乱中重逢、别离和前途的不确定性，写得非常细，随心而出，赋意即诗，在节律上又极度流畅，用很少的诗句就把这次相遇、相惜、相感、相别，写得极为完整、充分，且又深情感人。

再有就是《石壕吏》，也是杜甫诗里边非常著名的一首。这首诗好像是一个记者遇到一个场面，要写一篇小通讯报道一下，但是哪个记者也写不上来，因为他要用古风来写，而且还得换韵，还得把事情说圆全。杜甫借住在一个老乡家，老乡家里有老两口，一个儿媳妇，儿媳妇有一个还在吃奶的孩子。官吏有目标地来抓人，对象是老翁，要抓到河阳去服劳役。为平安史之乱，从历史大的目的来说，是无可厚非的；就天理人情来说，也要讲政策。因为家中已有三个儿子在当兵，其中两个儿子已在前线战死，只剩两个老人，还得被抓去服役吗？从政策上来说，他们是战死士兵的家属，不能斩尽杀绝呀！有逃遁经验的老翁躲过一劫，老妇却难逃酷吏之捕。胡适在评这首诗的时候说，唐代人民的赋役负担苦难有多重，从把一个老太太抓去服役就可以看出来了。我们在诗中看到官吏有多凶恶，场景有多凄惨，老太太苦苦地哀求，官吏却无动于衷。有人说杜甫在诗里没有评论，其实在艺术创作中，真正的评论不是用作者的口来说的，而是让主题在情节和场面当中自然而然地流露出来，不要特别说出，这完全合乎审美表现的原则。杜甫的同情在哪里？在于同情这一家人在乱世中的不幸。

一首小诗，能把当时那种战乱的情景、人民的不幸，写得如此生动，如此激动人心，引起读者对当时现实的那种强烈感受，引发对官吏的不满，在这一点上，杜甫的诗里边有非常充分的、多样的表现。所以从杜甫对人民群众的同情、对人民苦难的切身感受来说，在中国的诗人里边是很少有人能与他比肩的，他确实是处身在现实的情境当中。很多中外的现实主义作家，都特别强调作家你写什么人，写什么事，哪怕你写一棵树，你写一座山，写一朵花都是在写你自身的感受，那束花是你，那座山是你，那条河也是你。从这方面来说，杜甫完全把自身那种情感、审美态度寄托到他的实际表现当中，他采用了很多意象来进行表现。

感悟充闾先生

王充闾：

> 时近清明说杜甫，哀君百年歌自苦。
> 我辈岂敢充知音，切迹缘情倾肺腑。
> 千秋诗苑领风骚，万古云霄仰凤毛。
> 三千弱水汪洋渡，俯首于今饮一勺。

这是我新写的一首七律，是有感而发的。杜甫说他"未见有知音"，不是我们不自量力要当知音，是我们想倾诉肺腑。当然，"弱水三千，只能取一瓢饮"。你已经讲到杜甫的诗艺了。

王老师，我接着你说。做捧哏的，得根据你讲的，我才能确定讲的内容。给我留一个空白，既已讲到杜甫的古体诗，我接着谈一谈杜甫的近体诗。

杜甫的诗流传到今天，"三吏、三别""人民性"等，这是杜甫成为诗圣的一个标志性的组成部分；杜甫当然还有另外一个方面——他的格律诗，杜甫的格律诗占的比例也是相当大的。古代诗歌分两类，一是古体诗，还有一个是格律诗。所谓格律诗是什么呢？就是讲究格律的七律、五律、七绝、五绝。杜甫的五律和七律占他的一千四百多首诗的一半。杜甫的律诗也是非常有特点的。它有两个支柱，一个是讲对仗，一个是讲虚实，也就是遣词造句；要讲造句，就得讲对仗。对仗，大家最熟悉了，写旧体诗的人，成天在琢磨这个东西。杜甫的律诗，不仅是要求对仗的诗句要对上，不要求对仗的，有一些他也对。我们知道，律诗中的首联，就是属于额头的首联；额联，是律诗中的第三、四句；颈联，律诗中的第五、六句；尾联，律诗中的最后两句。一般来看，第三、四句，第五、六句是需要对仗的。杜甫不限于此，他不但额联、颈联对，有很多诗首联、尾联也对。在杜甫的六七百首五律七律中，四联全对的有二十多首，还有很多三联对，即首联或者尾联也对。甚至，连并不要求对仗的绝句也对。比如："两个黄鹂鸣翠柳，一行白鹭上青天。窗含西岭千秋雪，门泊东吴万里船。"

我小时候念私塾，开始写仿影，老师写的是："迟日江山丽，春风花草香。泥融飞燕子,沙暖睡鸳鸯。"这是杜甫的一首五绝,也是两联全对。

对仗,它的好处在哪里?对仗的好处多多,一是整齐匀称,节奏鲜明,音韵铿锵,富有音乐感;二是便于吟咏,易于记忆。有格律和没有格律不一样。随便拿一首以前没读过的律诗,我们可以三两分钟看两遍,就背下来了!靠着啥?很大程度上是靠格律。一看上句"泥融飞燕子",下句"沙暖睡鸳鸯",燕子对着鸳鸯,一下就记住了。律诗对仗还有一个好处,就是可以把不相关的两句联结到一起,这个真是绝了。这在散文是行不通的,如果硬要把不相关的两个事弄一起,那就等于是说梦话。杜诗中"春水船如天上坐,老年花似雾中看",一个是讲春水行船,像坐在天上一样,因为船下可以看到水映出的天。"老年花似雾中看"就是讲眼花,这两件事情完全不相关,可是他就做成一副对子,在一首诗里连着,没有人说他胡扯。1955年,毛主席写过一首七律《和周世钊同志》,其中颈联:"尊(樽)前谈笑人依旧,域外鸡虫事可哀。"前一句忆起数十年前与周世钊等友人诗酒宴集的情景;后一句谈到当时苏联领导层内部的权力斗争。"鸡虫"是用典,源于杜甫《缚鸡行》诗"家中厌鸡食虫蚁,不知鸡卖还遭烹""鸡虫得失无了时,注目寒江倚山阁"。毛主席的两句诗,意蕴完全不相关,可是,在友人唱和中,以诗句对偶形式捆结一起,就很自然了。这是对仗的妙处。

王向峰:一种延伸和扩展。

王充闾:对。说到对仗,我们可能以为就是解决音韵、词性问题,动词对动词,名词对名词,实际上要复杂得多。

王向峰:上下句意蕴应该避免重复,否则就成了对仗中所忌讳的"合掌句"。

王充闾:对仗有正对和反对。正对,即正正相对,构成对偶的上下句,意思近或相补、相衬;反对,即上下句意思相反、对立。就像刚才说的"尊前谈笑人依旧,域外鸡虫事可哀",这个诗多好!这叫反对。这个反对更难,也更可贵,往往会产生很奇绝的效果,这叫"同而不同"。所谓"同"

是什么呢？大家完全按照律诗要对仗的六个要求来做，但是本事在于"同而不同"，杜甫的本事就在此。杜甫有一个特点，他六七百首律诗，很大一部分都是前面写景叙事，后面抒情。例如：

> 风急天高猿啸哀，渚清沙白鸟飞回。
> 无边落木萧萧下，不尽长江滚滚来。
> 万里悲秋常作客，百年多病独登台。
> 艰难苦恨繁霜鬓，潦倒新停浊酒杯。

他前面写景寓情，"无边落木萧萧下，不尽长江滚滚来"；后面两句，"万里悲秋常作客，百年多病独登台"，这就是直接抒情。杜甫的许多诗都是这样的，也不光杜甫，唐宋以来的许多诗人都是如此。当然也有另一种情况，就是情景交错，比如五律《江汉》："江汉思归客，乾坤一腐儒。片云天共远，永夜月同孤。落日心犹壮，秋风病欲苏。古来存老马，不必取长途。"中间两联，片云、永夜、落日、秋风，与遥远、孤独、壮怀、复苏，情景交错，驳杂有致。一句里头又有景又有情，这就更绝了！

王向峰：《登高》这首诗，后人评价唐诗，谓此诗当数第一。在七律来说，它在艺术上达到了充分的高度。这个高度在哪里呢？大家注意看看，"万里悲秋常作客，百年多病独登台。"首先我们从上句后两个字——作客来看看。一般人都有过作客经历，离开家，到一个地方，以客人身份住在那里，这个作客，不是到那五天以后买一张车票就回来，这不是常作客，一个常字就把作客的意义更加深了一步。这个常作客，不是在春天百花盛开的时候作客，是秋天作客。我们知道秋天万物摇落，北雁南飞，一般都有一种思归的心境，但在特别萧瑟的悲秋之况味中又不得回归，使客愁又加深一层。万里悲秋，长期为客；作客的地方，如果距离比较近还好，而又是万里之外作客。能说这个作客和一般作客一样吗？这里边有多少意义呢？作客、常作客、秋天作客、在关山难越的万里之外的远处又长期作客，让人多么难以忍受其悲苦！这其中至少有四重意蕴。

而"百年多病独登台"，这个登台不是想要观光的登临，而是远望可以当归的登台；病重登台，在病中登台和在健康状态下登台，感受是不一样的。那时候很多事都会想起来，如果有人陪着，可以说笑，暂时地把病痛忘却，病是可以忘掉的，但是有时候是忘不掉的，特别你越想越孤独的时候，会感觉到病情加重。病重登台，独登台，而且这个病是牵累终身的老病，并且又不是仅有一种病，而是多种基础病。百年又多病又独登台，又是多重意蕴。"作客与登台"两句诗，十四个字，从"作客与登台"算起已达十层意蕴。就这种高超诗艺来说，唐代任何一个诗人也达不到。"晚节渐于诗律细，新诗改罢自长吟""笔落惊风雨，诗成泣鬼神"，这不是玩弄文字技巧所能达致的妙境。杜甫是用生命体验和深切的感受，从心里流出来诗句。假如说"圣"意味着别人超不过的，那圣字的繁体字"聖"，是一个会意字：一个耳，一个口，底下是王，是一个"耳口王"。耳能聪敏地广纳外界的动静，而且又能够用口把它表述出来，达到这个程度，无人可胜，这就是圣王了。就这一点来说，杜甫足可以在唐诗的王国里称"圣"。

再如《秋兴八首》。《秋兴八首》是杜甫抒情诗里面最有整体性和连接性的。他在外流浪，秋风秋雨秋夜秋空秋水秋花秋感秋愁，与屈原的"嫋嫋兮秋风，洞庭波兮木叶下"，宋玉的"悲哉，秋之为气也"，都是以人生境遇与心灵刻印积累下来的深藏，所以对于秋天有一种特别的敏感度。因在他的经历里遇有秋天，他把自己家国情怀的感慨和时序连在一起，写出自己独有的秋兴。从情感的表述来说，没法再深沉，没法再恰切，作为以秋兴为主题的组诗，空前绝后，因而也使人无法不感动；从文辞的运用来说，可以给人们提供很多启示。如其第一首：

玉露凋伤枫树林，巫山巫峡气萧森。
江间波浪兼天涌，塞上风云接地阴。

感悟充闾先生

> 丛菊两开他日泪，孤舟一系故园心。
> 寒衣处处催刀尺，白帝城高急暮砧。

　　这是杜甫在白帝城所写的诗。诗人面临长江，看到秋霜凋落了枫叶，巫峡里的秋风扑面，江波汹涌，自身长时流落无着，有家难归，听到人家准备过冬捣衣之声，自家却不知怎样度过这里的秋冬，这敞开的苦寒的心境，多么凄楚，何等可怜，绝非为作诗而作诗者所能为之。如果对《秋兴》这八首诗读得非常熟，写诗用字的时候，对一些常用字在平水韵中这个音到底是平声还是仄声，通过这首诗一看它所处位置是在平声位置，还是仄声位置，你就知道这个音是平声还是仄声了。比如"丛菊"之菊，今天我们是读平声，那么"丛菊两开"中菊字肯定不是平声，因为下面"开"字是平声，四个字不能平平仄平。平水韵的律诗的平仄标准，向来是以杜甫和苏轼的律诗为标准对象的。

　　王充闾：杜甫诗中"同而不同"的对仗，我给它归纳成六个方面。

　　一是时空交错。这两句本来是讲一个事物或者一层意思，他又有时又有空，"万里悲秋常作客，百年多病独登台"，"万里"是空间，"百年"是时间，这就叫"同而不同"。都是抒情，但是一句说时间，一句说空间。

　　二是视听兼顾。一面是看，一面是听。"永夜角声悲自语，中天月色好谁看。""角声"是听，"月色"是看，这是视听的交错。

　　三是动静结合。"泥融飞燕子，沙暖睡鸳鸯。"冻泥化了，干什么？筑巢，所以燕子飞去飞来，这是动。"沙暖睡鸳鸯"，沙暖，鸳鸯会贪睡，这是静。你看这两句写的都是禽鸟，却有动静之分。

　　四是因果相关。"岂有文章惊海内，漫劳车马驻江干。"是谦虚也好，或是牢骚也好，我老朽之人哪有名动天下的文章，怎么敢劳你远来看我，将车马停在江边？这叫因果相关。

　　五是宏微对应。"城中十万户，此地两三家。"城里拥挤着十万人家，熙熙攘攘；这里却只有两三灯火，清闲自在。这里的"十万"和"两三"

分别是宏观和微观。"弟妹悲歌里，乾坤醉眼中。"乾坤为大，弟妹为小，宏观和微观对应。

六是终始交合。既写开始，也写最后的结果。"一去紫台连朔漠，独留青冢向黄昏。"这是写昭君的诗。上句是写她的开始，"紫台"是紫禁城，"朔漠"是北方的沙漠，王昭君离开了京城长安，到北地朔方"和亲"，最后的结果是死了，独留青冢在那里。两句诗把王昭君的一生荣辱、悲欢、生死全都概括了。

这里说了六种，其实十个也不止。我没讲情和景，肯定也有很多其他的，如果大家有时间去研究，会有更多的发现。

杜甫诗还有一个绝妙之处，就是他的流水对，这是杜甫的长项。流水对，是从唐代开始大量流行的，并非开始于杜甫，后代诗人也不是没写过，但是杜甫写得非常绝妙，最典型的就是《闻官军收河南河北》。当时杜甫在梓州（现在的四川省三台县），漂泊西南的十一年间，先是在成都，后到了梓州，又到夔州，到湖北、湖南。在梓州的时候，听到安史之乱结束了，他感到快慰无比。

> 剑外忽传收蓟北，初闻涕泪满衣裳。
> 却看妻子愁何在，漫卷诗书喜欲狂。
> 白日放歌须纵酒，青春做伴好还乡。
> 即从巴峡穿巫峡，便下襄阳向洛阳。

一句接着一句，互相连着，像流水一样，一气贯注，效果非常好。纵览杜甫的五律七律，我把它概括成五种效果。

一是对应效果。"我已无家寻弟妹，君今何处访庭闱。"他去见他的朋友，一位老乡，老乡要回家看父母，由于他们是同乡，杜甫就说，我的弟弟妹妹都找不着了，已经没有家了，你又到哪里去拜见你的父母呢？这是对应，两个完全连着的。

二是递进效果。一步一步地往上递进。"不堪垂老鬓，还对欲分襟。"本来老了就已经不堪了，这么大岁数了，渴望在一起多待几天，结果"还对欲分襟"，还要分手。这叫情感递进。

三是因果效果。"烽火连三月，家书抵万金。"正是由于烽火连了天持续三个月，所以家书抵万金，这叫因果照应。

四是顺承效果。"遥怜小儿女，未解忆长安。"一路承接叙述，这是流水对的本质特点。

五是转折效果。"一秋常苦雨，今日始无云。"一秋总是下雨，今天没有阴云，气象转折了。

杜甫在对仗上，还有一绝——借对，它是通过借义或借音等手段来达到对仗工整的目的。"酒债寻常行处有，人生七十古来稀。""寻常"和"七十"，这两个怎么能对仗呢？原来，"寻""常"在古代都是计量单位，一寻为八尺，二寻为一常。这里是借着古义来对。王力先生讲："一个词有两个意义，诗人在诗中用的是甲义，但是同时借用它的乙义来与另一词相为对仗，这叫借对。"

还有一个问题，"酒债寻常行处有"，这个"行"的读音，是"xíng"还是"háng"？学术界也有争论。我的意见还是读"xíng"。这和孟子讲的那个"行拂乱其所为，所以动心忍性，曾（增）益其所不能"中的"行"是一样的，就是随时随地的，走在哪里都可以见到的"行"。

杜甫是多面手，是集大成者。我们平常写诗往往只能够在一个方面，有的人长于近体诗，有的人长于写古体诗，有的长于律诗，有的长于绝句。我们可以多练多习，即便做不到"十八般兵器样样精通"，起码争取多掌握几种形式，遇到合适的题材，能够采用相应的形式，做到得心应手。

王向峰： 在杜甫写诗有相当的影响的时候，唐代编了几本诗集，其中有高仲武的《中兴间气集》、殷璠的《河岳英灵集》等，时间上基本和杜甫是同时的。而这些诗集都没有收录杜甫的诗，究竟是什么原因？我们知道艺术家在艺术成长过程中，即使已经取得了相当的成就，却还不被世人所看重，这种情况，中外都有。拿陶渊明来说，陶渊明在东晋时代，他诗歌的风格特点特别突出。山水田园诗，除了曹操《观沧海》，后来也有人写田园山水，真正能达到陶渊明那个程度的不是很多。陶渊明辞官不做，隐居田园，在这种情怀下写诗，陶渊明之前没有谁，之后也没有人能达到陶渊明的高度。陶渊明在唐代很少被人提起，最突出的发现者是宋代的苏轼，苏轼特别看重陶渊明的诗，他把陶渊明的诗每一篇都附和一首，从此陶渊明的名声大振，自宋代以来被特别重视。在西方，凡·高当年自己画画的时候，一幅画换啥都换不来；今天只要你有一幅凡·高的画，那就价值连城了。在唐代有高仲武和殷璠，为什么他们编选唐诗时，没有选杜甫的诗？这是值得研究的问题。

王充闾：这个问题，在文坛上是常见的，但是杜甫的情况有些特殊，所以颇为引人注意。先从李白说起。李白比杜甫大十一岁，他们两人一年多的时间里共见过三次，后来就音书杳然了。杜甫写李白的诗，大约二十首，李白写杜甫的诗，不过两三首。为什么杜甫对他一片热心，而李白却显得冷漠呢？一般认为，彼时李白早已成名，而杜甫尚未崭露头角。两人见面的时候，杜甫还不到三十五岁，真正的代表作不是很多，而当时李白已经名满天下了。作为一个大作家，李白对杜甫并未透出瞧不起的神情，但也没有太多的关心，属于正常状态。再加上两人的经历也很有意思，李白到过的地方，杜甫大多都到过，只是时间错异，相见无缘。到了晚年，李白错投野心家李璘，受到牵连，被流放到夜郎，遇赦后不久就病逝于安徽，其时杜甫正蜗居四川的梓州。这倒应了那句杜诗："人生不相见，动如参与商。"

中唐之后有些选本还是选录了杜诗的，比如顾陶《唐诗类选》和韦庄《又玄集》都选录了。而与杜甫同时代的选本《河岳英灵集》《中兴间气集》《箧中集》，杜诗应该在其入选范围之内，却都先后被疏漏了。情况值得分析：《河岳英灵集》收诗起于开元二年（714年），止于天宝十二载（753年），可说是盛唐诗歌的选本，其时与杜甫创作初期吻合，数量不多，代表作也较少，因而未能引起诗界足够重视；加之这一时期杜诗的内容、艺术风格和当时主流风尚并不一致，"沉郁顿挫"的风格，不太符合选家殷璠气象高华、"风骨"与"声律"兼备的要求。那么，在杜诗佳作如林的中后期的两部诗选《箧中集》和《中兴间气集》，又为什么不选呢？这既归因于选家眼光，也有时代所尚的问题：《中兴间气集》代表当时诗坛主流，杜诗的落选表明其与时代主潮相对隔膜。而《箧中集》选者元结主张"雅正"，入选作者皆为"正直而无禄位"者，杜甫曾为左拾遗，并非"正直而无禄位"者。可见，杜诗遭受冷落，正是这诸多因素共同作用的结果。

王向峰：杜甫的诗过去越来越被人们重视，特别是他的家国情怀，对时代，对人民大众，对社会兴衰有特别的关注，这对我们今天的作家、艺术家都有非常重要的启示意义。这方面有很多经验值得总结，很多诗篇的价值还有待进一步挖掘。今天我们在这里随便地谈一谈，没有系统论述，虽然对我们两人来说，准备起来非常困难，对大家来说也不见得有多少意义，希望以后我们还有机会进一步来交谈。

王充闾：最近写了一首七律诗，为什么写这首诗呢？因为我在四十年前，就是1981年的时候，带研究生到四川大学访学，我们到了杜甫草堂，发现和原来想象中的草堂不一样。原以为浣花溪畔只有一个草房，周围有松竹药圃，可是一进到庄严而又豪华的大门以后，一看都是高大的建筑，费了好大工夫往里走，才在一个角落里找到了草堂。由于游览了草堂全景，觉得眼下的高楼连苑，旧日想象中的"草堂"的味道没有了，不禁随口道出两句话：草堂旧貌今何在，唯有春风似昔时。这是四十年前写的两句话。这次准备讲座时，我想把这两句敷衍成一首诗，怎么构思也写不成，最后没办法干脆单独写一首吧。

门廊联匾气轩昂，名义依然谓草堂。
耸立亭台新府第，迎来雅客赏诗章。

秋风不再掀茅顶，广厦多能调暖凉？
国难谁人怜老杜，一生贫困作诗偿。

　　写这首诗时，我想到的是作家、艺术家在他成长过程当中，都难免有一个非常困难的时期，但也是砥砺性格、催人努力奋进的机会。如果从文从艺一开始就有锦衣玉食，甚至是高官厚禄，远离民众生活，那真的会应了杜甫的那句"文章憎命达"。这个时候即使想创造艺术品，也难免是应制而为，很难创作出来真正有价值、有情怀的艺术。我们今天研究杜甫，总结他的创作经验，并不是要像他那样去经历饥寒困苦，但是足具家国情怀，关心国家的命运，关心人民的生活，却是作家、艺术家必守的生命线。这些，我们在杜甫的创作道路和作品的思想高度、艺术深度上都能得到有益的启示。

在王充闾文学研究中心成立十周年座谈会上的讲话

◎ 王向峰

题赠营口市王充闾文学研究中心
营口重来十载长，汤汤流水写沧桑。
屡闻学会行推助，多有中坚鬓染霜。
犹见充闾行健笔，文坛拓境闪辉光。
今朝可预他年事，传世之书史广藏。

（注：2021年11月19日，"王充闾文学研究中心"成立十周年座谈会在营口召开，王向峰教授受邀参加会议，并于深夜赋诗一首，以表贺意）

稍后，我讲一下这首诗的意思。

王充闾的文学创作和他的渊博学识，讲一天也讲不完。刚才我们看到的这部片子，做得非常全面，也非常到位。看了这部片子，感觉王充闾的文学创作被集中而全面地表现出来了，甚至可以说非常经典，说明我们研究中心做的工作是非常深入而全面的。

我对充闾文学作品的研究，是从20世纪80年代初我们两人的交往开始的。他的每篇文章、每本书我都读，他出一本书，我就写一篇评论。我把这种研究模式称为跟踪式研究，就是他写一本书，我就评析一本书，粗略统计已写了二十多万字。就写充闾文学创作的评论文章来说，我写的是最多的。就这些评论文字，我想在明年出一本书，但是还要等待两篇新文章。今年5月，我和充闾先生在政协文史馆的萃升书院，就杜甫诗进行了对谈，这次对谈的整理文章在辽宁大学学报发了特稿，近两万字。下一步我和充闾还想谈两个专题，一是李白，一是白居易。待这两个专题谈完之后，我这本书所要收集的内容基本上就齐备了。除了对谈杜甫，在那之前我们曾经有过两次对谈，效果也很好。可以说这种对谈的方式，是互相推动、互相启发的过程，如果就其中某一个问题我们各自独立写文章，是写不到那个程度的，所以这种对谈的方式，是一种提高问题研究质量的好方法。我们两个人打算在今后，谈完李白、杜甫和白居易，有时间再对谈一些题目，继续这种研究方式。在我交往的范围里高人并不少见，但广泛谈起传统文化，古典诗文，中外文学与历史，等等，能够全面对话的人，并不多遇。"杨意不逢，抚凌云而自惜；钟期既遇，奏流水以何惭。"这是我先想到的一点感想。

就充闾文学创作研究发言，我想从三个方面来谈我的想法。

第一，《旧唐书》中有这样一句话，"士之致远，先器识而后文艺"，就是说你作为一个学者，或者一个作家、一个文化人，应该建立一个什么基础，就是要有"器识"。具体是说你要做一个文人，必须先积累"器"和"识"。器，就是人品、人格，你的精神状态；识，就是广泛的知识。也就是清代学者叶燮所谈到的"才胆识力"，即才华、胆量、知识、力量。在这一点上，恐怕在座的各位对充闾能够有更多的了解。如果对他的人品进行概括的话，可以用两个词来表述，就是君子和达人。君子是《论语》的中心，《论语》中不论是讲的哪句话，都是说君子应如何，和君子相反的小人如何，一切主题都可以归结到君子。充闾在这个方面，只要跟他共过事，有过交往的，无不承认他是一个君子。他在省里做宣传部长，副部长更换有六七位，他和这些副部长的关系都非常好。他们都把充闾当作他们的老大哥、领路人。他如果没有君子之风，君子的人格，怎么能达到这一点？所以就这个问题，我想给我的研究生们，专门讲一次充闾的人品和学问。达人，就是对于事理能够看得非常通透，而且能够自然超脱，这要有老庄的哲学修养才能做到。今天我看到充闾写的《庄子传》，这和他自身有着深厚的超越性的修养有直接关系。就老子和庄子来说，不是每个人都能够进行通透研究，或者说真正能研究出结果的。如果一个市侩之徒，老庄的书他一页也看不下去，所以在中国传统的社会里以儒学为基本思想的各个朝代，老庄的书基本上被认定是邪书，你对这种书的研究多么深透，你也不能考进士，科举考试也不会涉及这方面的题目。李白除儒家的学问之外，他的学问也非常深厚，诗文当中我们可以看到，但是他对儒家除了嘲笑之外，没有多少恭敬之处，所以李白宁可做诗人也不去考，因为他知道自己考不上。但是在今天的社会生活中，必须儒道互补，必须得通晓老庄哲学。中国古代的文人雅士包括苏东坡，当官的时候用《论语》，不是说"半部论语治天下"吗。你不论是哪级官员，你必须得通晓《论语》，它是正宗的学问，在今天也是如此。今天你做官员，不懂得《论语》的话，你肯定做不好，你最后做不成君子，便可能成为小人，小人里面贪官污吏很多。充闾在这方面有着深厚的修养，所以他能非常通达，是官场上、文坛上少见的高人。就《庄子传》我曾经主持召开过几次研讨会，最后形成了一本研究《庄子传》的书。充闾他在做君子、达人这方面有非常强烈的自觉性，他不是自然而然成为一个君子、达人，他有做这种君子、达人的非常明确的目标，对自己有要求，而且非常严格。三天前，我俩通过一次电话，用座机谈了四十分钟，谈完之后，我拿听筒的手已经抬不起来了。其间也谈到今天的会，他出席不出席，他有非常周密的考虑，他不能出席。他为什么不能出席，讲得非常合乎道理，所以我非常赞成。所以充闾在社会、文坛、官场，假如说我们把社会、文坛、官场当作三维的话，在这个三维结构里，他每个方面都做得非常成功。在文坛上和充闾有交往的人，那些作家，除了咱们省的作家之外，外省一些比较有名的作家，对充闾的人品都非常佩服。拿某一位作家来说，如果获得了文学大奖，得了奖之后挖苦他的人，骂他的人，反对他的人，是更多了。为什么如此？有的是应该批评或者是指责的，有的是不应该的，但是只要你出了名，那就反对你。像充闾这样的人，没有对他有反对意见的人，常常都是非常钦佩他。我们在这部片子里面看到，那些人说的都是真话，非常难得。

第二，他的文化素养。知识修养上，充闾非常明确要把自己打造成什么样的人，明确怎样建设自己。在生活当中，假设我们自己和别人当中，就是人我关系，人是别人，我是我，我这个人和别人是一种什么关系，古今中外就这一问题有很多见解。我们知道在人我关系中，好像对别人，不如我对自己了解得清楚，好像一般都是我最了解我自己。但是了解别人，比了解自己要多得多，在多数情形下我们看不见自己，看见自己是非常痛苦的，看清自己的人非常痛苦。比如说我积累的不多，别人积累的多，我怎么就不多呢，这是一种自卑感，自己做的事情做不好。马克思在《1844年经济学哲学手稿》中讲，人我关系中要把自己当作自己的对象来研究，把自己当成对象进行研究，这个时候你才能了解自己。唐代诗人杜牧有两句诗，"睫在眼前长不见，道非身外更何求"，我们眼睛都有睫毛，它长在离你眼睛最近的地方，谁能看见自己的睫毛，谁也看不见，这就是离自己最近，自己都不认识自己，认识自己是非常非常难的。

我很少见到有充闾这样的人，他知道自己有什么特长，什么地方缺，什么地方最缺。我们谁能把自己缺的是什么长期记录下来，然后补给这个缺陷？很少有人这样来做。可以说从小学到中学一直到进入社会，如果真有这样的人，那就是高人，他肯定会在各种表现上，不论是道德修养，还是技能，他都会高人一头。

拿充闾来说，我们在片子里面看到，他读家族性的私塾，他不是到一般私塾先生那里面去学，他是在家里边，亲戚里面有一个老师来教他们，读了八年。和他相比，我读了四年私塾，比他少一半，我读私塾读到《孟子》，全都背下来之后读注解，注解有的我也背。刚才我们在片中看到，充闾他通读四书五经、诸子百家，以至于到后来的古今中外，如此全面的知识结构的建构，我们省到现在，据我了解没有第二个人能做到这一点。就是念过古代文学研究生，四书你全读过没有？内容你能不能全了解，或者从其中拿出来一句话，你知道是哪一篇里面的，什么意思，我可以大胆地说，没有一个这样的研究生能说出来，而且那些教古典文学的许多教授也做不到这一点，而充间能做到这一点。所以当你和他交谈的时候，他没有回答不了的问题，而且他记忆力特别好，我们一般读书读完之后了解个大概，记不住，记也是碎片化的，而充间他能够把这本书中的一段全部背出来，这就是天资。在这方面也很少有人能和他相比的，他固然天资非常聪慧，但也和他不断的复习有关系。孔子所讲的"学而时习之"，这个"习"即是复习、温习，也是实践当中的学习，两重意义，他在这个方面都是非常突出的，因此他古代文化素养、文学素养非常深厚。但是他这八年家族私塾的学习，外国的、现代的文化知识，这些东西在当时的情况下，不可能有所涉及，所以在他后来的工作实践和写作实践当中，他这方面是很用功的。学习马列文论，因工作调动需要，省里要考察他在马克思主义哲学方面有什么素养，就把他读恩格斯《反杜林论》的学习笔记拿去考察，看他是不是通读，是不是真有所体会。充间说当时的考察人，回去之后向领导汇报，得到非常明确的肯定，就是这个人有马克思主义的基本理论素养。除此之外，中国的历史，二十四史，他也是非常熟悉的，中国那些大家的文集，像王安石、欧阳修、苏轼等，他很多都是通读的；现代作家，从五四以来，鲁迅、郭沫若、巴金等，这些作家作品，他都认真阅读和学习。国外的历史，尤其是那些一流作家的作品，他也都通读过。所以片子里面说他学贯中西，绝不是溢美之词，确实就是如此。我们俩的交往之中，关于中外美学史的问题，谈得是比较多的，他缺少的那些东西，他都非常认真地去读，去学习。那么有这样一个全面素养的作家，他进行写作、讲演，或者说他处理有关文化艺术的工作，都是非常得心应手的，像充间那样的宣传部长，太难找了。充间作为一个著名的作家，他是一个饱学之士的身份，"饱学"就是学识非常丰厚，他是以这种身份进入文坛的。能以这样的起点进入文坛的人并不多，而且他还在不断地发展，不断地提升自己。这是他对自己进行自身的全面建设的一个特点。

第三，简单地说，他找准了自身的发展点。作为一位作家，我在什么基础上往哪个方向发展，就一般作家来说，绝大多数，是遇到什么写什么，哪个问题方便写，我就写，写完之后，构不成一个完整的系统，充闾他不是这样。他有非常好的国学基础，我们在这个片子里面看到，他在北京大学讲学的那个场面，充闾和我说，他讲完之后，北大中文系的一些非常有名的教授，像陈晓明、温儒敏、王一川等，就是现在六十岁上下的，在全国都是有名望的学者，和他吃饭的时候，讲到一个什么问题呢，说你的文学创作，要牢固地立足于国学基础，也就是在国学的基点上向文学方面发展。我在以前和充闾交谈，我说就是用散文去激活历史。历史都在那摆着，二十四史在那摆着，二十四史上说了很多历史人物，但代替不了文学；在二十四史里，《三国志》是非常有文化因素的一部史书，我们读史，首先要读前四史。就是《史记》《汉书》《后汉书》《三国志》，这四套历史书你就得下功夫读，从文化意义上来讲，他对后来的历史文学都有重要的影响。我们常说的一些成语，差不多有一半都在这四代历史当中，剩下就是孔孟老庄，后来的人几乎都是靠这个来做基础，而后有所发展。所以历史代替不了文学，它可以做文学的一个题材，然后以散文的方式让它被激活，让它不仅为人民群众喜闻乐见，并且成为一种新的文化作品。

说到充闾的"人文三部曲"——《庄子传》《文脉》《国粹》这三本书，是他这种自觉性突出的、集中的、最成功的表现。由此我们也看到，今后的充闾的历史文化散文创作，不可限量，没法预期能达到什么样的一个光辉的顶点，但是可以期望会有比现在这三本书更好的作品出现。

再说说我写的这首诗，是下半夜一点想到的，也没细改，我把自己要参加这次会议，和充闾的成就以及对他的未来期望，差不多都写到这首七律里了。

"营口重来十载长"，我上次来营开会是十年前，这十年国家的变化非常大，进步非常大。十年前一想，不论是国家，或者是我们的事业，或者说充闾的创作，究竟在十年之后是什么样。我当时预感会非常好，但能好到什么程度，我们都没想到会达到今天这个程度，包括充闾的诗，大文化散文，所以我非常感慨。今天的退居二线的同志，当时都是五十岁，或者没有五十岁，都是年轻的小伙，身强力壮，中坚力量，今天不少都退居二线了。"汤汤流水写沧桑"，因为时间流逝，带来的都是变化，非常重大的变化，事业的变化，人的变化，充闾的变化，就是变化。恩格斯说，只有变化是不变的，只有不固定是固定的。这其中充满了变化，什么东西不变化，就是变化不变化，什么最固定，不固定是最固定的。"屡闻协会行推助"，咱们的研究中心不断地搞活动，就是这些活动一直在推动着充闾的创作，我想充闾在看到这个片子以后，他会更记得用散文去激活历史，在这方面会产生更大的动力。"多有中坚鬓染霜"，当年的中坚力量，现在鬓角已经白了。"犹见充闾行健笔"，充闾在写作方面，你打他固定电话，如果两声响他还没接，就说明他没在家，他要是在家，就是在书案上写作。"文坛拓境闪辉光"，他文学创作的光彩会越来越明显，这个光源会越来越强大。"今朝可预他年事"，今天我们都可以预想以后多少年会怎么样。"传世之书史广藏"，充闾的创作，他写的书都是传世之书。历史会收藏这些珍宝，成为传世之作，成为我们中华文化里边不可动摇的那部分经典。

在王充闾文学研究中心成立十周年座谈会上的发言(摘要)

◎李景阳

同志们,朋友们:

大家下午好!我应邀参加今天这个座谈会,收获很多,非常高兴。王充闾先生德高望重,是我们省里的老领导,是从营口走出来的当代著名作家、诗人、学者,是辽宁最有影响力的一张文化名片。愿同大家分享的是,我们辽宁政协文史馆十分荣幸,聘请到王充闾先生作为荣誉馆员。

在此,我想向大家汇报这样几点体会。

第一点体会:营口,天地有大美。大家知道,王充闾先生有一部集大成的代表作《逍遥游·庄子传》,"天地有大美而不言",就是在《庄子·外篇·知北游》当中的一句话。王充闾先生乡梓情深,在他的作品中尽显营口之大美。这里有山、有河还有海,《请君细阅西流水》讲述辽河流域文明。这里有积淀厚重的历史文化,《山不在高》述金牛,《母亲的心思》在望儿山,《故垒情思》讲西炮台。《前程向海》展示了营口港,这里是东北地区第一个对外开放的商埠,已经跻身于国内十大港口行列。《柳荫絮语》描绘了作为北方港口文化和民族工商业缩影的辽河老街。在这里我想强调的是,营口之大美,还美在文化名人辈出,从充闾先生的《营川双璧》到《辽南三老》,从《忆昔倾谈鬓尚青——怀念袁阔成先生》到《人天永绝长歌当哭——沈延毅先生十年祭》,从《〈苏方桂文集〉序言》到《刘声雨的艺术成功之路》,人文景观处处流光溢彩。特别是出现了在当代享誉国内外的著名文化学者王充闾先生，相信大家一定会为他感到骄傲和自豪。

现在谈我的第二点体会：文化，山高人为峰。天地是万物之父母，人是万物之灵，刚才说到营口天地有大美，主要是美在地灵人杰。文化、文化元素、文化符号，是一个城市最亮丽的名片。文化、文人、文脉，则反映着一个城市的精神风貌，可以说是一个城市的灵魂。这些观点大家都懂，在座的比我懂得还要多。一方水土养一方人，一方文化影响一方人，营口作为一个港口城市，从诞生之日起，就打上了自己历史传统文化和地域文化的烙印。王充闾先生作为优秀文化的研究者和传播者，同时也是优秀文化的塑造者和代表者，确实为我们营口这个城市增光添彩。当你翻阅一个地区的历史时，一个县也好，一个市也好，一个省也好，能留下印痕的官员或者领导往往很少，但作为文化学者，作为文化元素和文化符号，却常常是名垂青史。据我所知，王充闾先生作为省级领导干部，在辽宁口碑非常之好，清正廉洁、淡泊名利、政绩斐然、谦和儒雅，可以说，这是耸立在他职业生涯的一座山峰。同时，他作为文化学者，"有丰富的人生阅历，有深厚的中外文化学养，有中正的道德品格，有精细的思辨与想象力，有聪颖的智慧和敏感的情怀，这使他作为作家的此在具有极大的超越性，能在不断的文字运用中，达到非常的表现程度，创建成自己独有的文学表现的话语体系"（王向峰先生评语）。从而走向文学的辉煌，靠自己的不朽之作，成为文化界的又一座山峰。在人生的旅途上，充闾先生攀登上了两座高峰，他的第二座高峰更有高度，更有维度，更有气度。山高人为峰，说的是文化，说的是人文精神，充闾先生就是我们营口最好的名片，最独特的文化符号，高山景行，令人仰止。

我想谈的第三点体会：再造，春暖花又开。我为什么说"再造"这个词呢，我们一个地域文化也好，一个产业也好，一个项目也好，都有一个建立、建设、建造的过程。充闾先生在《传承 重塑 创新——东北地域文化散谈》一文中写道："地域文化，是在特定的社会时代、历史背景下形成的。作为一种人文积淀，一种资源的积累、历史的负载，往往是精华与糟粕并存，必然有其局限性。而地域文化又是一种继承，一种延续。这种继承与延续，不是简单的保留、维持，不是机械的复制，而是一种转换，一种重塑，一种再生；是一个不断改造更新，不断赋予新的内涵，注入时代精神的过程。""继承、转换与重塑，就其本质来说，也就是文化重建、文化创新。"所以说，再造就是坚持，再造就是创新，再造就是提升。营口是在国内有着一定知名度或者说较高知名度的文化之城，我想说的是我们要感恩充闾先生，这里历史文化滋养了他，他成长起来了，走出去了，成为国内外知名的著名作家、诗人、学者。我个人认为他将会成为一位伟大的历史文化学者。当然，现在"伟大"一词用得比较多了，对作家、对学者、对科学家用得却很少，但他们是永远不朽的。我与充闾先生有过交流，他深深地爱着营口，爱着家乡。那么我们营口怎么样做好充闾先生这篇文章呢，怎么样借助于充闾先生的崇高声望来推进营口的文化建设呢，我觉得这是一个非常有现实意义的课题。特别是，营口还走出来过沈延毅老先生，是大书法家；走出来过冯大中先生，是大画家，都誉满全国。充闾先生曾说过："地域文化的传承、重塑、创新工作，是一项赓续历史、开辟新途的系统工程，需要我们长期、持续地抓下去。"我们应关心文化、热爱文化、重视文化、弘扬文化，要清楚地意识到文化事业的发展对于一个地区经济社会发展，对于提升人民的生活质量有多么重要的意义。一个地区的经济发展竞争力和文化软实力是密不可分的。王充闾先生绝不仅仅是营口的王充闾，也不仅仅是辽宁的王充闾，他是我们中华民族的王充闾，乃至是世界的王充闾，因为优秀的精神文化必将是全人类共有共享的。

可喜可贺的是，王充闾文学研究中心已经成立了十周年，在以往的十年中，在收集、整理、研究、交流、传播充闾先生的文学成就方面，做了大量富有成效的工作，令我十分敬佩。王充闾文学研究中心聘请我做顾问，是对我的偏爱，使我感到非常荣幸。坦白地说，就文化学术水平而言，我是远远不够格的，但是我愿意做一个尽心尽力的义工。我所在的省政协文史馆也将同研究中心建立密切的合作关系，全力支持充闾先生文学的研究工作。我非常看好营口，祝福营口。讲好充闾故事，传播营口文化好声音，春暖花又开，将营口打造成国内知名的文化之城，该是多么美好的事业！

  谢谢大家！

幽兰贵独芳
——我所知道的著名作家王充闾先生

◎ 高作智

有史以来，许多国人喜爱兰，尊之敬之，称它为花中"四君子"之一。"婀娜花姿碧叶长，风来难隐谷中香。不因纫取堪为佩，纵使无人亦自芳。"清代康熙一首《咏幽兰》，赞扬了兰花高尚的品德和可贵的情操。孔夫子曾誉兰之为香国的王者，屈原也曾用来比作贤人美士；而郑板桥爱兰，至死不渝，更为人所称道。后来，又有一种兰花把"君子"二字冠入名中，直接称为君子兰，可见人们对兰花是多么敬仰。它那高雅的风姿，特立不群的君子之风，不得不让人叹服。张学良一生钟爱兰花，在他的《咏兰》诗中，把它称为"真君子"："芳名誉四海，落户到万家。叶立含正气，花妍不浮华。常绿斗严寒，含笑度盛夏。花中真君子，风姿寄高雅。"

兰花被人们珍爱，乃至敬重，并非怀古之举，而是有感于今了。"君子怀德"，他所怀的品德，如山高水远；"君子喻于义"，他所信仰的主义，如地久天长；"君子不忧不惧"，他无疚而不忧，无私而不惧，这，该是当今君子之风的精魂了。哦，君子谦谦，温和有礼，有才而不骄，得志而不傲，居于谷而不卑耶。

面对兰花，我曾想，敬仰它的人，有几多知道为什么要敬仰它，在能回答出原因的人中，又有几多想成为兰花呢。在我的印象中，养兰花的人许许多多，历代的文人骚客写诗著文赞美者许许多多，只不过是密密麻麻花千树，树间却难得一见兰花人。爱兰、学兰、成兰者，要经过一个超凡的淑化，何其难矣。天下无空巷，君子有几人？

20世纪60年代，我还是一个啃食名著的小青年，对报社、期刊编辑十分崇尚。当时，我听文友说，营口日报副刊有位编辑很有学问，给作者回信时用的是毛笔，写的是蝇头小楷，我羡慕至极。当时都兴用钢笔写字，能用毛笔者几乎不见，心想他一定是个秃顶的老饱学。于是，在我心中埋下了一个十分崇敬的名字——王充闾。

70年代，我先后在省市级报刊发表了几篇小说。1979年6月，我被伯乐发现当成"千里马"，经特批调到营口市文联。虽说文联人数不算多，但老的小的都有专长，有的名声显赫，我一个县城来的乡巴佬，未免觉得自卑。

一天上午，我正在爬格子，有人过来告诉我，市委办有人来看我。我回过身来问道，那人是谁？应该回答的人却已经出屋了。半个小时之后，一位四十出头的中年人，在文联秘书长的陪同下，突然站在我的面前。市委干部来看我这个小人物，我一时好紧张，慌忙站起来迎接。他见我眼光惊惑，还没等秘书长介绍，便伸出手来自报：我是王充闾。啊！我立时惊现一百个惊叹号，多年崇敬的老饱学就立在我的眼前，但他没有秃顶，而是一头茂盛的黑发，他并不老，只比我大几岁，个子比我高，面孔比我白，脸膛沉静，眼睛透过茶边眼镜闪烁着灵动的光。我高兴地搬来椅子让座，并沏上一杯茶。他立刻制止道，别忙活，咱们都坐。

秘书长走了，我们俩聊得很多。他问我都读了哪些书，最喜欢谁的小说，说我发表的小说很有乡土味，读起来很亲切。希望我在深入生活的基础上，继续读，继续写，写出突破自己的小说。临别时，他嘱咐我，有事可到市委办公室去找他。

我才知道，充闾先生早就离开报社到市委办公室任职，并且是办公室主任。于是，一个问题便在我心中萦绕许久，人家是领导干部，我是个普通市民，他怎么会来看我？终于有人问我，你读过汪聪的散文吗？我回答读过，那是情真义切散发着历史烟云的好散文。那人接着像朗诵一首诗：汪聪就是王充闾，他不仅是一个好编辑，而且是个出色的作家，他不仅自己是个才子，而且爱惜有才的别人，有才爱才是他的个性。

噢，汪聪就是王充闾。我推开楼窗，看到楼下川流不息的马路，刮风了，下雨了，绿岛上的一棵小白杨在风雨中摇摇摆摆，一个人穿着雨衣正用笔直的松杆，牢牢地支着小树的主干，树不再摇摆了，风雨只能在小树的茅尖上唱歌，那歌声十分动听。

四年之后，我忽然感到，我像斯巴达克离开了母亲，浑身的力气在减退，于是，我想回到母亲的身边，提出了申请，希望到农村挂职，可是，领导能同意吗？我想起充闾先生曾经嘱咐我的那句话，有事可到市委办公室去找他。此时的他，已是市委常委、宣传部长了。然而，没等我去找他，我的申请就被痛快地批准了，听说我的申请传到他那里，他即刻对文联领导说，他的申请很正当，应该答应他。这样，我没有见他一面，市委组织部很快就把我送到盖州市委组织部，紧接着，盖州市委组织部就任命我为副镇长，并把我送到了九寨镇。那一年，我写出了第一部著作《荷花灯》，不久，由辽宁民族出版社出版。同时，我还根据盖州市一位烈士的英雄事迹，创作了电视系列剧《杨运传奇》，后由辽宁电视艺术创作中心拍摄，在全国各大中城市上映。

1987年，充闾先生出版了第二本散文集《人才诗话》，其中的《爱才尤贵无名时》，不知振动了多少人的心房，使我等对他的人才观有了更深层认识。他在文章中说："人才宝贵，古今并无异议，但人们的习惯往往是只注重'显人才'，只承认成功，而很少关心与注意'潜人才'在成功道路上的奋斗与挣扎。因此，当成功到来之前，这个阶段是难熬的，不要说按门阀取士、凭年资选官、靠恩荫供取的封建时代，就是在今天，由于旧的习惯势力和传统偏见的影响，在人才成长过程中，往往挑剔者有之，不服气者有之，嫉妒者亦有之。这个时候是最需要支持、鼓励、拔擢与帮助的。""当然，这绝不是说，对出名的人才不该宣扬与关心，只是想提醒一下,爱才尤贵无名时,与其在人才成名之后揄扬备至,优礼有加,干些'锦上添花'的事,何不'雪里送炭',在幼芽掀石出土之际,多给一些实际的帮助呢!"人们不能不说,这种独树一帜的见地太伟大了。

辽南的秋日多是翠绿与嫣红,而九寨镇又增添了一层香喷喷的紫气,那就是垂天遮架的葡萄。一天,我走进葡萄园,站在皮薄粒大满口甜的葡萄前浮想联翩,如果我能带点葡萄送给充闾先生,无论是友情还是恩情,都属理所当然。然而,晴朗的天空好像传来了雷声,那雷声骤然击垮了我的遐想。

不久前的一次会议上,充闾先生做总结讲话时,我听到了以下话语:"你们不要到我的家里去拜访和看望,该办的事你不去我也给办,不该办的事,你去了我也不会办。你们都知道我愿意写点东西,平时没有时间,全指晚上和年节假日,读点书写点东西,你们一去我就全泡汤了。我求求你们了,给我留下一点空间……"惊人又诚恳的话语,打动了所有人的心。君子之交淡如水,恭敬不如从命。葡萄之情只能蕴藏在心底,我想起了风姿高雅的君子兰。

后来,我在他的第一部散文集《柳荫絮语》(1986年)的《闲话私谒》一篇,看到他对私谒之风说了这些话:"对此,多数同志是不胜其烦的。不独苦于送往迎来虚耗精力和时间,更主要的是对这种庸俗腐朽的作风觉得讨嫌。但也确有少数人爱吃这口食儿,结果免不了吞饵上钩。古语说:'受恩多则立朝难。'既承私惠,必谋酬报。结果,赤裸裸的交换活动代替了党性的尊严,人民授予的神圣权力变成了谋取私利的工具。'虽云交际之常,廉耻实伤',这确是值得我们深加警惕的。"

从此,他对私谒的厌恶,"不要到我家去拜访和看望",已成为佳话在社会中盛传。为官廉洁,儒雅倜傥。冰心玉壶,誉满滨城。

然而,唯一可以占用他自己黄金时间的,是到三十多公里外的盖州市,看望偏居在山沟里的一位古稀老人吕公眉。那个山沟是城关镇自治村的一个生产队，吕老住的两间条形低矮的土屋窄得不能再窄，只是窗前尚有个几平方米的小院，还可舒展地喘口气。连小孩子都知道，那里居住着的那个瘦高的老人，当年是个人人喊打的"右派"，没有人看得起他，他自己却活得有意趣。他没有夫人，只与院里的两盆菊花相伴，还有一个四十多岁的男人常住在他家，那男人是位人民教师，而与他是什么关系，谁也说不清。

一辆轿车停在两间茅屋的门口，山沟里的人家惊讶不已。吕老探着脖子看见，一位穿着制服打扮立整的中年人，推开柴门走进来。吕老很惊诧，连忙穿上鞋子迎了出来，他不知道来者是营口市委的副书记王充闾先生。

充闾先生是盘锦人，后来到营口工作；吕公眉是盖州人，多年生活在长春。充闾先生对吕老并不熟悉，吕公眉的名字是他在报纸上发现的。

1986年12月的一天，《营口日报·辽河湾》的一篇散文《访公眉先生》深深地吸引了他，文中写到"公眉先生姓吕，是盖州一位德高望重的老教师，才高八斗，桃李满门，然一生坎坷，多有磨难，我是带着一种钦敬的心情采写他的……"充闾先生感于公眉老人的才华、境遇很特别，不但找到该文作者姚志刚，深入确切地了解了其人，尤其详细地询问了公眉老人的近况，然后拿出一本1987年的挂历和一本他的《柳荫絮语》，还特意翻看了一下，看看有否缺页或断页，嘱托姚志刚在春节回盖州时转交给公眉老人。后来经进一步探寻，方知长春市曾经的《麒麟》杂志设有吕老的专栏，是一位文学大家，是埋藏在土里多年的金子，这样的人才，别人可以不理，而作为热爱写作、爱惜人才的副书记，绝对不可任其冷落。

当时，吕公眉老人刚刚平反，许多人对与他交往尚心有余悸。我给他在《辽河》上一连编发了三篇散文，他并不觉得有什么奇怪，但今日营口市委领导的造访，却使他感触万端，他豁达的心胸，骤然增添了许多春天的绿色。

心宽不怕茅屋窄，一碗白水也馨香。两个人说古论今，谈天聊地，提及吕老的散文名篇《念珠桃》《山城拾旧》，相互妙语相接，滔滔不绝。那情景用"相识恨晚"四个字来形容，是最恰切不过了。后来，吕老在写给充闾先生的一首七绝中这样写道：

    自谓今生一识难，先蒙青眼到孤寒。
    才高量雅知君惯，只说文章不说官。

生动地表达了对充闾先生的高度称赞和无限感慨。

从此，充闾先生与吕老的交往一直不断，由此，吕老的社会地位大幅攀升，盖州市的党政界也对他重视起来，给他安排了一套两室一厅的新楼房。他的作品也吸引了众多人的目光，其诗词和散文已经成为营口文坛的一面旗帜。

高山流水，知音难得。一位是忙碌的领导，一位是闲暇的山人，虽各有天地，却诗情不断。吕老在《丁卯春两过营川访诗人汪聪不遇以此代柬四首》中的一、二首，这样写道：

    风雨元宵一别离，清明又见柳依依。
    小桃欲落春犹浅，着意余寒莫减衣。

    烟柳丝丝簇绿云，骚人刻意入诗文。
    山阿水曲万千树，树树相看总忆君。

充闾先生在《赠吕公眉先生二首》中这样写道：

    相看如对敬亭山，十日平原乐往还。
    白石渔洋神髓在，诗思摇曳水云间。

> 忆君常在水云间，富贵浮沤视等闲。
> 见说萧然环堵客，南朝何谢列清班。

俗话说，"穷居闹市无人问，富在深山有远亲。不信但看筵上酒，杯杯先敬有钱人。"我常想，充闾先生为何逆而行之？我终于在他的《人才诗话》里找到了答案。

他在此书《荐贤篇》里介绍了一个脍炙人口的文学典故"说项"，内容是唐代进士、宫部尚书杨敬之写了一首诗：

> 几度见诗诗总好，及观标格过于诗。
> 平生不解藏人善，到处逢人说项斯。

杨敬之是社会地位很高又十分爱才的诗人，他发现项斯的诗很出众，便逢人夸耀不止，待见到项斯其人，认为品行比他的诗还好，便写下这首诗到处宣传。项斯原来虽德才双优，但很少有人知道；由于杨敬之的举荐，项斯才名声大振。充闾先生在文中大发慨叹："举贤者要有良好的品德，即'平生不解藏人善'的高尚品格。孔子说过，'知贤，智也；推贤，仁也；引贤，义也。有此三贤，又何加焉！'《吕氏春秋·赞能》篇中有一句名言'得十良马，不如得一伯乐。'有了伯乐就可找到更多的千里马。"

平生不解藏人善，正是这种高贵的君子之德，才使吕老从此名声大振，远近有名，粉丝屡屡，所及之处涌出一片后继。

充闾先生不仅对吕老"不解藏人善"，对盖州籍的大书法家沈延毅、营口籍的诗人陈怀都颇有深厚的君子之交。

充闾先生识才爱才。他听说，老边区有一位教师，在儿童文学方面有所成就，便驱车前去看望，送去市委的精神力量，在那所学校引起不小的震动，由此，那位老师的儿童文学创作不断得奖。充闾先生在省城读到女诗人秋枫的诗词，感到非同一般，通过了解，发现秋枫女士原来是营口人，大为惊喜。可是，她是刚从外省回归营口，营口人大多不认识她，充闾先生便从省城打来电话，告诉营口市诗词学会，对秋枫要给予充分的重视。果然人才难得，几年后，秋枫女士被选为辽宁省诗词学会会长。

兰君芬悠远，送来石水香。充闾先生不仅开掘茅屋大家，在殿堂成为动人的美谈，而且他的谦恭下士品格，在坊间也被传为佳话。

充闾先生从宣传部长到中共营口市委副书记、政协主席、中共辽宁省委常委、宣传部长、辽宁省人大常委会副主任，兼辽宁省作家协会主席，身份变了，君子之风却依然如故。

在省城忙碌的充闾先生，突然在2005年10月27日营口日报副刊《辽河湾》上，发现了一篇令他感慨的文章，名曰《我与充闾无缘》，作者是营报记者姚志刚。内容是作者回忆充闾先生在营口工作时，姚志刚的两次无法弥补的懊恼和遗误，这些事竟是发生在十九年前，那时的姚志刚是位刚进报社半年的小记者。

第一次是，充闾先生看到姚志刚在报上发表《访公眉先生》，找姚志刚要进一步了解吕公眉的情况。姚志刚来到市委大楼，经通报之后，姚志刚本可以直接上楼，而充闾先生非要下楼迎接不可。等候在传达室的姚志刚见充闾先生下来，连忙开门去握手，没想到门有弹簧，将推开的门又弹了回去，正撞到充闾先生的前额上。市委副书记横遭当头一击，姚志刚惊呆了。充闾先生揉了揉额头，像什么也没有发生，仍然热情地把他领上楼去。

第二次是，不久，充闾先生写了两首旧体诗交与姚志刚，一首是七律，一首是七古。作为一个报社的文学编辑，能得到像充闾这样的诗文大家的赐稿自然是高兴的事情，姚志刚当即编发，但在车间里排版的时候，工人将"七古"排成了"七律"，而他校对的时候竟未发现，两首诗加一块儿不过百十来个字，标题错了他竟没看出来！报纸一出来，他可是一眼就看出来了，心中顿时一惊，呆在那里。他读过充闾先生所著《柳荫絮语》，并为充闾先生的学识所折服。他知道充闾先生是从报社编辑走上市领导岗位的,是报社当年的"三才子"之一,这一失误,对于治学严谨的充间先生来说无疑是"吃了一只苍蝇",它会造成读者对充间才学的误解。这显然是对充间的又一次"当头一击",而且这一击比上一击厉害得多,那一次伤在肌肤,这一次伤在心上。

两次大煞风景,姚志刚的懊恼一直挥之不去。充间先生能原谅吗?他是很难原谅自己的。当时,他不好意思去见充间先生,但他最终想见充间先生的时候,充间先生已经走上了省委领导的岗位,他知道没有机会了,于是写出了《我与充间无缘》。这篇文章,主要是赞美充间先生"工作要认真"的提醒,使他在以后的工作中,第一是认真,第二是认真,第三还是认真,做人亦然。特别是在文章最后说,"我与充间无缘,但在岁月的渐进中,我却有所感悟,经常谋面的未必是缘分,而一次的点拨却让人受益一生,此乃大缘哪!"可是,尽管如此,文章的字里行间仍渗透着对过错的懊恼与痛悔,特别是那句"人生的一次错误有可能会让人懊悔一生",十九年了,一种自疚的烟云一直笼罩着姚志刚的心灵。

一个月后,姚志刚突然接到一个电话,王充间回营口家里过春节,要在大年初一与他见面,意思是多年不见想随便聊聊。见面!这是姚志刚十九年的愿望,他高兴得不能自已。这一聊,送上门来的友情还能说无缘吗?这一聊,十九年的懊恼还能继续存在吗?这一聊,一种特别的宽慰卸去了可能要背负一生的沉重,充间先生的这一举动,给姚志刚送来了无比的轻松,绝对是君子之为。

君子如兰,厚德如山。君子修身立德,有所为有所不为。虚怀若谷是大智慧的着落,温和蕴藉是力量的写照。伟岸与高雅,看似离你很远,实际他的心却离你很近。

充间先生在他的《柳荫絮语》的《用人与容人》篇,大讲惜士怜才。他在文中说:"'水至清则无鱼,人至察则无徒',要想得人之心,广纳贤才,必须豁达大度,不计私仇,能够容人之过,念人之功,谅人之短,扬人之长。""有些人在平常情况下尚能容人,并不属于忮刻褊狭之辈。

但是，一当个人的威严、私利受到损伤时，就失去了应有的度量。""能否具有江海之量，容纳和任用各种各样的人才，在历史上是经常被作为事业成败的经验教训来加以总结的。"

以情恕人，以理律己。一位省级官员，一位市报记者，一个大节日，一件小事情，没有一个博大的江海之量，没有一颗善微不弃之心，何能为之。

吕老的学生、民盟中央副主席张毓茂同志，要把吕老写出的东西收集起来出版一部《山城拾旧》诗文集，充闾先生在百忙中为此书作好序后，邮寄给吕老过目，没想到邮件没到，吕老已永远地闭上了眼睛。充闾先生得知噩耗，我等从未见过他这样动情，他在序言补遗中号哭："呜呼，天忌才人，文章憎命，竟至'灵光'一老也不予存留，痛可言耶！"最后几乎是大叫，"言之伤心"！"言之伤心"！

当吕老的诗文集《山城拾旧》问世时，充闾先生又喜不自胜，立即挥毫表达了其对吕老的泱泱不了之情。

题吕公眉诗文集《山城拾旧》二首

一

被褐怀珠历雪霜，天留一老作灵光。
骚坛饶有三千士，诗酒风流尽瓣香。

二

（集清人舒铁云句）
往日春风结客场，生平知己此难忘。
未妨余事耽佳句，也列门人弟子行。

（1999年）

宁静致远，厚德载物。充闾先生为仕期间，出版的书著举指可数，卸任之后，却如决了堤的江水，奔腾咆哮，一泻千里。无论是质量还是数量，都创造了奇迹。各出版社争相出版他的书著，共出版散文集、诗词集五十部，研究王充闾的专著就达六部。他的散文，风格独特，品味厚重，诗文相济，意境氤氲，情味，意味，韵味，兴味，浑然天成，开创了散文新天地，成为中国当代数一数二的散文大家。

境界超物外，风姿寄高雅。我与充闾先生相识至今已有四十二年，无论他在营口还是到省城，他为官清廉，从未听说过钱物上的瑕疵，哪怕是一点点的传闻。他不近烟，不亲酒，深爱知识，欣赏才能。他讨厌庸俗的交往，从不与低俗同流合污，从不接受利益而指鹿为马。当我看到中国鲁迅文学奖评委名单，充闾先生担当散文奖评委主任时，我高兴地大笑，那些靠人缘、靠拉票、靠关系获取奖项的人，该歇一会儿喽。

我不会写诗，但我按捺不住要表达的心情，于是，曾在2017年12月写了一首诗。

七律

敬著名作家王充闾先生

北天浩水立官莲，万里风摇誉翠峦。
为仕爱才凉秽草，做人喜雅热芳兰。
一朝迸瀑千寻远，数载昭霞四海妍。
辞赋氤氲飘众胜，拔超魅夺震坤乾。

我站在花圃里，对着一盆君子兰凝神。这是我见到的最高大的一株，宽阔厚实碧玉一般的叶片，围着一根挺拔的绿柱，绿柱上面擎着一个金灿灿的花球。它那长青的身姿，飘逸的幽香，素雅的气质，顽强的生机，引多少文人志士为之折腰。

惜才如金，雪中送炭，拒绝私谒，坚守名节，屈尊茅屋，举贤荐能，虚怀若谷，谦恭下士，修身立德，卓尔不群，淡泊名利，宁静致远，廉洁奉公，境界伟岸，逆行世俗，一身雅士风范。

此时，在我的耳边总有人念出两句话：花中真君子，幽兰贵独芳。

晚上我做了个梦，梦中我变成了一株君子兰，正兴高采烈之时，咔嚓一个响雷在我耳边响起，天空飘来一朵红云，站在云朵上面的天公说："还是收敛你的遐想吧，君子兰的境界不是一般人能够达到的。"

我醒了，好久没能入睡。

留得岁月纸上香

◎程绿竹

　　文人写文人，自然明心见性。非"文人"写文人，会怎样呢？看到一篇文章中说：毕加索曾对一位自称看不懂他画的人说，不懂？你是要看懂的！意思是，不懂画理，并不代表对画没有鉴赏力。面对艺术，人人都有发言权。谁有权拒绝人们对艺术的钟情与眷顾？谁又能遏制住人们在心悦诚服的敬畏面前的那一声慨叹？懂得，是一种心灵相通、惺惺相惜；不懂，也可以是一种喜欢，是一种仰视。这番解读，倒成为我——一个文学外乡人要对著名散文大家王充闾先生的创作也言三两声的理由了。

　　我不是文人，没有用全部身心拥抱文学的炽热情怀，胸中点墨寥寥，腹内沟壑平平。虽也曾与文学创作擦过肩，沐浴过文学的馥郁香风，但要评说王充闾先生这位山峰一样的散文大家，实乃"以腐草之萤光，对中秋之皓月"。赏其文，我不得不仰视；观其人，我不能不仰止；洞其心，我则感力不从心。

　　在一个柳色初透的人间四月天，在一个春光满屋的上午，我拒绝了窗外的阳光、桃花、绿意的蛊惑，伏在电脑桌前，用有限的心力、智力，试图走进那一片繁茂丰美、旷达高远的散文天地，走进散文家博大厚重、宽广高深而又独特的心灵空间。

　　其实，对于散文大家王充闾先生，我早在二十多年前就初识其名了。

　　那时，身为市文联主席和《辽河》文学期刊主编的父亲，有一天下班回来，拿回几本他新出版的诗集《雁阵，在故乡的天空》，还有一本就是

感悟充闾先生

王充闾先生的散文集《柳荫絮语》。之后，父亲常与朋友谈起王充闾先生和他的作品，谈他的文笔、意蕴，谈他的博闻强记，谈他的刻苦治学及丰厚的学术功底。他作为一位领导干部能给文艺工作者创造宽松的条件，自己又能于繁杂事务中挤出时间，潜心研读史学，从事文艺创作，父亲对此大加赞赏，对他"宦况诗怀一样情"的品格表示由衷的敬佩。我这才知道，王充闾先生不仅是父亲的文友，而且是父亲的领导，是一位"为政为文两从容"的学者型的领导。

子曰：君子不器。其内涵是，有教养之人无论是做学问还是从政，都应该博学多才。我国传统社会士大夫大都具有通才素质，睿智洒脱，博学风雅，其德、其智、其趣、其貌当为人中之俊杰。那时，在我的心里，充闾先生就是这样一位集官员、学者、文人、雅士于一身的"君子"。尤其是父亲对他"出口成章、饱读诗书"的赞美和评价，让我于俯仰之间向学之心日盛。

印象颇深的是听父亲说，有一年他陪同充闾先生到江南旅游。每临名胜，充闾先生必有名家诗词以对，且脱口而出，其引用的史学典故好像就揣在他的衣兜里，随时可掏出与大家分享。

在南京的最后一天，别人都上街购物，充闾先生却一人留在房间里写作。等傍晚大家回来时，充闾先生一气呵成的一篇八千字的散文已经脱稿了。文章中的文史知识、诗词典籍琳琅满目。父亲先前还以为他查阅了什么历史资料，却原来都是他脑子里的库存。

父亲的家已经搬过了几次，这本《柳荫絮语》还有其后出版的《人才诗话》跟着我们迁徙了几个来回，依然在父亲的书柜中珍藏着。只是在它们的身边不断有它们的兄弟姐妹加盟进来，它们的队伍越来越长。而我对充闾先生的关注，也因那一列不断加长的队伍而愈发热切。

只看那一篇篇书名，《一蓑烟雨任平生》《一夜芳邻》《秋灯史影》《清风白水》《沧浪之水》《春宽梦窄》《沧桑无语》《何处是归程》《淡写流年》和诗词集《鸿爪春泥》等，已经把人的心、眼浸润了。虽未能全部与书中的文字与思想进行过交流，感知仅仅停留在走马观花、管中窥豹阶段，但我想即便全部通览，也未必能读懂充闾先生作为一位散文大家内心的纵横捭阖，也未必能捕捉到他宏阔的文学襟怀中的万千气象。我想，要走近他，读懂他，当先让自身生出一些学养，修出一点境界，或可略懂一二。这样，即便如我，一个在文学边缘游走的人，能够在他的文字中得到点精神的濡染与滋养，让我的烟火心灵感知生命的另一种存在形态，让平庸的心智生发出一眼思想的渴望，谁说不是一种提高呢。

曾读过王充闾先生在北京大学散文论坛上的讲演。文中为读者展示了一位散文大家对散文创作乃至人生的独特感悟与深刻思考。蕴含其中的个性修养、审美意向，胸怀境界等，让我们看到了一位文学家的思想高度、学术高度和人格高度。他说，要想有人性的深入触发，不能满足于一般的生活体验，需要有心灵的体验、生命的体验。在他的作品中，不经意袒露出的是他非常深厚的古代文化素养，及对人的命运、人的生存意义和人的自我意识的关注与探索。他自幼受传统文化濡染，读过八年私塾，受过系统的国学教育，有着博大的家国情怀。他阅世深、游踪广、视野阔（有十四年在省级领导岗位上的经历），这一切使他的笔力厚重、深沉、旷远，蕴含着了一种内在的超越性。"伟大的艺术家与平庸的艺匠的根本分野，就在于是否具备这种超越性的感悟。"

上海评论家吴俊先生评论说："王充闾将他的文化意识特别是他的生命意识，充分完全地投注在散文创作之中，他是在写他的精神体验和心灵体验，是在进行自己的人生和人格写作——其实，他也是这样来理解他所看到的和写下的人物和历史的。他对人物的关注，着重在精神心理层面，他所揭示的是人物的个体心理和文化心理。"

当把文字当作人生来经营，他的文字一定会有温度有质感有生命；当把写作当作人格一样来护卫，他的写作一定会有力度有担当有尊严。

充闾先生说：只有具备自由、自在的心态，具备不依附于社会功利的独立的审美意识和超越世俗的固定眼光，才能真正进入艺术创造的境界。

感悟充闾先生

对我而言，读书、创作不是一般意义上的兴趣、爱好，而是压倒一切的"本根"，是我的内在追求、精神归宿，是生活的意义所在，是我的存在方式。此外，我将一切都看得很轻。

真正的作家一定会拥有一颗自由的灵魂，不为物役，不为名累，更不会做别人思想的囚徒。我相信，他的每一行文字都是内心的投射，都是经过岁月过滤、时间淘洗、思考沉淀下的思想的珍珠，因此才会有大情怀、大况味、大境界、大视野。

文学曾被当作光环贴在某些功利者的脸上。而它一旦丧失了光环的功能，便被这些人弃于角落。而真正的文学家，如充闾先生，则是用赤子一样的情怀，农夫一样的躬耕，信徒一样的虔诚，与文学相爱一生，白头偕老。他的灵魂已经交给了文学。他让我看到了伟大的作家与普通写手的区别：伟大的作家不会把写作当作游戏，而是当作崇高的使命。这种崇高，让他的文字有了斤两，有了温度，有了担当。

我看得到，文学就是他的人生，是他的生命。人的生命只有一次，让这一次性的人生之旅行走在文学的天空下，上下求索，矻矻穷年，于他，一定是最幸福和快乐的选择！

初识充闾先生的文字，就是在那样一个文学云蒸霞蔚的时代。岁月留香，留给我一个近水楼台俯仰文学的机遇，也让我今天的文字沾染了一些淡淡的岁月的痕迹。尽管在充闾先生参天的思想大树下，我的思想显得像蒲公英一样渺小、稚嫩，好在，我知道我要寻找的方向。当我思想的小伞降落在这一片丰盈肥沃的文学沃土上的同时，也把一树繁花的渴望深深地种下了。

乡土、乡音、乡情

◎戴　月

最近，拜读了我省著名散文作家王充闾的散文集《一蓑烟雨任平生》，这本散文集荣获全国首届冰心散文奖，文集由"梨花开处忆家山""雅龙河，一首雄奇的史诗""西洋景""一蓑烟雨任平生"四部分组成，其中的《回归》《乡音》给我留下深刻的印象。

泥土滚烫思乡情

乡土之情是众多文人墨客所抒发的情感，但王充闾的散文形成了自己独特的观察视角和艺术风格。在《回归》一文中体现了他滚烫的泥土情结，"万物都生长于泥土而又回归于泥土"，母亲讲述古老的故事："人是天帝用泥土制造出来的，人一辈子都要和泥土打交道，土里刨食，土里找水，土里扎根，最后又复归于泥土之中……不亲近泥土，孩子是长不大的。"出生时的土炕，孩提时玩耍泥塘，打泥仗，这不正是我们一代代人从祖母、母亲那里接受的中华民族的传统文化吗？"泥土伴着童心，连着童心，滋润着蓬勃、旺盛的生机活力。"我们哪个人从小没做过泥土梦呢？"泥土也许是人类最后据守的魂萦梦绕的故乡了。"故乡是我们出生和童年生长的地方，泥土是我们从小生活的环境，母亲是对我们有生育之恩、养育之情的亲人。"不亲近泥土，孩子是长不大的。"从作品语言中我们看出作者对母亲、对泥土、对家乡深深的眷恋之情。

感悟充间先生

乡音浓郁海外情

  王充间在散文《乡音》中谈道:"乡音,人人都有,而且很难改变。不管人生的旅途怎么走,飞黄腾达,还是穷困潦倒,也任凭你漂流到异地他乡什么地方,纵然……一口独具地方特色的乡音,会在顷刻之间打开你的记忆之门,引领你到灵魂的根部,返回早经飞逝的岁月。即使彼此并不相识,只要一缕浓重的乡音飘过耳际,也会迅速拉近心灵的距离,带来一阵惊喜,一种温馨,一丝感动。"作者的乡音很重,通过乡音结识了宁承恩老先生,又在宁老先生的策划下,要通过乡音去拜访大洋彼岸的张学良将军,虽未成行,但可以看出乡音似一种旋律,永远回荡在你的耳畔。乡音是人认识世界、联系社会、步入人生的第一张名片。接受乡音,是生命的幼芽认识世界的开始;运用乡音,是生命的肌体创造生活的流程;有了乡音,生命就有了质的变化;有了乡音,生命就获得了走出家门的通行证。这就是乡音,这就是用故乡的阳光和泥土深印在你精神血肉之上的美丽胎记。凭借它,他乡的游子能够觅得专属于故土的亲情,而那些在茫茫人海中漂泊的人又总会如愿意以偿地回归憩息的港湾。乡音,似一泓温爽宜人的清泉,柔软地滋润着每一个远离故土的人,乡音以特有的方言节奏,把远离乡土奔波的劳累、追求的彷徨、交流的阻塞,一一消弭于无形之中,使他们在乡土信号的激励下,重新获得乡情的抚慰,焕发造访人生的雄心。乡音,似系在飞天风筝上的那根透明的牵线,在近乎无形中,紧紧地拴住每一颗家门外的心灵,并且,每一次的拽曳,都使他们重又看见村头的老树,村边的小河,或者村中槐树上长满锈痕的老钟。文章正是用乡音传达出赤子浓郁的思乡之情。

乡土、乡音话乡情

  王充间的散文似涓涓细流,又似小桥流水,在慢慢叙述、娓娓道来中让人感受浓郁的故乡情结，令人百听不厌，受益良多。散文中优美的文字，往往成为读者精神上的导游，引领人们走向那些人与亲情、人与乡情、人与自然互相交流、互相融合，构成和谐的审美境地。从人类文明中寻求必然，探索内在超越之路。这是在阅读散文之中，让读者"产生一种生命还乡的欣慰与生命谢恩的热望"。作者把这种感觉写下来，于是有了那些渗透生命体验和人生归宿感的乡土、以乡音话乡情的文字。一部艺术作品的产生是和生活体验直接联系在一起的。没有深切的生活体验和心灵体验，既不能创造出优秀的作品，也不可能有作品深度。在他的散文中，我们看出了他独特的人生经历与情感经历，"对于一种对象、一种情景，或者一种事态的情感经历过程，表现在作品中深刻的意义内涵中把握生命存在的本质和情感的强烈性、震撼性。"这种感受往往能够引起读者强烈的心灵震动和情感共鸣，使读者整个精神世界参与其中，注入自己迫切的追求和强烈的生命感受。作者运用散文的创作理念，写出了对人生、人性、社会的理解和表现，引发读者对人生、人性的思考，获得哲学性的启示，不愧是一系列魅力独具的文化散文。

文苑高风励后昆
——感念充闾先生对我的教诲

◎原学玉

  七律·写怀寄友
  埋首书丛怯送迎，未须奔走竞浮名。
  抛开私忿心常泰，除却人才眼不青。
  襟抱春云翔远雁，文章秋水印寒汀。
  十年阔别浑无恙，宦况诗怀一样清。

  这首七律是王充闾先生写给好友祁子青先生的，发表于营口市金牛山诗社（营口市诗词学会前身）社刊《金牛山诗社诗钞》第一期（1987年创刊号）。充闾先生的大名，我久有耳闻，但以学生身份求教于充闾先生帐下，则是从拜读先生的这首大作开始的。不妨再录先生另一首大作：

  岁末抒怀
  行藏奥蕴任猜评，暂息蘧庐七二庚。
  入仕碍难存至性，耽诗端可慰平生。
  青云鸿鹄高天侣，燕石湘兰大雅情。
  鸥鹭不争车马道，狂庄圣孔伴鼾声。

  《岁末抒怀》写于2007年，与《写怀寄友》前后整整相隔了二十年！

窃以为这两首大作在充闾先生的《蓬庐吟草》中占有重要的位置，堪称珠联璧合、相映生辉的姊妹篇，断非一般的应酬之作，不可等闲视之。诗的字里行间展示了作为当代的散文大家和诗词大家的高卓的精神境界、恢宏人生的格局、博大的文化襟怀和高远的革命志趣。

七律·登辽南高峰老轿顶
1987年秋

历尽崎岖始豁然，秋风澄洗艳阳天。
千岩滚雪群羊下，万木垂珠百果鲜。
神女当惊新岁月，愚公已改旧山川。
长征岂惧登攀险，眼底峰峦看等闲。

七律格律森严，规矩太多，不易写好，从古到今真正好的七律作品为数不多。充闾先生的七律写得不多，但首首均上档次、上水平，有的堪称名篇杰作，这首《七律·登辽南高峰老轿顶》便是明证。"历尽崎岖始豁然"，首句起势突兀，令人眼界大开，艰辛历尽，豁然开朗。承句"秋风澄洗艳阳天"，是为登顶一览所见。"澄洗"颇见炼字功夫，澄澈、一碧如洗，好个秋高气爽的艳阳天，登上老轿顶，放眼望去，确实有这种舒朗的感觉。颔联"千岩滚雪群羊下，万木垂珠百果鲜"，既是眼前景、实境，也是一种浮想联翩的造境。"滚雪"对"垂珠"，形象思维，亦动亦静，纵横纷披；"群羊下"对"百果鲜"，既工稳又活泛灵动。颈联"神女当惊新岁月，愚公已改旧山川"，不即不离，不粘不脱，在承接的基础上，挥洒如椽健笔，奋力开拓，引用了两个神话故事，热情洋溢地赞颂了营口吕王乡人民改天换地的英雄气概。"神女""愚公"句很容易让读者联想到"神女应无恙，当惊世界殊"和"愚公移山，改造自然"的豪言壮语。作者显然受到了古今吟诵江山胜景的名篇巨制的影响。尾联"长征岂惧登攀险，眼底峰峦看等闲"，鉴古览今，回到了现实，与首联呼应，堪称点睛神来之笔。充闾

感悟充闾先生

先生的这首七律，不是一般的寄情览胜之吟咏，其内涵丰富，境界高卓，寓意深远，体现了作者赋诗为文的大格局、大视野、大襟怀，非同凡响。概而言之是：文采飞扬，气象万千；大气磅礴，曲折回旋；富丽堂皇，荡气回肠。充闾先生的全部诗文体现了这种风范、精神和气概，是学者风范，志士精神，英雄气概！

我有幸与充闾先生结识，是从诗文开始的，也可以说是以诗为缘，以文为媒。是充闾先生诗文的魅力，吸引了我，感动了我，折服了我。对于充闾先生的道德文章的感佩，可以用两个字加以概括，那便是：崇仰！

三十余年来，我亲聆充闾先生教诲的次数，算来也就只有四次：一次是1987年端午节金牛山诗社（营口市诗词学会前身）聚会，会上充闾先生介绍并传达了中华诗词学会成立的盛况和会议精神，对金牛山诗社今后的发展提出了殷切的希望。第二次是在20世纪90年代初营口市诗词学会召开理事会会议，充闾先生应邀出席了会议并与大家合影留念。还有两次是与邰育诚大姐和党学谦兄一起到充闾先生的府上拜访，谈的俱是有关诗词方面的问题，着实获益匪浅。承蒙四次接见，充闾先生给我留下了很深印象，他谦和儒雅，平易近人，学识渊博，谈笑风生，没有一点领导干部的架子。走近先生，如坐春风，顿生一种亲切感。他是地道的一个书生，一个读书人，一个学者，一个博学鸿儒，一个思想家，一个"宦况诗怀一样清"的人民公仆。

1990年10月，我将自己部分诗词习作复印装订成小册子，请充闾先生赐教。1991年年初充闾先生去医院看望病重的陈怀先生时，在谈到营口中年诗词作者时，提到了两个人，其中就有我一个，并寄予很大的希望。此事是陈怀先生的夫人张玢转告我的。这无疑使我受到了很大的激励和鼓舞。

2015年，时逢陈怀先生一百周年诞辰，学会会刊《辽河诗词》发了纪念陈怀先生的专刊号，在主编这期专刊号时，我撰写了题为《双绝堪称有几人——试论陈怀先生的诗词和书法在当代中华诗坛和书林的地位》的文章，这是一篇长达一万八千余字的纪念文章。我把此文通过邮件发给充闾先生，请先生赐教，批评指正。事隔不到一周（2015年7月25日），我收到充间先生的来函：

学玉、熙坤先生：

　　大札读过，十分感慰。谢谢你们的关切。学玉的宏文情真意切，内容丰赡，很有价值。铁辛先生地下有知，应能笑慰。文中"双绝堪称有几家"，"家"当是"人"之误。否则，诗就不协韵了。赵翼诗"满眼生机转化钧"，"转"误为"造"。

　　　　　　　　　　　　　　　　　　　　　　　　充间

拜读充间先生的复函，让我十分感动，第二天，我便援笔复函，以致感激之情：

充间老师、尊敬的先生：

　　谢谢您的鼓励、教诲和指正。我一定会继续努力，做好会刊《辽河诗词》的编辑工作，不辜负老师对我的殷切期望。

　　有关吕公眉先生、陈怀先生诗词、书法界老前辈的生平事迹、艺术成就等，我还能写一点东西。我十分怀念金牛山诗社成立之初，那一段天真烂漫、纯真无私、率真毫无芥蒂的文字交往，我从老前辈那里学到不仅是写诗，更重要的是做人。抚今追昔，真有百感交集之慨！这是促使我援笔写《双绝堪称有几人》的一个重要的缘由。

　　您在《〈山城拾旧〉序》有云："文名夙著，豹隐城隅的骚坛高手吕公眉先生。"这是迄今为止，在诸多文章中，对眉公最高，也是最恰如其分的评价，堪称定评。眉公非凡，是为云鹏、为雾豹，达则兼济天下，穷则独善其身的人物；眉公不是人们通常认识和理解的低吟浅唱、自我消遣的诗人，而是具有汨罗风范、家

感悟充间先生

国情怀的骚人。所以，只从写作技巧、艺术层面上去研讨，还不足认识和概括眉公的全部。我曾在2012年长春市老年大学授课时，向诗词写作班的学员们推荐眉公的诗作、介绍了其生平事迹，并写了几首习作：

一

墙头摆放一堆瓶，酒溢杯中诗涌情。
皂荚树荫传大雅，正声醉我拜先生。

二

射雕心逐九霄中，太息霜摧一梦空。
掷却皮囊余傲骨，长教绝代句称雄。

三

风雨一帘春已残，枝头坠泪梦阑珊。
温柔漫道承诗教，可晓温柔彻骨寒。

四

三十四年携梦寻，劫波难抑射雕心。
西风咽泪潮掀浪，谁解听潮弦外音。

五

心归平淡息波涛，神系诗魂韵自高。
个里玄机谁识破，二分梁甫一分骚。

六

北望辽天百感滋，浩茫心事有谁知。
廿年不辍常开卷，细读风人七字诗。

这是我认识和理解眉公的开始，虽然肤浅，但毕竟近了一步。窃以为"辽南三老"均是国字号、国宝级的艺术家。以上仅仅是我学习的一点收获，恳请先生不吝赐教，批评指正。

顺祝先生暑安！

学生原学玉顿首

同日充闾先生又对我纪念吕公眉先生的六首七绝习作加以点评：

学玉同志：

这几首写得很好。咏怀吕公的诗，竟也写得颇有吕诗的韵味与风致，着实不易，因而，我十分欣赏，讽诵至再。

祝你成功！

充闾即日

2015年8月2日我将习作《豹隐城隅，骚坛高手——吕公眉先生七绝艺术特色浅析》一文（一万三千字）发给充闾先生，敬请先生不吝赐教。

2015年8月6日，充闾先生阅后，在百忙中复函，对拙文给予点评和指正：

学玉同志，您好！

大作《豹隐城隅，骚坛高手》，我认真拜读了，很好。对公眉先生诗作的分析、赏鉴十分透辟，也提高了我的认识。实在提不出什么修改意见；如果求全责备的话，我倒觉得，应该说说公眉先生诗句用典问题——这是他的诗作的突出特点之一。本来，诗不同于词（众所周知，辛弃疾词用典最多），特别是七绝，没有七律那样的深度、容量、蕴涵，完全可以在典故运用上不作更多考虑；但吕先生胸中有海量的古代诗文积淀，顺手拈来，皆成妙谛，出经入史，故典层见叠出，不胜枚举。仅你所引诗中，就有"短衣""鸠杖""强项""蜡屐""鲰生""黄庭""刘郎""一盂饭饱""零涕君前"，等等。

捧读宏文中，发现引诗有几处误植，请加改正：引吕诗"刘郎重来兴偏豪"，应是"重到"，否则不合格律；"连云楼阁望中迷"，误为"连去"；"浊酒未饮心先笑"，我怀疑"浊酒"

应是"浊醪";"豪华落尽见真淳",是元好问诗吧,"淳"误为"纯"。

龚定庵诗:"莫信诗人竟平淡",误为"莫信陶潜竟平淡"。

上述摘误,只是根据平仄格律,未对照原文,请斟酌。

另外,拙作《柳荫絮语》,"荫"误为"阴"。

由于此文要公开发表,一处小疵也应修改:在谈到吕作《杏花小记》时,说"先生的两首小诗","小诗"说法欠妥,应改为"七绝"。

多谢关注,即颂

暑安!

王充闾 8月6日

拜读充闾先生的这封来函,我不仅十分感动,而且受益良多:先生虚怀若谷,奖掖后学,对我的拙文给予了充分的肯定并提出了十分可贵的增补意见,指误正谬到字句,体现了先生深邃的见识、严谨的治学态度和诲人不倦的授业精神。

2003年夏,营口市老边区区委、区政府为实现文化立区的目标,决定成立编委会,结集出版《老边区百年诗词集》,我应邀参与了这部诗词集的编辑工作。作为执行主编,我曾写信给充闾先生,向先生汇报了有关编辑工作的进展情况。充闾先生阅后复函,对这项文化工程以及实际直接投入工作的编辑者的无私奉献和付出,给予了充分的肯定和高度的评价,使我们受到了很大的鼓舞,这无疑促进了编辑工作的进展。2014年12月,《老边百年诗词集》终于结集出版了,这是老边区文化立区的一件大事。

以上是我三十余年受教于充闾先生帐下的往事,从认识充闾先生那天起,我便恭敬地以师事之。在我的心目中,充闾先生的革命经历、翰墨生涯、道德文章是一部高堪等身的鸿编巨制,是一座耸入云霄的高峰,是宦海文坛的一个奇迹,先生是一个名副其实的文学大家。

2009年，中国·营口王充闾文学研究中心成立，作为首届理事会的副理事长，我曾为之撰联以赞：

　　读著名学者、作家、诗人王充闾先生散文诗词感赋
　　故里争荣，风华露润，真山真水真功夫，出真才人、真学者，襟抱青云翔远雁；
　　群峰共仰，箕斗光昭，新典新编新天地，展新气象、新精神，文章秋月印寒汀。
　　注："襟抱春云翔远雁""文章秋月印寒汀"句，摘自于王充闾先生的《写怀寄友》。

充闾先生诗文如海如潮，博大精深，在我看来，如果用最简练的文字评析先生的道德文章，似可用"真"与"新"两个字加以概括，容待日后另文加以阐述。

话又说回来了，回忆充闾先生对我的殷切教诲，断非要向文友们张扬显示什么，我只想通过这些往事，说明一个问题：充闾先生作为一个大文学家、大诗人、大学者，在惜时如金的百忙的行政工作和文学创作生涯中，竟能挤出时间，对我这个业余诗文写作者孜孜不倦地教诲，通览批阅我的业余习作乃至文字的指误和订正，这着实让我深受感动。

临末谨录范文正公名言，以表达我这个草野之人、业余诗文写作者对充闾先生的景仰和不胜感念之忱：

　　云山苍苍，江水泱泱。先生之风，山高水长。

过去的声音
——献给王充闾老师及其亲朋好友

◎ 刘文景

形　容

用我家乡的口语说,他长得好看。王充闾长得好看。

"你把稿子先放在这儿,我再仔细看一看。"王充闾对我说,儒雅谦和的笑,透过乳白宽边眼镜,从眼角溢出,一排白白的牙齿也跟着笑。

我起身。

他下楼送我。一位名编辑亲自送我,令我的心里有一点发紧。

"一些经典的东西,可以多背一些。背的东西一时也不一定全懂。比如《古文观止》,比如唐诗宋词……熟读唐诗三百首,不会吟诗也会吟(此前我一直听到的是"不会写诗也会吟"或"不会作诗也会吟")……"他边送我边说。

已经送我到一楼的北门口。那时我在四中学校教书。四中学校在西头。他又往西送我百来米。这时,我真的被感动了,已听不清他对我说了些什么,不由自主地用眼睛看了看他。

第一感觉,他这么年轻、雅气。

国字形的脸,白白净净的。额头宽阔,亮亮的。发,黑厚浓密。端而正的五官组合得那么自然和谐亲切。目光深邃,儒雅,睿智,丰富,自信而又谦和友善,和一排白亮的牙齿一起微笑,自然干净地把他的学识流淌出来。

他长得好看。美。三句话不离古典名句。这是王充闾当年留给我的第一印象。

时间——1963年夏。

地址："小红楼"营口日报社（位于"正隆银行"旧址。为区别于后迁的报社办公小楼，我们常这样称它为"小红楼"）一、二楼。那一年，王充闾，二十八岁。

不想，二十多年后，我居然读到公眉先生赞美王充闾诗句中有这样两句："立言不独唯辞赋，才子原来是美人。"（公眉先生读《柳荫絮语》感赋五首之五）

后来，几次见到中年以至于老年时的王充闾，视觉中的他，依然很美，是"才子"，"是美人"。也会想到"腹有诗书气自华"这一名句。

别一样的沃土

我惊羡于王充闾的人格魅力，博闻强记，超众的才华，应该是在20世纪60年代初。

"赵钱孙李周吴郑王，我姓王，叫王充闾……"

"我姓刘，叫刘文景。四中老师。"我没有背过百家姓。

"祖武符刘，景詹束龙……匡国文寇，广禄阙东，"王充闾露出一排白白的牙齿笑笑说，"谁给你起的名字？居然占了三个姓系，占了汉朝三个皇帝，还有，你也想分享当今版的文景之治？"我笑笑，没有接住他的话，吃惊。接着，他继续背诵："欧殳沃利，蔚越夔隆。师巩厍聂，晁勾敖融……"

他不像是在背诵，从嘴里哼哼呀呀唱出来的《百家姓》，好像没有经过大脑。听得我有一点犯傻。这是我和王充闾的一次相遇。当时，其他，诸如，送去什么稿件，我说了些什么，都不记得了。

以上小细节留下印痕的地点：简陋的"小红楼"营口日报社副刊部二楼。

时间：1962年，迎春花初绽。

1963年5月24日上午，得悉我的小文《教子小议》在《营口日报》上发表，高兴。下午，我便急匆匆徒步去报社副刊部取样刊。王充闾接待了我："不错不错，文中引用了白居易的《与元九书》。"接着，他居然把我其中引用的一段话背诵下来："仆始生六七月时，乳母抱弄于书屏之下，有指无字之字示仆者，仆虽口未能言，心已默识。后有问此二字者，虽百十其试，而指之不差。"又接着背诵我并没有引用的："则仆宿昔之缘，已在文字中矣。及五六岁，便学为诗，九岁谙识音韵，十五六岁始知有进士，苦节读书。二十年来，昼课赋，夜课书，间又课诗，不遑寝息矣。以至于口舌成疮，手肘成胝，既壮而肤革不丰盈，未老而齿发早衰白，瞥瞥然如飞蝇垂珠在眸子中矣，动以万数。盖以苦学力文所致，又自悲矣。"

此时，我大为惊叹。王充闾此时年仅二十八岁。

说起王充闾的读书和写作，我们怎么也绕不开这几个词语："天意""私塾""魔怔叔""父亲""母亲""天赋""兴趣""勤奋"……

天意给他一个"特殊"安排。王充闾的故乡处在一个紧邻芦苇荡的荒村里。当时的环境，兵荒马乱，土匪横行，日本"皇军"和伪保安队在别处可以横行无忌，大摇大摆地进进出出，唯独在这一带不敢露面，结果，这里便成了一处"化外"天地。加之，居住分散、户数较少，学校自然也难以兴办。不料，有几个关键人物在此时出现了。邻居有个绰号叫"魔怔"的族叔，他有一个男孩，小名唤作"嘎子"，生性顽皮，活泼好动，三天两头招惹是非。"魔怔叔"自己没有耐心也没有精力加以管教，便想延聘一位老学究来进行培养、造就。于是，就请到了有"关东才子"之誉的刘璧亭先生。他是"魔怔叔"早年的朋友，国学功底深厚，做过府、县方志的总纂——"嘎子"遇上了一个相当不错的老学究。

儿时的王充闾，天资聪颖，"魔怔叔"自然垂爱，他出面说服王充闾的父亲、母亲，让其与"嘎子"一同上学。王充闾的父亲念过三年私塾，平时喜欢读书，喜欢看庄、禅一类的书，还经常哼哼一些古旧唱本。王充间的母亲，出身于一个满族世家，祖上几代都曾是清朝文武官员，血液里有强烈的渴求读书的基因。

毫无阻拦，王充闾被顺利送入私塾。

其时为1941年春，当时他刚满六岁。童子功的操练从此开始。

自此，他走完了生命中宝贵的天真无邪的"享受生命，显示性灵"的阶段，完成了由顽童到门生的身份的转变。学业从《三字经》《百家姓》《千字文》开始，很快过渡到《四书》《古文观止》《全唐诗合解》，再到《诗经》《左传》《庄子》《纲鉴易知录》……兼习书法，杂以作文、写诗和对句。

这一段的学习经历，何以用一个"苦"字概括了得？诗文要求烂熟于心——方法是，严苛严酷的要求，反复枯燥的背诵，别出心裁的惩罚……这样的历练，不是几天，是八年哪！

获得益处享用不尽的是后来的事。

后来，我们发现，跟王充闾交谈，他言必出典，话语睿智绚丽……

后来，我们发现，你跟他交谈也好，他写文章也好，寻章摘句都是信手拈来，脑子里根本没有什么准备，自动地下意识地迅速跳出……

后来，他治学的严谨、博学、毅力、勤奋、才思敏捷，对传统文化的痴迷，文学的创作，乃至于形成的世界观、人生观和价值观，艺术思想和风格，不能不说和他从1941年到1948年，这八年所历练的童子功有关。

顺之·逆之

就这样一路走来。吧嗒吧嗒嘴，时不时觉出有一点点苦味，也时不时地能够看得到，浑身上下不断散发出的意气风发昂扬向上的朝气，融合着古色古香以及当代气息，一阵阵扑来。

最初的王充闾，我们这位主人公，还不能称为散文家，更不能说成是享誉大江南北的散文大家。但也不可小觑，其实此时的他已渐渐显露出"从小看大"的不可遏制的云飞扬的气象来。

1948年8月，王充闾以优异的成绩考入盘山县最高学府——盘山中学。

1954年，考入沈阳师范学院中文系。文底系统加厚。

1956年，因地方急需教师，他成为盘山中学光荣的一员，人类灵魂的工程师。教学相长，互补互增。

1958年，盘山县报筹办，他被选进。不能不说，这是他后来成为散文大家的重要一站，是上天给了这个早有准备的年轻人机遇。年轻人浓厚的文字兴趣之火再一次被点燃；内心宏伟的抱负和远大的理想，是持续不断燃烧的动力；而记者编辑工作恰恰给他提供了施展才华实现理想和人生价值的难得的舞台——天赐良机，春风得意。他情怀似火，热血沸腾，采访、写稿、编稿、校样……不分白天黑夜，不知疲倦地工作，毫无怨言。

他要求入党！

不是说文如其人作品如人嘛。他想，党员写出的作品一定具有很高的党性，一定深刻。这一时期，他努力以党员的标准要求自己，他挤出业余时间努力写作，果然，很快就写出一些党性很高的作品来。1958年4月，辽宁日报发处女作短篇小说《搬家》，内容是：河湾村历年遭受辽河侵袭，为了保护农田修堤筑坝，社员赵老明需要搬家，这便产生了公私矛盾，经过一番家庭内部的纷争、激辩，最后是小局服从了大局。由于紧密配合当时的中心工作，又热情颂扬了农村基层先进人物，很快就刊发出来。他得了四十八元稿费，献给了生产队，生产队用这笔钱买了一套锣鼓和高音喇叭。接着，他又写了一篇短篇小说《沸腾的春夜》，情节是：通过工厂夜战中发生的矛盾冲突，刻画了一个爱厂如家、刚直不阿的老工人形象，刊发在《营口文艺》上。作品生活气息浓厚，语言比较鲜活。1959年，发表散文《插在货郎担上的一束鲜花》，歌颂一个货郎的事迹和精神。《慈母心肠》，写的是赞美老园田技术员的事迹。1960年，发表《菜地里的遐想》，歌颂社员为集体贡献自己力量的精神境界。1961年发表的散文《绿子沙原》《英雄本色》，也都是坚定地站在党性的立场上，热情地讴歌新时代新人新事新生活。他没有忘记，文艺要为工农兵服务，要为人民大众服务。

在县报这一时期，从一个层面上看，他好像一路顺风顺水。比较了解他的我也好长一段时间这样认为。其实不然，当你耐心地读完他亲笔写给我的下面的这一段文字后，心里会陡然地一震，不过，安静下来后，你一定会反复琢磨，反复琢磨关于"人"，关于"人性""社会人生"，你会想到"我们"，我们谁也绕不开的一条哲学定律。

我把他在盘山县报的一段真实经历，抄录如下：

1959年9月17日，这天是中秋节，我以县报记者身份来到荣兴农场的朝鲜族聚居地中央屯采访，写了一篇题为《秋千起舞月明中》的散文，那时称作文艺通讯。

文章见报后，许多人看了都称赞说，有文采，很感人。又经记者站推荐，被省报转载，新华社也发了通稿。第二天午后，总编辑找我谈话，我以为，这回总算为报纸增了光，便坦然地拉开架子等着听取表扬。没想到，竟然是一顿批评。进门后，他也没有叫我坐下，便冷冷地说，下去写点东西是可以的，也应该写。但要注意不要突出自己，——有必要吗，署上个人名字？长城是谁修的？故宫是谁建的？咱们的双台河大桥是谁设计的？你晓得吗？劳动人民创造了世界，也没见哪个到处署名。写个屁股大的，不，巴掌大的一篇小稿，算得了什么！落上个"本报记者"就蛮好了。荣誉应该归于集体嘛！这番话，对我来说，无异于满头热汗兜头浇了一瓢凉水，这一顿闷棍打得可不轻啊！不过，文章的传播终究还是给我带来了巨大的鼓舞力量，也增强了信心。我暗暗地下了狠心，要利用一切节假日和早晚时间学写散文。稿子写出来了，发表欲也很强，却没有勇气公开往外投，只是暗暗地寄给《中国青年报》《大公报》和《光明日报》，全部使用笔名，而且随信再三叮嘱编辑部："无须退稿，如不刊用，置之纸篓可也。有事确需联系，请寄信某街某号。"——这是本城内我姨妈家的住址。但"智者千虑，终有一失"，稿件确实没有直接退还到本单位，但是，全国性的报纸发表作品，总需了解作者情况，即便是笔名也得查个究竟。那时，"阶级斗争"这根弦还是绷得很紧的。结果，一星期之内，单位连续接到两封中央报刊询问作者情况的信件。因为我毕竟没有什么政治问题，所以，单位也只好盖章"同意"，这样，两篇散文先后都见报了：《插在货郎担上的一束鲜花》，歌颂青沙乡模范货郎何大爷的先进事迹和敬业精神；《慈母心肠》则是描写城郊八一大队一位园田技术员精心培育、莳弄种苗的感人故事。

但是，从此我便惹下了麻烦，再无宁日。总编辑几次在会上点名批评，说有的人提出了入党申请，却不注意改造思想，整天"不务正业"，"名利思想冒尖""个人主义十分严重"。我们全班人马也只是四五个人，锋芒所指，大家都心知肚明。我实在想不通，为什么他在业余时间打扑克、下象棋，可以理直气壮；而我在业余时间搞创作，就叫不务正业？但是，不敢较真，不敢辩解，只能暗气暗憋，最后蒙着大被痛哭一场。

不久，省报决定各地记者站充实一批年轻记者，点名调我。我们报社却以"不是党员"为由，直接挡了回去。几天过去，省报又来人商谈，说现在虽未入党但具备近期发展条件的也可以。这次总编辑直接出面，告诉来人："该同志三年内入党没有希望。"同时，和宣传部商量，推荐部里一名干部为省报驻县记者，几天后，调令就到了。这位同志是忠厚长者，人品很好，而且具有实践经验，熟悉农村情况，但平时很少动笔，对新闻工作缺乏兴趣。其时，工作调动是不好讲价钱的，自然唯有从命。转到记者站之后，每逢遇有重大采访任务，他总要拉上我，由我执笔，然后，两级报纸分别采用。因为总编辑有话，我们自己报纸刊发时，便署名"本报记者"，而刊登在省报上则由他单独署名。一次，我跟随他去高家湾采访，见到渔人驾着舢板在河中撒网，同时带上两只鸬鹚捕鱼。它们不时地在水中钻进钻出，每次必叼出一条大鱼放进舱里。我是头一次见到这种场景，便好奇地问这问那。他告诉我，不能放任鸬鹚随意吞食，否则，吃饱了就不再干活了，所以必须戴上脖套。但隔一会儿，也要喂它一点小鱼，以示奖赏。又要它叼鱼，又不让它吃饱，这就是驾驭鸬鹚的学问。接着，他说，我们的总编辑从小就玩这个鸟儿，处事也深得此中奥秘，但他只做不说，只有一次喝得醺醺大醉，才志得意满地泄露了天机。听到这里，我当即打了个寒噤，原来，我正处于"鹓鶵的苦境"啊。看来，只要他老兄当政，我大概是没有希望脱颖而出了。

那时，我单身在县城工作，父母住在五十里之外的乡下。大约两个多月，我能骑自行车回家一次，路面凸凹不平，至少需要三个小时。这天，幸而遇上了顺风，只花一半时间就进了家门。我高兴得又唱又跳，剩余的精力用不完，就坐下来写文章。想起这两年一直都是背时憋气，劲没少使，汗没少出，到头来撞了满脑袋大包，真是"文章误我，我误青春"。唯有这次算是遇到了好风，只是机会太稀少了。于是，以清人潘耒的诗句"好风肯与王郎便"为题，顺手写了一篇随笔。回到机关以后，稍稍冷静下来，重看一遍，觉得有的地方失于尖刻，便删除一些牢骚语句，换成正面表述。只是由于实在偏爱这首清诗，把"好风肯与王郎便，世上唯君不妒才"保留了。结果，见报后又引起了一场轩然大波。

本来，文中已经说明了诗中讲的是唐代文学家王勃的故事。那年他由故乡山西龙门出发，在前往交趾省亲路上，中途乘船，驶离马当，幸得一夜好风相送，使他赶上了南昌的盛会，写下了千古名篇《滕王阁序》。但是，我们这位总编辑，生性嫉妒，心胸狭窄，虽然心思并不放在报纸上，文才也不高，政治嗅觉却异常灵敏。他一眼就看出了，这是不折不扣的借古讽今，发泄不满情绪。他说，必须抓住这个典型，深入进行剖析——文章的核心在于"指控妒才"，要害却在"唯"字上。试想，如果世上唯有风不妒才，那我们这个时代、这个社会，岂不是漆黑一片！

真不愧是总编辑，端的厉害！好在其时正处于三年困难时期，政治环境较为宽松；又兼宣传部长亲自出面，说了"通篇还是正面文章，只是引诗不当，终究未脱知识分子习气"等解围的话，才算不了了之。谁知一波未平，一波又起。报社房子漏雨，临时搬到印刷厂办公，编辑们除了携带一些必需的材料，其余文字资料都集中放在会计室里。会计是个刚从财专毕业的女青年，酷爱文学，尤其喜欢背诵古诗。那天，她闲翻大家寄存的文稿和剪报，从我的资料袋里看到一首七言绝句，便抄录在笔记本上："技痒心烦结祸胎，几番封笔又重开。临文底事逃名姓？'秀士'当门莫展才！"这是我在投稿遭到批判后顺手写的，过后忘记销毁了。若是其他人碰上了，因为了解诗中的含蕴，估计不致公开议论；而女会计新来乍到，不知避忌，又天真烂漫，渴求知识，便当面问我，"秀士"是不是指《水浒传》中的白衣秀士王伦？直吓得我恨不能用手堵住她的嘴，但一切都晚了，总编辑恰好在场，而且听得一清二楚，他的脸子唰啦一下摆下来，比哭丧还难看。我知道，这一关是无论如何也难以躲过了，只有硬着头皮等着挨整吧。

幸好"绝处逢生"，县里连着开了几天会，总编辑没有分出功夫来追查此事；等他开会回来，宣传部又转来了中央关于整顿全国地方报刊的通知。我们这张小报定在撤销之列，"老总"面临的首要课题是他的未来去向，少不得要观察风色，奔走权门，已经没有精力过问这场"文字官司"了……

读了以上短文，我在想，何以平地起风？原来，此时的王充闾，已"秀"、已"堆"、已"不凡"，古人早有预言"木秀于林，风必摧之；堆出于岸，流必湍之"。当然，也有哲学家这样说过："如果没有人嫉妒你，那就表示，你一定很普通，受人嫉妒其实是一种肯定。"

最初的仰视

毫不掩饰地说，作为一位文学爱好者，我敬佩仰视王充闾，是从1963年开始，或可说是从1964年开始，是从他做了营口日报副刊编辑之后开始。

1963年5月30日，这是个令我兴奋、愉悦好一阵子的日子，一辈子都不会忘记。因为在这一天，我在营口日报《雪浪花》栏目上发表了一篇小文，名曰《点》。现在不少年轻人不太了解，当年没有电视，刊物等也极少，舆论影响最快最广泛的当数报纸。你可以想见，小文一经发表，我的大名便很快传遍了整个单位以至全市、全地区。小小功名属于谁？属于营口日报副刊哪，属于报纸副刊《雪浪花》栏目的编辑王充闾呀。记得，我的这篇小文中的不少词语都是王充闾的，比如"雄浑伟丽""击节称赞"……都是他编稿时编进的词语。当时读样刊咀嚼这些词语时，很觉陌生，很觉新奇。也感到有一点点心跳、脸红。读者哪里知道，这是王充闾的心血呀。

在报社门口谈起此事时，王充闾对我说："最近，我们在学新民晚报、北京晚报副刊，开了这么一个小栏目《雪浪花》，主要发随笔杂文，要求精短些，意在反映新思想、新事物、新风貌，所谓'尺水兴波''咫尺有万里之势'吧。"

1964年8月，此时营口日报社已从南小楼迁到北小楼。一天，我与王充闾在报社北小楼小院巧遇，聊到的话题是自由体诗和旧体诗的写作。当时，副刊多发自由体诗，少发旧体诗。虽说是少发，但在我眼里，均属上品。写旧体诗的其中有一位署名为"左于诗"的，尤其引我关注。交谈时，我提到自己在当天报纸副刊上读到了一首《怒潮·调寄沁园春》，其中写道"旗海人潮，吼声动地，怒气冲霄。斥美帝凶狼，狂伸魔爪；空中强盗，又鼓脓包。大谎弥天，难遮马脚，罪责昭昭哪里逃！东京湾，水澄清如镜，照鉴群妖。"词是声讨美帝的。美国于这一年8月，在北部湾（旧称东京湾）制造战争挑衅事件。显然，这是配合当时形势的一首词，署名为"左于诗"。我顺口便打探："作者左于诗是谁？"他的一排白白的牙齿和眼睛一起笑笑说："鄙人。"我没有笑，接着问："左于诗？什么寓意？""拙（左）于诗啊，也可理解为，距离好诗于左呀……"此前，每读到左于诗这个署名时，我脑子里闪现的始终是一位白发苍苍的老者，万没有想到，竟是眼前站立的这位不满二十九岁的俊秀青年。

也不知为什么，在他编副刊的几年内，他在营口日报发表的诗文，很少用王充闾这个名字，葱绿、汪聪这个笔名也少用。用得相当多的是，宋今、汤沃雪、左于诗、周吴郑、佟心、程门雪、任之初等二十几个笔名。

感悟充间先生

王充闾是在1962年新年的稀稀拉拉爆竹声中，奉调来到营口日报社编辑副刊的，这算是他与文学写作正式接轨的开始。起初，本来是调他做驻盘山县记者的，可是，当进了市委大院，到宣传部报到时，董连璧部长竟亲笔在他的调令上批示："老丁（营口日报总编辑）：我的意见，让王充闾去编文艺副刊。"部长慧眼识珠，也在情理之中，因为此时，在文坛上，他已闻名遐迩。来到报社，他同样获得了上下的青睐。有宣传部长的意见的变更，丁总编自然尊重有加。这样，他便开始了四年多副刊编辑的生涯。

记得是一个星期天，在"小红楼"报社楼下，我们匆匆议诗。他顺口溜出一句"苏老泉，二十七，始发愤，读书籍"（《三字经》），随之，便又化出自己一句："苏洵发愤年同我，学海扬帆意悔迟。"诗为心声，这时他恰是二十七岁，我即刻明白了，他高起点的奋发就要开始了。

每每掌声在他身边响起的时候，他总是不由自主地念起在营口日报生活的这一段黄金岁月。他认为，这段岁月是他登上下一个高台的重要积淀。感恩于心，念念不忘。他在不少场合上说，当时的学习环境和学习氛围非常好。一是，丁总编常年组织编辑、记者学习古文；二是，定时评报、议报，充分发扬民主，制度化；三是，丁总编是"老报人"，笔勤，喜欢动笔，非常重视读书、学习，带了个好头；四是，丁总编要求严格，对于文笔差的、懒惰的，毫不客气地批评。他回忆说："当时，我经常采访文化、教育、体育系统活动，出席会议，第二天必须见报。而散会已经是晚五六点了，我总是回来后，立刻动笔，根本来不及吃晚饭，只好嚼几块饼干，就着开水咽下，急急忙忙赶写稿件。否则，若是过了晚八点，就来不及上版了。如此这般，就很快练出来快手。那时年轻气盛，求知欲强，喜欢新事物、新知识，更喜欢争论。争论的都是文章学问。"当时编辑部里，人才济济，编辑记者相互切磋，时有学术方面的思想交锋；特别是评报过程中，各抒己见，气氛民主，即便是总编辑的文章，也常常被人无所顾忌地予以指责和评论，这环境，使他学有长进，扩展了视野，开阔了思路。他曾以诗记之：

史笔千秋重是非，无须曲意定依违。
摘疵辨误挥朱笔，不管文章属阿谁。

笔者曾对副刊编辑这个岗位有偏见，认为当编辑只是付出，"为他人作嫁衣裳"，影响个人的创作。他不赞同这一想法，他说过："这个岗位给了我接触文艺界、学术界名流、专家的机会，同他们当面联系或者通信往来，获益匪浅。采访、编稿过程正是学习、练笔、求知、益智的好机会。'五四'之后，有很多编辑后来成为文豪、作手、学问家，便是实证。依我个人体会，编辑工作颇有利于锻炼交际能力、处事能力、思辨能力和驾驭文字能力。"

这期间，他的创作又上了一个新台阶，写了《红粱赋》《赏花吟》《时代的凯歌》《春潮滚滚》等二三十篇散文、随笔、杂文，篇幅一般都在两三千字上下。

2006年7月，我闲逛营口新华书店，浏览中在书架上突然看到石杰著的《王充闾：文园归去来》一书，立时买了两本，特意把其中一本送给丁立身总编，此年丁总编已是年逾八十的老人了，捧着我送的这本书，眼含泪花，说："人才呀，咱家乡的骄傲，也是咱辽宁的骄傲哇！""回想起来，我也有个遗憾，当年报社办古文学习班时曾向外单位聘人，身边有个王充闾，我们怎么就没发现哪？"丁总顺手从书架上抽出一本书来，是丁总主编的《营口名胜古迹遗闻》，扉页上有王充闾的题诗，他用手示给我看：

营口名胜古迹遗闻付梓诗以贺之
遗闻不患散如尘，续断钩沉擅写真。
把卷营川浑在眼，卧游端可慰离人。
　　　　　　一九九〇年四月　王充闾

文　心

又一次偶然真诚的相遇，和几句真诚的对话，在当时，曾让我有一丝丝疑惑和不解。

时光倒退到 1964、1965、1966 年。报社为了培养王充闾入党，1964 年上半年送他下乡参加"四清"。很快，"四清"结束后，1964 年上半年他被借调到市委办；很快，于 1965 年入党；很快，1966 年 3 月，他被正式调入市委，可谓春风得意。

令我铭记在心的是，1966 年 4 月，我俩在"台办"办公室东门相遇时，他的这几句话——他对我说："我不大愿意去市委办。"我一惊，他接着说："很喜欢报社副刊这个岗位。报社学习抓得紧，评报活动开展得好，我的工作也很顺手，其间写了不少文学类文章。另外，我对机关工作也不熟悉，不愿搞公文和应酬事务，只愿意读书、写作。"

我似乎理解了一些。

二十一年后，1987 年，我在《金牛山诗抄》读过王充闾这样一首诗——1987 年接旧友祁子青信，承询近况，为诗以答：

《写怀寄友》七律
埋首书丛怯送迎，未须奔走竞浮名。
抛开私念心常泰，除却人才眼不青。
襟抱春云翔远雁，文章秋月印寒汀。
十年阔别浑无恙，宦况诗怀一样清。

又据证，1988 年春，上级调他到省委出任宣传部长，他觉得已经熟悉了市里的环境，大家也会理解并认可他的文学情怀，因而向组织提出留在市里的请求，一直拖了三个月，最后还是服从了组织分配——出任省委宣传部长。

1988年，东北三省宣传部长雅集长春市，东道主举办舞会，盛情邀请客人出场，王充闾坚辞不得，只好即席吟诗以代，当场口占一首七律：

> 晚雨迎凉送暑天，未谙歌舞愧华筵。
> 非关左旧轻时尚，为恋诗书断雅缘。
> 盛会岂堪人寂寞，良朋空羡影蹁跹。
> 吟诗且作他年约，重会春城再比肩。

深深的文学情怀可见一斑。后来，当我读到著名诗人公眉先生描述王充闾的诗句"雅知才高量君惯，只说文章不说官"（公眉先生《再柬友人四首》之三），以及另一位老诗人在赠诗中的名句"萧瑟宦囊余典籍，未妨终始作书生"时，再反复咀嚼当年他不大愿意离开报社去市委办的想法，发现这是完全可以理解的。

节假光阴文字里

读书和写作超常勤奋，人们议起王充闾，没有不首先想到这句评价的。围绕这几个词语谁也无法写全。以下，我的"节假光阴文字里"，描述的不过是自己有限的偶尔的所闻所见，肯定是冰山一角，挂一漏万。

国庆节。1980年国庆节。我压根儿就没有想到他会来访寒舍。还没有坐稳，他就说，最近在构思一篇散文，要写一个老窑工。他对我说，今春，回东窑村访问，听到老窑工的故事，很感人，想写一写。于是，他把散文的整个思路，用手比画着，给我讲了一遍。至今，我还记得他用手比画着"那通红炉火，翻滚的烟云"的形象细节（已写在文里）。此时，他正在沈阳参加省委党校学习，已结业，就要到省委组织部工作了，只能趁国庆假日会会文友，推敲文字。后来，成文题为《老窑工的喜悦》，刊发在天津《散文》

月刊1981年第四期，这是王充闾在全国著名刊物上发文的开始。想一想，我很幸运，也跟着沾上了一点喜气。

星期天。1963年春。记不得因何事路过"小红楼"报社一楼北窗口。随意透过窗口望去，恰好看见王充闾正把头转向窗外，他笑着摆摆手让我进去。我也不外道，几步便迈了进去。进屋瞅了瞅，第一眼便看到他桌子上摆放的诗人阿红的诗集《绿叶》。我猜想他正在看，因为前两天营口日报副刊发了阿红的一首自由体诗。他单刀直入，开口便说："写诗真是不易，我看到了阿红给报社的草稿，改来改去，改得草稿都有点看不大清楚，见报了，他还感觉有遗憾。阿红说，想写好作品要读好两本书，一本是有字的，一本是无字的。"我当时的感觉，他的这几句话，是说给他自己听的，又好像是说给我听的。

星期天。1963年夏。我去"小红楼"报社二楼，遇印刷厂一女工跑来，说三版副刊缺一稿子，一百来字，弄不好明天报纸要开天窗的。王充闾在，很快给补了上去。工人都知道，他家住盘锦，几乎每个星期天都不回家，大部分时间都在编辑部里，休息日找他是不会扑空的。也是在这一次，我学到两个新词语："开天窗"和"补白"。

星期天。1964年春。我在市府广场由东向西散步，恰遇王充闾由"小红楼"报社东北角出来，沿着高中北道向东走来，他是向要去机关宿舍"圈楼"，手里捧着一个档案袋子。他告诉我说，里面装的是赵博（市群众艺术馆的作者）、洪霏（李林生，市火柴厂作者）、任民（金鹰，报社编辑）等人待编发的稿子。去"圈楼"抽空再看一看（审）。于是，我很关注第二天的营口日报副刊，果然，这几位作者的大名都同时出现在副刊的同一版面上。当时一闪念，这几位文章的发表，是有王充闾星期天的心血呀。单位的同事都知道，他在星期天加班是经常的，工作特别出色。曾被评为报社先进工作者，奖品是一部《中华活页文选》。

星期天。1972年夏。那一日，我从辽宁日报学习班休假回归，在回营口的火车上，我坐在列车前进方向的左侧，在翻书。车到鞍山，下车的人流嘈杂，我抬起头揉揉眼睛，哦，我猛然瞥见在列车右侧，隔两排座位，有王充闾的侧影，他一面吃着油炸糕一面在看书（他喜欢油炸糕？）我心想，等他吃完了油炸糕再去跟他打个招呼。不想，等火车前行了一阵子，他吃完时，却站了起来，要准备下车了。下车的站点是他山，从他山下车后，再徒步奔向交干屯，此时他的家已由盘山迁到交干屯。此后他告诉我，他有在路上看书的习惯。出行时总要带上几本，如果是长途，有座位，就看厚本，如果是短途，就看较薄的。但都是带着古典诗文或明清笔记类，再就是鲁迅作品或20世纪30年代其他经典著作。不读时尚的小说、散文。

早。晚。1980年。在清晨或傍晚，我经常看到王充闾散步经过我家楼下，在市府路、学府路和渤海大街上也经常见到。不久，我在著名月刊《散文》上读到王充闾的一篇散文《行路篇》（1981年）。后，《辽宁日报》予以转载，改题为《散步》。读到这篇《散步》，我自然会联想到他有常年散步的习惯，他的散步好像不仅仅为了锻炼身体。

傍晚。1987年5月。由营口日报刘白翎、刘文景、陈明高编辑，宋大炜设计封面，纪慧英等著的《辽滨寄语》（内刊）出版。此时的王充闾已身居市委领导高位。考虑到编辑出版期间他打探过刊物的情况，1961年他曾主编过《辽滨寄语》，我们便决定送他几本。"你晚上去他的办公室吧，他肯定在那儿。"同事们嘱咐我。果然，晚上，我去他的办公室时，他在那儿，正在那儿看书。我不愿打扰，匆匆地把书放在床边的桌子上，没有说一句话，轻轻把门关上，退去。

他说，不管是省里、市里，他都有在休息时间到办公室看书的习惯，那里安静，条件也好。面对着读书、创作、学术研究同紧张、繁忙工作之间的尖锐矛盾，他在八小时之内，心无旁骛地集中处理工作，加上保证必要的饮食、睡眠，余下来的全部业余时间用于读书、写作。无论节假日、早午晚，寸阴是金，分秒必争。坐车外出，会议间隙，甚至晚上洗脚时，都要拿着书本来读，友人笑说是"立体交叉工程"。一些象征性的场合，他很少露面，尽力避免世俗应酬，也牺牲了常人应有的生活乐趣，探亲访友无暇顾及，迎来送往绝无兴致。1986、1987两年，应《人民日报·海外版》的邀约，他作为几位主要撰稿人之一参与了撰写《望海楼随笔》专栏文章。按照编辑要求，定下体例，然后根据平素的知识储备，确定题旨，厘清脉络，动手写就。当时他在市里担任分管常务的市委副书记，光是接待上访，每天就得占用大量时间，处于所谓"熟面孔，老大难，走路有人陪，吃饭有人缠"的胶着状态。每到节假日，或者遇有晚上娱乐活动，他便躲进军分区一间办公室里，奋笔突击，以便按时交稿。

　　这是王充闾老师近日写给我的一段答问："早起晚睡，星期节假日，全部用来读书。20世纪80年代之初，主要是高难度地进行补课。我清醒地认识到，原有的知识结构不够完整，学术视野比较狭窄，表现为中国传统文化这条腿比较粗，而缺乏科学理论、现代思维方式的支撑。现代的学问、西方的文、史、哲、美，相对来说，涉猎的较少，许多新的理论、新的学说、新的思想知之不多，积淀比较薄弱。这样的结果，必然是思想境界拓展不开，不能与时俱进，不断创新。这项努力，其实，从70年代初就开始了。首先是，集中时间、集中精力精读恩格斯的《反杜林论》，光是在书页空白地方，就有五种笔迹，密密麻麻地记下了学习心得体会。尔后又花费几年时间，深入研读了马克思和恩格斯的《德意志意识形态》、马克思的《1844年经济学哲学手稿》、黑格尔的《美学》、罗素的《西方哲学史》、丹纳的《艺术哲学》、卡西尔的《人论》等哲学、美学名著；同时，也研读了国内几位美学家的著作；还有法国年鉴派史学、美国新历史主义方面的史学著作。这样，对于马克思主义理论和西方的文史哲美的学习、研索，迄未间断。"

　　2005年。夏。我在回故乡经市府路南渤海大药房时，偶遇正散步的王充闾。因此前读到他大量散文发在全国知名报刊，顺口问他说："累不累？""就是有兴趣！有兴趣，不觉得累。"他笑笑说。好一个兴趣！这哪里是兴趣，简直是一种痴迷！是一种痴迷于传统经典和创作研习的高难度高境界的痴迷。由此，我们不能不去想，支撑他痴迷的这种自觉性、这种"可怕"的惯性来自哪里？其背后，是什么巨大的力量在推动着他？

读书为做官？他已官至省部级，且为公认清官。如今是已八十有四的年龄，年事已高，却仍在孜孜不倦地读书，甚至在大病中还坚持读书和创作，难道还想继续提升？

为"金银"？不用我回答，当然不是。

为"名声"？他的好官好文的名声，早已漂洋过海了。

写到这里，我忽然想起王充闾三十年前写的一篇日记。当时，他刚从学校走进机关，县委书记同他谈了两个多小时的话，说：第二次国内革命战争时期，我们党由于理论准备不足吃了大亏，王明路线几乎断送了中国革命。因此，毛主席号召全党"普遍地深入地研究马克思列宁主义的理论"。马列和毛泽东的著作，是有史以来唯一从根本上解释了自然、社会和思维发展规律的科学思想体系，是真学问，也是改造世界观的锐利思想武器。望你胸怀大志坚定信仰刻苦钻研哪——这可能是王充闾刻苦读书的根本动力。

王充闾在一本书中曾引用过陶渊明这样一句话："愚生三季后，慨然念黄虞。得知千载外，正赖古人书。"陶渊明慨叹他生在夏、商、周三代之后，虽然想念黄帝和尧舜无法得见，但也可以靠披阅古书，去得知千载以上的往事。——言为心声。引证陶句时，王充闾在内心深处，会不会生出这样一缕关于遥远未来的超人的慧思：我的书在未来，就是未来人的"古书"，我愿牺牲一切，把古今人类的最经典最精美的文化珍宝"当代历史"，融入我的"古书"，让后人在披阅我的"古书"时，读的是美味佳肴，如见其人，如闻其声，是真实鲜活的智慧人类。后人和今人读我的"古书"，你可以从中前伸、后延、加宽你的生活质量、你的生命的长度和宽度以及厚度——这也许是王充闾不惜生命近乎忘我地读书和创作的又一重要动力吧？

有生之年，他竭尽全力与文化融在一起。

他深知，唯全人类文化永恒！

学诗·悟性·创新

谁也不会想到,王充闾巧遇我伴我边走边谈话,是这样短短的路程——在市加油站丁字路口相遇,向东一百来米直至我家楼栋道口,尔后他就顺道回家了,时间也就几分钟;谁也不会想到,他简短的谈话会是这样真诚、睿智、单纯,没有一点杂质,清澈、透明、干净;谁也没有见过,一次谈话,竟有这样的开门见山——

"有些旧体诗,你拆开变成大白话之后再看,会觉得味道大减,甚至索然无味。

"从小就离开了故乡,一直到老年才回来啦。乡音没有多少改变,可鬓发已经斑白了。小孩子们见到我,都愣愣的,还笑着问我:客人您是从什么地方来的?

"这一堆大白话,你能说这是一首诗吗?"王充闾对我说,"不过,你会马上想到一首诗。"

"贺知章的《回乡偶书》。"我说。

"如果,经常把一首诗翻译出,倒过来,再与那首旧体诗做个对比,你会体会出诗的不少高明处和奥妙处。对于学诗写诗会大有益处。

"我们常说文学源于生活。《回乡偶书》就是源于贺知章的真实经历。

"贺知章三十七岁中进士,辞去朝廷官职,告老返回故乡时,已是八十六岁了,这时,距他中年离乡已有五十多个年头了。从'少小'写到'老大''鬓毛衰',那种时空感、沧桑感,仿佛信手拈来,凝于抑扬顿挫的两句中——实际,根因,是自己的亲身经历。

"当然,也离不开他'进士'的学识。"

我只听着,微微点头,沉思……

那天晚上,我躺在床上,用王充闾的一个"顺思逆想"的悟诗方法,去琢磨杜甫的绝句,是呀,黄鹂鸟在树上不停地叫,不停地叫,白鹭往天上使劲地飞,使劲地飞。美是美,可这些大白话排在一起能叫诗吗?要把这些大白话变成诗,你就要苦思冥想,要"死不休"地构思琢磨,怎么才能把这些大白话推敲出"两个"对"一行"、"黄"对"白"、"鸣"对"上"、"翠柳"对"青天",还要合辙押韵……

当时想,如何学诗写诗,方法多有,但王充闾老师的学法不死。他的这一方法,开眼界有创新,又新鲜又有趣。再者,让人敬佩他的是:一旦有新想法新收获,他绝不唯己享用、自私自利、"中饱私囊"。

书神的青睐

总有机缘让王充闾碰上书,喜欢上书,如饥似渴地读书,似乎是老天的一个有意安排。

"文革"时,他辍笔了,而且一辍就是十年。不过,一些书却总会向他款款走来,挡都挡不住。《毛选》是天天必读的,他一字一字地抠;鲁迅是允读的,他一句一句地啃……

1970年,他曾是理论学习班的一个成员。其间,他不回家,星期日不休息,全身心地投入,成了全班最用功最刻苦的一个学员。学习了《反杜林论》《共产党宣言》等六本马列著作,奠定了他最初的理论功底。

"文革"时,一摞摞古旧书似一堆堆大白菜,被红卫兵堆放在市财政局的仓库里,一直无人问津。"批林批孔"时要找靶子,革委会宣传组便想到了"这一堆",便想到了年轻的老饱学王充闾,想到他一定会清理好整理好"这一堆",若派他从中选出批判的靶子,他定然会不费吹灰之力。听到此吩咐,王充闾的一排白白的牙齿,忍不住露出一排笑意。他迅即行动,汗抹流水地忙活了两天,一点也没有感觉到累,兴高采烈地选出古旧书三百三十多种,送到机关的办公楼里锁了起来。领导信任,给了他保管的钥匙。他乐坏了,心想,我有管理这些古旧的权力了,我随时随地可以吃这些大白菜了——像牛进了菜园子里。

感悟充闾先生

机关要批《三字经》，军代表要他准备准备。虽最终他未批成，却利用了准备的这几周的时间，读了《庄子》《老子》《列子》，读了杂家吕不韦的《吕氏春秋》，刘安的《淮南鸿烈》和王充的《论衡》，以及郭沫若的《十批判书》，范文澜的《中国通史》，梁启超的《饮冰室合集》……

1973年，在农村蹲点期间，他读了鲁迅的单行本《彷徨》《呐喊》《准风月谈》《三闲集》《朝花夕拾》。

1974年秋，因踝骨撕脱在家休养，他重读了《后汉书》。

也许内心有一种动力，也许是天赋或早年的修为，他的脑子一触上书就陡然兴奋活跃起来。

散文大家的另一朵

在这里，我还要欣喜地描述，在王充闾这位大散文家名震大江南北之前，缪斯女神还曾引领过他，在另一文体领域里，开出几朵令人惊艳之花——

1958年，他二十三岁，在难以攀登的省报发短篇小说《搬家》，后又在《营口文艺》上发《沸腾的春夜》。1995年，他又心血来潮，想要写一部长篇小说。是的，最终，这个长篇流产了，但，我很欣赏他此后写给文友的一封短信，信是这样写的："予初涉文苑，原从小说起步。后虽专事散文创作，然于小说一途亦未尝忘怀，每读时人佳作，辄见猎心喜。尝构想演绎清末一双才侣之苦恋悲歌，尽写其'求不得''爱别离'的怅憾幽怀。并已按情节发展进程，拟作两位主人公相互赠答诗几十首。惜终因才力未逮，时间又少，而屡作屡辍，终于流产。自忖韶光驹逝，文债山积，恐难重贾余勇，而再作冯妇。遂藉《蓬庐吟草》结集之便，从中拣取七绝二十七首，以公同好。"

读完这篇短信，我脑子里回旋的是，凭这样的古雅、精当、老辣之笔，持续修改那个长篇是不会不成功的，但，从他信中显现出的深厚学识、古典功力，联想到他的从政从文，他的不凡的眼界和视野，他的博学，他的烂熟于心信手就可以拈来的"三、百、千"、四书五经、诗古文辞，似乎更适于在大散文这个时空里尽情地挥洒、翱翔、畅游。生命毕竟有限，聚焦燃力更猛。

也是一个星期天，我们在丁字路口市加油站相遇，开口第一句又是文字和文学。这一次他给我讲的是关于对句，又给我提及童年时的私塾老先生。他说，老先生很强调对句，说对句最能显示中国诗文的特点，有助于分别平仄声、虚实字，丰富语藏，扩展思路，是诗文写作的基本功。"一次，老先生从古诗中找出一些成句，让我来对。此时，外面正下着雪，老先生便出了个'急雪舞回风'的下联，让我对出上联。我面对窗前场景，构想了一会儿，写下'衰桐存败叶'五个字。先生看了看，用毛笔把'存'字改成了'摇'字，变成'衰桐摇败叶'"。

王充闾说，这样通过对比中的学习，更容易领略诗中三昧和看到自己的差距。"最近，我买到一部清人梁章钜的《楹联丛话》，挺好的。"欲离时，他又兴致勃勃地给我背诵了清朝历代皇帝撰写的几副对联。交谈中，我就在想，充闾老师是不是要筹划出版一本关于对联内容的书呢？（当时，他还没有出版一部书。）此后很长时间我也没有忘记此次关于对联的谈话。直至21世纪，当读到他的一篇长达一万五千字的系统文章《联苑谈丛》时，我不由得感叹：为此书，二十多年前，从那次加油站丁字路口谈话起，他就已开始预想构思和储备了。

多年来，他还曾书写过许多副对联，如为浙江义乌骆宾王祠、为江苏溧水县插竹亭、为铁岭银冈书院等。于此，我们自然会想到一个词：厚积薄发。

购书藏书

　　写此文时，突然想起，该问问充闾老师购书藏书情况，是否有"有趣的故事"。很快，他来信说，20世纪60年代初，从盘山来营口时带来一箱书，主要是童年时读的线装书，还有一些中学、大学语文课本。现在的书，共有八面墙，五面是定制的铁书架，三面是简易木书架，计约两万册。写有一首诗："灵府千秋鉴，萧斋八壁书。凿空何限意，不乐复奚如！"

　　购书大体上分三段：报社时期，主要是遛街头买旧书，骑车去各地采访，随处买书；"文革"之后，托在"天（津）南（京）海（沪）北（京）"的文友买书。其中以在南开大学的孙昌武教授买得最多，他原在营口师专，每次回来，我都交他三四百元托购，当时，我送他一句古文："视吾家所寡有者"，他随买随寄，一直到我调到省城；再往后，我外出开会、采风，见到就买。说到买书细节，有这样一件事。

　　"读高中三年时教语文的石英老师，从《孔雀东南飞》谈起了'情死'这个话题。说，过去听一位南方籍的同事讲过，西南少数民族地区也有一部类似《孔雀东南飞》的长诗，名字记不得了。据说，这个少数民族历史上殉情的事十分盛行。

　　"四十年倏忽飘逝，石先生的面影早已变得模糊不清了。可是，那堂颇有特色的语文课，至今我还记忆犹新。遗憾的是，先生谈到的那部少数民族的杰作却始终没有见到，后来读大学中文系，曾经向业师请教，也没有弄出个究竟。我曾经怀疑是否先生记错了。又过了许多年，大约是20世纪90年代初吧，我在省图书馆偶然翻检到一部《纳西族文学史》，从中发现原来纳西族有一部名为《鲁般鲁饶》的东巴叙事长诗。从文学史中叙述的内容、情节看，完全符合石先生所说的，但只有片断的引文，全诗无从看到。一次参加中国作家协会的采风活动，我来到了云南丽江，这里正是纳西族聚居的地区。放下了行囊，我还来不及洗去脸上的征尘，

过去的声音——献给王充闾老师及其亲朋好友

便连续跑了两家书店去寻觅那部长诗。谁知,营业员竟连《鲁般鲁饶》的书名都没有听说过。我只好拜托当地一位熟悉的文友代为物色,结果仍是落了空。

"第三天,参观丽江七大喇嘛寺之一的玉峰寺,听说上院有一株树龄近五百年,每年春天开花两三万朵的古山茶树,被誉为'云岭第一枝',有人为诗以赞:'树头万朵齐吞火,残雪烧红半个天。'刚刚踏进院门,突然,一位文友告诉我,山下一个书摊上有《鲁般鲁饶》这本书。听了,我便不顾一切地跑到山下,唯恐迟到一步被他人买走。万朵山茶就这样失之交臂了。不料,我赶过去一看,那并非原书,不过是收在东巴文化论集中的一篇论述《鲁般鲁饶》的文章。我也还是兴冲冲地掏钱把它买下——纵使没有见到卧龙先生,能够遇见他的老弟诸葛均,也算'慰情聊胜于无',刘玄德不是照样步上草堂施礼,再三殷勤致意吗!

"那些天,为着寻找这部《鲁般鲁饶》,我真个是魂萦梦绕,茶饭无心。天天想的,日日盼的,梦里见的,嘴里念的,无非《鲁般鲁饶》。这个'劳什子'实在是害我好苦。一天早上散步,我在丽江旅行社的橱窗前偶然停步,不经意地往里瞄了一眼,忽然发现书架上摆着一本《东巴经典选译》。我想,作为一部代表作,这部经典性的长诗肯定是要录入的。当时还没有开门,我便转到后面,找到一位值宿的老汉请求帮助,老人告我必须等到八点半上班时才能开橱销售。看了看表,刚刚六点一刻,我便四下里闲逛,一直挨到开门才算把书买到。翻检一过,《鲁般鲁饶》赫然印在里面。真是踏破铁鞋无觅处,得来全不费工夫!当时的兴奋劲儿实在难以形容。尽管已经过了饭时,饿了半天肚子,心中仍然感到无边的快慰。"

如何利用书去进行文学创作呢?他说,比如随笔集《人才诗话》的创作。当时,做了两方面的准备:一是购置与借阅上百种历代诗词别、总群集,从中选出三百余首与人才问题有关的诗词;二是搜集、研读各种人才学论著,以及古今中外关于人才问题的故实、逸闻、佳话。在此基础上,兼顾"人才诗"(这是他杜撰的一个名词)的内容与人才现象、人才思想、选才制度、成才规律等各方面课题，拟定近百个题目，边准备、边构思、边创作，以文学的形式、史论的笔法，把情与理、诗与史熔于一炉，每月可写五六篇，以至累篇成集。一部书的写作过程，常常是索书买书读书研书的过程，也是聚书藏书的过程。

冷板凳之巅峰

国内一位权威评论家这样评论王充闾的散文：由于文学功底扎实，因而创作起点非常高，后劲也相当雄厚。大体上，他的创作可分为四个阶段。

（一）起步从20世纪80年代开始，写了一些抒情、纪游散文，而有代表性的是思辨性随笔。1986、1987年，应邀为《人民日报·海外版》"望海楼随笔"专栏撰稿。

（二）20世纪90年代上半期，转为带有哲理性的，以抒情、纪游为主的美文写作，结集为《清风白水》《春宽梦窄》，徐中玉、郭风、冯牧、谢冕、阎纲等名家都有文章评介，认为"出手不凡、独具机杼"。1997年，《春宽梦窄》获首届鲁迅文学奖。

这两个阶段，许多文章被选入大学、中学语文课本。1982年写的《捕蟹者说》、1987年写的《换个角度看问题》分别被选入人民教育出版社编的全国初中、高中语文教材。

（三）20世纪90年代后半期，转入历史文化散文写作。他的历史文化散文，分为诸多系列，像爱情系列、友情系列、人性系列、君王系列、政要系列、文人系列、女性系列、经典系列等，当时出了一个选本《沧桑无语》，选材主要是着眼于弘扬正能量，讲好中国故事，宣扬"民族的脊梁"。君王中写大禹，歌颂这个平民帝王、苦工皇帝；政要中宣扬李冰，他既是体恤民情、心系百姓、以民为本的贤太守，又是精通专业知识，富有丰富实践经验的杰出的水利工程师；现当代中宣扬了瞿秋白、周恩来、张学良等；女性系列中，写教子有方的孟母、岳母，写弘扬民族大义、建立卓越功勋的文成公主；政要系列，还有模范人物，朱序弼。为了书写张学良的七彩人生，他曾写过多篇散文，两部传记，举办多次讲座。2010年7月，中央电视台与中国作协合作，在《子午书简》栏目推出当代作家重点作品。贾平凹、陈忠实等之后，他是第六个接受采访的对象，讲座作品是《张学良人格图谱》《成功的失败者：张学良传》。2012年6月，充闾先生被邀到武警大学为学员做《张学良——成功的失败者》讲演，听课的有四千师生，反响热烈。

正面宣扬之外，针对过去一个时期，影视剧中充斥着美化皇帝、狂热歌颂封建帝王的倾向，作者用反讽、揶揄等解构手法，写了一部《龙墩上的悖论》，以渗透着鲜明的主体意识的偶然性，非理性的吊诡、悖论，对那些所谓圣帝贤王进行政治的批判、艺术的消解。

这个时期散文集有十几部，其中最具代表性的是《沧桑无语》，得过东北文学一等奖，上海教育系统把它作为《著名中学师生推荐书系——影响我高中时代的一本好书》。

（四）到了21世纪，转入关于传统文化、国学经典的研究与写作。作为一个学者型作家，他一直在通过创作与研究，从事优秀传统文化的现代性转化工作。以《庄子传》为起点，陆续推出《国粹》《文脉》《诗外文章》等人文传承系列；正在写的还有一部随笔系列，分上、中、下三部，即将完稿，交北京大学出版社印行。他写的这些，所凭借的，就是"老根底，新眼光"——充分发挥受过系统国学教育的优势，和一定的马克思主义理论水平，运用符合社会主义核心价值观要求的新的眼光、新的视角、新的观念、新的语言，对于优秀传统文化进行现代化的阐释。具有代表性的作品集有五本：前期有两部《春宽梦窄》《沧桑无语》；后期有三部《庄子传》《张学良传》《国粹》。

他的巅峰之作当数《逍遥游：庄子传》。

写《庄子传》难度很大：一是，庄子是哲学家、思想家，不易把握与解读；二，资料太少，只有《史记》中记了两百多个字。为写此书，他在四个方面下了功夫。

访。1997、2005、2012，十五年间，他曾三次前往河南、山东、安徽有关地区，围绕着"传"主及有关人物足迹所至，进行实地访察，阅览方志，组织座谈，一以搜索第一手素材、资料、实证及乡里轶闻、民间传说，一以广泛听取草根阶层对于庄子及庄学研究的看法、意见，注重现场和民间的取向。最后这一次，用了半个月。

读。写《庄子传》这部书，归根结底，要从庄子本人的著作中去找素材、找思想、找观点。在过去研习的基础上，他这次又用了三个月时间，从多角度、多层次解读《庄子》这部经典。对于庄子其人其事、思想主张、精神风貌，进行了认真考究。然后，用了几个月，收集、研究古往今来有代表性的关于庄子的学术著作，充分吸收、借鉴前人与时人的研究成果。

思。主要是消化吸收，思考脉络、结构，寻找独创型路径。

写。五个月过程中，完全集中精力，就像"老母鸡抱窝"一样，未敢随意挪动。因为整部《庄子》，加上一二百部（篇）古今研究庄子的著作中的主要观点、材料，需要装在脑子里，使之融会贯通，记牢备用；届时，像元帅点兵那样，把平日的、现时的学术积累一齐调动起来，运用综合、分析、联想、想象等各种手段，按照行文需要，条分缕析，千针万线，最后织成完整的织品。

全书完成，总共用去了十六年。作为他文学创作的制高点，有别于以往的散文创作。如果说数十年来，他的散文创作手法主要是叙事、描写，间杂着抒情、议论，在谋篇布局、立象尽意、文采修辞，亦即在文学之所以为文学的基本标识方面着力，那么，这部传记的写作，则同时下了义理、考据、辞章等哲学、史学方面的功夫，是真正的做学问，从而获得了文学界、学术界一致的高度关注与好评。有评论人士这样说："这（指《庄子传》）是一部集大成的代表作，作者过去三十几年的成果全都可以略过，只要有这一部，就可以垂之久远了。"

马不停蹄，之后不久，他的另一本巨著问世。记得2014年夏的一天上午，我好像是要见见亲人似的，穿着整洁，去市内财富广场会议厅，参加了由现代出版社出版的，王充闾编撰的《中国好文章·古文卷》新闻发布会。发布会由现代出版社社长兼总编辑臧永清（现为人民文学出版社社长）主持。他说，编选融汇古今的《中国好文章》这一创意，受启于《中国好声音》节目，这是一桩利在当今、泽被后世、功德无量的大好事。选编撰者，就国内方方面面条件去看，唯你们家乡王充闾先生能担此重任。开始他再三推脱，我们说，这个事已定了，非您莫属。理由很简单，且不说您古文功底、品藻水平、社会声望，单就您从小读过那么多种的古文选本，您该最明了选什么、怎么选的。后来，他只好就范。就这样，担子落在了他的身上。这是家乡营口的骄傲哇！

会后，我荣幸地分享到他签名的《中国好文章·古文卷》这一本巨著。

说不完的话就要告一段落了，至此，我忽然想起著名诗人晓舟的一首诗来，诗题为《过去的故事》，不妨抄在这里，算作不像结尾的结尾：

我听见过去的声音
在咬着流水

看见风停在
蜻蜓的背上，一动不动

我列出日子的顺序
丝线穿过珠玑
在天秤的两端
我们看见了现在

这样的十六年
——王充闾写作《逍遥游：庄子传》用了十六年

◎ 刘文景

走着，听得见，远方，有不断开花的声音。

就这样走着，喘息里有坚定。

为了一个点，一条线，一个面……为了庄子的一个点，一条线，一个面……

《史记》里仅仅留下"二百三十五个字"呀，起初，他掌握的只有这样一个点。就顺着这一点出发吧——远方在哪儿？心中一时无底，可胸中有一朵盛开的梦。梦是他上下求索的发动机。梦推动着他，无休止地——向前！

向前！

巨大的诱惑力源于远方有关于庄子的或真或假或虚或实的那么一点点。远方在哪儿？在遥遥。出发地，在沈阳。于是，孤独便开始，枯燥便开始，痛苦的疲累便开始，远离灯红酒绿，他紧抱"天将降大任于斯人也"的哲理信条，出发了。先到河南——无暇顾及了，他心中早已向往的禅宗祖庭，天下第一名刹，中国功夫的摇篮。他将以他深厚的古典的中国功夫去拜访老庄了。下一站是山东——这一次不登"五岳之首"了，他心中还有一座泰山，他要登他心中的文字泰山，而小天下。再到安徽——不去欣赏黄山的日出，也只能在心里默默拜访祈祷九华山了……引力巨大的还是不远处隐隐约约的庄子。就这样，在三个省之间，来来往往，反反复复，折来折去，紧紧地围绕庄子，围绕庄子的有关人物，实地访察，阅览方志，组织座谈，搜集第一手素材、资料、实证及乡里逸闻、民间传说，听取草根阶层对于庄子及庄学研究的看法、意见，以及民间的取向。

这样一走，就是十五年，十五年哪！

埋下头来——让得来的材料，在冷板凳上坐，在心里走，在心里航行，在心里翻江倒海，碰撞、冲击、颠簸、粉碎——重温、梳理、比较、分析。先抓住根本——去消化《庄子》——从中找素材、找思想、找观点。多角度、多层次地读解《庄子》。同时收集、研究关于庄子的学术著作，借鉴，消化，吸收，思考脉络、结构，寻找独有的创作路径。

埋下头来——不分昼夜地在脑子里奔走。把主要观点装在脑子里，把必要的材料消化在脑子里，融会贯通。

而后，"抱窝"，"调兵遣将"，组合编织——又是一年哪！

总共用去十六年，用破十六年，一部皇皇巨著《逍遥游·庄子传》就这样诞生了！

十六年哪，人生有几个十六年？我们的主人公竟然用去人生十六年的时光，远离繁华和浮躁，远离肤浅和平凡，伴随孤单和寂寞默默奋斗在另一个世界里，为人类创作伟大的精神财富。

不去说十六年吧，还是说说我们自己，说说我们自己的一年吧，说说我们自己的一个月或是一天、一个小时、一分一秒吧……

笔耕墨耘镌钟鼎

◎任 民

我和充闾相识于20世纪60年代的辽河之滨。

当时正值国家号召兴起调查研究之风，开展新的学习运动。少壮之年的我辈欣然参与其中，聚精会神于阅读写作，可谓夜以继日，废寝忘食。记得量化的月份读书统计，充闾每每名列前茅，以迄于今，勤奋创作，出版等身，常人难以企及。

充闾的第一部文集《柳荫絮语》出版时，我曾与其同往沈城参加省作协主办的研讨会，文友们谈笑风生，情景历历在目；倏忽三十年过去，耄耋之际再回首，垂垂老矣，无缘欣赏充闾的精品力作，遑论研究领悟。谨此重录当年之读后感，以为纪念（附录）。

辽水西沺溅渤海，营川热土聚贤才。

充闾煌煌著述，自成一家，名噪南北，为弘扬中华传统文化，繁荣当代文学创作，夙兴夜寐，呕心沥血，其风可长，其志可效。为后来者表率在于，以其人生阅历的凿凿业绩，深刻地诠释了人皆知晓而轻忽弃守的朴素真理——天才出于勤奋！

先哲有言：世界上没有天生的才气。人的天赋就像火花，可以熄灭，也可以燃烧起来，而催它燃烧起来的方法只有一个，就是勤奋，再勤奋！

2019年9月1日

寄语于北京紫苑

附录：

别有情趣播芳馨
——《柳荫絮语》读后感

充闾的散文结集付梓，事先我是知道的，所以当它出版发行之际，很想一睹为快。翻看卷首的《柳荫絮语》，我自然地想起三年前的秋天，在一次下班的路上，他谈到的关于柳树风格的绪言，当时是感到了友谊的鼓励的，今天读来，就更觉亲切了。诚如作者在后记中所说的："这些文字，无论是礼赞自然、剖析世态的婉喻微讽，还是感物吟志、涉古论今的遐思玄想，毕竟是过去一段时间笔耕墨耘的留痕，意蕊心香的印记。"正是："但写真情和实境，任他埋没与流传。"

依我看来，充闾的散文，在我们这个有着深厚散文传统的国度里，将以它浓炽的感情、广博的知识、明彻的立论和华美的辞章，绽蕊播馨，潜移默化地为塑造新的民族性格，助长 20 世纪 80 年代散文创作的新趋向，发挥自己的影响力。

有人开玩笑说，散文的特点在于一个"散"字，实际是笔意放达、挥洒自如之谓也。画家讲究"意匠"新，散文家追求意境美，着眼点或说贯穿的主线，在乎一个"情"字，即真实的深沉的情感。刘勰崇尚"为情而造文""情者，文之经""故为情者要约而写真"。充闾散文的特色之一，在于情真意切。以《柳荫絮语》为例，先是写下"辽滨翠柳，植根于贫瘠的盐渍土壤，自从绽出第一片嫩叶，便开始吸吮着苦咸的乳汁，应该说，生计是艰难的。但它们自甘清苦，乐观向上，带着强烈的自豪感，尽心竭力装点着大地母亲，把满路清荫托献给过往行人"这饱含深情的文字，之后，作者又把翠柳人格化，以之赞喻那些在我们这个小城里"所取者少，所予者多"的知识分子。似此,你能不为之动容、为之感奋吗?又如,在《金牛山上万古情》中,当作者来到我们祖先繁衍生息、劳动战斗过的古洞穴旁,心头涌起超越时空、遥接万代的感情,又顾盼现实,发出"作为后来者,我辈生逢其时,得天独厚,应该如何争取比往昔的先民更多地为历史留下一些可资忆念的东西呢"这一深沉的思问,亦会使人们心头为之一震的吧。诸如此类,可谓"登山则情满于山,观海则意溢于海",在《仙阁遐思》《黄昏》《海上抒情》《永存的微笑》等篇章中,都不乏使人牵动情怀、引发意念的浓烈情愫。情之于散文,犹如心血之于人体,攸关之至。情深意切真散文!从充闾的文集中,使人看到作者的追求。

"知识就是力量",这是一个著名的论断,可惜,在我们这个曾以自己的文明智慧推进了人类发展的中华古国,一度陷入"知识即罪恶"的迷惘,不以无知为耻,或以有知为祸。

整个中华民族的科学文化素质,与面临的宏伟任务极不适应。对此,作者是深以为虑的。反映在这本文集中,一个鲜明的特点,就是知识的荷载量颇丰。作者知识面广,博闻强记,而且运用得体,恰到好处。有的很有趣味,如埃及金字塔的"斯芬克斯谜语":"早晨四只脚走路,中午两只脚走路,傍晚三只脚走路——这是什么?"以此喻人之成长变化,引发思索。类似的例子不胜枚举,只好请读者自己去领略玩味了。中国的文明复兴进入了新的时期,我们要增强祖国的实力,就要一刻也不放松地渴求知识。充闾说,他是一点时间也不敢浪费的。往往当人们在看电视、打扑克的时候,在办公室清亮的灯光下,他又开始了夜读、笔耕……一如郭沫若诗云:"破其卷而取神,吮其精而去粕。融宇宙之万有,凭呕心之创作。"

20世纪80年代,是改革开放的年代,我所以说充闾的散文在助长散文创作的新趋向,含义之一,就是说他的散文注重知识,着眼改革,力促开放。在这里,我要推崇充闾出访东邻扶桑之后的五篇访日随笔:《花环》《野酌》《北陆之旅》《东瀛观剧》《奥运会·大观园·瞭望台》。日本,是一衣带水的友好邻邦。充闾在文中描写了中日友好的感人片段,更以生动的事例展示了现代日本的经济技术和社会文化方面的进步。战后的日本，早已成为令人侧目的世界经济大国。我们要警惕日本军国主义复活，同时更要扩展胸怀，学习引进日本的先进技术和管理经验。对于外国的一切真正好的东西，我们都要学习，要实行鲁迅所倡导的"拿来主义"，哪怕是我们过去的对手。

充闾主张作家、记者、领导干部学者化。其散文多彩多姿，是和他深厚的文学功底分不开的。如果把散文比作织品，诗意就是它的纬线。一位苏联名作家说过，每一个真正的散文家都应当精通诗歌。充闾长于诗词，每有佳作。在本书中，对古典诗词常常信手拈来，"恰似古人寻我"。也正是基于此，充闾的散文在炼意锻字方面显示出很深的造诣，可谓笔力驰骋、清新隽永，这对莘莘学子来说，更不啻为习作的范文。

充闾对人生、对世事的态度向来是严肃的，他的思考是深刻的。在日常交谈中，新鲜精当的见解层出，读他的文集时，字里行间常可见到启人之思的哲理警论。尤其在本书第五辑十六篇"材论"中，他关于人才问题的策论，革故鼎新，鞭辟入里。同时，以诗话的形式，旁征博引，娓娓道来，除非僵化、冥顽，当能首肯、信服、采纳。

或谓：中国人不能自己发现人才，往往对身边的人才及其成就采取"不承认主义"。知之愈稔，责之益深。这是可悲的偏见。我们要强化的一个观念，就是以"江海之量"，发现、肯定、宣扬自己身边、所在地区的人才。借第一部散文集《柳荫絮语》的发行，我说了这些题外的话，意在期望于更多的领域里，有营口人留下显赫、领先的轨迹，这也可以称为"营口意识"吧。

注：此文原载 1986 年 11 月 11 日《营口日报》，收入《橄榄小集》（中国人事出版社，1993）

王充闾先生：《芦荻》题字二十七年情

◎吴兆源

《芦荻》封面二字，是中国当代卓越的散文家、诗人、学者王充闾先生题写的。"二十七年情"情者，常是"借物兴情""触物起情""托物寓情"等，大多离不开物的作用。这里的"物"就是"芦荻"，这里的情就是在王充闾先生、张冰的心中。

1992年初，时任我们老边区广电局局长张冰和我等人要筹划组建"芦荻"文学社，共同去拜访王充闾先生题写"芦荻"二字。记得在周末的晚上，我们接通了王部长的电话，说明心意，他谦虚地应允了，并告知我俩周三去取书稿，我俩真是高兴极了。

我们那天赶到沈阳，但不巧王部长开会去了。他委托秘书等待我们。秘书见到我俩的第一句话就说："王部长从来不给别人题字，那些大企业、大集团的领导都来请他题字，也都被婉言谢绝了。你们真幸运，我都为你们高兴。"说着他拿出三份书稿送给了我们，并要留我们用餐。由于我们都喜出望外，着急往回赶，只好请他致谢王部长，就匆匆往回赶。

王部长所写的"芦荻"二字，清新、质朴、舒展、自然。真是字如其人，形神兼备。观其字对王部长更增一分敬慕，于是我在晚间给他去电话，表示要给他酬谢，他说："君子之交淡如水！"我极不好意思地回答："文人之赠唯笔墨！"这两句话在我记忆中已有二十七年了。实践证明"芦荻"二字，绝不是期刊的门面、招牌，而是王先生赠给《芦荻》的灵魂。

灵魂在何处？可以说是《芦荻》办刊理念的一条内线："淡如水"是

圣水工程，"唯笔墨"是芳草工程。圣水工程、芳草工程，是《芦荻》两大母工程。两大母工程的理念，如梦似的，来源于王先生。前几年，营口市诗词学会换届，王充闾先生在会上讲话时说："办好刊物要学习鲁迅《故事新编》中四篇文章，《理水》《铸剑》《出关》《奔月》。这四篇文章的精神既是创作思路又是办刊理念。《理水》就是要以艰苦奋斗治水的开拓经验来更新观念；《铸剑》就是要有干将、镆铘百折不挠的精神，练内功，达目标；《出关》就是要以老子的勇气和道行冲向全国；《奔月》就是要以嫦娥的高标精神奔向世界。"

如此，《芦荻》的《圣水》母工程正符合《理水》的意义；《芳草》母工程，正如《铸剑》的品牌、目标；《出关》的紫气东来，也极似营东新城的紫气东来，生活向好；《芦荻》的《作品域外游》《芦荻与网络相契合》，大体似《奔月》。由此说来，《芦荻》二字在王先生题字中获得了理念的核心之实。

"植物情结、草根情怀、水质个性、生态平台；工程协作、创造品牌、科学实践、和谐未来"三十二字，其中有人物、植物，有个性、有故事、有品牌、有合作、有成果，可谓求真、求新、求先。比如在"圣水工程"（水质个性）中，如何落实习总书记有关教育方面的核心价值观"从娃娃抓起，从学校抓起，抓教材、进课堂、进心脑"的论述。《芦荻》就开设了"进教材"栏目，以语文课为切口，来落实全面深化改革的举措。特别是按王先生"关于传统文化基础的教育，延续民族文化基因"的文章中"从某种意义上说，语文能力直接影响一个国家的国民素质"的论述而为的。于是我们在《芦荻》大栏目中，开设了"语文价值"小栏目。"语文价值"现已有十多篇文章。这些文章起到了王先生对《芦荻》灵魂的功能，而又起到了对《芦荻》的"灵犀"的作用，是"淡如水"——"圣水工程"的内容一部分例子。

舒晋瑜，作家、记者，自1999年供职光明日报报业集团《中华读书报》，现为总编辑助理。他说："作为一个具有传统文化修养的散文作家，王充

感悟充闾先生

间人生阅历丰富,足迹曾遍及华夏欧美,遍访先贤胜地。他尤以历史文化散文见长,将历史与传统引向现代,引向人性深处,以现代意识进行文化与人性的双重观照。"

在2008年我给《芦荻》写了一篇文章《我今年春节的年夜饭》。王充闾先生是我的当代文学偶像,那年在他的散文新著《龙墩上的悖论》(帝王系列)一书中,讲述了几十位帝王跌宕的命运,用悖论的方式看待历史人物,从而透视出历史更深刻的真实,有着强烈的现实针对性。王充闾先生说:"悖论也可以表述为'逆论''反论',诸如二律背反,两难选择,应然与实然、动机与效果的恰相背反,两难选择等等。"比如南方的这次雪灾,就是应然与实然的背反。用一种新的方式解读它,就是要从哲学角度、人性深度入手,透过无奇不有的现象,透过它的非理性、不确定性因素发掘那些带有荒谬、悲剧性……从而给人以警示、以反思、以反省、以忧患,就是说我们不仅仅拒绝遗忘艰难困苦,而且要理智地去预见、去预案,甚至去预练、去实践。只有这样,才能做到"未雪绸缪",谋定后劲。

在地球逐渐变暖的严酷的现实中,在全球各种激烈的竞争中,我们将时刻面临着祸福无常、命运多舛的境况。因此,我们必须时刻准备着,事事准备着加以应对,才能永远立于不败之地。就是说,年夜饭我想也应用悖论的方式加以考量,才能永远吃上年夜饭,才能永远吃好年夜饭。民以食为天,但是如果天天花天酒地,老天就会给你冰天雪地。国家要统一,天人要合一,这些都是中国人民要办的天大的事情。其实,己事、家事、国事,乃世界事,都是大同小异,有着很大的一致性。凡事从自我做起、做好,世界也会和谐的。这正如古人所云"修身、齐家、治国、平天下"是也。我们每个人都应去身体力行的。这一部分内容是"唯笔墨"——芳草工程的例子。

王充闾先生,我们《芦荻》永远都要跟您学习的。

特别是《芦荻》向您阅读、学习力行的《诗外文章别样醇》成为一次游走于哲思与古美文之间的奇妙之旅。舒晋瑜问:"回顾您的文学创作大致经历了怎样的变化？"王先生说："优秀传统文化是中华民族的精神命脉，是涵养社会主义核心价值观的重要的源泉，也是我们在世界文化激荡中站稳脚跟的坚实根基，为了有效地继承和发展优秀传统文化，需要认真做好创造性转化和创新性发展的工作。这样，就坚定我在这方面做出努力的决心与信心。"《芦荻》在这方面必须向您学习并力行。舒晋瑜问："有专家认为您的散文内容丰富……在写的时候，您心里有怎样的目标？"王先生回答："我喜欢苏东坡，是因为无论是才情还是气质都使我为之倾倒，尤其是喜欢他的散文。"之后说："吾文如尤斛源泉，不择地而出，行于所当行，止于所不可不止。"又说："我一生之至乐，在执笔为文时，心中错综复杂之情绪，我笔皆可畅达之。我自谓人生之乐未有过于此者也。"真是大才槃槃令人高山仰止。我也爱苏东坡的诗文，他是我的古代文学偶像之一。《芦荻》秋之卷，有写他的文章。苏东坡的立身行事，亦可圈可点。他胸襟磊落，旷怀达观，超然游于物外，大有过人之处。古人作文讲究气势，有"韩（愈）潮苏（轼）海"之喻，我写文章常把韩文、苏文奉为圭臬。

舒晋瑜问王先生："您认为怎样的散文才是好散文？"王先生说："我心目中的好散文，应该是具有审美的本质、情感的灌注、智慧的沉潜、意蕴的渗透，有识、有情、有文采、有意境，具备诗性的话语方式和深刻的心灵体验、生命的体验，体现主体性、个性化这些散文体特征，既是一种精神的创造，又是一种文化的积累。文学在充分表现社会、人生的同时，应该重视对人的自身的发掘，本着对人的命运、人类处境和人性升华、生存价值的深度关怀，力求从更深层次上把握具体的人生形态，揭橥心理结构的复杂性。实际上，每个人都是一个丰富而独特的自我存在。文学创作，说到底是一种生命的叩问，灵魂的对接，因此，需要深入发掘深刻的心灵体验与生命体验。"《芦荻》作者们要认真学习和实践。

舒晋瑜接着问："有着文学的经验，对从政有怎样的帮助？"王先生回答："单就散文创作来说，知识的积累、素材的丰富与否固然重要，但作者有无一颗感受美、发现美的敏感心灵，有无一种生命力的冲动和活泼清新的感觉，有无一双执着地探究生活底蕴的眼睛，则是散文创作的生命所系。'官场经验'与明目张胆是背道而驰的。"

以上之问之答我们《芦荻》将在冬之卷载文学习，并将付诸行动。

舒晋瑜又问："《诗外文章》写了多久？类似的写作，您认为还有难度？是否早已驾轻就熟？"

王充闾先生回答："我经常萦结于心的，是尽最大努力增强文章的可读性。我的取径是：采用散文形式、文学手法，交代事实原委，尽量设置一些张力场、信息源、冲击波，使其间不时地跃动着鲜活的形象、生动的趣事、引人遐思的叩问……立论采取开放，兼容态度，有时展列不同观点供读者择善而从。"

关于这方面类似的写作，我们《芦荻》立论采取改革开放，兼容态度，展列出"五合筑梦"观点，供读者择善而从：《芦荻》与新五大发展理念融合；《芦荻》与互联网相契合；《芦荻》与新子学相吻合；《芦荻》与文艺相化合；《芦荻》与生态相聚合。"五合筑梦"是《芦荻》二十年来改革开放取得的很大成果。文心一脉，薪火传承，直到今天，《芦荻》因师法王先生《诗外文章》有了很大收获。因为您曾说："我所拟定的标准是，力求实现思、诗、史的结合，以史事为依托，以诗性中寻觅激情的源流，在哲学层面上获取升华的阶梯。"《芦荻》的"五合筑梦"与您拟定的标准有几方面相似之处。

舒晋瑜特别问一句："您能否谈谈对于诗词的解读，有没有颠覆我们以往认识的观点？"

王先生说："阐释、解读中开阔新的思路，说前人所未说，比如《诗经·蒹葭》，我从六岁入私塾，受发受书。到了第四个年头便开始背诵'蒹葭苍苍，白露为霜'，当时业师讲得比较精细，遍陈历代诸说，但都没有论及此诗含有哲思理蕴。""近年研读中外美学论著，特别是王国维、宗白华、钱锺书先生的有关论述，眼界为之大开，摆脱单一的情景交融的视角，向着兴事、境界与人生哲理、心理效应的立体纵深拓展，始悟《蒹葭》

原是一首优美的哲理诗。《蒹葭》中所企慕、追求等的是一种美好的愿景。诗中悬置着一种意象供普天下人执着的追寻。"提起"蒹葭"，即是"芦荻"。王先生能为《芦荻》题字别有情意。我个人觉得就是来源于对"蒹葭"的别情相似。因为对方形象在自己的心里愈是美好，因而产生加倍的期盼。在《芦荻》中已有了《芦荻颂》一诗，有一种美好的愿景，悬置着一种意象，供大家执着地追寻：

团结和谐的形象，正直向上的风采。
自力更生的性格，艰苦奋斗的气概。
包容共享的理念，彻底奉献的情怀。
富民同美的文脉，老边精神的品牌。

这算作一首诗吧，代表着价值和意义的过程，一种信仰和一个理想。

舒晋瑜在最后发出了重要之问："您认为学习写作和理解诗歌最重要的是把握什么？"

王先生说："我讲到，综合古代诗人成功艺术实践，发现他们手中握有三根点石成金的魔棒。一根是，通过创造意境，实现哲理艺术化。意境是中国古典美学独有的概念，一向被称为诗歌创作的最高境界，指的是作者的主观情意与客观物境互相交融而形成的艺术境界。与此相对应的是意象。驱遣意象，是古代诗人使哲理艺术化的第二根魔棒。如果说，意境是指抒情性作品中呈现的那种情景交融虚实相生，意味无穷却又难以明确言传，有如'镜花水月'的境界，那么，意象则是审美情思托之于感性形态创造的意态形象，是凭想象力改制事物表象的艺术呈现。人的情思是内在的、无形的，别人看不见，但作为艺术表现必须感性地外显，见诸形象、形式。意象，是融入了主观情意的客观物象，或是借助客观物象表现出来的主观情意。诗人将自己的人生体验与哲思融入物象，就创作出饱含理趣的意象来。古代诗人实现哲理艺术化的第三根魔棒，是运用比兴手法以撷取理趣，张扬理趣。这是从《诗经》开始，老祖宗传下来的常用表现手法，'比'就是拈出形象性事物加以描绘；'兴'就是起兴，借助其他事物作为诗歌发端，以引起所要歌咏的内容。'比兴'二字联用，寓有寄托立意。讲述这些艺术手法时，都引用了书中的大量实例。说到作诗所要把握的要领，古今诗人各有体悟，几句话难以概括。""我所走的路子——先通过背诵掌握韵律感悟的音韵美，感悟字的凝练、句的整齐、节的匀称；然后是研习句法、词汇、掌握遣词造句、比兴转义、借用化用的技巧。"

  王先生所走的路子，我们《芦荻》将多次组织广大作者进行学习研讨，并在《芦荻》发表。

  最后，我们《芦荻》将更进一步研讨学习王充闾先生的《诗外文章别样醇》，使之《芦荻》别有情。请听舒晋瑜评论吧："著名文学评论家古耜认为，王充闾从精读原典、洞悉上游、夯实基础入手，展现一种溯源而上、由源及流的意识能力。他的作品贯穿和浸透了作家特有的历史意识、文化情怀、人格理想、审美趣味、价值判断，无形中完成了有关中国传统文化的另一种描述与解读，凸显了作家历史和文化回望的个体风范，其文心所寄，很值得认真揣摩和仔细回味。"

  我写了这篇文章的题目，称王充闾为先生，因为他比我大一岁，自然是"先生"，是兄长。题中有"情"，可称"情文并茂""情文代胜"，亦是我心中之情，尤其是对"先生"最早就有"文情"。

风范不磨 情谊长青
——难忘充闾先生的才华与情

◎全尚志

大辽河时而平静，旭日当空，海鸥翔集，辽河岸边的人常常习惯地聚在辽河岸上惬意地欣赏着这美好的时空；大辽河又时而大潮涌动，波涛翻腾，气势如虹地把来来往往的巨轮托起远航，驶向遥远的明天。但千万年来不管何时，她都以乳汁般的河水滋润着两岸的土地，养育着两岸勤劳的人民。

古老的大辽河，滋润出沿河两岸几千平方公里的良田沃土，润养出了值得国人骄傲的著名作家、学者、诗人王充闾。

难忘充闾先生三十二年前对我的情谊，难忘他的好品德。

一、对充闾的第一印象：他是勤奋、务实的干部

1985年8月，我来到位于大辽河南岸的营口市机械工业局四楼的营口市委经济工作部报道，协助市职工思想政治工作研究会秘书长王燕工作，并负责编辑《思想政治工作》杂志。

上班后我为熟悉工作，理所当然地查看有关研究会的资料，《思想政治工作》杂志第一期刊登了营口市职工思想政治工作研究会首届年会内容，我在杂志的扉页上就看到了首届年会上市委副书记王充闾的照片，接着又看到了他在首届年会上的讲话内容。

黑白照片虽不清楚，但映入眼帘的是黑框眼镜下长方形脸庞的充闾副书记的端庄面容。

我仔细地品读了他的讲话，甚感话语真实、有层次，对工作有指导意义和价值。

讲话内容分以下部分：一是职工思想政治工作的任务；二是阐明并分析说明了思想政治工作是一门科学；三是以丰富的知识和实际事例说明思想政治工作是一门需要不断学习的学问；四是以当前国内思想政治工作形势及我市企业的实际情况说明加强思想政治工作的重要性；五是讲了思想政治工作应当怎么做。

我问王燕秘书长："充闾书记的讲话稿是咱研究会给准备的吧？"王秘书长说："我到他的办公室请他参加会议并希望给大家讲讲话，他放下手中的笔，和蔼地说：'都让我讲点啥呀？'我向他汇报了当前国家、省、市政治工作研究的状况。他一点架子没有，一边听一边不时拿笔记记。真没想到，开会时他不但准时到场了，还认真地讲了话。那讲话稿都是人家王书记自己准备的呀！"

二、充闾文静、儒雅、平易近人，工作态度爽直，身体力行

1987年7月，市委经济工作部解散，职工思想政治工作研究会移交市委宣传部代管，我也随着转到营口市委大院内的市委宣传部上班，接替了王燕秘书长，开始主持市职工政研会的工作。

我从面东的大门初入市委大院，映入眼帘的是满院姹紫嫣红、耀人眼帘的月季花。蜜蜂在花间嗡嗡作响，蝴蝶在花丛中翻飞。我抬头看见绿树上一片片飘荡的红云般灿烂的芙蓉花映衬的红瓦、红墙的东西两个门的营口市委组织部与宣传部的三层办公楼。

再往后是绿树掩映中的市委书记等主要领导工作的三层楼。

我被工作环境当前的美景陶醉了，心情正激荡时，见到从外面开来一

辆轿车，看到车上下来步入书记楼的是一位挺高个、身材魁梧、步履稳健的领导。我问旁边的张主任："刚下车的是谁呀？"他说："那是王充闾副书记。"

因工作需要，我几次接触了心中仰慕的文学大家王充闾先生，他一次次地给我留下了难忘的美好印象。

和他第一次正式见面，是在1987年7月20日下午召开的市职工思想政治工作研究会常务理事会议上。

召开会议的目的是我市思想政治工作研究会所涉及的不单只是企业职工，而且已经有两县（含农村）都加入了。为了适应思想政治工作发展的形势，我觉得不应只开展单纯对企业"职工"的思想政治工作，市政研会应该是适应全市思想政治工作需要的组织，因此应当把单纯的"职工"两字去掉，筹备、组建营口市思想政治工作研究会。

我向市委常委、市总工会主席、市职工思想政治工作研究会会长韩宝桐汇报了我的想法，她说："你的想法挺好，但得召开政研会常务理事会讨论再决定。"因为充闾副书记是市职工思想政治工作研究会顾问，所以理所当然地邀请他到场。

开会时，我怀着见领导的局促迎接与会者的到来。温和、淳厚的充闾副书记来了，稍加寒暄和我握手后，便自己找了个座位平静地坐下了，没想到充闾书记一点架子没有，竟是那样平易近人。

会开始了，他安静地坐着，听了我的工作汇报及组建营口市思想政治工作研究会的设想。他不但听，还不时地记。会长韩宝桐说："以上老全说的大家都听清楚了吧？"一阵议论后，充闾副书记发言认为这个想法挺好，进一步阐述了更名的现实及长远意义，并欣然表示同意更名，"更名"顺利通过。使得我市思想政治工作研究会成为全国"第一个"组建的不单包含职工，而且涵盖各行各业的思想政治工作研究的组织。

我送走了充闾书记和各位领导，心情久久不能平静，难得有这样支持工作的好领导，我从心底感谢充闾书记。

感悟充闾先生

　　为了圆满召开营口市思想政治工作研究会团体会员代表会议暨第四届年会，我于 1987 年 11 月 2 日向会长韩宝桐做了汇报，她说："老全，举办这样大型的隆重会议得经过市委常委会议讨论研究决定啊！"（因思想政治工作研究会是市委宣传部代管的市委直属单位。）一番议论后准备向市委常务会议汇报，宝桐会长又说："你得准备好汇报材料，讲清楚明白呀！"

　　我按宝桐会长的通知，于 11 月 9 日上午 8 点半按时到达市委领导办公的后楼三层最西头的会议室。

　　会议室简洁、明亮，两排木头长方桌对放着，市委书记许世廉、副书记王充闾及宝桐等各常委分坐两边。宝桐会长示意我在面西的市委书记、副书记对面靠近门的座位上坐下。谈笑中，宝桐会长向与会的诸位领导说："已跟大家打招呼了，市政研会准备召开团体会员代表会议暨第四届年会，现在就让老全秘书长说说开会的情况吧。"

　　我环顾会场，诸位领导都在等待我的汇报，我就按认真准备好的汇报内容简要地介绍了国家及省思想政治工作研究会的状况，汇报了我市政研会工作开展的现状，最后提请领导批准召开由各市直单位、区、县、局及各大中企业会员单位代表参加的营口市政治工作研究会会员代表会议暨第四届年会。

　　各位领导对我的汇报比较满意，大家稍议一番后，记得是许书记问："那费用怎么办？"我当即回答："我都准备好了。"（注：我心中有数，当时办《思想政治工作》杂志的创收款和收取的团体会员会费累计已有六万余元，所以我当即做了肯定的回答。）

　　坐在我对面的温厚、儒雅、带有学者风度的充闾稍加谈论后，又一次对我的工作给予了肯定的支持，我记得最清楚的话是——他表态说："那就按秘书长的意见办吧！"这句支持的话就像昨天说的，令我记忆犹新。

　　营口市思想政治工作研究会团体会员代表会议暨第四届年会得到了

市委常委会议批准，经过认真筹备，在各团体会员单位积极准备和西市区委的大力支持下，得以于1987年12月20日在西市区大会议室隆重召开。市委部分领导，各县、区、局、中直、省直单位的主要领导，各团体会员单位的党委书记、宣传部长（科长）等四百余人参加了会议。会场外彩旗招展，各团体会员单位的"思想政治工作研究成果展示牌"摆满了进入会场的百米道路两侧，与会者个个在拥挤的道路两侧驻足观看，场面气氛热烈。会议表彰了思想政治工作研究先进单位、先进个人、优秀论文作者，并由与会领导给受奖单位和个人一一颁发了奖状、证书及奖金。

会议的召开与充闾副书记又一次给予的充分支持是分不开的，让我铭记心底。

三、充闾书记廉洁奉公，重视工作成效，任人唯贤、不谋私利

当时改革开放十年来带进了一些污泥浊水，社会讲出身、门第，讲个人交往，讲社会交际。当时社会上流行办事要讲交情、讲关系，得研究研究（烟酒烟酒）的歪风邪气，个别领导是不见兔子不撒鹰（不见好处——金钱、物资休想办事），这种歪风绝没有熏染充闾。

后任市委书记李洪彦说："过年过节你若是想到充闾家串个门，别想了。他除了领导和办公室的通知电话一概不接，有人把礼品送到家，他连看也不看就给推送出去，"又说，"他后来一到年节，干脆在谁也不知道的军分区院内找一个屋看报纸、杂志，看书及写文章去了。"

拿我关于政研会组织机构等设置及理事会人员安排等问题向充闾书记汇报、请示的事说吧。

我与充闾除了几次工作上的交往，从来没有私下的接触和花过一分钱。充闾是从我组织召开和参加的各个会议报道及所办杂志上了解和注意到我的工作吧？

当我向他汇报完政研会的有关事宜后，向他请示秘书长由谁担任，充闾书记不假思索地说："由你当呗！"我说："我不够。""你够。"……

事后谈起，有人说："别人想让领导说话，花钱都捞不着，哪有像你那样一分钱不花那么便宜的？"

是呀，充闾确实是任人唯贤不图私利的好领导。

四、充闾书记是博古通今的正派好领导

充闾可谓文人中出类拔萃之佼佼者，他有"诗人的激情，文学家的丰富情感"。论职位，官职可谓不小；论外貌，英俊、端庄、倜傥、风度翩翩；论才华，可谓满腹经纶、博古通今、才华横溢、学富五车、才高八斗。

充闾在营口时正值改革开放开始的十年期，随着改革开放，一些旧社会遗留下来的污泥浊水在全国各地泛滥，当时的社会状态是，歌厅、酒吧、洗头房、按摩房在兴起和盛行，大街小巷，各个娱乐场所灯红酒绿。但是，凡是在营口市委工作的人都知道，充闾一天天就是看书。早晨到办公室最早，晚上回家最晚，连吃饭也是草草地就完事。

前面说过，他可不是两耳不闻窗外事，一心只读圣贤书哇！他是像鲁迅先生说的"把别人吃茶的功夫都用在看书学习上"了，所以达到"博古通今，著作等身的学者、诗人的程度"。

他博览群书，当然书中少不了"颜如玉"的美色记录和描绘，他虽有"诗人的激情，文学家的丰富情感"，但他没有被风流韵事熏染，绯闻的事与他不沾边，实在难能可贵。

五、充闾对人实在、亲切，没有官架子，不虚伪、不做作

由于充闾常年坚持看书学习，没有时间去照相馆拍照，所以也没有一

张像样的照片。可能是知道要离开营口升任省领导了，为了留下在营口的美好记忆，1988年6月份，他不嫌弃、不挑剔地约照相技术不专业的我给拍工作和生活纪念照。我拿着理光照相机到了他的办公室，受到了他亲切的接待。他虽是领导，但在拍照片的过程中就如同小学生听老师的话一样听指挥和摆布。所以我就没有拘束地说这样照，换个角度，再来一张……一连拍了十来张，看来效果还行。最后充闾亲切、和悦地说："咱俩也合个影呗！"由于没人帮忙，我只好调好了相机焦距放到对面茶几上，我和充闾并肩亲密地坐着，自拍下一张难忘的合影，可惜拍歪了，没好意思给充闾看。我前些日子翻出了存照，学会把合影扶正了。又用现在的修相技术把充闾的照片修去了当年闪光灯留下的阴影，制作了《充闾先生在营口的工作和生活照》制作片。

从照片中，可看到当年的充闾清秀、英俊、淳厚、和悦、端庄的面容。

六、充闾是一位不忘母亲恩德的重情孝子

请看看充闾在《望》中对母亲深情的回忆和描述吧。

他说："在我的心目中，母亲就是家，家就是母亲。"他又引用一位作家的话说："一个人若是失去了母亲，就像鲜花插在瓶子里虽然还有色有香，却已经失去了根底。"

他深情地回忆着当他的姐姐故去后，姐夫给母亲送来与两岁的他一般大的女儿，长跪后离去，音讯杳然了，"母亲便抱着我和外甥女这两个不懂事的孩子，眼含着泪水，敞开衣襟，把两个干瘪的乳头分给我俩一人一个"的凄凉往事。

他深情地回忆着"我从六岁开始入私塾读书，晚上要去补习功课，不管刮风下雨，母亲总是早早地站在大门外面迎候着我……繁星满天，万籁俱静，偶尔从谁家院子里传出来几声犬吠，显得特别凄厉，特别响亮，我大气都不敢出，一溜烟地往回跑着，直到看见了母亲的身影才大叫一声'妈

妈'，然后就扑在她的温暖的怀里"的情景。

他深情地回忆着"寒冬腊月，夜里屋里一片冷清"，忙碌了一天的"母亲看着我钻进被窝，帮我把被四下里掖紧，她又找出针线筐来就着昏暗的灯光，一针一线地为我缝补着衣袜。有时半夜醒来，看到母亲还在小油灯下做活，微弱的灯光映照着她那额上的皱纹和已经花白的头发，心里很不好受"的滋味。

多情的充闾，从六岁就心疼母亲的疾苦。他牢记母亲的辛苦，极力尽孝心。在父亲去世后为了解除母亲的寂寞，他借个自行车推着坐在鞍座上的母亲去三姨家，汗水湿透了棉衣，呼呼地喘着大气。但他怕把母亲冻感冒了，一直推着自行车赶路，在原本不算太长的路上，足足走了两个半小时。虽然又冷又累，他却满怀深情地怀恋，无比惋惜地说："我终于帮助母亲做了一点事。可惜对我来说，这类机会实在是太少了……即使我再苦再累，直到碎骨粉身，也难以酬报母亲深恩大德于万一。"

充闾十分痛惜由于工作繁忙，没有对茹苦含辛的母亲晚年的寂闷及时排解，他深情地说"二十年过去了，有时看到桌上的电话"触景生情，"心里还一阵阵地感到难过"。

充闾深情地怀念母亲说："在母亲永远地离开我们的时节，我的感觉，就是花儿离开了泥土，鸟儿无家可归，一天到晚，忽忽悠悠，心神不宁，像黄叶飘飘荡荡，白云散漫无根似的。"

他无奈地说："只能抱憾于无穷，锥心刺骨也好，呼天抢地也好，一切一切都无济于事了。"

充闾真是一位重情的孝子。

七、充闾是一位尊重妻子的忠贞、模范丈夫

充闾是文人中出类拔萃之佼佼者，但对文学素养、地位似不太般配的妻子却是百般尊重，是坚贞不渝的模范丈夫。

曾见过充闾的妻子冯大姐，淳厚、朴实，似典型的家庭妇女。料和充闾不会有多少学识上般配的共同点，正如他在《昙花，昙花》中坦言"审美趣味不同"。

但充闾非常尊重妻子。他把自己工作和写作上的成绩归功于妻子，他从心底感谢妻子对他工作和学习的全力支持和付出。充闾曾满含深情地意指妻子说："凡是成功的人背后都有强有力的支持者。"

他一天天除了参加工作和难以避开的社会活动，"家"就像临时的吃饭睡觉的旅店一样，一有空就是到单位看书。可想而知，一定难有成天居家与妻子相亲相爱、儿女情长的厮守吧!

说充闾尊重妻子，请看他在《昙花，昙花》中的记述吧。他说："为着追求唐诗中'昨夜月明浑似水，入门唯觉一庭香'的意境，我提议关掉电灯，使昙花在皓月清辉中显现其空灵淡雅的芳姿。妻子却说：'那样朦朦胧胧的，欣赏不到它的艳美。'审美趣味不同，无法强求一致，只好作罢。"待到"时钟敲过了十一下，妻子也回寝室去了。我随手将灯关掉。映着清冷的月华，这隽秀的幽芳又是一番姿色。宁静、超逸、庄严，通体明亮，这哪是花？分明是一颗簌簌跳动着的心！此刻，我的胸臆里既满怀着兴奋，也夹杂着一种带有苦涩味的酸楚与歉仄。真个是：舌兼五味，百感交集，不觉慢慢地坠入如烟往事的回忆里。"

他不受社会不正之风影响，秉承中华民族传统思想——糟糠之妻不下堂，实在难能可贵！所以说他的确是对妻子相濡以沫、忠贞不渝的模范丈夫！

八、充闾是一位有传统家风的慈父

孔子说"其身正，不令而行"，充闾高洁的品格、端庄的举止言行，潜移默化地言传身教，为子女做出了良好的榜样。

他在《望》中说："在我成长的关键时刻，母亲对我进行了一番生命的教育，把志气和品行传给了我，用的不是语言文字，而是行为。"

充间牢牢记住了母亲的教诲，对子女不护庇，不为子女争取名利、地位、待遇，潜移默化地言传身教，以身作则，是学习我党老一辈革命家，让子女在工作中成长的慈父。

在我的印象中，充间先生好像一心看书和工作，对家里的大事小情一定不会太有时间经管，如他老伴冯大姐说的"他下班进家，哪怕有五分钟饭没好，也要拿起书来看"。

他对子女关爱、培育、辅导，但对他们的工作、生活不会太有精力和时间过问吧？可他的子女都在他以身作则潜移默化的影响、熏陶、哺育下成长为非常有教养的人。不管儿子还是女儿，在单位都是工作勤恳认真务实的好干部，均受到所在工作单位的人们的交口赞誉。

我在与他女儿的交往中深深感受到了老一辈无产阶级革命家具备的传统家风。

充间说母亲"看重的并不是几个铜钱，而是儿子（指他）的品格修养"。充间对子女的培养、教育思想何尝不是呢？

充间先生的女儿在我市一个基层单位工作，她很朴实、谦和，从不因父亲是市里的领导而张扬。每逢开会遇到，总特别感到这位女同志很好，与她认识两年后才知道她是市委副书记的千金。可见充间确实是铭记母亲的家教，践行对子女严格教育，学习老一辈无产阶级革命家优良传统的严父——慈父。

大辽河日夜不息，汹涌澎湃滚滚向前。戊辰（1988）年金秋季节，满怀深情的大辽河两岸的重情儿女迎着东方冉冉升起的红日，在满天彩霞的映照下，送辽河沃土上滋养哺育成长起来的骄子——饱蕴文学素养的学者、诗人充间进省城，踏上了肩负省委常委、宣传部长重任的征程！

谢谢充间把我放在心上，关心我的进步和成长。直到一年后，我们市委宣传部办公室宋海军去沈阳，见到早已是省委常委、宣传部长的充间部长后回来跟我说："全秘书长，你真行啊，充间部长还打听你呢。"

综上所述，不难看出学者、干部充闾先生超出常人的勤恳读书，当官不流入世俗，洁身自爱和重情，真是一位德才兼备，值得世人学习、称颂的楷模！

我与充间无缘

◎姚志刚

事情已经过去 19 年了,可在我的记忆里清晰如昨。

那是 1986 年 12 月 28 日的上午,10 点多钟的时候,营口日报社文艺部的电话铃声响了起来——

电话是市委副书记王充间打来的,找我。

我有点丈二和尚摸不着头脑:他是市领导,我是进入报社刚刚半年的小记者,我不认识他,他找我做甚?

充间在电话里对我说:"你写的《访公眉先生》我看了,我历来不赞成在报纸上用半文半白的语言写文章,但你这一篇写得还好,你能不能来和我谈谈公眉先生?"

我明白了,充间书记是看了我当天发在《营口日报·辽河湾》上的散文《访公眉先生》,感于公眉先生的才华、境遇,想确切了解其人。

公眉先生姓吕,是盖州一位德高望重的老教师,才高八斗,桃李满门,然一生坎坷,多有磨难,我是带着一种钦敬的心情采写他的。因公眉先生精于古典文学,因此,我就用半文半白的文笔写就了《访公眉先生》。充间对古典文学也是造诣颇深,对公眉先生自然是惺惺相惜,因此来电话询问。

我大喜过望,一篇文章能引起市委副书记的关注,对我而言是求之不得的事情。我读过充间著的《柳荫絮语》,并为他的学识所折服,知道他是从报社编辑走上市领导岗位的,是报社当年的"三才子"之一,能与这样的人结交是我梦寐以求的。

十分钟后，我来到市委领导的办公楼。

传达室的值班人员给充闾挂了电话，充闾说他下楼来接我，本来他可以让我直接上楼的。

从传达室的小窗里，可以看见充闾走下了楼梯。我打开了传达室的门，意欲与充闾握手，然而我忽略了门上有弹簧，就在我松手之后，那门又弹了回去，正打在已经迈进门的充闾的前额上，那一下打得肯定不轻，我看见他用手揉了一会儿才定住神。

第一次去见市委副书记，就给其当头一击，我心中一惊，呆在那里。

幸好充闾神态自若，我心稍安。上楼之后，充闾详细地询问了公眉先生的近况，然后拿出一本 1987 年的挂历和一本他的《柳荫絮语》，还特意翻看了一下，看看有否缺页或断页，嘱托我在春节回盖州时转交公眉先生。

这一次的大煞风景让我懊恼了许久。

不久，充闾写了两首旧体诗交与我，一首是七律，一首是七古。作为一个报社的文学编辑，能得到像充闾这样的诗文大家的赐稿，自然是高兴的事情，我当即编发，但在车间里排版的时候，工人将"七古"排成了"七律"，而我校对的时候竟没看出来，两首诗加一块儿不过百十来个字，标题错了我竟没看出来，出鬼了！

第二天报纸一出来，我可是一眼就看出来了，顿时又是心中一惊，呆在那里。

我知道，这对于治学严谨的充闾来说无疑是"吃了一只苍蝇"，它会造成读者对充闾才学的误解。这显然是对充闾的又一次"当头一击"，而且这一击比上一击厉害得多，那一次伤在肌肤，这一次伤在心上。

有人劝我去市委找充闾解释一下，我没有去，已经铸成大错，我无话可说。我知道充闾是一定会来电话的，所以我就坐在编辑部里等待。

上午 10 点钟的时候，电话铃声骤响，我还是心中一惊，硬着头皮拿起电话。电话里充闾似乎很是无奈地说："哎呀呀，怎么搞的嘛？"接着他换了一种语气说："作为一个党报的编辑，认真是第一位的。毛主席不是说过嘛，共产党就最讲认真。我在报社当编辑的时候，看大样像姑娘绣花一样，看完大样之后，唯恐还有疏漏，要把大样拿回家里去，躺在床上再看一遍才放心……"言者谆谆，听者诺诺。

又一次大煞风景，又一次让我懊恼了许久。我能期待充间的原谅吗？即便那样，我能原谅我自己吗？

我当然期望能有向充间请教的机会，但不久充间就走上了省委领导的岗位。我知道我与充间无缘了。

其后的一年，辽宁省作家协会在营口宾馆举行辽河散文奖颁奖会，我受邀参加，进入会场的时候我发现充间坐在前面，就赶紧找了一个角落躲起来，不敢抬头，待散会后，急忙扎进人堆里逃也似的离去。

人非圣贤，孰能无过，但人生的一次错误有可能会让人懊悔一生。

此后，我在办报上真的是"战战兢兢，如履薄冰"了，充间的那一番话有如醍醐灌顶，时时提醒我工作上不可有一丝的马虎，做事讲求认真负责，第一是认真，第二是认真，第三还是认真，做人亦然。

人生最难咽的是后悔药哇。

我与充间无缘，但在岁月的渐进中，我却有所感悟；经常谋面的未必是缘分，而一次的点拨却让人受益一生，此乃大缘哪！

原载 2005 年 10 月 27 日《营口日报·辽河湾》

充闾先生与营口诗词

◎汤和伟

作为《王充闾文学研究》的副主编,早就想能为刊物写篇文章,但由于见识浅薄而迟迟未能成文。余一向对先生敬仰有加,先生无疑为当代文学大家,为官为文名扬九域。先生在营口市工作多年,后曾调任辽宁省委常委、宣传部长、省人大常委会副主任、省作协主席等职,现为国家一级作家,兼任南开大学、沈阳师范大学中文系教授等。

余作为营口市一普通作者,欲写这样一位大作家,恐有班门弄斧之嫌。然高山仰止,景行行止;虽不能至,心向往之。故而就身边耳熟能详之事,选拟了本文题目。

前面说过,王充闾先生曾在营口市工作多年,虽然后来调至省里工作,但他的根仍然扎在营口,他的心仍然牵挂营口,他始终兼任着营口市诗词学会的名誉会长。我们清楚记得,1996年,他任省人大常委会副主任、省作协主席时,曾为营口市金牛山诗社成立十周年题词:"一编存妙绪,十载播诗名。"2004年9月,盖州市诗词楹联学会编辑出版《盖州诗词选》之时,他欣然题词:"珠蕊琼花满卷收,钩沉续断赞宏猷。瑶编可抵连城璧,胜业文华说盖州。"2002年11月30日,营口市诗词学会召开第四届会员代表大会,王充闾先生到会并讲话。他在讲话中为营口诗词学会提出一个极其宝贵的建议:建议营口诗词事业的发展要走出辽宁,建议中提到鲁迅的《故事新编》中的《理水》《铸剑》《出关》《奔月》,"理水"就是要把关系理顺;"铸剑"就是要增强自身的本领;"出关"是指营口

感悟充间先生

诗词要冲出山海关；"奔月"是要走向高度，走向全国。这也是对营口诗词学会和营口诗人的期望。在营口市诗词学会第五次代表大会上，他再次强调了这一希望，从此"八字箴言"写进《辽河诗词》杂志刊首语，成为营口诗人的奋斗目标和座右铭。在王充闾先生的关注和引导下，营口诗词学会和诗人们共同努力，2014年10月，营口市被中华诗词学会批准为"中华诗词之市"，终于冲出了山海关，成为关外第一个诗词之市，营口市所属的大石桥市、盖州市亦先后被中华诗词学会批准为中华诗词之乡。

王充闾先生不仅关心、关注营口诗词学会的活动与发展，更关心、关注到营口诗人的活动和所取得的成绩。在营口诗词学会成立二十周年的大会上，他同样到会并讲话。讲话中他特别提到营口已作古的陈怀和吕公眉两位诗人。他的散文《营川双璧》就曾写过这两位诗人，他说："我在给《吕公眉诗文集》作序的时候说过，一个地区文学艺术的发展，大概有四个方面条件。首先要有那么一两位或几位诗坛上的盟主，这个是绝对重要的，形成那么一个流派……咱们就是因为有吕公眉、陈怀这样一些人。"还说："先生对我是格外垂青的，包括吟咏我的诗文集，前后赠诗达二十余首。诗中情深意切，感人肺腑。1987年元宵节，我曾去盖州先生寓所专程拜访。春初先生到访营口，值我公出未遇，口占七绝四首，以诗代柬。其一曰：'风雪元宵一别离，清明又见柳依依。小桃欲落春犹浅，着意余寒莫减衣。'脉脉情深，令人永生难忘。两年后的深秋，金牛山诗社有重九登高之会，其时我已调往省上年余，先生又吟诗寄怀：'登高寒色扑衣襟，满目蒹葭感客心。我欲辽天北向望，雁声嘹呖海云深。'"通过这段叙述，我们亦不难看到王充闾先生与吕公眉先生的深厚情谊。

记得还有一次在营口的一次诗词代表大会上，王充闾先生在讲话中还十分风趣地表扬了我们盖州诗人孙临清老师在诗词大赛中屡获大奖的事迹，他说："孙临清成了得奖的专业户！"从此孙临清老师"得奖专业户"的美称便风靡四方。

2007年，余在编辑《古今绝句精品类编》时，荣幸地获得了中华诗词学会会长孙轶清先生题写书名，中华诗词学会顾问丁芒先生作序，《中华诗词》主编郑伯农先生题词，当时思绪澎湃，想请王充闾先生题词，没想到还真得到了先生的关照，不仅为余题写了"烹小鲜，集大成，蒐珠玉，掌钧衡"的题词，还特别写了一封长信。此信余至今还在珍藏着，信中特别提示余："做这类工作，一要靠眼界，须广收博采，以定铨衡；二要靠眼力，见识高，庶几可免鱼目混珠之讥……"此真是金玉良言，余牢记在心，付诸实践，用以指导鞭策自己的工作。也正是在先生的指点与鼓励下，此后一鼓作气，编辑出版了《绝句创作百法》《古今绝句三百首品鉴》《古今律诗三百首品鉴》《当代诗词鉴赏》《诗词典故汇解》等诗词创作工具书。

　　2011年，余在编辑的《古今律诗三百首品鉴》中选入了王充闾先生的一首七律《写怀寄友》：

埋首书丛怯送迎，未须奔走竞浮名。
抛开私念心常泰，除却人才眼不青。
襟抱春云翔远雁，文章秋月印寒汀。
十年阔别浑无恙，宦况诗怀一样清。

　　言为心声，诗如其人。王充闾先生正是如此，"宦况诗怀一样清"，他于官场清正廉明；他于文道，誉满九州。他根植营口，心牵营口，关心关注营口诗词和营口诗人，营口得益于他的关注和指导，营口人钦敬他"宦况诗怀一样清"的品格，钦佩他在文化领域里所取得的丰硕成果。所以，营口诗词学会会长张冰同志牵头成立了王充闾文学研究会，研究学习王充闾先生的创作成果和创作精神。他的创作成果和创作精神不仅对营口具有借鉴和指导意义，对全国乃至世界也同样具有借鉴和指导意义（先生的散文著作已有外文版发行）。

　　我们营口诗人一定要不辜负先生的期望，做好营口的诗词文化工作，为发展和弘扬传统文化做出应有的贡献。

书生本色自始终
——读王充闾诗词浅识

◎孙临清

早在20世纪80年代，著名诗人吕公眉先生曾赠诗王充闾先生云："萧瑟官囊馀典籍，未妨终始作书生。"是赞美，也是期待。如今二十多年过去了，公眉先生已作古逾十年，充闾先生已从行政职务上退下来，且已届垂暮之年。岁月淹忽，令人惊叹。不久前充闾先生将最新诗词集《蓬庐吟草》惠赐，我拜读后深为其作品自始至终展现的书生本色、人格魅力所震撼，所倾倒。兹就所得点滴略抒管见。

所谓书生本色，不是那种"百无一用是书生"的书呆子，不是"书生气十足"迂阔而不谙世事，更不是放浪形骸、无所事事的风流倜傥，而是中华读书人即知识分子几千年来传统的完美道德，高尚情操的概括，即孟子所说的"富贵不能淫，贫贱不能移，威武不能屈"之精神。某种意义上也可以说是共产党员的操守。所谓本色就是始终如一，不改初衷。"靡不有初，鲜克有终。"充闾先生是一位名播四海的大作家，一位省部级的领导，可以说是功成名就，事业辉煌。然而先生却始终保持一领青衿的读书人的心态，保持普通人的心态和情感。他的诗真诚，无官气，无俗气，典雅清丽而蕴涵丰富。诗言志，言为心声，诗如其人，古今莫不如此。屈原、陶渊明、李白、杜甫、苏轼、陆游等的诗词作品是他们伟大人格的化身。充闾先生的诗词同样是其书生本色、精神风貌的显现，是与前贤一脉相承的。

第一，充满爱国情怀、忧患意识，时刻关心国事、天下事。1975年，海城营口发生七级地震，先生适逢四十岁生日，便写下《四十初度》二绝句。第一首是："祸有根由震有源，人天交感岂其然。书生空洒伤时泪，不惑缘何惑万千。"斯时正是十年浩劫后期，诗表面上写的是自然界的地震，实际上隐含了对"文革"这样的政治大地震的否定和忧虑，关心国家的前途命运。"人天交感""伤时""惑万千"一看就知写的不单是地震，更是使国家陷入混乱，政治经济横遭破坏的"文化大革命"。第二首中"布衾如铁枕愁眠，梦幻莺花四月天"，道出了诗人期望早日结束动乱，使国家安定，人民安康，再现莺啼燕语的美好春天。在"左"的路线横行时，先生作为一介书生，当然是报国有怀，壮志难伸了，儒家的用世精神不得以实现。同样写于1975年的《抒臆》二首寄寓了这种感情："卅载蹉跎鬓有丝，乌纱罩顶敢云迟。蠹鱼腹饱成何用，惭愧鹪鹩据半枝。""星月争辉映敝庐，深宵何意久踟蹰。不成一事年空长，懊恼昂藏大丈夫。"先生时年四十，"四十"在古人诗中多有对事业无成的感叹。如清人写过"四十明朝过，苍苍在鬓丝，逝水流如许，强弓挽几时……"也就是屈原的"望崦嵫而勿迫""恐鹈鴂之先鸣"之意。先生所懊恼不是"乌纱罩顶迟"，而是如鹪鹩巢于半枝那样"不成一事"，无可奈何。这是当时"蠹鱼腹饱"的知识分子的同慨，具有典型性，折射了那个时代的悲剧。

当政治清明的时代来临时，先生诗词更加显现了积极用世的书生襟抱，不做恣情江湖的隐士，也不甘心做"悲守穷庐，多不接世"的庸人，而是奋发向上，争取发挥才智，为国家、为社会、为人民多做贡献。这类诗在先生集中俯拾皆是。如"清明无意久流连，暂别林泉，且跨征鞍"（《滴园·调寄一剪梅》），"时间长恨少，苦战连昏晓，报国耻空谈，丹心红欲燃"（《菩萨蛮·攻关颂》），"芳时莫抱蹉跎恨，万里鹏程正好风"（《迎春风筝比赛》），"明时耻作闲情赋，吟啸潮头倡雅风"（《金牛山诗社成立述怀》），"恢宏踔厉谱新章，慨而慷，意如钢。前景迷人，何惧路途长。过隙白驹争晷刻，休负却好时光"（《江城子·祝贺〈改革之声〉创刊五周年》），"球籍激人争上驷，宏猷励己拼中年"（《登辽宁彩电塔》）等。这些诗句既是先生个人的抒怀言志，也是对他人的勖勉期望。

先生的感情总是与人民群众喜忧相关，乐众之所乐，忧众人之所忧。我最喜其绝句《小岗行吟》："丝丝翠柳弄轻柔，油路清溪傍小楼。直恐老来诗兴减，淡烟疏雨下濠州。""迢遥应恨我来迟，十八先锋鬓有丝。江北江南春正好，老梧待发凤凰枝。"语句畅丽，神情飘逸，寄意遥深，满腔热忱地歌颂了农村改革先锋小岗村，并展望其更加美好的未来。诗人欢快心情如同赤子。与之相对，先生对一些丑恶腐败的东西十分憎恶，必欲除之而后快。请看《扫街女工》："竹帚钢锹伴晓晨，春寒恻恻汗淋身。沙沙响似敲篷雨，扫净街尘扫世尘。"借咏扫街工委婉地表达了对"世尘"即民风、官风、党风中一些污秽邪恶的憎恶。在清明盛世的形势下，书生仍有忧患意识。

同样，先生也关注国际风云，有感慨也有感悟。"无言抑塞对宫墙，游子惊心叹海桑"（《红场抒怀》），"洒血抛颅捍列京，三年固守一朝倾。诚知裂变非因战，自古攻心胜举兵"（《圣彼得堡纪感》），"欧亚穿行万里程，风光几度梦魂惊。茫然收却生花笔，破碎河山画不成"（《空中纪感》）……诗的含义是十分清楚的。从这里可以看出一位共产党员的清醒和思索，不管形势怎么变化都不能忘记党的宗旨，不能忘记共产主义大目标，不能浑浑噩噩，随波逐流。这也是先生忠贞执着，恪守初衷的人格的表现。

第二，淡泊宁静，清廉耿介，严于律己，诚以待人。从先生早年的作品中可以看出其初始的心态和人生取向。先生十四岁时写了处女作《灯笼太守》："声威赫赫势如狂，查夜巡更太守忙，毕竟可怜官运短，到头富贵等黄粱。"诗虽浅易，立意很好，少年心志，宁静如水，不是那种"何日题桥跨驷马"的希冀飞黄腾达之志，书生本色，初成基调。写于1959年的《刺白衣秀士》中的"临文底事逃名姓，秀士当门莫展才"，暗刺了当时"左"的政治路线对人才的压抑，也表现了先生青年时就具有反抗时弊的胆识。写于1962年的《编辑生活杂咏》是先生正直耿介品格的初闪辉光。且看："史笔千秋重是非，无须曲意定依违。抉疵辨误挥朱笔，不管文章属阿谁。"表露出先生秉承古代史家之风范,如董狐、左丘明、司马迁那样重是非,坚持原创,正气凛然,不像某些人编选文稿把眼睛盯在乌纱大小、名气高低或以私人情感而依违而曲意,与时下某些报刊出卖版面,权钱交易更是不可同日而语了。第二首:"编采由来问舆情,每从议报见分明。阿侬不是初笄女,头脚人前任品评。"这里既表现了先生的胸怀坦荡,愿意接受群众批评,又展现了其敢于坚定信念,不随俗沉浮的精神。这种独立思考的精神,先生坚持始终,老而弥坚。如写于2002年的《七绝》:"定力坚心铁样牢,浮名虚誉等烟飘。凭他俗议说三四,珍重斯文慰寂寥。"耿介情怀跃然纸上。

　　写于1987年的《写怀寄友》是充闾先生集中的名篇,广为传诵,突出地展现了书生的耿介性情和崚嶒风骨。"埋首书丛怯送迎,未须奔走竞浮名。"当时先生已步入仕途,也是一位领导干部。送往迎来,向为官场所重,至于觥筹交错,馈赠相酬更是司空见惯。而先生对此却是"怯"。"怯"不单单是怕耽误了"埋首书丛",更重要的是怕堕入浮名竞奔的旋涡。这是中国知识分子洁身自好的优良传统,陶渊明为不为五斗米折腰,李白"安能摧眉折腰事权贵",鲁迅"躲进小楼成一统"等都是"怯送迎"的典范。所谓"怯"也不是因为不去逢迎而怕得罪了什么人,而是"不屑于"这么做,是严格自律。可以为"埋首书丛怯送迎"做注脚的还有"绿浪红尘浑不觉,书丛埋首日斜时"(《读书纪感》),"晚雨生凉祛暑天,未谙歌舞愧华筵"(《舞会口占》),"生涯旅寄等飘蓬,浮世嚣烦百感增。为雨为晴浑不觉,小窗心路觅归程"(《〈何处是归程〉题记》)等,这与时下某些跑官、买官、卖官者更是势同冰炭。那么先生就什么人也不交往了吗?也不"送迎"了吗?不是的。"抛开私忿心长泰,除却人才眼不青。"对个人私利恩怨抛到九霄云外,而青睐的是人才,交往的是人才。笔者所知,先生到省城任职后,几乎每年都赴盖州探望耄耋之年、孤苦伶仃、一介穷儒的吕公眉先生,有诗赠吕公眉先生云:"往日春风结客场,生平知己此难忘。未妨余事耽佳句,也列门人弟子行。"尊公眉先生为师长。充闾先生

感悟充间先生

也同样地时常与一位年逾古稀的教授王向峰先生"行则连舆，止则接席"。参加王教授从教五十周年纪念活动，《当筵遣兴》云："中岁追陪每恨迟，春风秋雨两心知。缘悭未得程门立，也傍群贤学拜师。"充间先生与向峰先生年相若，学相伯仲，充间先生却欲拜之为师。尊重知识，尊重人才也。先生真个是"襟抱春云翔远雁""宦况诗怀一样清"啊。宁静淡泊，永远不会像古今某些喜"送迎"者，时而踌躇满志于车马盈庭，忽而唏嘘感叹于门可罗雀。

作为一名领导干部，先生时时警诫自己不要忘记的"本根"，不要丢掉书生本色，这在其诗中经常倾吐和流露。如《题散文集〈山野菜〉》："岁月迢遥浣旧痕，山蔬野籁寄温情，生涯亦有鸿泥感，华发回头认本根。"《回头溪》："清泉汩汩出岩间，跳荡奔腾去不还。待得投身浊浪里，始知回首恋青山。"古人也有以溪涧为喻来告诫读书人做官要时时注意保持自己的清廉本色，如"出山不似在山清""却怪溪声忙底事，奔流偏欲到人间"，今古同慨。当然充间先生写诗除励己外，也是规人，用心良苦。

第三，好学不倦，发奋读书是书生的本色和聪明睿智的源泉。诸葛亮《诫子书》中云："才须学也，非学无以广才，非志无以成学。"充间先生是蜚声海内外的散文大家，也同样是诗词大家。先生不是专业作家，一生绝大多数时间在党政机关任职，案牍劳形，公务繁忙。他是什么时间写的书呢？他那深厚的学问是怎么获取的呢？读了先生的诗词就可找到这个问题的答案。且看下列诗句："伏尽炎消夜气清，百虫声里梦难成。书城弗下心如沸，鏖战频年未解兵。""学海深探为得珠，清宵苦读一灯孤。""探骊寻珠五十春，一番晤对一番新。"（《读书纪感》）"非关左旧轻时尚，为恋诗书断雅缘。"（《舞会口占》）"对镜初惊雪渐侵，劳劳不觉又春临。人生好景中年后，不到中年不解勤。"（《对镜》）"四壁琳琅照眼明，高楼典册满楼楹。攻坚何惧书城固，驱遣胸中百万兵。"（《贺沈阳图书馆新馆落成》）"青灯孤影鲜清欢""为伊消得人憔悴"（《逝川》）等，从中可见先生"埋首书丛"之勤之苦。正如孔夫子所说"发愤忘食乐以忘忧，不知老之将至。"也与鲁迅把别人喝咖啡的时间都用来读书写作如出一辙。正是由于读书,先生才能"胸中常有千秋鉴,放眼宁无万里遥。"(《楞严寺假山》)倘若有时间就去迷耽歌舞,搓玩麻将,追求各种时尚,学问岂云乎哉!

"读书破万卷,下笔如有神。"正是知识和智慧使先生往往从一些不惹人注意的现象或自然景观中感悟社会和人生,淡定从容,勇于直面社会,直面人生,不矫情,不虚饰,说真话,富哲理。如《昙花开过即枯黄委地,余心有戚戚焉》:"一枝素艳惜凋残,旋现旋消补过难。顾理失时成大错,花中我亦负方干。"《定西遇雨》:"烟雨茫茫过定西,千禾扑地望中迷。秋霖纵美成何用,施惠由来怕失期。"这两首一者惜花,一者叹雨,都是告诫人在选用人才或做好事施善政时都要抓住时机,不要使"冯唐易老",不要"马后炮",不要"焦头烂额为上客"不断地"亡羊补牢",为政者尤当深思。还如旅朝时所作之《仙女泉》:"健步攀岩尽妙龄,羞将华发对山青。蓬壶岁月谁亲历,尘世烟波我惯经。胜地传奇终有意,神泉祛老恐无灵,仙姬怕管人间事,雾霭迷蒙匿影形。"诗借景观和故事传说而寄托感悟。颔联可以说是对古往今来社会最深刻的认识和揭示。"蓬壶"是传说中的仙境,是人类理想社会的象征,是到处莺歌燕舞的地方,可有谁亲历过呢?这是对某些粉饰的否定。即使所谓太平盛世也会烟波迭出,苦难频仍,包括社会的也包括自然的,引人共鸣,发人深思。尾联"仙姬怕管人间事,雾霭迷蒙匿影形",彼时彼地,应会使人有更多的联想。再看《三道茶》:"未经世路千重境,且饮人世三道茶。消受个中禅意味,岩崚阻险漫嗟讶。"由三道茶使人悟到世路人生的险易、顺逆、成败祸福等相因转化,宜坦然面对,放眼光明,不畏艰难。释道思维,辩证哲学,涵蕴其中。读先生诗,我们感到先生虽位居老干部之列,诗却丝毫无时下所谓老干部体之味,学养深厚所致。

第四,笃于乡情、友情、亲情。王充闾先生祖籍北镇市,生于盘山县(曾辖属营口市),曾于营口工作二十多年,于是营口、盘锦、锦州都成了先生的故乡。先生对家乡有着深厚的感情,特别是到省城任职后在诗词中表现尤

感悟充闾先生

为强烈。如在《元宵节金牛山诗社诸友过访》中写道:"无暇劳燕疏音问,有幸家山续雅缘。旧雨齐偕今雨至,诗情每在宦情先。"金牛山诗社是先生在营口任职时亲自指导下创建的,到省城后先生一直关心营口诗词事业的发展,每逢年节归来,时常与新老诗友聚会畅叙,在其看来比"宦情"即官场应酬有意义多了。先生一直担任营口市诗词学会的名誉会长,凡学会重要活动都拨冗参加,关怀并具体指导学会工作,曾撰文《营川双璧》发表于《人民日报》,把陈怀和吕公眉先生推向全国,扩大营口的知名度。先生倡导营口创建诗词之市,推动营口诗词文化建设。盘锦"香稻诗社"举办迎春诗会,先生未能赴会,也寄去了题为《乡情》的诗,有句云:"人怀旧雨情偏炽,诗寄乡园兴更长。"其情何其深挚。锦州市诗词学会成立,先生因公出,迟五日后,看到请柬,仍寄诗祝贺:"剖得双鱼五日迟,荆山雅集恰芳时。""春帆慵载归乡梦,且作嘤鸣寄小诗。"寄意殷殷。先生因公旅朝,短短数日,触景生情,犹生怀乡之思。如《南浦》:"南浦营川一水间,千重白浪百重山。乡情不管迢遥路,归梦悠悠送我还。"《山行》:"策杖清游入画间,穿林跨涧路弯环。他乡不愿登高望,怕有晴峦似故山。"与李白"举头望明月,低头思故乡"异曲同工,抒发一种思乡的情怀。先生写了许多歌咏家乡风物的佳什,同样表达了对家乡深沉的爱恋。如《故乡秋咏》:"信步前村认故家,清溪泛碧柳丝斜。平畴风起蛙如市,一路芦花伴蓼花。""新城一霎起南荒,钻塔如林插碧苍。千顷芦花九月雪,秋光胜处是家乡。"任何人读了都会热爱这个美丽繁荣的昔日南大荒。还如《月牙湾漫兴》:"恍疑海市起云间,楼阁参差景万般。馈我豪情八百斗,新诗题向月牙湾。"月牙湾是营口经济开发区的海滨旅游胜地,先生在这里满怀激情地歌颂了家乡建设的巨大变化。

先生不喜"送迎",平素交游不甚广,一般都是文化人,平淡如水,却肝胆相照,始终如一。在赠答和哀挽诗中,可见其对友人纯正诚挚的感情。其在一首《赠友》诗中写道:"长河源尾两知音,断雁零鸿展素心,六载神交如水淡,清纯若此世难寻。"赠给哪位朋友,不得而知,但从诗里可看出是尚没谋面的神交。从中最重要的是看到先生交友的原则是"淡如水",

是"清纯"。此亦君子之风,书生本色。营口书法家兼诗人陈怀先生患病,先生"新年期间,前往探视,床头畅叙移时,临别依依"。不久,陈怀先生仙逝,充闾先生赋诗《遥祭》:"梦断音容尚宛然,床前挥别隔人天,诗翁去后情怀淡,独对青灯作素笺。"其《赠吕公眉先生》其中一首云:"忆君常在水云间,富贵浮沤视等闲。见说萧然环堵客,南朝陶谢列清班。"诗赞美公眉先生视富贵如浮沤,安于"萧然环堵"生活环境的崇高品格。实际也是充闾先生的自白,亦视富贵如浮沤耳,故际虽同车笠,而交乃布衣。古贤之风,非世俗所能知也。此外如《答江南友人》《沈延毅先生十年祭》《悼刘黑枷先生》《杨仁恺先生周年祭》等都表达了先生对友人对知音的深沉的感情。特别是《追怀》八首是先生追忆20世纪70年代在营口时的朋友崔玉昆的,山阳闻笛,哀婉悱恻,令人不忍卒读,试录两首:"忆昔营川结厚缘,艰难时世有清欢。谁知竟作幽明隔,回首苍茫泪欲潸。""沈水辽滨绿满川,垂杨细雨尚年年。碧天云散音容渺,忆旧怀人一泫然。"

先生也写过爱情诗,但不是直接写自己的情事,而是借咏物咏事等表达自己的爱情观。如《连理松》:"岂似人间离恨重,匆匆聚散走西东。终生不解天涯别,连理枝头爱意浓。"《白龙涧》:"一川石磊大如牛,涛吼溪鸣伴白头。也似人间生死恋,年年水咽大边沟。"《溱潼》:"烟花三月下溱潼,怅对山茶浴晚风。枝上秾华心上血,千年无改尚猩红。""天孙涕落雨如丝,银汉迢迢暗度迟。千古鹊桥同一慨,两情难得久长时。"这些语句借物咏怀、赞美忠贞的爱情。先生在一首《读书纪感》诗中提到过自己的夫人。诗是这样写的:"学海深探为得珠,清宵苦读一灯孤。书中果有颜如玉,试问山妻妒也无?"似与爱情无甚关系,然用"戏问山妻"一句,却不经意地透露出先生与老伴既亲昵而又相敬如宾的感情,说明"山妻"在其心中的重要地位。一次偶然的机会,我随同几个诗友到营口先生家,时其老伴一人在家,问一些事情,其老伴说:"他(充闾先生)做的事我不懂,不明白,我也不打听……"可见是真正的"山妻",并非文化圈人,而先生对之却如此钟情。这与某些文化人一旦稍稍成名,便以无共同语言,

感悟充闾先生

不能事业相辅为借口厌弃糟糠而另觅新欢的行为，真是天渊之别。

1987年王充闾先生写了七律《写怀寄友》的名篇，二十年后，2007年先生写了七律《岁末书怀》，更是应能流传千古的名篇。两首诗是姊妹篇，都是先生肺腑的袒露，书生本色的张扬。写《岁末抒怀》时先生已七十二岁了，从政生涯已画上了句号，检点平生，俯仰无愧，写道："行藏奥蕴任猜评，暂息蓬庐七二庚。入仕硁难存至性，耽诗端可慰平生。青云鸿鹄高天侣，燕石湘兰大雅情。鸥鹭不争车马道，狂庄圣孔伴鼾声。"诗可以说是先生对自己一生坦诚的总结。首联展示了特立独行、我行我素的个性和善待生命顺应自然的平和心态。中两联是对自己思想和行为的概括。仕途从来都是充满诱惑和风险的，入仕时刻都要面临着考验，想保存"至性"，即书生本色，也就是共产党员的党性，并不是容易的，甚至要付出代价的。然而"耽诗"即"以诗为魂"（吕公眉语），正如王向峰先生所说的"有诗人的情怀，诗人的敏感，诗人的深邃，诗人的素养，诗人的话语"，为文处世保持了一尘不染，不改初衷，这是多么值得欣慰呀。回首前尘，当付一笑。由于"耽诗"以诗为魂，故能志存高远，如鸿鹄高翔；以诗为魂，故能有所成就，追求大雅而不虚度年华，"燕石湘兰"在别人看来，可能不值得称道，而"敝帚自珍""端可慰平生"了。既谦虚又自信。尾联进一步表达了自己不同流俗的追求，鸥鹭忘机，天然纯洁，不愿与滚滚红尘中的轩车驷马相争逐。崇尚孔圣庄狂，即奉行儒家入世思想、奋发有为和道家的无为主张保持心灵的宁静淡泊。这是中国传统的优秀知识分子的人生哲学，先生发扬而光大之。

充闾先生题《范敬宜诗书画集》中有一首诗，我看可以说是先生自身的写照，用来总结概括先生平生和为本文作结是最恰宜不过的了。诗曰：

> 宦海经年亦淡如，书生意气总难除。
> 纵横一管生花笔，潇洒从容似大苏。

悠然回首见南山
——拜读王充闾诗词集《蘧庐吟草》

◎邰育诚

2010年夏，王充闾同志赠我一本他的诗词集《蘧庐吟草》，函三百多首诗词，每首都是精妙之作，情采并茂，引人入胜。我在陶醉其胜境，含咀其芳华之时，感慨系之矣。充闾读那么多书，有那么大学问！一个才子美人形象跃然于史海文渊之上。

一

我认识充闾是在1962年的夏天，那时他是营口日报社的副刊编辑，我当年在沈阳读书。同班的营口籍同学时而写点短文寄给家乡的报纸，我也跟着凑趣写点，有的竟予刊登了。我父亲知道后告诫我："不要在圣人门口卖字。"我于是也就不写了。后来偶然见到充闾，他很平易，一点架子也没有，问我在校所学课程，完全是探求知识的态度，给我留下很深的印象。

我从学校毕业到了营口日报社工作，被分在政教组，跟充闾在一个组。我是见习生，充闾是责任编辑，是一位资深的新闻工作者了。我不会写稿，常向他请教，他也常给我改稿。闲时，报社有几个同志常在一起谈学问，充闾还把他喜欢读的书借给我看。他谦虚好学，不耻下问，知识渊博，在报社同志中是首屈一指的。他家在盘山县，他住机关宿舍，他把业余时间全用在学习上。他工作也勤奋。那个年代,春节只放三天假,他过完年从家回来总是能带回一两篇好稿。为此,领导对他工作很满意,同志们也佩服他,不论年龄大小,都亲切地称呼他充间。

后来他调市委工作了,我也离开了营口。1981年我又回到了家乡,在营口电台工作。有一回在开会时见到他。他问我:"你回来了,怎么也不告诉老同志一声?我们都不知道你回来。"我说:"你若是不当官,我就去看你了。"我想的是,充间当宣传部长了,公务缠身,我去打扰他干什么。再说了,他是个嗜书如命的人,有一点点时间,他也要看书学习。我去他家串门,影响他工作学习多不好。另外,我还要避免巴结领导之嫌。后来我听人说,他对我的工作是较为满意的。

因为他家搬来市内了,于是我跟他的夫人冯大姐有了接触。冯大姐人非常好,是众口称赞的。她全力支持充间工作和学习。充间说,凡是成功的人背后都有强有力的支持者。冯大姐也说过充间,说他下班进家,哪怕有五分钟饭没好,也要拿起书来看。充间看书学习的执着劲,从他的诗里也能见到。《蓬庐吟草》中有多首诗写他自己如何读书,如《夜半吟哦》《读书纪感五首》《攻书》《岁末抒怀》《贺沈阳市图书馆新馆落成》《大连市图书馆即兴》和《题赠沈阳市图书馆百年馆庆》等,从中我们也能间接看到他对读书学习的态度。

读书是苦的,充间的读书学习超乎常人。如《攻书》:

缒幽探险苦千般,夜半神劳入睡艰。
设问存疑挥战帜,堂堂书阵百重关。

即使在旅途中,他也不停地读书。又如《睡起》:

悠然一枕香山梦,卸却尘劳滤百思。
睡起忘怀家万里,床头遍觅杜陵诗。

家能忘，读书不能忘。《读书纪感五首》全面写了读书的情形。"绿浪红尘浑不觉，书丛埋首日斜时。"如醉如痴，到了忘记时间和空间的程度。

公眉先生说他：

> 才调风华我不如，典籍浩瀚尽归渠。
> 倘教三十年前见，妒煞先生太读书。
> （《有感于〈人才诗话〉六》）

充闾读书之多，当代少见。《蘧庐吟草》中集唐人、清人和当代沈延毅先生诗句多至七八首。这要熟读多少诗，又得背诵多少诗！集沈延毅先生的诗句，又见出他对老一辈学者诗人的敬仰。他的著作《人才诗话》搜集关于人才方面的诗有几十例，这又要读多少书！他不仅博学，而且强记。

充闾读书达到贪婪的程度，而且惜时胜金。他认为时间之珍贵在于一去不返，无法挽回，因此要抓住瞬息时间，把读书看成是不辱人生使命。《回头溪》和《丹枫一树》都有这层意思。《丹枫一树》：

> 转眼长林万叶空，流年似水水流东。
> 从知岁晚芳华尽，落寞丹枫着意红。

《对镜》一诗又写道：

> 对镜初惊雪渐侵，劳劳不觉又春临。
> 人生好景中年后，不到中年不解勤。

不少人到了中年便不事上进，而充闾却认为中年是好景开始，更要发愤读书学习。

二

"伫中区以玄览,颐情志于典坟"(《文赋》)。充闾总是孜孜不倦地读书,搏击于史海文渊,放眼于宇宙世界,这使他为人处世和认识事物都有新的高度。有人说,充闾的眼光和言行是超俗的。他有史家的深邃,哲人的精微,诗人的激情,文学家丰富的情感,还有淡泊的心境和敏捷的思维。

在《蓬庐吟草》中有很多诗篇是咏史的。如《昭陵怀古二首》《邙山怀古四首》《严陵钓台二首》《瑷珲感兴》《辽阳二咏(浪淘沙)》《张家界》《三日浦》《土囊吟三首》《蒲甘杂咏七首》《漂母祠三首》《闾山咏史三首》《东上朝阳西下月五首》和《成吉思汗陵》,等等。这些诗不是走马观花的产物,是对历史的洞悉,是站在时代的高度做出的评论,能给人以启迪。

充闾能以小小诗句道出精微哲理,公眉先生评论他"深微得自读书功"(《再柬友人四首之一》)。如《楞严寺公园假山》:

邑有佳山不在高,风来也自响松涛。
胸中常有千秋鉴,放眼宁无万里遥。

1984 年写的《昙花开过即枯黄委地,余心有戚戚焉》:

一枝素艳惜凋残,旋现旋消补过难。
顾理失时成大错,花中我亦负方干。

2002 年写的《回头溪》:

清泉汩汩出岩间,跳荡奔腾去不还。

> 待得投身浊浪里，始知回首恋青山。

这些小诗看似轻盈，看似写风光，却蕴含着很深的哲理。

《文心雕龙·情采第三十一》有云："立文之道，其理有三：一曰形文，五色是也；二曰声文，五音是也；三曰情文，五性是也。"充闾的诗可说是具有形、声、情的。他也像许多大诗人一样，写了大量的山水记游诗。这些诗很有研究价值，都写得情景交融，情采并茂，是对中国三千年来诗歌很好的继承和发挥。其中有一首五言绝句很有意思：

> 万景映清波，晨行傍小河。
> 不堪抬望眼，路上丑人多。
> （《晨行遣兴》）

小河怎么美呢？用"路上丑人多"反衬，极尽小河之美，写得绝妙。《妙香山纪游》是一首五言排律，公眉先生曾逐句予以点评。充闾的山水诗看似很随意、自然，但很隽美，音乐感也很强。

三

读书学习能铸造人的品性吗？能造就人的辉煌吗？对于充闾，我不敢妄加评论。我只能说，人的品性是由诸多先天基因，加上后天的学习和修养形成的。充闾有生以来便孜孜不倦地读书、求知。中华民族五千年来的文化经典是我们民族道德伦理的总汇，是人类文化的精髓，自然会影响人的性情和行为取向。《蘧庐吟草》中有一首《写怀寄友》的诗：

> 埋首书丛怯送迎，未须奔走竞浮名。
> 抛开私念心常泰，除却人才眼不青。

感悟充闾先生

　　　　襟抱春云翔远雁，文章秋月印寒汀。
　　　　十年阔别浑无恙，宦况诗怀一样清。

　　此诗是写给祁子青的。那时祁先生任《江南游报》总编辑。这首诗其实也是他自己的写照。公眉先生也说他"萧瑟宦囊余典籍，未妨终始作书生"（《读〈柳荫絮语〉感赋》）。

　　且说两件小事。我听冯大姐跟我说过，早些年，家里每当换煤气罐时（当年营口没有煤气，家家烧煤气罐），他都不让后勤部门给安排，而是让孩子自己去扛。他说："做这个工作有这个条件，不做这个工作跟群众一样。"他还常替邻居家买豆腐。他每天早晨五点钟出去散步，回来时捎带买豆腐。每天早上，邻居家把钱和盘碗放在门口，他出去时和自家的一块带上，回来时一块买回来。

　　他这么平易，可我见了他还是感到赧颜。原因是，我学习太差，见了充闾感到不好意思。有一次他问我："最近看什么书？"我回答："没看什么。"又问："最近写什么？"我说："写不上来了。"他说："怎么，江郎才尽啦？是邹女才尽了吗？"又问我："你业余时间做什么？"我说："做饭、洗衣服、搞卫生、带孩子。"他听了，没说什么。他这一没说什么，我感到自己太不争上进，陷于很深的自责。

　　"读书破万卷，下笔如有神。"这是杜甫的诗句。充闾就是这样一个人。他思维敏捷，下笔千言，一挥而就。记得1986年的早春，我市组织一场风筝比赛，赛况很热闹。充闾和陈怀老师都在场。我写新闻稿，我说："充闾，你写首诗吧。"他没说什么，很快就写出两首律诗《迎春风筝比赛二首》，陈怀老师又很快就和上两首，他们的才气叫我惊叹不已。

四

　　读书是高尚的劳动，读书是创造，是改造自身和有功于世的手段。充间是否这样想，我不晓得。从他的诗中可以看到什么呢？我想并非是为"书中自有颜如玉"吧？还有如"绮思妙悟耐寻思，天海诗情任骋驰""书城弗下心如沸，鏖战频年未解兵""学海深探为得珠，清宵苦读一灯孤""如饮醇醪信不诬，朝朝伏案勉如初""探骊寻珠五十春，一番晤对一番新"（《读书纪感五首》）。是的，是晤对，是深探宇宙之珠。为此，他竟然陶醉一生。

他的《自嘲》诗云：

> 煮字生涯岂等闲，负沙搏浪苦浮潜。
> 熊鱼窃笑贪心甚，功业文名欲两兼。
> 鱼和熊掌不可兼得，而充闾却要两兼。

《大连图书馆即兴》：

> 嗜书不讳一生贪，得味庄骚史汉间。
> 目涩始惊天色晚，悠然回首见南山。

公眉先生论诗有言，"让读者有不尽的思索，找弦外余音。"那么，这"悠然回首见南山"不是颇耐人寻味余音袅袅吗？充闾把他的诗词集命名为"蘧庐吟草"，"蘧庐"一词出自《庄子·天运》，意思是旅舍，只是临时居处，不能久住。他一生著书立说，只把诗词创作作为偶尔为之的事，并非他著作生涯的本旨，但这偶尔为之也给了我们一斛闪闪发光的珍珠。

如果要问我，读了《蘧庐吟草》要学习些什么，有什么体会，应该说，体会多多，要学习的很多很多。从根本上说，要学习充闾拼搏不间断地读书学习精神，即不断探索的精神。

山河灵秀 芳草歌诗
——读王充闾先生著《青灯有味忆儿时》

◎邰育诚

我们都喜欢诗，至于诗和诗人是怎么产生的，也能讲出很多道理。前几年，王充闾赠我一本他写的书《青灯有味忆儿时》，是他童年、少年的回忆录，是一部诗意的散文。我读后，对于诗和诗人的产生有了活灵活现的感悟。就此，我讲一讲，希望与朋友共赏。

一

红蓼黄芦接远烟，一灯幽渺伴髫年。
茫茫旷野家何处？记得青山这一边。

这首诗，写在书的开篇之页，写的是他童年时的故乡。

青山，指的是辽宁名山医巫闾山，充闾的故乡坐落在山的东南麓，村名叫狐狸岗子，早先这里仅有几户王姓人家，叫小王街，后来也只发展到几十户。

村前，有一座山，山上是原始森林，沙山前有漫无边际的芦苇荡，清澈的小溪流绕其间，这里还是野生动物园。沙山上、芦荡中有无数的野鸟，年幼的充闾能一口气叫出十几种鸟名。动物白天在沙山和芦荡中休息，夜间便出来巡村。一阵惨烈的鸡叫声惊醒熟睡的人："又抓鸡了！"也不说是谁抓鸡，也没有太多惊悚，人们翻个身，又睡去了。天上有盘旋的苍鹰，水中有潜跃的鱼鳖肥蟹，构成人们口中食的一部分。

冬天，暴风雪会把茅屋掩成小岛，杨花和芦花飞舞时节，小村又会形成琼瑶世界。雷霆天火把古树烧成擎天黑塔，其他树木仍然遮天蔽日。充间童年和小伙伴们在小河里，滚成小泥鳅，他嫂子会剥下他的衣服，在河里洗净，在草丛上晾干。

这里还有一个美丽的神话：有一年夏天，洪水泛滥，一尊观音石像飘然而至，于是洪水便退了。在山上避难的人要把观音像请进一处洞府供奉，然而洞府矮了一点，观音老母就甘愿歪着脖子进了洞府，至今护佑这一方生民。

原来，共工、祝融、伏羲、女娲都来过这里。山川钟灵秀，人，就生于斯，长于斯，搏于斯，歌于斯。

二

> 不羡王公不羡侯，耕田凿井自风流。
> 昂头信步邯郸道，耻向仙人借枕头。

这是充间的父亲德润翁的一首诗。

王充间祖籍直隶大名府。曾祖父因为打死了恶霸的独生子，遭官府问罪。三个子侄连夜潜逃，闯了关东，一路寻宗访祖来到小王街。这里的王姓人家是战国时代燕国太子丹的后裔，原为姬姓，住在辽阳，也因为避难，来到这个村子，也把燕赵的慷慨悲歌的基因一代一代传衍下去。充间的父亲有本能的乡土之情，大名府虽然没有一个他认识的人，可他还是去了三次。有一次路过邯郸，专程到黄粱村的吕公祠转了转。那里曾经有个叫陈潢的书生，半生潦倒，在吕公祠写下一首牢骚诗：

> 四十年来公与侯，虽然是梦也风流。

感悟充闾先生

> 我今落拓邯郸道，要向仙人借枕头。

充闾的父亲反其义写了这首和诗，表现出一股倔强劲。

充闾说，他父亲是草根诗人。为什么呢？充闾的祖父三十七岁就去世了。他父亲十一岁，刚读了三年私塾就辍学了，去给大财主何百万家做佣工，扛活十几年。

何百万的大少爷每到冬天就到锦州请来说书人，整天吹弹说唱。当地流行一种叫子弟书的民间文学，充闾父亲在侍奉大少爷的同时，也受这种民间文学感染，以后回到家里，一边劳动，一边研习子弟书。老人家博览群书，经史子集、诗词曲赋无不阅读。因为胸怀豁朗，眼光远大，常为乡亲排解忧患，也是一方的贤达之士。然而，非常不幸的是，充闾的姐姐和两个哥哥相继殇逝，充闾的父母遭受到致命的打击，以至于老人家有"四届三伸通变数，七情八苦伴劳生"和"晚岁常嗟欢娱少，衰门忍见死殇多"的诗句。渐渐地，老人家对于子弟书由兴趣上的痴迷，到以子弟书寄寓情怀，抒发痛苦，连吃饭、睡觉，劳动都在吟唱一些苍凉悲壮的曲调。充闾写道，有一天，父亲带他去旷野割草，就高唱起元朝白朴写的曲《沉醉东风》：

> 黄芦岸，白萍渡口，绿杨堤，红蓼滩头。
> 虽无刎颈交，却有忘机友。
> 点秋江，白鹭沙鸥，傲杀人间万户侯，
> 不识字，烟波钓叟。

还有，老人家还喜欢唱郑板桥的《道情十首》的第九首：

> 吊龙逢，哭比干，
> 羡庄周，拜老聃。
> 未央宫里王孙惨。

南来薏苡徒兴谤，

七尺珊瑚只自残；

孔明枉作那英雄汉，

早知道茅庐高卧，

省多少六出祁山！

因为子弟书是诗词曲，经常吟唱，老人家自己作诗，也自然都合乎格律。只是老人家的诗随写随扔。晚年，充闾要给他收拾整理起来，老家人不同意，说："我是庄家院的老农，本分就是种地。为人不能忘了本分。"

然而，芳草萋萋。父亲的诗情诗性怎能不熏陶儿子！

三

秋天映长天，黄花似昔妍。

绿窗人去远，相见待何年？

这是充闾怀念他的塾师刘壁亭先生和师姐刘小妤的诗。

王充闾先生，一九三五年生人，以他的年龄何以能读私塾呢？充闾的故乡狐狸岗子村，不仅是野生动物的乐园，还是土匪出没的地方，日本人和伪满洲国兵不屑也不敢到此地来。所以，这里没有学校。堂叔王德树为了孩子读书，在家设了私塾，请自己早年的朋友刘壁亭先生担任塾师，教授自己的儿子嘎子（大名王庆槐）和心爱的侄儿充闾。

王德树先生，绰号魔怔，充闾叫他魔怔叔。这魔怔叔自幼饱读诗书，经史子集、天文地理、礼仪民俗、百草鱼虫，无不通晓，是个博物学家。魔怔叔早年曾在旧军队里做事，因怀才不遇，痛恨打内战，从军队里开溜回到家乡，也不给伪满洲国做事，四十岁就在家隐居了。他的思想精神不为世俗理解，被送绰号"魔怔"。刘壁亭先生学识渊博，治学正统，做过府、县地方志的修纂，也因为不给伪满洲国和日本鬼子做事而回到家里。

书馆设在魔怔叔家的东厢房，窗外有一树高高的马缨花，檐下有一串风铃。老先生进门，书商也跟了进来，是安东诚文信书局的。刘老先生因为这家书局推销"王道乐土""日满亲善"一类汉奸书籍，因而不买，板起脸："送客，明天也不要来了！"自己到镇上为学生购了一些书。不管外边的学校如何，刘老先生自是拿着中国的经典来教授两个学生。

刘老先生治学严谨，要求学生练"童子功"，每天都有晚自习，要背诵当天学的课程。魔怔叔也予以配合，还教充闾念一首诗：

读书切戒在慌忙，涵养工夫兴味长。
未晓不妨权放过，切身须要急思量。

刘老先生的教学理论和文学理论是这样的："只读不作，终身郁塞。"儿童如果一味地强记、硬背，而不注意训练表达、思考的能力，头脑里的古书，横堆竖放，越积越多，就会把思路塞得死死的，像《孟子·尽心》所说的："山径之蹊间，介然用之而成路；为间不用，则茅塞之矣。"小孩子也是有思路的，应该及时引导他们，通过作文进行表达情意、思索问题的训练，于是，老先生要求学生作文、对句、写诗。老先生强调对句，他说，对句最能显示中国诗文的特点，有助于分别平仄声、虚实字，丰富语藏，扩展思路，这是诗文写作的基本功。老先生还讲，对句，要分清虚字、实字。一句诗里多用实字显得凝重，但过多会流于沉闷；多用虚字显得飘逸，过多则流于浮滑。老先生出了个"急雪舞回风"的下联，让学生对出上联。充闾对"衰桐存败叶"，老先生说把"存"改成"摇"，但亦未尽善。他翻开《杜诗镜铨》，"急雪舞回风"的上联是"乱云低薄暮"。先生说，古人作诗，讲究层次，先写黄昏时的乱云浮动，次写回旋的风中飞转的急雪，暗示诗人怀着一腔愁绪，已经独坐斗室对雪多时了。

有一次，刘老先生带领学生远足，看着车马行人匆匆来往，出了上句：

山河灵秀 芳草歌诗——读王充闾先生著《青灯有味忆儿时》

<blockquote>车马长驱,过桥便是天涯路</blockquote>

两个学生应答后,先生将充闾的对句加以改动,改为:

<blockquote>轮蹄远去,挥手都成域外人</blockquote>

两个学生都说好。先生说,就平仄相协和词性对仗要求,这个下联合乎规格。但是,不妥之处也很明显。这里的"轮蹄"与上联的"车马"相互对仗而意思相同,而且整个上下联的含义也大体一致,上联说的是出门远行,下联是重复或者延伸这个意思,这叫"一顺边",也就是古人说的"合掌对",一人的两只手,长短、大小、形状全都一样,合在一起,没有区别。作诗、拟联出现这种现象是个大忌。对于《笠翁对韵》中的例句,那是着急于讲对句的规矩、方法,而非作咏诗、对句的示范。要设法从另一方面去做文章,比如,讲归来重见比较好了:

<blockquote>襜帷暂驻,觌面浑疑梦里人</blockquote>

先生又说,这个下联也并不理想,"襜帷"二字其实说的还是车马。先生还说过,高明的画家总要在图像之外给人留下一些可供思索的东西。

刘先生的教导,所述说的理论,今天看,对于我们学诗也很有指导意义。

充闾还在先生的要求下,写了《花云》和《灯笼太守》两篇文章。《花云》写的是梨花,书里收录的是《灯笼太守》。所谓"灯笼太守",我理解,即年终岁尾,官署放假了,指派一名临时负责人,管理村上过年时的一些事务,老百姓称之"灯笼太守"。这是一篇文言文,文章的铺陈叙事议论以及文章的布局结构都很清晰妥帖,别说是个十二岁的孩子写的,就是说是成年人写的,也无可挑剔。先生还要求在文章之后附一首七言诗。充闾写道:

感悟充闾先生

> 声威赫赫势如狂，查夜巡更太守忙。
> 毕竟可怜官运短，到头富贵等黄粱。

诗的立意、结构、韵律都很纯熟。

充闾读了八年私塾，从六岁到十三岁结业。当年，是在这间书馆里向先生行拜师礼；今天，又在这间书馆里向先生行辞行礼。父亲赶着牛车送刘先生和他的女儿小妤离开书馆回乡。没有辞别的言语，只是望着父女俩远去的身影，直到人不见了，车影也不见了……

"文化大革命"的后期，充闾把他深藏的一百多本书拿出来晾晒，这书的每一页里都留有先生的手迹。打开一套用十字绳捆着的四书，在《论语》的一页中赫然出现一张字条：

> 我要走了，也许我们以后再也不能见面了。
> 嘱咐一句话：你太淘气了，闹了几次危险了。

这是师姐刘小妤写的。每页的折角都被熨得平平整整。充闾和小妤姐很能谈得来，每天下晚自习，小妤姐都拎一根棒子送他回家。

"'少年子弟江湖老。'六七十年过去了，无论我走到哪里，那繁英满树的马缨花，那屋檐下空灵、清脆的风铃声，仿佛时时飘动在眼前，回想在耳际。马缨—风铃，风铃—马缨，永远守候我的童年。"

这是书中的一段文字。

过去的，可堪思念的，更是人！

绿窗人去远，相见待何年？

音讯杳然！

山河灵秀 芳草歌诗——读王充闾先生著《青灯有味忆儿时》

四

《青灯有味忆儿时》是一部流动的历史，是一定时期中国农村社会的一幅连环画卷，一曲生动婉转的乐章。我为它清灵的音韵感到快意，也从它凝重的文字感到沉痛，我几次流下眼泪。

首先书中的主要人物都从灾难中走来。作者的曾祖父被封建恶势力杀害，祖父辈们逃难。父亲五岁即遭日俄战争，经历家乡几千人被帝国主义势力杀害。父亲十岁丧父，十一岁给财主家扛活，中年时又遭受到丧女丧子的致命打击，充闾的一个姐姐两个哥哥正值青春妙龄就被疾病吞噬了生命，勤劳、贤惠、开朗、仁爱的嫂嫂过早地去世。师姐刘小好的母亲遭强暴而投辽河，嘎子哥五岁就失去母爱。西厢新房客靳叔叔是山东人，其父子竟然与作者曾祖父有着同样命运。就是在书的后面才露面的姑父，也因生活拮据连祖坟上的松树也卖掉了。但是，这些人全都不屈服，父亲的性格尤其倔强，"耻向仙人借枕头！"就是看似文化糟粕的萨满（跳神）、押会也是体现了人们改变困境的意愿。当然，这些只有在"换了人间"之后才完全改变。这里的人民性格豪爽，外来的陌生人不管到谁家，尽可以吃饭，绝不收饭钱！

其二，书中主要人物，父亲、母亲、魔怔叔、刘壁亭先生，令我由衷敬仰。父亲、魔怔叔、刘先生，有学问，有气节。他们不做亡国奴，硬是把这荒僻的小村保留为中华文化的一方净土，把国学经典传承给下一代，使之得以弘扬、彰显。这老哥仨还有一个很有风趣的情节，就是行酒令。

刘先生：轟字三个車，两丁两口合成哥。車、車、車，今宵醉倒老哥哥。

父亲：矗字三个直，日到寺边便成时。直、直、直，人生快意对杯时。

魔怔叔：品字三个口，水到酉旁就成酒。口、口、口，劝君更尽一杯酒。

几个普通的中国字，竟被三位老人赋以风雅。

充闾的母亲一生秉持着善良、正直、正义，还有一手绝妙的中国特有

感悟充闻先生

的剪纸艺术。

中国人创造了中国特有的文化；中国的文化铸造了中国人的品格。

其三，作者笔下的故乡非常可爱，我没感到她洪荒、原始，而是感到她优美、富庶，令人向往。在对美丽故乡进行描述的同时，也令我们有所思考，我们对孩子的培养，是该放进大自然中，还是该关在狭小的温室间？我们的学校教育是该注重培养孩子解决问题的能力，还是该单纯授予他们固定的知识？我认为，充闻的《青灯有味忆儿时》，不是一本单纯的童年回忆录，这是一部优秀的散文。记得，年轻时有一次我们一起闲聊，充闻说，他以诗的意境构思散文。吕公眉老师在一次指导一名学生学习写散文时，也要求他先背熟一千首诗词曲。回首我国文学史，庄子、司马迁、欧阳修、苏轼等人，他们的文章都是诗一样优美，歌一样流畅，充闻是深得其精髓的。

我的理解能力低，不能述说书中更深的意义。最后，我也照样学样写一首小小的歪诗：

漱玉含馨幸所知，如歌如画亦如诗。
无声掩卷幽思久，有味青灯宜品之。

良师益友 岂必谋面

◎石立文

充闾文章通古今，上关家国下关人。

洋洋辞丰意雄语，殷殷良师益友心。

这几句顺口溜是我在《老同志之友》杂志上拜读王充闾先生的系列文章后编出来的，所表达的是我真实的内心感受和对充闾先生的崇敬之情。

自 2016 年 4 月的《三道茶》开始，至 2019 年 12 月的《天心原是最公平——赵翼〈顺风歌〉》止，充闾先生在《老同志之友》杂志连续发表了四十四篇文章，几乎每月一篇。

充闾先生是名扬海内外的大文豪，又是省（部）高级干部。我等过去虽然耳闻其名，心目中却是敬而远之的。自从在《老同志之友》杂志上拜读了充闾先生的文章，并被那文章的精彩所牢牢吸引，我便不由自主地拉近了与充闾先生的心理距离。

《老同志之友》是一份以退休老年人群体为发行对象的综合性杂志，与同类其他报刊相比，办刊水平较高，颇受读者欢迎。即便如此，以往在收到邮递员送来的《老同志之友》后，我也只是偶尔随手翻一翻，并不特别看重。但在充闾先生逐月发表文章的那段日子里，《老同志之友》成了我每月一次的期盼。每当翻开新拿到手的《老同志之友》第二十二页，总会有一个醒目的名字"王充闾"在那里等我，然后便能享受到一席文学与人学的盛宴。我如此，邻居大哥亦如此，全国各地许许多多读者一定都如此。

充闾先生发表在《老同志之友》上的那些文章之所以有如此巨大的魅力，主要在于文章的主题指向十分切合这一读者群体的心理特点和阅读渴求；其次在于文章作者那无与伦比的高超叙事方式和说理技巧。

在《诗人谈老》中，充闾先生为引导读者克服一般老年人常有的消沉情绪，巧妙地引用古人诗句。他借助清人陈古渔的诗句"老似名山到始知"，告诉读者，未老之人只是普通的山丘，到了老年才是风光秀丽的名山。又举出陆游的诗句"老觉人间岁月遒"，带头击节赞叹："一个'遒'字，说尽了老来岁月的劲健之美！"老年读者们看了，能不因为自身的"劲健之美"被发现而恍然大悟？

在《老年养生的辩证法》中，充闾先生针对老年人养生方式的矛盾心理，引用不同观点的古诗来破解。他告诉读者，按唐代诗人王维所讲那样"晚年唯好静，万事不关心"未尝不对；而如陆游诗云"东山七月犹关念，未忍沉浮酒盏中"，年老而有豪气，更能振奋精神益寿延年。

《老年养生的辩证法》意犹未尽，充闾先生接着又写作《老有所学益身心》。他以古今实例佐证，谆谆告诫读者："人老从大脑先老，大脑衰全身衰。远端末梢的老迈，是大脑衰老的表现。尽管大脑随着年龄的增长而逐渐退化的趋势是不可逆转的，但延缓这一过程完全有可能。这就需要加大大脑运动，勤用脑、多动脑。"

充闾先生讲的以上道理人们未必没听说过，所引用的古诗也未必都没读过。但人们更信服充闾先生的话，是因为他以健康的体魄率先垂范——八十五岁高龄时还笔耕不息，便是他所讲老年保健辩证理论的最好诠释。

在《老同志之友》上发表首篇文章一年后，充闾先生抛开了"老"字话题，转而将此前已经开始的"诗"字话题做大，引领成千上万的老年读者阔步跨进"诗"的辉煌殿堂，尽情欣赏古诗词这一中华文明璀璨的瑰宝。在博学而又热心的充闾导师指引下，广大读者时而体会李白"桃花流水窅然去，别有天地非人间"和王维"荆溪白石出，天寒红叶稀"的情趣，时而感受韩愈"天街小雨润如酥,草色遥看近却无"和王守仁"夜静海涛三万里,月明飞锡下天风"的意境,时而因王昌龄的"青山一路同云雨,明月何曾是两乡"和王安石的"复恐匆匆说不尽,行人临发又开封"而感受到浓浓友谊和乡情,时而又为陆游"纸上得来终觉浅,绝知此事要躬行"和赵翼"预支五百年新意,过了千年又觉陈"的见解所折服……读者无不收获多多,其乐融融。

与充闾先生那等身的鸿篇巨制相比,发表在《老同志之友》上的系列短文只算是九牛一毛。但依我所见,这些短文一定传播得更广,受益者更众,更"接地气"。

遗憾的是,在新冠疫情冲击下,从 2020 年初开始,几乎所有社会活动都偏离了正常轨道,《老同志之友》再没有刊登署名王充闾的文章。充闾文章的老"粉丝"们,虽然大都未曾与王充闾先生谋面,却早已在内心将他视为良师益友。这段时间,突然缺少了"按月供应"的充闾文章,我等生活中失去了许多色彩,仿佛经常促膝谈心的好友远行未归,空落落的感觉挥之不去。

如今,在党中央的坚强领导下,中国人民取得了抗击疫情的伟大胜利,社会生活已经步入正轨。盼望充闾先生的文章如雨后彩虹般再现于《老同志之友》杂志。

读充闾老师《蓬庐吟草》想到的

◎ 曹 辉

意抵春风不羡花，铿锵朴素绿天涯。
偏多内敛推喧闹，绝少张扬厌浊华。
骋目烟云寻菡萏，宽心岁月伴蒹葭。
幸来信手徐徐引，惯得余香数大家。

第一篇：大家风范——王充闾的文学成就

  这段时间读了不少王充闾先生的散文和诗词，感慨颇深，有种不吐不快的感觉。作为全国散文大家，充闾先生的文学造诣自然有目共睹，这些散文或诗词对同样喜好散文诗词的我的影响，着实不小。纵观充闾先生的文学道路，尤其散文方面，自是首屈一指，让人艳羡。先生在文学上的成就，无论散文还是诗词，抑或人品，都是令人仰视的。

  首先，在思想高度上，充闾先生的散文，可谓引领古今，独树一帜，这样说并不过分。多年前就曾听过"北王南余"，充闾先生的散文，并不是为了迎合时势而写，它有一种内涵，一种沉潜中引人注目的光芒。尤其以历史为主题的创作呈现另一种面貌。他的散文个性表现得尤为特别。也可以这样说，充闾先生的散文，关注的是时代的大背景下让人深思的那部分，也许他的散文一搭眼并不觉得如何精致，精致这样的词本来就是一种人为的修饰，而充闾先生的散文当你真正读进去，你就会发现一种大隐小

读充间老师《蘧庐吟草》想到的

隐中隐皆有的情怀。譬如《土囊吟》追寻北宋徽钦二帝"坐井观天"遗闻，先生挖掘的便是神圣光环背后的猥琐和不堪，彰显出人性中埋藏的不愿示人的方面，在他的尺度上，历史人物的多义性的再现，是很值得人深思的变数。文学的多义性，在他的散文中得到深刻的体现，充间先生的散文一大特色就是不局限于史实本身，充分发挥举一反三的作用，用优美的文笔，提升散文的真实境界，用平实的语言做精彩的叙述，以现代情感为载体描述古史古事的更深含义，而且没有雕琢的痕迹，一切文字似乎得心应手，水到渠成。

其次，在行文上，充间先生的散文，无论是小曲小调小故事，还是大义凛然大篇章，给人的整体感觉总是脉络分明，张弛有致。布局看似随意，实则章法严明，没有马虎的懈怠。倘行文与人的本性相似，想必充间先生的文字，已然透露了他的个性。自然，妥帖，不做作，这是充间先生行文的最大特色。看似信手拈来的平实语气，每每蕴藏着深意，清新也罢，宏大的场面也罢，亲情也罢，异域风情也罢，无论怎样的笔触，都藏着一个真实的充间先生在其中，见字如面，见文如人，便是先生文字对先生的最好注脚。

再次，在审美上，因为先生擅长诗词，他的散文有种别趣横生的语感和意象的美。这一点，可以从先生的诗作中领略一二。一首七绝是这样写的："定力坚心铁样牢，浮名虚誉等烟飘。凭他俗议说三四，珍重斯文慰寂寥。"诗中，"浮名虚誉等烟飘"，为全诗诗眼，语言的张力尽现，语体的风格包括为人的秉性，都呈现出来，语言特质中渗透的个性棱角，让人喜欢并深思。喜欢是小层次的，深思是形而上的。

最后，在形象上，谈谈自己对充间先生的看法。充间先生是标准的文人，儒雅厚重。虽然从政，在我眼里，先生是文为毕生所重，从政不过是他人生看似主业的副业，最为可贵之处，先生没把从政的某些官方文学样式或观念带到真正的散文中来，这是一般人难以企及的高度，看过先生少年、中年以至老年的不少照片，还是"书生"二字比较适合于他的整体印象。读过私塾的先生，学问自是高深，知古博今，因为那几年私塾，应该是先生一生受益的最可贵的积累。与先生有过几次联系，感受到先生对小辈的扶植和关爱，却一直无缘与先生一见，在我自是憾事一桩，但我愿意在内心深处始终保留着对先生远观的这种敬重，无碍我对先生为人的认可和为文的景仰。先生的诗词集名为《蘧芦吟草》，蘧乃荷花，在我心里，先生就是一株出淤泥而不染的荷，这样的荷，怎不令人肃然起敬？

以文学的眼光和忠实的叙述，去考察人类灵魂的历史，把写作作为史籍的注脚，把许多久远的人事从时间的洪流中拖引出来，赋予更深刻更形象的生命，呈现在今日的阳光下，我想，在美学标准之上的，就是散文了吧，一如充闾先生以其特有的对文学的虔诚，用笔墨行文昭示的"散文"深义所在，于流动的时间中以文棹弋舟的从容大度。他老人家给予当代以至后人的精神食粮品哑不尽，当真是我等的口福了。

第二篇：沧海惯经、任情适性——王充闾印象

得识苍松仰望馨，平生雅致似青云。倘以情为花，开出一片情愫的花海，那人当是怎样的雅士？在这片花海中，我看到一个睿智儒雅的长者，一位以文字为毕生最爱的真文人，一位清癯却笔锋凌厉又不失平和的知识分子，一位襟怀磊落的性情中人，一位当今中国学贯今古的知名学者。他，就是当代中国文学史上大名鼎鼎的王充闾先生。对于充闾先生，最先知道他，和文字有关，主要是因为他在散文界的非凡名气，"北有王充闾，南有余秋雨"，就这样简单。那时的我青春年少，对散文喜欢得很，虽无缘与先生见面，但对先生的仰慕之心，甚甚。

经山纬水织文踪。有幸，在光阴的长河中，偶尔与先生有些小小的联系，虽是只言片语的交谈，却对先生的为人更是认同并敬重。不以处境显贵与否待人，真诚热忱，亦不失长者的风范和学者的儒雅风度。尤其不以小民而貌视，难能可贵。对彼时的我，先生的善待和言语，是我受用一生一世

的春风。小辈之于长辈的仰慕和爱，是一种真挚的纯洁的关爱和鼓励。《论语》有云：以德为邻。与充闾先生相识，便是与德为邻的最好现实版本，自会受益终身。

岁月蹉跎经七秋，换历三千，却终有些不曾改变的存在，一如先生的个性和对文字的钟爱。说来惭愧，之前我并不是十分了解充闾先生，零散读过几篇先生的散文，只知道他的文章出色，全国有名，只知道他是家乡人的骄傲，他是中国历史上屈指可数的为官为文且名气很大的仕途客和书生。待静下心来，通读先生的大作，滋生一种高山流水的情怀，一种伯牙子期的欣然。先生屡经世事依旧保留的纯情和善良，他笔下的家乡，他曾住过的土炕，他出门旅游无意摔的那个跟斗，都让我边看边嘴角泛起会心的笑意，仿佛那年那时那地那个情境中的他，就在眼前，摒弃世俗的所有，还原一个诚恳厚重踏实又带有几分稚气淘气和聪明不羁的他。

骋目烟云，淡写清清不染心。这段时间，用心看了不少先生的文章，两本文集和一些诗词。看后感慨良多，佩服不已。先生学识的厚重，让人由衷叹服。文化底蕴的渊深，充溢于篇幅中，充溢于字里行间，一个人思想的再现，用深度的语言来昭示，当真再恰当不过。最喜欢他的历史题材大散文，《面对历史的苍茫》这本书，我非常喜读。读来不仅为作者的学识之广，更为作者的为人之善而动容。在先生的文章里，我忽然感到自身的渺小和不足，还有学识上的差距。这让我深觉汗颜。学海无边，有先生这样的导师在前面坚定行走的身影，我想我会有决心以之为灯塔，也用不懈地努力走下去，走向未来花团锦簇的文学圣殿。知史者明，先生于古今书籍的掌握和不凡的记忆力，都让我钦佩。真正的写作，不仅是文字的简单倾诉，还有更深一层的含义，它有一种特殊的责任并有着让后世铭记的警醒作用。如作者云：在状写历史烟云时，以一种清新的美学追求和冷峻的历史眼光，渗透对生活的独特理解。

"千古兴亡，百年悲笑，一时登览。"说到充闾先生的散文，我萌生一个想法，受到几许触动。就是人的文笔和他自身知识层面的相映成趣。

感悟充闾先生

底蕴不是吹捧出来的，而是自己的文化积累在文章中的渗透，是一种非常的张力和人格魅力。有多大的胸襟，势必出现与之相应的文字，这是无可厚非的。人性的大格局还是小格局，在文字里来不得半点虚饰。代序的洋洋洒洒文采飞扬笔势中，已然彰显出一种文学的瑰丽光芒。以史为鉴还不够，更要的是以史为文，成为后人的一种鞭策，这一点，充闾先生做到了。"在美的观照和史的穿透中，寻求一种指向重大命题的意蕴深度，实现对审美视界的建构，对意味世界的探究。"从这一点上来说，"文学从来就是一种历史，是一个民族的精神追寻史。"每一段历史，每一个朝代的更替，就是一条光阴的河流，"对抗走向统一与融合的历史时空，装订着一个温长历史时代的苦难与辉煌。"《土囊吟》和《文明的征服》就是践行这一理念出色的代表作。

光阴铺宣纸，笔借风云力。我喜欢通过一个人的文字去了解一个人，这样感觉公允，不受表象的误导。尽管一个人的表象许多时候也是一个人内在思想的外延，但文字是一个人的灵魂，他的品格和心性，在文字里想藏也藏不住，不经意间就会露出性格的底色和人生的基调。先生笔下的历史性散文让人有一种庄重感，让人能洞悉那些曾经的史上名人，诸如曾国藩、李鸿章之流的宦术下的真实面目和入世的功利心，他们"用破一生心"也好，左右逢源也罢，"他这一辈子"中的他，都是一种潜意识中的自我约束。而关于少帅张学良，先生则用充沛的情感笔墨对之民族大义的感佩与爱来书写。一种思想的认知，一种百感于心的了悟，一种旷世的情怀，一种虽置身事外却如同身处其中的了然，淋漓笔下，通过文字再现世纪老人张学良的坎坷一生。这样看来，先生又似茶，江河煮沸热心肠。

"中华散文，源远流长。数千年的散文创作，或抒情，或言志，或状景，或怀人。皆反映时代的风云变幻和人们的思想情感。"以用典擅长且自然融入文章中的功力，还有对古史及对历代文人掌握程度的丰富、对自然生物与书本相结合的博学，是我对先生钦佩的另一个重要原因。蜉蝣为何物，通过读先生的文章《我的第一位老师》明白了它究竟是什么，不再是书本中那种虚幻的片面存在，而是依现实对号入座感知到其为何物。

一上雄关境界开。《千载心香域外烧》，怀才不遇的王勃，被历史的洪流冲走了，他的《滕王阁序》却万古流芳；《香冢》中异域的香妃，《寂寞濠梁》中的庄惠，《青山魂梦》《两个李白》中的李白，透过浓淡的历史光阴，与自己的灵魂对峙，无一不体现先生于文学上的造诣之深和以文佐史的良苦用心。历史题材的散文在某种境况里是一种特殊的值得铭记的事件。把历史收在笔下，把读自然、读诗、读史融为一体，又不为历史所累，这就是先生。史学与文学并不是一回事，它们有一定的差异，但又相互渗透。充闾先生有一个非常有趣的比喻，他说史学与文学毕竟是两股道上跑的车，一个是"堂上谋臣尊俎，边头壮士干戈"，一个是"醉失桃源，梦回蓬岛，满身风露"。后者是以意象营造情感的空间，是探索艺术的弹性的"空筐"。然也！

"青灯有味忆儿时"，水起云生入梦边。信仰的支撑让人在人生路上不迷失方向，百态人生似本大书，翻开读取内容时，看到的，自不是一个学究的局限，在先生的文章里，更有其慧黠淘气的童年描述。看得出来少年先生淘气的程度，似乎就差上房揭瓦了。少时的先生曾撕私塾的坐垫，然后那个可爱的小好姐几次三番帮他修补；亦曾和嘎子哥一起创造战绩；亦曾被牛角挑飞险些丧命；亦曾于刘先生不在时和嘎子扮皇帝大臣的游戏"大闹天宫"……少时岁月的真与纯，是一个人一生最美的回忆。而先生的那些故事，则让我对有血有肉的先生形象更觉丰满和好感。

清风向月自由人。有必要提及一下先生的先生，就是刘汝为前辈，一位国学功底深厚的老人家，真得感谢他老人家培养出充闾先生这样出色的弟子来。童年的裨益，让人受益无穷。所以，不但充闾先生怀念他，读过先生文章，我也在心里默默地充满了对刘老先生的敬重和好感。

世事牵衣，流水浮灯。光阴荏苒梦长在，生活有趣尽题材。纵观先生诗文，气度大，书有大家风范，人品书品相得益彰，似乎藏不住那种山淡水无心，真正归于淡泊的感觉。有些人的一生，是值得他人深思的，比如先生。对先生文章的喜爱，是种水到渠成的挚爱。大胸襟下的大手笔，哪怕言及些许儿女情长，也让人感动。譬如《绿窗人去远》中善良淳朴的小妤姐，《我的第一位老师》中的魔怔叔，都在先生的心里有着不可替代的重要位置，他们是先生一生记忆的珍藏之花，也是命运对先生的善意馈赠。其实，看过先生如此多的文章，我最喜欢的有两篇，一篇是《碗花糕》，一篇是《天涯寻觅》，人情味十足，让人读来落泪。我以为，真正打动人心的作品，就是上乘之作了。不论着眼是大是小，无论布局是长是短。《碗花糕》中，嫂子的命运让人充满悲悯的情怀，最后的结局更是陡增叹息。家庭的不幸，嫂子命运的多舛，在先生的字里行间，就轻易地揪着读者的心，让人产生共鸣，久久回味着。而《天涯寻觅》中的敬好抑或老颜，则是一种人性的善的彰显和传承，是中华民族本性的延伸，是作者人文情怀的抒发。散文题材的先生作品中，还有不少域外见闻和游记，诸如《我漫步在纽约街头》《泪泉》《涅瓦大街》等，都是值得一读的好作品。

"胸中无块垒，到处是蓬莱。"当然，先生于文学上的成就，不仅散文，还有诗词。《蘆芦吟草》是先生诗词的精华和浓缩。对意象的真实描述，并对个体人物的思想进行犀利刻画，也是先生的一大特长。在现代语境和古典语境中，认真勾勒填充中国现代文学的留白。这，已然形成一种让人接纳的王充间风格。

浮名三界外，大爱寸心中。意在何深？想必，文字将是充间先生一生的最爱了。遥望沈阳的方向，晨曦。记取充间先生文章的片段，心里充满感动。文字总是一个人心声的吐露，心思再深的人，也会在文字中露出本性的蛛丝马迹，因此有见字如面、见文知人的说法。

长留品位透红尘，不负深情是此心。追风天外少年老，老而弥坚意更深。时人曾评梁启超，说他称得上在科学道路上不断求真求知的近代知识分子优秀代表。要我说呀，充间先生则是当代文学道路上非常值得尊敬的领军人物。扬清激浊。长风迷雾散，春光冉冉照书台。大彻大悟的感觉，在诗里尽现，使诗境宽而不散，诗情畅达，要言不烦，精当确切。欣赏先生的《三峡》其一，诗云："缘结天涯物外因，心安净洗旧嶙峋。放翁诗句堪玩味，平远山如蕴藉人。"我喜欢的，就是先生诗句中那种看似随意实则章法严谨的顺当，缘结天涯，物外之因，心安净洗，旧日嶙峋。那种豁达与淡泊，通过诗句从容展现开来。这样的情趣和胸襟，自是让人羡慕，然，先生的另一种民风淳朴的现实生活题材近体诗，也有相当的意味。比如《丝瓜花》，诗是这样的："芳时易尽小庭幽，数点黄花趁晚秋。瓜瓞缘墙堪写意，弯弯如月亦如钩。"顺势顺意下来，不经雕琢痕迹的天然率性之作，透着生活的强烈气息，让人读来备觉亲切。不愧为心事随文笔，畅写曾经一段时；下笔动新吟，一片韶光照到今。

一肩风月一怀春。艺之事，饱食之资。知识场和社会圈的相融也在很大程度上成全了先生钟爱的文字事业。作品声誉显赫的背后，反映时代审美风尚，充闾先生的文字，有读者期待的视野变化和情趣。文学作品价值高低及在社会上的接纳程度，除文章本身和社会外在环境影响外，还会受到作者内心思想萌动和社会边缘化"非文学"因素的影响。如诗词文章中运用的比兴，借写照，妙兴可赞，乃更遒逸，咏物而不滞于物。知人论世，一语破的。先生的文章，总是透大义于平凡，圆润地承前启后，大有一种"不必为难，一切随缘"的开悟。尤其病后，似乎更佻达了，也更澄净了。撇开许多，轻松的心，自然会写出轻松的文字。

得三分月，一片文心都晾开。于充闾先生的散文和诗词，初见被打动，再见依然。有一种人文情愫在里面，哪怕平凡却让人心生震撼。有风过花开的惊艳，还有梅花叩雪的清芬，更有劫世殊途、一杯沧海的平润亦心。世事牵累，他老人家还能如此忘情于文字中，真是堪佩堪赞。俗事禅心一并收，让曾经痛苦的生活成为笔底留香的文字和记忆，这是一种为人的超脱，亦是"星隐云无语，风吹叶有音"的回味绵长。

历史几经翻旧页，文心依岫出。谁把心事尽托文章？千秋赵璧，一曲付瑶琴，俗夫因尔雅，切切苦相寻。虚室生白，老子的话有一定的分量和隐义。生命取向的高低，修心开智，慎宗追远，心斋坐忘。我似乎看到充

感悟充闾先生

闾先生哪怕才高八斗学富五车，还是有一股孜孜不倦渴求知识、边写边看的韧劲，心理上的"饿"是他写作的原动力和催化剂。在充闾先生身上，见证了八个字，也是对他一生投身于文字生涯的肯评：文在民间，文在庙堂。倘使充闾先生的书房起个名字，我看倒不如叫"如痴居"，更有味道并适合于他"拙不自鄙，老不伤怀，临风搦管，典当珠玑"之态。

墨染流年。角色就是人格，自得一种领悟。这样一介书生，在世俗功名利禄前如此淡然，这才是充闾先生的优点。开山披岭是他于文学上至今未止的行动，更是他以身许文无怨无悔的写照。察世之深，体物之切，文心一点。践初衷，以文结缘毕生，于先生自是幸事。人生的意愿，身为书生，从政从文两不误，充闾先生是今古的表率了。给当代也给我们的视觉，平添一道亮丽的风景。

"浮名虚誉等烟飘"。先生写得多好哇！天海涵心，尘世虚念。也可以郑重地说：中国的文学史上，当代最有分量的一位，非充闾先生莫属。新被东风开了的，是妙笔生出的朵朵花儿吗？答案是肯定的。因先生佳篇纷披，所以心系先生之诗文并德，以小诗一首作结，题目为"充闾老师《蘧庐吟草》读后"，如下："意抵春风不羡花，铿锵朴素绿天涯。偏多内敛推喧闹，绝少张扬厌浊华。骋目烟云寻菡萏，宽心岁月伴蒹葭。幸来信手徐徐引，惯得余香数大家。"忽有一感，比照于先生从文：放足去，踏破天都万顷云！

弱水三千 取一瓢饮

◎江若湘

  虽在机关服务多年，且久闻充闾先生大名，知其有"北王"之誉，文采斐然，著作等身，却从未有缘认识。本人自退休后，一直充当"消防队员"（哪家有事冲向哪家），常年奔波于两个女儿家，竟基本闲置了喜欢读书的习惯，故未曾静下心来拜读充闾先生大作，实属遗憾，也特别惭愧。此次有幸觅得《王充闾文集》数册，仅稍加浏览已见其博大精深。自感难望项背，只能选一枝（枉凝眉）一叶（李清照），惴惴然谈些感受，当与不当就须行家指导了。

  小时自识得字便热衷于读书，女孩儿家心仪的第一部长篇必是《红楼梦》，曾不知读过多少次，不知流过多少泪。"枉凝眉"系《红楼梦》十二曲之一，更是熟记在心。开始一直认定此曲是宝黛爱情悲剧之嗟叹，后随年岁增长阅历渐丰加之对作者生平的解析，明白了其实是曹雪芹对家族及本人命运的哀叹和无奈。

  李清照幼时乃真正的"阆苑仙葩"，曾锦衣玉食、待字香闺，后嫁得良人又伉俪情深、琴瑟和鸣，然命运多舛，因遭遇战乱、家财散尽致流离失所，"想眼中能有多少泪珠儿，怎禁得秋流到冬尽春流到夏"。尽管南渡后生活暂得安定，但北望狼烟弥漫、生灵涂炭、国破家亡，于己于世都是一个"寻寻觅觅、冷冷清清、凄凄惨惨戚戚"的悲剧，以"枉凝眉"喻之十分贴切，可谓惜其才怜其命哀其不幸，总归是惺惺相惜的一份挚情啊。

感悟充闾先生

李清照自号易安居士时已与丈夫分别渡淮南奔，她只身颠沛流离备受逃亡之苦，稍得安定则将所居陋室题名"易安室"，并自号易安居士，乃取陶渊明《归去来兮辞》中"审容膝之易安"之意。那时她对物质的要求已达最低线，却仍然充满希望，乐观豁达地接受了现实。充闾先生开篇就写道："斜阳影里，八咏楼头——似乎渐渐地领悟了，或者说捕捉到了她那饱蕴着凄清之美的喷珠漱玉的辞章的神髓。"八咏楼初建于南朝，为历史名楼，宋朝之前已有许多名家吟咏题字在上，之后文人墨客挥笔吟咏亦屈指难数。充闾先生则眼光独到地认为易安居士的《题八咏楼》"写得苍凉、凝重、大气磅礴"，堪称"千古绝唱""当为压卷之作"。而如今的八咏楼也是忽略了诸多名人名诗名词，却将易安居士及其成就推崇备至，塑其雕像刻其题诗展其作品，可见智者所见略同，大是大非大义永远是后人对历史的选择和认可。

对易安居士而言，题诗八咏楼的那个时段，还仅仅是苦难的开始。那时的她还满怀着对朝廷的期待和幻想。然在最后生命的二十年里，她看到的是偏安江南的赵氏统治者毫无收复失地的举措，反而是"西湖歌舞几时休""直把杭州作汴州"了。充闾先生为挖掘易安居士的诗词的深切内涵，追随她的踪迹来到了双溪。虽然几乎游遍江南古镇的我尚未涉足此处，但从先生的描述中，能想象出"双流急泻、烟波浩渺"的景象。双溪定是个既清幽又适合隐居的地方，否则从北地迁徙江南的易安居士不会轻易选择在此避难，不会还带着青春的记忆泛舟溪上。然这已与少女时"兴尽晚回舟，误入藕花深处"大不相同，再也不能"沉醉不知归路"了，再也看不见"争渡，争渡，惊起一滩鸥鹭"了。反是"物是人非事事休，欲语泪先流"，伤心着"只恐双溪舴艋舟，载不动许多愁"。曾经的幸福和快乐如幻梦消失殆尽，剩下的唯"这次第，怎一个愁字了得"。充闾先生自八咏楼后着重点出双溪，来印证易安居士不可忽视的一个人生阶段，我个人窃思是否源自于此。

去年重游西湖，拜谒岳庙时见到碑刻的岳飞将军的另一首词《满江红·遥望中原》。词间有对南宋朝廷的极度不满"万岁山前珠翠绕，蓬壶殿里笙歌作",而对比血战沙场的残酷场面,他仰天悲愤:"到如今,铁骑满郊畿,风尘恶。兵安在?膏锋锷。民安在?填沟壑。"同时也表达了抗金复国的决心:"何日请缨提锐旅,一鞭直渡清河洛。"易安居士比岳将军年长,但仍是同时代人,无法得知二人是否有过交集,但爱国驱虏之心势必相同。于是我们看到本性婉约的她,词风发生了大反转,写出了大气磅礴的"九万里风鹏正举,风休住,蓬舟吹取三山去",写出了满怀忧愤的"欲将血泪寄山河,去洒东山一抔土",写出了慷慨激昂的"生当作人杰,死亦为鬼雄。至今思项羽,不肯过江东"。国难当头,忧国忧民,一个弱女子的气魄扶摇直上,居然不让须眉,足以令那些不知亡国恨、犹听后庭花的名流雅士羞愧汗颜。

纵观其从清照女士到易安居士之词作,只要下笔都离不开一个"愁"字。充闾先生说:"翻开一部渲染愁情尽其能事的《漱玉词》,人们不难感受到布满字里行间的茫茫无际的命运之愁、历史之愁、时代之愁"。影响她的外因固然很多,但主要是缘于其自身捕捉事物的敏锐和超越凡人的感悟。而多愁善感似乎是所有天才诗人的特质,号称诗圣的杜甫写过"感时花溅泪,恨别鸟惊心";誉为诗仙的李白写过"高堂明镜悲白发,朝如青丝暮成雪";被人调侃须由壮汉持铜琵琶、铁卓板唱其词的苏轼哀悼亡妻时,居然写出了"纵使相逢应不识,尘满面,鬓如霜。相顾无言,唯有泪千行";被"东风恶"拆散美满婚姻的陆游在唐婉"红消香断四十年"后,还忘情地写出"伤心桥下春波绿,曾是惊鸿照影来"……这些精美佳句流传至今,虽已隔着几百上千年的时空,还能直触人心底感同身受。

充闾先生删繁就简地描述了李清照的家庭出身、成长环境和一生经历,称其"少历繁华、中经丧乱、晚景凄凉"。何其幸也,我们看到半世桃花炫映下的,是秀丽妩媚、才思敏捷的清照女士;何其悲也,我们亦见到了半世烟雨浸染出的,是韶华已逝、风尘满面的易安居士。作为清照女士,她写的少女时的愁其实纯属闲愁,如"一面风情深有韵,半笺娇恨寄幽怀",完全是小儿女情态,明明为赋新词强说愁嘛。她为人妻后与丈夫小别,即叙相思之愁，如"一种相思，两处闲愁。此情无计可消除，才下眉头，却上心头"，这是娇妻幸福满满，很自然地对良人作态痴缠呢。当夫逝后形单影只时，她喃喃自语"试灯无意思，踏雪没心情。旧时天气旧时衣，只有情怀不似，旧家时"，全篇没有一个"愁"字，却愁绪百结催人泪下。能将"愁"写得让人忍俊不禁，让人缠绵悱恻，让人伤心欲绝，唯有清照女士兼易安居士呀。

　　充闾先生在《枉凝眉》篇末尾写道："一部文学史告诉我们，诗文的永生向来都是以质而不是以量取胜的。如同茫茫夏夜的满天星斗一般，闪烁着耀眼光芒的，不过是可数的几颗。"此语真的直抒我胸臆，忍不住想与先生击掌，这份掷地有声的肯定，是对"前无古人、后无来者"的旷世才女最精准的评价。以前我曾对朋友说过喜欢李清照，喜欢她的诗词，也曾坦言特别喜欢她的婉约，那份清丽高雅、有品位有品质的婉约。读过充闾先生的文章后，突然醒悟自己的想法还是太浅薄了。原来我喜欢的倾慕的是前半生的李清照，而不是后半生的易安居士，甚至对她因何号"易安"都未作了解。生长在花团锦簇间的千金小姐唱的是风花雪月，沉溺在美满婚姻中的雍容贵妇吟的是聚散悲欢，外在的优渥条件加上异于常人的天赋，成全成就了诗词界的"婉约宗主"。而后期饱经风霜历尽摧残的孤寡老妪，轻松被沉重取代，温润转化成凌厉，婉约升华为豪情。然人心未变品格依然，善良、悲悯、爱恨分明。如尘封厚重的雨花石，虽千年以后繁华落尽，但擎将在手仍是晶莹剔透、色彩斑斓。

我所认识的王充闾

◎石 杰

认识王充闾已经二十年了。

记得好像是1990年的冬天，天冷极了。我和当时学报的老主编一起，冒着严寒，穿着厚厚的棉大衣，到省城去办一件公事。原以为事情会比较顺利，没想到竟卡了壳，于是，经老主编的同学引荐，我们便一起去拜访省委宣传部部长王充闾。

当时王充闾好像刚上任不久，家还没有从营口搬过来，他是在办公室里和我们见面的。不用说，心怀"鬼胎"的我和老主编都有些尴尬。我趁着老主编和王充闾说话的当儿，不时地四下打量着，偌大一间屋子，除了靠窗处的一张大办公桌、一把椅子和挨墙放着的两个文件柜，好像什么都没有了，这使得整个房间显得特别大，也特别安静。老主编显然已经改变了主意。也许是初次见面不好开口，也许是觉得为这点小事打扰省委领导不好意思，总之，他绝口不提我们此行的真实目的，只是谈些文学上的事，倒好像是一位真正的拜访者，专程来访这位身居政界的文学家。

那时王充闾正值创作盛年，已经出版了《柳荫絮语》《人才诗话》等几本集子，在文坛也有了一定的名气。一些著名学者、评论家都注意到了他的散文的价值和独特风格，并给予了高度的评价，就连我们这个小小的学报，也收到并发表过几篇关于他的散文创作的评论文章。在我的想象中，一位副省级官员，即使修养再好，也难免会有些官气的，不可能像普通人那样便于接触，然而坐在我们面前的王充闾始终那么平静，那么谦和，那

感悟充闾先生

么自然，有时专心听老主编说话，有时问问下边的情况。仿佛相交已久的老朋友，没有一点高官的架子。我望着桌子上堆积如山的文件，听着不时响起的电话铃声，看着进出人员来去匆匆的身影，心里始终缠绕着一个疑问：领导做到这份儿，怎么还偏要搞创作呢？这种环境哪有工夫写作呀？而且不知不觉就溜出了口。想不到这普普通通的一问，竟成了我们日后交往的源头。十几年后，王充闾仍然深有感触地说："是呀，置身文山会海，位子也不算低了，为什么还独独钟情于文学女郎？这是一位大学教师第一个提出来的。"那时的我实在单纯幼稚得可以，总以为文学是为普通人预备的，不平则鸣嘛，不知道高官也有高官的苦痛。现在想来，那简单的一句话，很可能牵动了他心中的肯綮。

这之后，我们渐渐有了些来往。我总觉得他身上有一种特别的东西，特别"清"，不喜欢和世俗打交道，对文化、人才却有一种发自骨子里的爱，好像他就是为文化、人才而生的。听说有一个青年作者写了一首诗，投了几家报刊，就是无人发表，一气之下直接寄给了王充闾。王充闾看后，觉得水平相当不错，马上推荐给一家报纸。这样的事，现在恐怕想都不敢想了。还有一次，我和市文联的同志陪同他一起去闾山寻访萧太后墓。进山前，听说某文化部门新近弄来一些木化石，就一起去看，果然，化石林很是整齐、壮观，到跟前才看出是经过黏合处理的。王充闾当即批评负责人不该这么做。他说："这些东西就是历史的见证，原来啥样就啥样。你把它人为处理了，看着好看，实际上价值削减了。"那时他已经从领导岗位退下来了，不在其位不谋其政，这个道理他不会不懂，我们都担心他这样兜头泼人家一瓢凉水会让人难以接受。现在看，他是从一个普通公民的责任感出发说话的。

我多次和他交流过对文学、人生的看法，读过他不少诗文。尤其是前几年写《王充闾：文园归去来》这本评传式理论著述时对他进行采访的过程中，对他的了解可以说更全面、深刻了。他20世纪50年代中期大学毕业，之后做过教师、报纸副刊编辑，后来便在省市领导机关工作。这是一个头脑异常清醒的人，有热情、才情，更不乏理性。他总是客观地分析别人和自己，从不会被来自外界的各种各样的赞扬、吹捧冲昏头脑，迷乱心性，有时甚至对自己有些苛刻。记得90年代初有一次开他的散文研讨会，慕名而来者很多。大会开始之前，他忽然发现会标上写的是"著名散文作家、诗人王充闾创作研讨会"，当即和有关人商量，坚持去掉"著名散文作家、诗人"几个字。他说："我还算不得什么著名作家、诗人，不要搞这种花架子。"就是在日常生活和工作中，他也比较低调，不愿在媒体上抛头露面。明智，可以说是他的性格的最大特征。

王充闾的清醒、明智不仅表现在客观求实、不慕虚名上，也表现在对官与文的不同态度上。从20世纪60年代中期起，他就走进了市委领导机关，而他从事文学创作比这还要早十年。除了"文革"期间被迫停职、辍笔外，他一直是一手搞行政，一手搞创作，而且两者都颇有成效，可以说是典型的"鱼与熊掌"兼得。那么他对官与文的态度如何呢？或者说二者在他心里是否一般轻重？我觉得还不能这样妄下断言。诚然，他为官的名声、政绩都确实不错，有人称他做省委宣传部长的工作是"四两拨千斤"，也并非完全是夸赞之词，然而我总觉得他在官与文之间，更看重文。为什么呢？因为文比官更有永恒性、不朽性，更能让个体的生命从有限进入无限。

王充闾是一个特别看重个体生命价值的人，如何使自己的人生不虚度，实现它最大的价值、意义，是他想得最多的一个问题。他曾多次慨叹庄子、陆游、苏轼等古人之所以流芳百世，原因不在官职，而在文章。尤其李白，好多人都不知道他做过什么官，可是，他那才华横溢的诗，万古流芳、家喻户晓。时下人追求的权势、钱财在他眼里都是有限之物，没有多大意义。他在21世纪初北京大学举办的"中国散文论坛"演讲中这样说过，平时颐指气使、势焰熏天，自以为不可一世的人，到头来也不过是个普通的角色；亿万富翁一死，同穷光蛋又有多少差别！可见他搞文学绝不是一时心血来潮，也不是像有的官员那样，弄本书附庸风雅，在官员的身份之外再贴张文人的标签，而是从实现生命的价值、延展生命的长度、扩张生命的时空的角度去追求的。否则，他的笔早就在繁忙的公务、眼前的利益中搁下了，更达不到现在这么成功的地步。

也许有人觉得这么说是不是有点太玄乎了，或者干脆就是不可思议。其实说白了，这也就是一种理想精神，只是时下怀有这种精神的人越来越少了，甚至可以说是凤毛麟角。而当我以"清醒""明智"来定义王充闾这种所思所为的时候，我觉得这不是贬低或者拔高，而是含有一种人如何活的思考。当物质文明发展到一定程度后，人为什么活，怎么活，的确是值得认真考虑的，否则便很可能应了人们常说的那两句话："后悔就来不及了。""死都不知道怎么死的。"

王充闾确实称得上是个智者，不但敏于感悟，而且勤于思考，喜欢在人们司空见惯、习以为常的事情上体悟、发掘出不同寻常的东西。

早在他20世纪80年代的游记散文中，这一点就突出表现出来了。比如参观萧红纪念馆，他感叹这位离世不到半个世纪的女作家，名气和身后所留之物之间的差别竟然这样悬殊；出差南京，本来第一眼就想看看秦淮河，无意中得知秦淮河早在民初就已经破败萧条，绝非朱自清笔下那般如梦如幻、如诗如画后，立刻打消了寻访的念头，宁可"在记忆中永存它的倩影"，也不愿那美妙的景色在残酷的现实面前黯然消逝；与友人按图索骥、畅游闾山后竟觉得意兴阑珊时，他不由得联想到当年游览绍兴遗下鉴湖，此后一直心向往之的感觉，得出了"人们对于已经占有、已经实现的事物，不及对于正在追求、若明若暗、可然可否的事物那样关心"的哲理性结论；耳顺之年重过落红成阵的桃林，却再也找不到少年时经过此处的兴奋之感，由此又联想到人们常常用回忆、摄影甚至全息影片来保留当年情景的做法，于是深深慨叹："年光已经飞鸟般地飘逝了，留下来的只是一个个空巢，挂在那里任由后人去指认、评说。"

在90年代后的历史文化散文中，他又把知人论世的习惯移到了历史人事上，认为李白在文学上的成功很大程度得益于仕途的受挫，而仕途受挫的根本原因又恰好是因为他诗人的资质；曾国藩的人生表面看是成功的，实际则是失败的，因为他过于追求完美，谨小慎微，活得太苦、太累；端坐龙椅的皇帝虽至高无上，到头来仍难免事与愿违，难逃命运的捉弄；只有像庄子、严光这类高人、隐士，淡泊名利，超凡脱俗，才能活得逍遥自在，得养天年。

这种智者的思考显然与一个人的知识积累有密切的关系。王充闾六岁进私塾读书，先是"三、百、千"启蒙，继之四书五经、诗古文词，可以说从小就被引进了传统文化和文学的海洋。他嗜书如命、博闻强记，几十年中，无论古今中外、文史哲社，都在他的阅读范围之内。我曾有幸见过他那四壁图书，摩顶接地，挤挤挨挨，大约总得有上万册吧。记得我曾这样问他："您跟死神打交道的那些日子里，最放心不下的是什么？""就是我那些书哇。"他毫不犹豫地说，"我要是死了，那些书可咋办呢？"书给了他知识、智慧，从政生涯又让他开阔了眼界。曾经有一段时间，我回想着他总计四十多年的创作，面对着那洋洋几百万字的作品时常想：所有这些文字都在说什么呢？有没有一个可以称之为核心的东西？尽管对于散文这种文体来说完全没必要这样分析。后来有一天，我忽然明白了，他其实一直在探索人、人生、人性、人的命运，尽管时常以史、事、景的面目出现，但都在思考人，思考人为什么活，怎么活，活得怎样。这是他写作的动力，也是他的散文让读者们喜欢的根本原因。从这一角度说，他确实有一种哲学家的能力和素质。

王充闾已经是年过古稀的老人了，可是你不仅从外表上看不出他的生理年龄，就是内里的生命热情也不减当年。他从20世纪50年代中期就开始创作了，除了"文革"十年被迫停笔外，一直孜孜不倦地读书、写作，珍惜生命中的每一天。就连"文革"时，他也没完全放下书本。他对自我生命价值的追求，真是到了忘我的程度。虽然如此，我却认为他是个不折不扣的悲观主义者。表面看，他自信、坚定、从容、镇静，骨子里却含着深深的悲观和无奈。这一点，除了天性，可能和他小时候的遭遇有关。

他祖籍河北大名府，祖辈逃荒流落到素有南大荒之称的辽宁盘山县。

感悟充闾先生

他本来排行第四，上面还有一个姐姐、两个哥哥，可是哥姐都在他童年时去世了。他在《母亲的心思》中曾经这样追述："姐姐大我二十二岁，也非常聪慧，由于受家庭影响，从小读了许多文学作品，一部《红楼梦》……读过七遍，每番读过，都是泪湿衫袖。姐姐在我两岁时，不知患了什么病，早早地故去了……"姐姐留下一个两岁的女儿，寄养在母亲的膝下。不久就是他的二哥去世。"二哥大我十六岁。他还在读书时，就写得一手潇洒、俊秀的赵体字，三间屋里每面墙上，都有他的墨迹。"不幸的是年纪轻轻，就被结核菌夺去了性命。最可惜的是他那已经成为家里的顶梁柱的大哥，只是偶然患了疟疾，不用药也会痊愈的，却被庸医误诊为伤寒，下了反药，倏然间就去世了，想得他的父亲每天扛着铁锹到儿子的坟头转悠，盼着儿子能活过来。不久，感情上有如母亲一般的嫂嫂也带着孩子改嫁了。尽管这一切发生时王充闾年纪尚幼，心智还不成熟，只能凭着本能接受周围的一切，但早慧的心已经感受到了那种凄凉，何况童稚的心灵也缺乏抵抗苦难的能力。

半个世纪后的身患重症，对他的打击显然更为沉重，那可是切切实实地关涉到了一个人的生与死。记得当时我从他的一个同学口里听到这意外的消息后，便打电话问候，安慰他说佛祖会保佑他的，因为恍惚记得有一次他说过释迦牟尼是大彻大悟之人。电话那边，他凄然一笑，顺嘴吟了一首诗，大致是："寻佛问祖到山坳，大树风摇撼早潮。八八减二无常数，到底人间一例消。"当时他五十八岁，是否预测还有三四年的寿算？可见他当时的心情是多么沉重、无奈。他将手术后一段时间的情形比喻为头上悬着一柄达摩克利斯之剑，说不定什么时候，那根马鬃一断，剑就会落下来，取了他的性命，幻灭感也由此蓦然而生。用他自己的话说，就是觉得一切希望与抱负都失去依托了，"一时间，困惑、忧郁、浮躁、压抑、焦虑、恐惧、失望、悲伤，铺天盖地而来。"

当然，悲惨遭遇和悲观主义之间未必就该画等号的。一个一生坎坷、不幸的人，未必就是一个悲观主义者；反之，一个终生顺遂或稍有不幸的人，也可能持有悲观主义信念。个中的原因，还是与"识"有关，也就是前面所说的智慧。或许是多年身居领导岗位的缘故，王充闾很善于控制内心的情绪，但是，只要我们仔细体味，就不难发现，他的散文几乎从一开始，字里行间就蕴藏着悲感，我称之为"识"。他感叹人生短暂、韶华易逝，有情人难成眷属，人的欲望太多而能力有限。现实永远比不上想象中的美好，理想和现实之间存在着永恒的距离。所有的存在都是不确定的。历史无情，规律无情，到头来，宇宙千般、人间万象，都会被历史老仙翁收进歪把子葫芦里。即便是至高无上的皇帝，也只能在痛苦中挣扎，逃不脱悖论的魔爪。事实上，王充闾是在以他的智慧和奋争，与悲剧性的人生对抗。

这种情形，很容易使人想到神话中的西西弗斯推石头上山。西西弗斯的悲剧在于他对自己的命运有清醒的意识，或者说，清醒的意识才是人的悲剧不可缺少的前提。"西西弗斯，这诸神中的无产者，这进行无效劳役而又进行反叛的无产者，他完全清楚自己所处的悲惨境地：在他下山时，他想到的正是这悲惨的境地。造成西西弗斯痛苦的清醒意识同时也就造成了他的胜利。"这段话，是加缪在著名的《西西弗斯》神话中说的，用到王充闾身上，也正合适。

宦况诗怀一样清
——记著名散文作家王充闾

◎ 刘文艳

"看似平常却奇崛"

这是一户普普通通的住宅：公寓楼，第四层，三室一厅，两面临街，木板玻璃窗四开着，窗外繁杂喧闹，车声不绝于耳。室内没有空调器、洗衣机，电冰箱、电视都是省内生产的"大路货"。厨房，水泥地面；客厅，略讲究些，罩上一块地板革。墙壁上，除了一幅书法卷轴和一幅半米见方的风景画外，没有喷涂料，没有贴壁纸；门廊、居室也没有什么特殊的装饰。这一切，即使在这幢普通居民的住宅中，恐怕也是最简便、最普通的了。

然而，正如古诗中所云，"看似平常却奇崛"，这又是一处迥不寻常的住宅。这里住的是一位副省级干部，又是一位国内外均有影响的学者、作家。进得门来，最引人注目的就是那琳琅满目的四壁书橱，几乎布满了客厅和各个居室。由于它们是20世纪60年代至90年代陆续备置的，因此显得形制不一，错杂失序。有的新颖，有的陈旧，有的宽大，有的狭窄，有的雅致，有的粗陋，但贮藏经史、陈列诗文的用途则一，同样都显得丰盈伟丽，即所谓"充实之为美"。它们无言而雄辩地共同展现着主人的气质、风韵、志趣、追求与身份。

关于这些书橱，主人在一篇文章中曾风趣地写道："四代书橱，比肩而立，占去了我的卧室与客厅的半壁江山，使原来就不宽敞的居室显得更为褊窄。但环壁琳琅，确也蔚为壮观。纵然谈不上桂馥兰馨，书香盈室，但'四壁图书中有我'，毕竟不失雅人深致。尽可以志得意满，顾盼自雄，说上一句：'大丈夫拥书万卷，何假南面百城！'"

这里记叙的是中共辽宁省委常委、宣传部长王充闾的住宅与书房。王充闾是近年在中国文坛崛起的有其独特风格的散文作家，其散文集《人才诗话》《柳荫絮语》《清风白水》《王充闾散文随笔选集》，诗词集《鸿爪春泥》相继出版，并有许多作品在新加坡、菲律宾等国家及中国港台地区的报刊上刊载。1993 年，王充闾的散文《情满菊花岛》在"中国匹克杯"全国散文大赛中荣获一等奖，这是继 1991 年他在"五彩城"全国散文大赛中获一等奖之后，又一次在全国夺魁。他的散文《捕蟹者说》《换个角度看问题》曾先后被选进大专与高中语文教材。这一切，都引起了全国文学界的注目。近年来，著名散文家、文艺评论家冯牧、郭风、徐中玉、谢冕、雷达、阎纲等撰文予以高度评价，称他的散文"如江上清风，山间明月""出手不凡，独具机杼""取得了他人不能代替的个人艺术成就"。郭风认为，"他的散文具有学者的风度""这种风度，便是从博学善辩的散文境界中出现的一种艺术仪表。这不是容易达到的散文境界和不容易出现的散文仪表。从我涉猎的春秋战国时代诸子之文看来，从唐宋诸大家之文看来，或从西哲如蒙田、培根之文看来，均具有这种散文境界和仪表，用现代的语言说来，即我所谓的学者风度。

不仅如此，王充闾的旧体诗词也颇见功力，诗词界的评论是，他"诗词兼擅，古、律、绝俱工，显示出他的深厚的古典文学素养。如今写作旧体诗词，难不在合格入律，而难在动用旧有的形式完美地表现当代的社会生活和今人的思想感情。王充闾的诗词值得赞赏的正是在这个方面"。

王充闾在史学研究方面也有很深的造诣。早在 20 世纪 60 年代，他就在国内一些报刊上发表许多独抒己见的史学论文，引起史学界的注目。今年，他应邀参加了以清军入关三百五十周年为主题的国际清史研讨会，会上宣读了史学论文《努尔哈赤迁都探赜》，博得了与会者的称颂。辽宁大学历史系主任王雅轩在主持会议时说,王充闾是一位真正的学者,他在繁忙的领导工作中还能潜心研究清史,而且造诣很深,又有独到见解,真令史学界的同行们钦佩并感到骄傲。知道了这些情况,也就不难理解,1986年,当他还在营口市担任领导工作时,何以会被辽宁省历史学会提名选举为理事长。

"文蹊政径两驰名"

应该说,王充闾之所以引人注目,不仅仅是由于文学方面的成就,还在于他是一个"文蹊政径两驰名"的两栖式人才。他虽然早就是中国作家协会会员、中华诗词学会会员,但并非专业作家,用他自己的话说,"充其量只能算一名亦劳亦武的民兵"。他的名片上印着许多个党政领导职务,他是一位身居要职、政务繁忙的高级官员。

王充闾1935年出生于辽宁盘山,1958年毕业于沈阳师范学院中文系,先后做过中学教师、新闻记者、副刊编辑。1966年初步入政界,在改革开放时代任营口市委办公室主任、辽宁省委书记秘书、营口市委副书记兼市政协主席。1988年被破格拔擢为中共辽宁省委常委、宣传部长。

古人云:"风清月冷水边宿,诗好官高能几人?"为官为文两不误,说来容易,做起来是很难的。这里不仅存在着时间、精力方面的矛盾,而且在个性、情志、思维方式、人才类型上也大相径庭。比如,作家诗人要求有比较充分的个性表现,情感淋漓尽致地挥洒,喜怒哀乐毫无顾忌地诉诸笔端,即使放浪形骸、径情直遂也没有谁会过苛地指责、挑剔。而作为一个领导干部,则要求高度理性化,必须注意检点言行、举止,讲究修养、仪表、分寸,应该成熟、练达、盛慎、稳健一些。这两方面不大容易统一在一个人身上。王充闾却能很好地将二者融为一体,既长期身居高位,又在作品中保持鲜明的个性。其间有些什么"诀窍"?这曾引起许多人才研究者的兴趣。一些新闻记者、文艺评论家、文学传记作家在采访他时,十有八九要提出这个问题。

　　写到这里，笔者想起曾在报刊上见到的一则文坛逸事。1991年秋，在"五彩城"全国散文大赛评选中，评委们（都是全国知名的散文作家、评论家）一眼就看中了王充闾的应征散文《长岛诗踪》，认为它意蕴深长，文采斐然，显示出深湛的文学功力。但也心存顾虑：作者是一个高级干部，如果列为首选，会不会被人讥为因人重文？评委会主任秦牧先生得知这一想法后当即指出，评文就是评文，取舍、轩轾的唯一标准就是文章的质量与水平。至于它是出自领导干部还是一般平民之手，这无须考虑。我们既不能因为他是领导而有所屈就，也不要因是领导写的而加以摈斥。这一观点被所有评委所接受。投票结果王充闾的散文与另一位作家的作品并列第一。

　　博学多识是王充闾突出的特点。他幼年就读于私塾，用八年时间攻读经史诗文，打下了坚实的国学基础，至今还能写一手完全符合标准的漂亮的古文，能够不靠工具书阅读古代文史典籍。他十四岁开始接受学校教育，直到就读于大学中文系。此后，数十年如一日，苦学不辍。无论节假日，早午晚，一切工余时间，都援取来用于学习。即使每日凌晨几十分钟的散步，也是一边走路一边构思凝想，甚至睡前洗脚，双足插在水盆中，两手也要捧着书卷浏览，友人戏称之为"立体交叉工程"。

　　无论是读书、创作，他都是非常认真、非常刻苦的。20世纪80年代中期，为了写作随笔集（也是一本富有学术价值的专著）《人才诗话》，他利用业余时间，阅读了几百种历代诗词总集、选本、别集，从中选录出三百余首与人才问题有关的诗词，同时，收集、研读了国内外各种人才学论著以及古今中外关于人才现象、人才思想、选才制度、成才规律等各方面课题，拟定出上百个题目，边准备，边构思，边创作，以文学的形式、史论的笔法，把情与理、诗与史熔于一炉，每月可写五六篇，最多时，1986年春节，休假五天，写了十二篇。其中许多篇章曾在《人民日报·海外版》"望海楼随笔"专栏中刊载过。

感悟充闾先生

  长期的积累和陶冶，使王充闾的文学修养达到很高的境界，尤其对古典诗词、历史典籍更是烂熟于胸。近年相继被沈阳师范学院中文系、辽宁大学中文系、锦州师范学院中文系聘为兼职教授。他为大学中文系讲授的散文创作课，受到了师生的赞赏。笔者曾身临其境，深为当时的热烈场面所感动。当然，他的博学多识，不仅仅是由于"读万卷书"，还颇得益于"行万里路"和注重社会实践。他笃信毛泽东的主张：既要读有字之书，又要到社会实践中去读无字之书。他特别注重社会调查、实地考察，而且目的明确、准备充分、思考缜密。多年来，他充分利用外出开会与出国访问机会，开阔眼界，增广见闻，认真体察所到之处的政经文化、风物人情，并将一路上的所见所闻所思所感随手记下，整理成文章。他访问过日本、朝鲜、俄罗斯、乌克兰、白俄罗斯、新加坡、马来西亚、泰国、美国等国家和地区，归来后，写成许多篇游记、随笔。

  博学多识，使王充闾在政界能够保持清醒头脑，善于动用辩证法来认识、分析和思考问题，处理问题比较全面。而登高临远，眼界开阔，阅历丰富，思路清晰，洞悉世事，练达人情，对于搞创作、做学问，又是一种优势。王充闾善于把两方面的优势（而不是短处）结合起来，所以他取得了其他官员或学者、作家所不易取得的独特成就。

"下笔如有神"

  王充闾把长期积累的广博知识用于散文创作，使其散文熔智慧、学识、情趣于一炉，散发着一种浓郁的书卷气，蕴含着古今皆可通感、皆可体味的文化旨趣、美学追求和知识风貌。一位美学家指出，"他的散文创作，不论从篇章到总体，都已经实现了文体审美的化境创造"。他的许多篇散文都体现了鲜明的美学追求。他去南京，主要是为了看看魂牵梦绕几十年的秦淮河。可是当听说那里已是荒凉破败，河水污染严重，往日那个白舫青帘、桨声灯影里的秦淮河，已经像梦一样地消逝了，他便打了退堂鼓，决定在它恢复秀丽的姿容之前不去探访，为的是"不想让那如诗如画如烟如梦的'旧时月色'倏忽消失，我愿在记忆中永存她的倩影"（《心中的倩影》）。在《追求》中，他通过即事寓情、即物明理的手法，以生动的叙事表达这样一些美学意蕴：美的境界在事物过程本身；美在于不断追求，不在于占有，追求往往比占有更使人感到幸福；充满希望的追求比到达目的地更有吸引力。因此，我们可以走近它，却不踏上，不妨留下一块永恒的绿地，供日后悬想与追思。

《青天一缕霞》是他的散文中最为人称道的一篇，曾被多种散文选本收录。作家以一片纯情别出心裁地精心结撰了这篇美文，"那感觉的新颖，思路的飘忽，那一任心灵的自由飞翔，使之区别于惯见的散文路数"（著名评论家雷达评语）。文章本是写他在呼兰县对作家萧红的感念怀想的，却出人意外地抛开这个人间才女，而刻意写天上的浮云，从中生发出无限的联想。先说自己从小就喜欢凝望碧空的云朵，能连续几小时眺望云空而不觉厌倦；继而笔锋一转，说他习惯于把望中的流云霞彩同接触到的各种事物进行类比式联想，把地上的人和天上的云联想起来。于是，突然而又自然地引出了萧红：

> 看到片云当空不动，我会想到一个解事颇早的小女孩，没有母爱，没有伙伴，每天孤寂地坐在祖父的后花园里，双手支颐，凝望着云空；而当一抹流云掉头不顾地疾勉着逸向远方，我想这宛如一个青年女子冲出封建家庭樊笼，逃婚出走，开始其痛苦、顽强的奋斗生涯；有时，两片浮游的云朵亲昵地叠合在一起，而后又各不相干地飘走，我会想到两个叛逆的灵魂的契合——他们在荆天棘地中偶然遇合，结伴跋涉，相濡以沫，后来却分道扬镳，天各一方了；当发现一缕云霞渐渐地融化在青空中，悄然泯灭、消失时，我便抑制不住悲怀，深情悼惜这位多思的才女——她流离颠沛，忧病相煎，一缕香魂飘散在遥远的浅水湾，……

这里，文如行云流水，摇曳多姿，消尽了人为痕迹，作家主体的情与描写对象密契无间，幻化成一种流动的美丽的意象。作家的想象力是那样丰富，在他的笔下，萧红的一生是那样飘洒，那样脱尘拔俗，而又是那么不幸，令人同情，又令人向往。显而易见，倘若作家没有深切的生活体验，没有对美好事物、美好情怀的一往情深，没有对理想、信念的执着的追求与憧憬，是无论如何也写不出如此清丽、如此空灵、如此深情的作品的。

诸多评论家认为，王充闾的散文中，体现着一种鲜明的创造意识。他在动笔描绘感情生命的客体时，经常自问：在这里，我能比前人或时人新发现一些什么？能为读者提供一些什么新的东西？比如，长江三峡，过去的名篇很多，可谓"前人之述备矣"。王充闾却能别开生面，他通过整体把握，总体构思，高瞻远瞩，尽力提高立脚点，调整视角，把纵横数百里的景观当作一本书、一卷诗、一幅画来读。这样就独具机杼，别开生面了。

他写道："三峡，这部上接苍冥，下临江底，近四百里长的硕大无朋的典籍……它的每一叠岩页，都是历史老人留下的回音壁、记事珠和备忘录。里面镂刻着岁月的屐痕，律动着乾坤的吐纳，展现着大自然的启示，里面映照着尧时日、秦时月、汉时云，浸透了造化的情思和眼泪。我们不能设想，在自己有限的一生中读尽它的无限的内涵，但总可以观嬗变于烟波浩渺之外，启哲思于残编断简之中。"三峡也是一卷诗，"两岸诸峰时隐时现，忽远忽近。笼罩在云气氤氲、雨意迷离的万古空蒙之中，透出一种悠然心会，妙处难与君说的朦胧意态""就诗而言，巫山十二峰可以说是一部不是靠语言文字而是由境界氛围酿成的朦胧诗卷"。三峡又是一幅画，"在这里，钩皴点染、浓淡干湿、阴阳向背、疏密虚实等各种表现手法兼备毕具。那群峰竞秀、断岸千尺的高峡奇观，宛如刀锋峻劲、层次分明的版画；而云封雾障中的似有若无、令人神凝意远的万叠青峦，则与水墨画同其韵致"（《读三峡》）。这既体现了作家总体把握、提高立足点的手法，又可以看出他学贯古今的文艺素养和驱遣语言文字的深厚功力。

"润物细无声"

王充闾的文学修养、文学成就和学术水平，使他在全省文艺界、新闻界、出版界、理论界、教育界都享有很高声誉，这为他担任宣传部长这一要职奠定了坚实的基础。

在领导工作中，他之所以得心应手，深孚众望，也还有其他一些条件。他知人善任，充分发挥副手和下属的聪明才智。省委宣传部有五位副部长，个个都是精兵强将。王充闾经常讲："单个地看，他们每一位都有超越我的才能和智慧。"但他们对王充闾都心悦诚服，由此组成一个坚强的领导集体，不断开拓宣传工作的新局面。这和王充闾对副手和下属充分尊重、充分信任有直接关系。他待人公正、宽厚，襟怀坦荡，从不计较个人的小事；对下属要求十分严格，但一旦出了问题，又能首先出面承担责任。宣传部工作，是上通天下连地的，每位副部长都直接与省委、省政府有关领导请示、汇报、联系工作，从不中间经过部长；各市、县、厅局有事找宣传部领导，从不事先与部长疏通，定盘定调，而是直接与有关副部长接洽，有关副部长当场拍板、定案，也没有揽权、僭越的顾忌。这正是王充闾对副手充分放手、充分信任所收到的效果。他主张，一把手要干一把手的事，不应代替副手、代替下属的工作。他和下级领导谈话时，常常告诫："当你发现自己忙得不可开交时，就应考虑自己是否包揽了下属可做的工作。"他很欣赏罗斯福的名言："一位最佳领导者，是一位知人善任者。在下属尽心尽力于其职守时，领导者要约束自己，不去插手他们的工作。"

王充闾很少参加一般应酬性活动，也不愿在电视上频频露面，他反对务虚名，图虚荣，做虚功。他认为，在复杂多变的现代社会活动中，领导者不断面对层出不穷的新课题、新矛盾，要求他们善于审时度势，统筹全面，于千头万绪中找出关键所在。而要做到这一点，就要抽出时间调查研究，悉心体察情况，注意探索工作规律。

感悟充闾先生

1988年5月王充闾到任宣传部长后，他在通过与几十位同志交谈，和下去调查研究掌握了全面情况的基础上，同几位副部长取得共识，明确提出了"抓方向，树形象，从严治部"的工作方针。"抓方向"，就是要全面贯彻执行党的基本路线，在全省宣传工作中，坚持以经济建设为中心，克服长期存在的宣传工作只在宣传战线小圈子里活动的偏向。"树形象"，就是树立宣传思想工作的良好形象。他认为宣传工作的形象与威信，同它的吸引力和影响力有直接关系。过去有人认为，宣传工作只是空对空，耍嘴皮子，能说会道，不干实事，有人说宣传工作总是变，把它列为"四大不准"之一。为此，为了树立坚定、团结、奋进、务实的良好形象，王充闾把工作方针写出来挂在会议室里。多年以来，他高度重视部内和所属厅、局的班子和队伍建设，收到了良好的效果。

王充闾针对宣传思想战线的工作特点，多年来努力探索一种有效的工作方式，而且身体力行。他注意与知识分子交知心朋友，推心置腹，平等待人，努力创造一种和谐的气氛，使知识分子在不知不觉中受到感染和教育。交往中，不是靠职务，而是以领导者的理想、情操、学识、风范来影响对方。作为一个作家，他在作品中也充分予以体现。这就是所谓"随风潜入夜，润物细无声"的领导方法。他认为，"通情"往往是"达理"的前提，宣传工作本身，就要求动之以情，晓之以理，导之以行。一方面以信任换取信任，以尊重换取尊重，以真诚使人信服；另一方面，作为领导者也必须有真知灼见、真本领、真货色，否则，也难以使人心悦诚服。王充闾为辽宁大学中文系五百多名师生做创作与学术报告后，有的教授说："过去我总以为，那些领导干部只能搞政治，不能领导文教事业，因为他们都是外行，说不到点子上。听了王充闾的报告，我是服了，我改变了长期以来对领导干部的片面看法。"

王充闾在领导工作中充分发挥其独特的优势，与知识界保持了良好的关系。关于意识形态领域的工作，他的指导思想是着眼于建设，着眼于出成果，着眼于大多数，他强调要集中精力抓精品，促繁荣，为整个知识界创造一个良好的氛围。

"未妨终始作书生"

王充闾作为一个学者型的官员和学者化的作家，能够淡泊自甘，在繁杂的行政事务之中保持一块心灵的绿洲。他把时间进行严格划分，工作八小时之内，尽心竭力处理工作，绝不旁骛。而在八小时之外，便沉浸到那片心灵的绿洲里，保持心境洁净与清静，专心致志搞创作。

他是个耐得住寂寞的人，对世俗的应酬避之唯恐不远。他的家门没有逢迎之俗客。在官场中，他是一个独具特色的人。他极度珍惜时间，一些大的场合，他很少露面，尽力避免世俗应酬，抓紧时间读书创作。他潜心文学创作，牺牲了常人应有的生活乐趣，影院舞场与他无缘，探亲访友无暇顾及，迎来送往绝无兴致。1988年秋，东北三省宣传部长雅集长春市，东道主举办舞会，盛情邀请客人出场，王充闾坚辞不得，只好即席吟诗以代。他当场口占一首七律："晚雨迎凉送暑天，未谙歌舞愧华筵。非关'左'旧轻时尚，为恋诗书断雅缘，盛会岂堪人寂寞，良朋空羡影瞬斑。吟诗且作他年约，重会春城再比肩。"吟罢，博得了全场的热烈掌声。

熟悉王充闾的人，常说他活得太累，他自己却陶醉在文学的园地里，自得其乐。他重视精神价值、精神追求。有人说他整天在精神世界、理想王国之中。他把做人与作文统一起来，笃信"有一等胸襟才有一等文字"和"人品高文品亦高"的见解。他在《写怀寄友》诗中写道："埋首书丛怯送迎，未须奔走竞浮名。抛开私忿心常泰，除却人才眼不青。襟抱春云翔远雁，文章秋月印寒汀。十年阔别浑无恙，宦况诗怀一样清。"这种云水襟怀，书生本色，深受文友们赏识。一位老先生在赠诗中称赞他："萧瑟宦囊余典籍，未妨终始作书生。"

王充闾"埋首书丛怯送迎"，对知识分子却乐于交往。他与重庆一家两代三教师的"两地书"被传为佳话：1982年，《散文》杂志编辑转给他

感悟充闾先生

一封信，寄信人是重庆师范学校女教师王冠华。原来她看到《散文》上一篇文章的作者与她失散已久的胞兄姓名相同，而急切地寄信想问个究竟。实际上只是一个偶合、一场误会。王充闾在回信中说明"田园寥落干戈后，骨肉流离道路中。这在祸深寇急的邦国颠危之际，不仅你家，我也同样有亲人失散在外"，并在信中劝她不要失望，"虽然没有找到失散多年的哥哥，但总还结识一个深为同情和关怀你的弟弟（因为女教师的年龄比他大），愿我们今后经常互通音信。"事有凑巧，恰好女教师的丈夫有个弟弟在辽宁，他们已多年失去联系，于是又寄信托王充闾代为寻找，帮助他们取得联系。而这位"弟弟"已经改名换姓多年，结果经过很多周折才接上"断线"，使得老两口高兴万分。这样，他们就和王充闾长期保持通信联系。后来，女教师因病去世，她的丈夫又接着写信，这是一位文史专家、翻译工作者，每当有新作面世，都要先给王充闾寄来，王充闾也把自己的作品寄给他，彼此切磋学问，互砥互励。几年后，这位老先生也因病谢世，他的女儿也是一位教师、翻译工作者，又接续通信，她视王充闾如胞叔，王充闾也十分关怀她的成长、进步。就这样，两代人之间的情谊保持了十几年，王充闾手头积存了五六十封来信。然而，他们一直未曾谋面。

他在知识界，有许多知己朋友。关系的建立，不是由于酒肉征逐，更不是所谓"互助互利"，而是在切磋学问中成为诤友的。首都有位作家在一部著作中引证著名画家张善仔为《十二金钗图》题记，将"公牛哀七日而变，封使君一旦成形"错点为"公牛哀七日而变封，使君一旦成形"，经王充闾去信指出后，非常感佩，写了一封长达几千字的信，从此他们成了知己之交。

在省内诗词界盛传一个"部长荐诗"的佳话：辽西某县一个青年诗人写了四首《学雷锋感怀》七律，先是寄给一家市报，竟被退回。作者不服气，认为是编辑不识货，于是把诗寄给了王充闾。王充闾看后，击节称赏，马上推荐给一家大报，并附信说明："此类诗着笔颇不易。而此四首诗既能熔铸新词，涵容先进思想，又能文采斐然，协律严整，不致流于政治口号，足见作者功力。"诗作发表后，在一次全国诗词大赛中被评上二等奖。

在他工作过的营口市，还传颂着他与两位老知识分子交往的故事。一位是营口师专的老教师、著名书法家陈怀先生。陈老是民主党派成员，作为主管宣传文教工作的市委副书记，王充闾对他十分尊重，经常就有关文化、教育事宜交换意见，他们之间建立了深厚的友谊。陈怀有一首七律，专门记述这位市委副书记第一次去他家访问的情景，其中有这样四句，"风高月黑乱飞沙，徒步亲临野老家""博雅如君钦素养，衰年何幸接英华"。后来，陈老患了重病，王充闾其时已经调到省里工作，还曾专程前往探视。当他接到老先生去世的讣告时，深情地写了一首七绝："梦断音容尚宛然，床前揖别隔人天。诗翁去后情怀淡，独对青灯作素笺。"另一位是盖州教师进修学校的吕公眉先生。他是一位著名诗人。王充闾与他也有经常的交往，彼此相知甚深。王充闾调到沈阳后，吕老十分怀念，通过写诗来表达深厚的感情："自谓平生一识难，先蒙青眼到孤寒。才高量雅知君惯，只说文章不说官。""风雪元宵一别离，清明又见柳依依，小桃欲落春犹浅，着意余塞莫减衣。""烟柳丝丝簇绿云，骚人刻意入斯文。山阿水曲万千树，树树相看总忆君。"真是情真意切，感人至深！

未完成的王充闾

◎黎 枚

生命是宇宙的创化,艺术是生命的创化。王充闾在散文创作的途程中,以一颗永不宁静的心体现着创造的痛苦与欢欣。

王充闾永远不给自己寻找停下来的理由:多次获奖,没有使他陶然于种种赞誉,眷恋自己的留痕;年逾花甲,没有使他觉得老之将至,无力前行;省级领导的角色、忙碌而喧嚣的生活没有对他产生太多的内心限定……他选定了"创化"这个永恒的状态。他始终觉得自己未完成。

未完成是一种勇气,否定自己,走出自己,向新的目标行进。

未完成是一种态度,在未完成中,生命还正年轻。

因为认定自己永远未完成,王充闾把不重复自己作为艺术创造的标尺。打开他的几部有代表性的散文集,从《清风白水》到《春宽梦窄》,再到《面对历史的苍茫》,他的艺术视界始终是敞开的。没有固守已经形成的,没有排拒将要出现的,他一直遵循着一个内心命令奋飞:不断创造,不断发展。当你随手打开王充闾的一本散文集,不经意地翻看几篇作品,就能很快感受到他的独特性。进而,当你翻看他的几本散文集时,即会在熟悉中发现陌生,在字里行间看出新的生命光彩,感受到作家充满创造的生命的跃动。

王充闾较早的散文集《清风白水》中所收的作品正像它的集名一样,清新、明丽。它们源于对美的生活的向往,对诗意的居住发自内心的渴望,关爱生活中自然中的美,用清新的笔调描摹它们的愿望。《清风白水》《长岛诗踪》《读三峡》《情满菊花岛》……当作者在每一个美的自然景观驻足,都会深深为之打动,读私塾的经历给了王充闾比同代人更深厚的古典文化的基础。这时,烂熟于心的古代诗文会像泉水一样汩汩流出,他从中深切感受到的是"一条心丝穿透千百年时光"的壮美情怀。

进入20世纪90年代以后,王充闾的创作发生了很大变化。一场大病,使他的心灵在死生之间徘徊过,也使他看轻了许多身外的东西;从省委宣传部长的岗位上下来,又使他开始品味从容;在静心的思考中,他开始更自觉地把本体艺术化,体会诗意的人生。如果说,对文学的挚爱始终是王充闾不变的选择,那么,现在,他更是全身心地把创作当作安顿生命的方式,从中体味远远超出个体生命的诗意。

生活滋养着创作,但真正的创作要靠思想来润泽。人生的变化给了王充闾一个个新的视点,而进入新的思索却是进入一种更宽的心灵的维度。在新的创化的途程中,创造的痛苦和欢愉始终伴随着他。攀登的热情和形而上思索的创化扩展了他的心灵世界。他不再满足于自己80年代创作中那种清新的笔调,和表现生活中自然中的美,让古代诗文中的佳词丽句与现实美景融合起来,共同表现生活中诗意的壮美情怀。他说:"进入90年代,我体会到,散文应予社会人生和宇宙万物以深度关怀,融进作家深切的人生感悟,表露充满个性色彩的人格风范,实现诗、思、史的有机结合。"(《老觉人间步月迟》)

较之前期作品,王充闾近期出版的《面对历史的苍茫》在审美对象、艺术格调和思考的深度上都有了很大变化。那颗永不宁静的心进一步向着历史、向着哲思敞开。

这两年,王充闾专程寻访了号称历史博物馆、文化回音壁的古都开封、洛阳、临淄,历代兵家必争之地的"三晋"古战场和群雄逐鹿的中原,战国时期辩才云集的齐都稷下;临流淮上,体验着庄、惠观鱼时的"濠濮间想";踏着晚秋的黄叶,漫步在采石矶头、桃花潭畔、敬亭山下、天柱峰前,冲破时空的界限,亲炙诗仙李白的幽情,展开辽远的遐想。

感悟充闾先生

站在曾经千般绮丽、万种繁华，而今却已荡然无存，变得面目全非的古都遗址上，王充闾心中翻飞起许多远远超出生命长度的怆然的慨叹，《土囊吟》《文明的征服》《陈桥崖海须臾事》《存在与虚无》《狮山史影》《青山魂梦》等作品都是在这种心态下写成的。"一边倾听历史回音壁上的足音，一边思考'当下'的生活底蕴，生命呈现出一种内在的自由状态，它悠远而阔大，有形接连着无涯，有尽融入无尽，由此走向审美人生，走向一种永恒的创化。"

他欣赏魏晋风度，将审美活动融入生命全过程，忧乐两忘，随遇而适，放浪形骸的阮籍、嵇康，在本体的自在中安顿着一个逍遥人生。从他们身上，作者感受到诗性人生超越时空的艺术魅力，也表现出对于诗人自觉自主的人生状态和生命的独立色彩的向往之情。感叹李白的一生：亏得他"政坛失意，所如不偶，以致远离魏阙，浪迹江湖，否则，沉香亭畔、温泉宫前，将不时地闪现着他那潇洒出尘的隽影，而千秋诗苑的青空，则会因为失去这颗朗照寰宇的明星，而变得无边的暗淡与寥落。这该是多么遗憾哪"！（《青山魂梦》）

在沉甸甸的历史中，作者融进了自己对于时间、对于生命的新鲜感受。人生的短暂和有限往往使人产生超越个人一己个别经历的悲感，而这正是深心的自我与浩大的宇宙天地相融合的深层感觉，是超个人生命的艺术体验。王充闾在走向废墟时，面对曾经客观存在于某一时空点上的历史进行艺术的回忆时，产生了这种苍茫和悲凉，却并未由此堕入虚无，而是更深地感受到超越有限人生的可能性。与之相应地，王充闾的艺术格调也由前期创作的清新净朗变得有些悲凉沉重了。

这种悲凉沉重使人在平静安逸中自觉体察生活深处的根本冲突，在悠远的岁月中重新感受逝去的人生而显露出人性的深度。但深邃的追寻往往让人觉得过于紧张和沉重。毕竟，散文的最高境界是"绚烂之极归于平淡"。

王充闾显然已经意识到了这一点。他下一步创作的打算是："努力把

心境放开，文笔荡开，使心态更宽松一些，文势更从容一些。"（《老觉人间岁月遒》）

平淡的创作首先应当有一份散淡的心境。"收拾雄心归淡泊"，这是王充闾新近创作的一篇散文的题目，从中显而易见的是一种对于淡泊的人生境界的追寻。而《青灯有味忆儿时》中所显现的那种轻松和自在，更多体现了一种新的人生滋味，一种不加调料的人生的"真味"。

王充闾在自觉的艺术追寻中逐渐进入一个敞开的更加自由的天地，领略了天地的苍茫和人生的限度，看轻了声名、禄位以及身外的一切，不需要守住什么，不惧怕丢弃什么，径直往前走，全部创作的欢乐都饱含在这未完成的生命过程中。我想，对于王充闾，在文学中感受人生这篇"大散文"，或许是比创作更有意味的事情。

中国古代知识分子的历史命运
——与王充闾对话

◎ 祝 勇

祝勇（下称"祝"）：读过您很多历史文化散文，包括近期发表在《当代作家评论》上的《散文激活历史》，我产生了很多想法，很想同您谈一谈。

王充闾（下称"王"）：您的提议非常好。我很喜欢"对话"这种形式，特别是与年轻同人展开对话，也是一种很好的进学修业方式。在西方历史上，"对话体"是最早出现的学术语体。他们通过对话——"个体存在追问真理的一种方式"——去探索重大的学术问题、社会问题，所以，海德格尔索性把它称为真理的"催生婆"。英国历史学家爱德华·卡尔说得更明确："历史是现在跟过去之间的永无止境的对话与交流。"同一话题，不同声音；面临实际，互相问难。那些带有规律性的认识，精微的洞见，往往可以通过对话中的追问、驳诘，得到充实与升华。

祝：在您的散文创作中，对历史的忧思常常成为挥之不去的情结。除了您在兴趣上对历史的偏好外，您是发现了逝去的时光对当下生活的意义。您在《面对历史的苍茫》一书的序言中的阐述非常好，您说："历史与文学是人类的记忆，又是现实人生具有超越意义的幻想的起点。只有在那里，人类才有了漫长的存活经历，逝去的事件才能在回忆中获得一种当时并不具备的意义，成为我们当代人起锚的港湾。历史的脚步永不停歇，每日每时都迎来无量数的新事物，又把种种旧的事端沉埋下去。翻开数千年的文明史，我们会看到，人类每前进一步，都曾付出难以计数的惨重代价。不要说汲取它的全部教益,即使是百一、千一、万一,对于社会发展、人类进步,也将是受惠无穷的。"这段话算是对历史价值的精妙概括。我注意到您关于"逝去的事件在回忆中获得一种当时并不具备的意义"的这种说法,也就是说,历史的许多"意义"是今人站在今天的视角上附加上去的,在相隔那么久远的时间以后,谁能保证我们所谈的是"历史"本身呢?谁能够保证今人的解读与当时的人物、事件相比,不会发生偏差,甚至离题万里呢?进一步说,真的有一个"历史"存在吗?

王:过去总是认为,对历史的认识应当有一种最终的符合客观实际的唯一正确的结论,其实,这是难以实现的。自孔德以来,历史研究中越发强调实证主义、科学主义,固然提高了历史学的科学程度,但也容易陷入教条主义。

祝:罗素就认为历史学中的"史实"很难验证,因而它永远是不可靠的;而且,历史学也很难像其他科学那样寻求"因果性",比如,"偶然性"有时就会在历史进程中发挥意想不到的作用。他在《记忆中的肖像》中说,历史学中的"规律"受时间和空间的严格限制,不像天文学或物理学中的规律那样具有普遍意义,如果依据历史学中的"规律"来预言历史发展的具体进程,非闹笑话不可。他认为,奥古斯丁、黑格尔、马克思、斯宾格勒、汤因比等人都雄心勃勃,结果都无能为力。

王:自然科学的发展无疑给人类探知过去时代的奥秘提供了帮助,但是,对于人在历史中的活动,除了要做必要的客观考察之外,还必须借助认识主体的自身经验去进行体察。就是说,在认识历史的过程中,认识主体的概念体系和参照系统会发生更大的作用。这就决定了即使在同一时代,可以说,有多少个人就有多少种对历史的理解。而且,随着时间的推移,每一时代都会有其特有的通行观念和认识事物的概念体系。通过与不同时代、不同认识条件发生耦合关系,历史会呈现出不同的存在属性,显露出不同的本质。这就引出了两个概念,一是历史的本身,一是历史的认识(或者称作史学)。对于绝大多数的人来说,他们没有可能亲身经历"历史的本身"，只能接触"历史的认识"。其结果必然是，线性的、历时性的历史长卷，展现为共时性的、万景纷呈的复杂画卷。与自然科学的研究更多的是拓展对象的空间层面不同，史学研究几乎全部是发掘对象的时间层面和时间深度。因此，有人说，有多少个"现在"，就有多少部历史，就有多少种史学。事实上，中国古代哲人已经洞察了这一点。孟子说，"尽信书不如无书"。还说，"以意逆志，是为得之"。所谓"以意逆志"，就是指以主体之"意"推断历史作者之"志"，这是历史理性所独有的思想跃迁。

祝：在您所关注的历史图景中，您把较多的目光投注到中国古代知识分子身上，而且这些人大体上有些相近之处，像庄子、严光、阮籍、嵇康、张翰、李白、苏轼、陆游、李清照等。您为何对他们情有独钟？

王：应该说，写作之前，以及写作过程中，并没有一个完备的计划，只是读书、思考有得，有感而发，付诸笔墨而已。可是，结集以后，穿起来看，确实觉得有些明显的趋向。一些评论家也注意到了这一点。现在回过头来看，从创作主体的实际出发，结合各位评论家的分析，可以从以下两个方面加以阐释。首先，这是创作主体与感情客体在悲剧意识、忧患意识方面交融互汇的结果。中国古代的知识分子普遍具有浓烈的忧患意识，而在长期的封建牢笼钳制下，他们又总是难以畅怀适志，实现其救世济民的宏伟抱负，最后难免成为悲剧的承担者，李白、苏轼等人是其典型。这固然是群体的悲剧，社会的悲剧，历史的悲剧，但它也充分体现了富有个性真实的人性情感。写作者在这方面感同身受，进而寄予了深切的同情。于是，便凭借个人的观察、体验，经过主观审美意识的投射，价值观念的渗透，再进行重新打造与艺术加工，反映出强烈的感性化、形象化、个性化的特征。二是源于作者在洞察人生与创作实践中的庄禅情结。

祝：我记得学者王向峰曾经指出："庄、禅主旨皆为超脱凡俗，以无为本，不为名利所执，高蹈凡尘之外。"

王：这里的"无"不是"没有"，而是体现一种无持、超拔的境界。

祝：他认为您散文中对人物事件的选择、评价及意义引发上，都体现了这种高出常人一筹的超拔眼光。看来，归根结底，最后还是回到了历史学本身的使命上——为什么会有历史学产生？就是因为人类想要认识自己，人类无时无刻不在关注自身的生存意义。

对于老庄哲学，我没有研究。与许多同期知识分子不同，庄子的思想能够摆脱政治伦理层面，超乎现实利益之外，关注宇宙人生这类没有多少"使用价值"的问题，为中国知识分子确立了一个很高的精神起点，也增加了他们的精神维度，成为中国知识分子重要的思想资源，在认识历史的时候，是借用孔子的尺度，还是借用庄子的尺度，结果大相径庭。而且，《庄子》在艺术上也很奇特，那些奇幻的写法，放在现在，就叫"后现代"。我个人感觉，您在学术研究和创作实践中接受《庄子》的艺术精神的影响比较明显。

王：在庄子看来，生命的意义就在于精神的自由，他把身心自由看得高于一切。他追求一种"无持"的也就是绝对自由的精神境界，不凭借任何外在的依托，包括虚名、功业和各种欲望，超越世俗的一切，超越自我。为了更清楚地把握它的精髓，我在学术研究中做到了"三个划分"。

祝：哪"三个划分"？

王：一是就中国传统文化精神来说，把道家同儒家分开，儒家过于看重人在社会中的关系，看重等级地位与调适合作，而不太重视个体存在的自由与真实，习惯以"共性"为前提，而不习惯以"个性"为人生的依据。道家与此相异。道家是充满了形而上思维的，而儒家却绝少涉及哲学问题，黑格尔就否认孔子是哲学家。二是就道家自身来说，把庄子同老子分开，庄周力主发现自我，强调独立的人格，不仅无求于世，而且，还要逍遥于世虑江山之外，不为世人所求，浮云富贵，粪土王侯，旷达恣肆，彻悟人生；而老子则是彻底的功利主义者，是一个权谋家、策略家，有人尊他为"中国的政治艺术之父"。老、庄都主张"无为"，老子的无为是一种以退为进的策略与权谋，庄子的无为是人生的归宿，直接通向艺术精神。庄子本身无意于今天的所谓艺术，但顺着他的心路走下去，自然是艺术精神，自然成就其艺术的人生。

祝：人们通常对儒道进行比较，而对道家内部进行比较，也就是对老庄进行比较，倒很新颖。

王：三是就庄子自身来说，把他的消极避世的一面同他的艺术精神区分开，我们崇尚他的人生艺术化和艺术化人生。从人生哲学的角度看，他在中国思想史上的渗透力是巨大的。正是这种生命体验和艺术精神，滋育了后来的魏晋风度，成就了一种超拔的人生境界和心灵状态，开启了不竭的艺术资源。难怪美国著名学者希利斯·米勒要说，不懂得道家学说就无法理解中国文学。我在散文创作中，得益于庄子者实在很多。作为一种生命体验和价值取向，庄子的人生艺术化与"乘物以游心"的诗性人生，为我培植超拔、虚静、自在、自适的心态，提供了有益的滋养；而道家文化，特别是庄子的艺术精神，更成为我治学与创作的一种深度背景和可贵的富矿、重要的领域。至于增强了思辨功能，扩展了经过现代化转换的艺术视野，就还在其次了。

祝：再往纵深方面探讨，当今社会物质文明高度发展，它在带来极大的方便、巨大的进步的同时，也引发了人类生存的危机。对此，许多有识之士都予以深切的关注。有些学者正在研究道家思想与现代文明的关系，设想能够借鉴老、庄的思想文化精神来克服现代文明的异化问题。

王：老、庄大力阐扬自然主义思想，提倡返璞归真、见素抱朴、保持人的原有的自然本性，追求精神的宁静与自由，这对协调现代化社会人与自然的关系，保持人的心理平衡，克服现代文明的负面影响，确有实际的作用。

祝：反过来，再来探讨儒家对于古代知识分子的影响。由于长时期认同儒家"三不朽"的人生追求、理想，中国古代知识分子的价值取向偏向政治伦理，而忽视生命伦理。古代读书人大多以"修齐治平"为自身价值实现的目标，以"济苍生，安社稷"为己任，自己拿自己当干部，要死要活地等着"组织部"任命。他们人生的终极目标是直接参与政治运作，稳操权柄，执掌铨衡，充当幕僚都嫌丢人。他们不像古希腊、古罗马知识分子那样，超乎政治系统之上，关注人生、宇宙的价值、意义，也迥异于中国古代哲人庄子的价值取向。政治运作常以牺牲个性为前提，而文学则首先要求个性的张扬。您在《青山魂梦》中以李白为例论证了二者的矛盾关系。文人常在壮志难酬、怀才不遇的苦闷与激愤中，写出绝世之作，这也从反面证明了政治的垄断地位和文学的从属地位。好像读书人的最高理想是位列三公九卿，而从来不是成为著名作家。连大诗人李白都要说："吟诗作赋北窗里，万言不值一杯水。"当然，他在仕途失意之后，还是从诗酒生涯中找到了人生的归宿。您在《陈桥崖海须臾事》中讲到，杨升庵的彻悟也是产生于政治理想幻灭之后。中国知识分子有着与西方知识分子迥然不同的心路历程。他们对生命本体与大千世界的意义探寻常常缘自政治理想的破灭。如果他们在仕途上顺风顺水，他们笔下的"文化"很可能仅限于对政治进行图解。这充分说明了中国古代的政治结构对文化产生的作用是消极的。

王：是的。杜甫不是说"文章憎命达"吗？还说李白，论其本性原是接近于庄子的，张扬个性，视人格的独立为自我价值的最高体现，这和宦海生涯可说是南辕北辙。可是，仕途经济造就的就是"禄蠹"，而他却又不是搞政治的材料，结果四处碰壁，陷入无边的苦闷与激愤的感情旋涡，产生强烈的心理矛盾。这倒应了"蚌病成珠"这句老话，这种郁结与忧煎，恰恰成为那些裂肺摧肝的杰作的不竭的源泉。一方面是现实存在的李白，一方面是诗意存在的李白，他们之间的巨大反差构成了强烈的内在冲突，表现为试图超越却又无法超越，顽强地选择命运却又终归为命运所选择的无奈，展示着深刻的悲剧精神和人的自身的有限性。亏得庄子的超越意识和恬淡忘我的心态解救了他，使他从貌似静止的世界中看出无穷的变态，把漫长的历史压缩成瞬间的过程，能够用审美的眼光和豁达的态度来看待政治上的失意，使内心的煎熬暂得缓解；特别是借助诗、酒、名山大川，使他的情感能量得到成功的转移。如果李白不是政坛失意，所如不偶，以致远离魏阙，浪迹江湖，那么，沉香亭畔、温泉宫前，将不时地闪现着他那潇洒出尘的隽影，而千秋诗苑的青空，则因失去这颗朗照寰宇的明星，而变得无边的暗淡。这该是多么巨大的损失呀！

祝：仕途被堵死，反而成全了许多读书人专心的哲学思考和文化创造。就像您在《陈桥崖海须臾事》中对杨升庵的评说："从一个方面放弃自己，又从另一方面获得自己的一种价值取向。""从一定意义上说，他的失败正是他的成功。他在仕途上的失败造就了他在学术、创作上的成功，他在物质生活上的损耗增益了他在精神世界上的收获，他以摒弃后半生的荣华富贵为代价换取了传之久远的学术地位。"从您文章中可以看出，您很喜欢杨升庵的《临江仙》词："滚滚长江东逝水，浪花淘尽英雄。是非成败转头空。青山依旧在，几度夕照红。"您说，杨升庵"数十年后，作为一个远戍蛮荒的平头百姓，徜徉于山坳水曲之间，以淡泊的心境回思往事，料他也会感到，当年拼死相争的所谓'悠悠万事，唯此为大'的皇上称父亲为皇考还是为皇叔的'大礼'，不过是'相争两蜗角，所得一牛毛'，是非成败真的转眼成空了。"

王：这也是一种宝贵的生命体验。不过。这种代价也实在是太大了。

祝：这样看来，道家思想倒像是儒家思想的解药。当入世理想破灭之后，道家的"花间一壶酒"就能解去功名之忧。那么，知识分子的这种弯路，是否一定要走？是否中国古代知识分子，天生就该经受身世的起落、心灵的刑罚，才能走向彻悟的澄明之境？您所说的这个"数十年后"的杨升庵，已经实现了知识分子的身份转换。他（们）的思想已经由具体的政治权术层面转向抽象的哲学思考层面，不再致力于政争，而是在著述、讲学、学术研究中实现个人价值。您说他"从一个方面放弃自己，又从另一方面获得自己的一种价值取向"，我的理解，他放弃的是官方立场，获得的是民间立场。民间立场对于知识分子是至关重要的。因为古代知识分子多数为"官方"所豢养，必然就走上"学成文武艺，货与帝王家"这座独木桥。

由此可见,这个"民间空间"在封建时代是很小很小的。

王:这个问题也可以从古代知识分子的独立地位这个角度来看。知识分子在古代是否有过真正的社会地位,亦即能充分体现其基本价值和独立性呢?有过,比如王纲解纽、诸侯割据、群雄并起的春秋战国时期。那时的"士"属于一种特殊阶层,具有特殊作用、特殊地位。当时是诸侯争养士、君主竞揽贤的局面,得士则兴,失士则亡。"士"有很多的选择余地,很大的自由空间,齐不能行其政则之楚,楚不能行其政则之晋,反正是"此地不养爷,自有养爷处"。但是,到了汉、唐、明、清的大一统时期,这种局面就不复存在了。当此之时,宇内一统,政治上层建筑高度完备,特别是开科取士已使"天下英雄尽入彀中"(唐太宗语),大多数士子的人格与个性越来越为晋身仕阶和臣服于皇权的大势所雌化,古时曾经出现过的"游士"阶层已彻底丧失其存在条件。这也正是您所说的"民间空间"十分狭小的根源所在。唯一的途径就是隐居避世,采取一种与统治者不合作以至决裂的态度。

祝:现在我们再谈谈入仕的知识分子。在这方面,曾国藩是"成功范例""模范代表",您刚刚在《十月》2002年第四期发表的《用破一生心》,写得很有新意,对这个特殊人物有着特殊的理解。

王:不应当简单地从善恶标准臧否古人。过去单纯地从政治功利主义角度诠释历史人物,有很多缺陷。其实,每个人都是鲜活的个体;而且,又无不与当时的社会历史条件相关联。马克思说,人是社会关系的总和。我们可以透过曾国藩这样的"个案",看清中国传统政治的结构及其对个人的控制和改造。我之所以选择曾国藩作为入仕者的标本,是因为他有极强的代表性。他居京十载,中进士,授翰林,拔擢内阁学士,遍兼礼部、兵部、刑部、工部、吏部侍郎,外放之后,办湘军,兴洋务,兼署数省总督,权倾朝野,位列三公,成为清朝立国以来汉族大臣中功勋最大、权势最重、地位最高之人。作为封建时代最后一位理学家,他在思想、学术上造诣精深,算得上古代一个标准的大知识分子。当世及后人称为"道德文章冠冕一代",甚至被目为"今古完人"。

祝：可以说是个知识化、专业化的干部，没得挑了。

王：在他的身上，智谋、经验、知识、修养，可说应有尽有；唯一缺乏的是本色、天真。其实，一个人只要丧失了本我，也便失去了生命的出发点，迷失了存在的本源，充其量，只是一个头脑发达而灵魂猥琐，智性充盈而人性泯灭的有知觉的机器人。

祝：正如您在作品中谈到的那样，曾国藩身上有着极强的复杂性，像多棱镜一样，从不同角度观察，会得出不同的结论。作为知识分子，他儒雅谨慎，生活极度节俭，克制私欲，可说是"克己复礼"的典范；作为政治家，他又极端残忍，杀人如麻。像曾国藩、李鸿章这样的瘦老头子，一生读尽圣贤书，让他杀只鸡都未必下得了手；但是，他们一手握书卷，一手持屠刀，几十万条生命都在他弹指间消亡。政治家说，死一个人，我们为他哭泣；死十万人，就只是一个统计数字了。可见，政治与人性构成了深刻的矛盾。曾国藩在人格上是分裂的，他具有左右时局的力量，可以改变无数人的命运，可是在历史面前，他却无能为力，他摆脱不了体制的控制，丝毫改变不了自己的命运。

王：历史已经为他做好了精巧的设计，给出了一切人生答案，不可能再做别样的选择。

祝：古代知识分子将"修齐治平"列为一己的终身使命，树立起"立德、立功、立言"的终极追求。前面说过，书斋之路，必将通向官场。纯粹的学术知识分子难有自己的生存空间。

王："立言"在"三不朽"中只居最后一席。可见著书立说、研究学术，对于古代知识分子不是最重要的目标。曾国藩二十七岁中进士时，将原名"子城"改为"国藩"。"国藩"，乃"为国屏藩"之意，显然是以"国之干城"自命。同其他知识分子一样，他的人生追求是"内圣外王"，既建非凡之功业，又做天地间之完人，只不过他将此推向极致罢了。

祝：您在《用破一生心》中写透了、写尽了他的心灵痛苦。

王：他力图从内外两界实现全面的超越，那么，他的痛苦也就同样来源于内外两界：一方面是朝廷上下的威胁，用他自己的话说，"处兹乱世，凡高位、大名、重权三者皆在忧危之中"，因而"畏祸之心刻刻不忘"；另一方面是内在的心理压力，时时处处，一言一行，为树立高大而完美的形象，同样是如临深渊、如履薄冰的惕惧。这种苦，和那些终日持斋受戒、面壁枯坐的"苦行僧"不同。"苦行僧"的宗教虔诚发自一种真正的信仰，由于确信来生幸福的光芒照临着前路，因而苦亦不觉其苦，反而甘之如饴。而曾国藩们则不然，他们的灵魂是破碎的，心理是矛盾的，他们忍辱包羞、屈心抑志，俯首甘为荒淫君主、阴险太后的忠顺奴才，并非源于什么衷心信仰，也不是寄希望于来生，而是为了实现现实人生中的一种欲望。这是一种人性的扭曲，绝无丝毫乐趣可言。从一定意义来说，这种痛深创短的苦难经验，倒与旧时的贞妇守节有些相似。贞妇为了挣得一座旌表节烈牌坊，甘心压抑自己的生命活力，忍受人间最沉重的痛苦；而曾国藩们同样也是为着那块意念中的"功德碑"，放逐自我，甘做奴才而万苦不辞。

祝：如您所说，曾国藩的清醒、成熟、机敏之处令人心折，确是通体布满了灵窍，积淀着丰厚的传统文化精神，到处闪现着智者的辉芒。但是，像其他知识分子一样，他只能通过压抑和泯灭自己的个性来服从于体制。

王：外在的曾国藩同内在的曾国藩存在着巨大的差异。在他身上，透过礼教的层层甲胄，散发着一种浓重的表演意识。人们往往难以分辨他究竟是在正常地生活还是逢场作戏，究竟是出自真心去做还是虚应故事；而他自己，时日既久，也就自我认同于这种人格面具的遮蔽，以致忘记了人生毕竟不是舞台，卸妆之后还须进入真实的生活。其结果，势必造成露骨的矫情和伪饰。连曾国藩身边的人，像幕僚王运、今文经学家邵懿辰，甚至左宗棠都批驳过他的虚伪。

祝：儒家文化要求人们以牺牲自我为代价，服从于体制。君君臣臣，父父子子，儒家文化制定了精密的秩序，个人永远不可能超越这个秩序。每个具体的个人都是整个机器中的一个螺丝钉，封建体制就依靠着一层层的服从来维持其正常运营。这种文化不可能孕育平等精神,不可能张扬人的个性。我们常说"大河有水小河满",为什么从来不反过来想想,只有小河水满,大河才能水量丰沛。在我的常识里,水流应当是从支流流向干流,从干流涌向大海,而不是相反。一个国家,一个民族,只有其中每一个人的个性得到充分的张扬,创造力得到充分发挥,才能有真正的进步。

王:曾国藩的内心世界是极度枯竭的,始终都在自讨苦吃。入仕之前,为进入官僚系统而绞尽脑汁,备受煎熬;做官以后,更是忧心如焚,永无宁日。更深刻的悖论在于,假若我们承认立功名世、为国尽忠是知识分子生存的前提和价值所在,那么,封建王朝一切建立奇功伟业者,都免不了要遭遇忠而见疑、功成身殒的危机,它像一柄达摩克利斯之剑时时悬在头上。这是一种无法摆脱的两难选择。就拿曾国藩来说,扑灭太平天国,是他梦寐以求的胜业,也是他一生成就的辉煌顶点,一时间,声望、权位如日中天,达于极盛。按说,他可以充分享用其胜利成果了。可是,老于权谋的曾国藩并没有得意忘形,他感到了功高震主、树大招风的危险,"郁郁不自得,愁肠九回",连觉都睡不着了。果不出其所料,因为他用兵过久,兵权太重,地盘忒大,清廷早已把他及其所统率的湘军视为致命的威胁。这个时候,他和他的生死对手洪秀全恰好翻了一个烧饼,当日朝廷赖以"挽狂澜于既倒"的重兵劲旅,于今成了最高统治者的心腹大患。

祝:看来,在封建时代,入仕之途,说到底还是一条死路,它直接通向刑场和墓地。所谓"狡兔死,走狗烹;飞鸟尽,良弓藏;敌国破,谋臣亡",历来如此。赵匡胤"杯酒释兵权",算是客气的了。精忠报国,哪里有"国"可报?不过是报皇帝罢了。

王:除此之外,清代的上层知识分子,如曾国藩等汉员大臣,还须面对种族界隔这一特殊的政治环境。

祝:清朝统治者始终对汉族知识分子存有戒心。太平军兴起时期,汉族知识分子进入政府、领兵挂帅的比例大增,对清廷来说,也是国难当头的无奈之举,属于权宜之计。满族虽然统治了中国,但他毕竟是少数民族,在全国人口中所占比例不高，而且文化心理也日趋汉化，所以民族界限始终牵动着清朝统治者的敏锐神经。是否让汉族知识分子进入政府、军队，清廷始终左右摇摆。统治者的态度在临界点上，知识分子的脚就在刀尖上。

王：一切由剥削阶级当权的国家都不会有真正的民族平等，清代更不例外。开基伊始，努尔哈赤实行"以满治汉"的政策，实施民族压迫。后来，鉴于民族矛盾日趋紧张，皇太极开始对满汉民族政策进行调整，主要是扩大"以汉治汉"的范围，但在重要方面，仍然未能跳出"以满治汉"的窠臼。入关前后，一度以吴三桂降清，合力追击农民军为标志，实行满汉统治阶级联合的策略。中期以后，标榜满汉民族平等，比如在官吏设置上，凡高级职事（大学士、尚书、侍郎等）都是一满一汉，但高级官吏中满族人的数量还是多一些。清朝设军机大臣前后共一百八十三年，其中有二十七人担任过领班（俗称首枢），四人为亲王、十五人为旗人，任职共一百四十六年，八人为汉人，任职共三十七年。由此也足以看出在统治者上层满族知识分子地位之高。

祝：其实，知识分子中有再多的人从政，也无非增加几个"曾国藩"。耐人寻味的是，中国为什么能够层出不穷地制造曾国藩，却造不出一个富兰克林，更不可能出现《人权宣言》（法）、《独立宣言》（美）这样的精神文本？这个问题值得我们深入研究。中国历史上是帝王社会，"普天之下，莫非王土；率土之滨，莫非王臣"，这是一种私有制，而且是最极端的私有制，整个国家、国家中的每一个人，都是帝王的财产。不论是世袭的皇子，还是造反的英雄，一旦他登上王位，他就成了世上最大的暴发户，拥有了人间的一切。对于这种制度的既得利益者来说，稳定的重要性远远高于进步。他首先需要考虑的是财产的安全，而不是增值。皇帝的所谓"文治武功"，都是为维护他的家产服务的。这种一元化体制，要求的是一层一层地服从，而不是实现个人价值，它不可能容纳异端，不可能使个人的奇思妙想得到充分的彰显，不可能使社会处于活力无限的变动之中。

王：至于封建王权统治下的知识分子，本来他们应当成为人间智慧的载体，创造进步的动力，但是，他们的个人空间逐渐消隐，最终全都纳入皇帝的"彀中"，沦为只谙权谋而没有思想的工具。

祝：我很悲哀地看到，中国古代的历史是沿着从相对自由到绝对专制这条线索发展的，知识分子的一己空间越走越窄，在先秦、两汉、魏晋南北朝，知识分子面对的生存命题相对丰富一些，生存方式相对多样一些，各种生存状态都得到一定的彰显，即使入仕，也被君王另眼相看，像诸葛亮那样，可以端端架子。这也许与战乱有关。一方面，政治角逐提高了知识分子的地位，所谓乱世思良臣；另一方面，战争与动乱使政治机器的运转受到限制，行政系统失效，给知识分子带来了自由的空间。自隋唐始，知识分子开始受到规范，科举制更将知识分子逐渐纳入主流意识形态。但在当时，至少还有人敢于"天子呼来不上船"。到了明清，简直不敢想象。特别是清代，即使在所谓康雍乾盛世，秘密政治已开始实行，文字狱大兴，其极端程度远甚于秦始皇焚书坑儒，这说明当时的统治者在文化上的不自信。知识分子进入最黑暗的专制时期，个人自由完全丧失。清廷在每一个府学、县学的明伦堂都设置一块石碑，碑上镌有几条禁令：第一，生员不得言事；第二，不得立盟结社；第三，不得刊刻文字。有趣的是，这三条禁令，恰好是西方近代知识分子追求的言论自由、结社自由和出版自由，统称"三大自由"。中西政治文化竟然是沿着两条相反的方向发展的，带来的结果自然完全不同。1840年鸦片战争，就是这种差别带来的必然结果。

王：同西欧相比，中国传统社会有两个显著的特点，一是严密的等级身份制度，一是以家庭为本位的宗法社会组织。一个人的价值，首先决定于他的身份、地位、等级。在中国传统社会中，人生来就是不平等的。而中国传统政治的实质，不过是家庭管理的延伸与扩大。儒家强调领导者的德行，诱导人们把治国安邦的希望寄托在"明君贤相"身上，这对于维护封建统治，确实是有效的"良方"。近代的中国之所以四处挨打，备受欺凌，这种政治上的专制——人治统治，不能不说是一个重要原因。

王充闾的意义

◎ 古 耜

　　文学的历史告诉我们：在通常情况下，评价一个作家的创作成就，勾画一个作家的艺术贡献，当然要看他捧出了怎样的文学作品，这些作品提供了哪些新鲜的思想和审美元素，实现了何种精神的突破或艺术的超越。但是，光有这些似乎是不够的，除此之外，我们还应当建立另外一个考察和透视的纬度，这就是：看看该作家在从事文学创作的过程中，表现出了怎样的个性化的精神风范、心理状态和思维图式，即他有着怎样的区别于他人的主体特征。这后一方面，有时不仅关系着作家笔下作品所能达到的审美高度和艺术成就，而且往往直接影响乃至决定着一个作家在文学史上的价值和地位。如果需要举一个例子，那么，最恰当的便是，鲁迅先生"横站"的姿态之于他作为中国新文学和新文化运动的旗手与主将的地位。

　　那么，在长达几十年的文学跋涉中，王充闾表现出了怎样的主体特征呢？窃以为，有两点似应当予以特别提示。

　　第一，如众所知，刚刚逝去不久的20世纪，一再经历着社会历史条件的转换，倘就总体的时代氛围而言，每每交织着动荡、沉重与苦难。这样一种时代背景使得相当一部分知识分子的内心世界，平生出莫名的焦虑感和紧张感，或者说使他们同赖以生存的社会环境构成了明显的矛盾和紧张关系。在这种情况下，不少知识分子的言说涌动着愤世的激情和匡世的尖锐，作为一种痛切或峻急之中的表达，也就难免掺杂种种的粗疏、偏颇甚至谬误。相比之下，王充闾属于另一种情况。在漫长的人生旅途上，他虽然也经历过一些境遇的坎坷和成长的曲折，但就大的方面，譬如精神才智的发展、生命理想的实现而言，还是比较顺遂的。这种顺遂决定了王充闾能够与周遭的社会环境形成基本的谐调与统一，同时也能够拥有一份内心的和谐与健全。而这样的主体特征投影到作家的治学和创作世界，便映现出一种令人欣喜的场景：作家总是保持着一种相对平静的心态，以睿智的理性和机敏的感觉，从容不迫地打量和分析着一些重要问题，譬如，重新梳理中国传统文化，辩证评价中外经典作家，细致揭示人性误区所在，深入探究人生终极意义，客观看待社会发展潮流等等。这当中包含的多方面的精神与文化的建设意义，是既不容置疑也不容忽视的。显然，这在总体来说是破坏胜过建设的20世纪的文学史与文化史上并不多见。它应当是王充闾特有的一种价值所在。

第二，依旧与20世纪中国狂飙突进的社会环境和历史条件相关，置身其中的知识分子，虽然仍有人情愿做大潮之外的低吟浅唱和象牙塔里的喃喃自语，但就整体和主流而言，却更多选择了以儒家文化为精神底色的跨跞高蹈和激流勇进。从社会变革与历史发展的角度来看，这无疑值得充分肯定乃至大力张扬，但在艺术生产和审美创造的意义上，却常常让人喜忧参半，褒贬两生。因为对于作家而言，强烈而执着的入世精神，固然有利于催生作品的现实品格和思想锋芒，但也很容易引发创作的实用主义和功利主义，并因此而导致作品的简单、直露和粗糙。在这方面，20世纪的文学史上并非没有留下令人遗憾的话题和值得汲取的教训。从这样的背景出发，我们来看王充闾，即可发现他于精神坐标和人生取向上的特立独行：作为一个兼有自觉的政治信仰和忘我的艺术精神的现代知识分子，在现实的、职业的层面，他是认认真真而又扎扎实实的，体现着儒家文化济世泽民的传统精要，也践行着共产党人为人民服务的宗旨；只是一旦进入艺术的领域和文学的语境，他就显示出对道家文化的由衷喜爱，以及由此派生出的对心灵的尊重和对艺术的痴迷。关于这一点，作家自己曾有明确的表述："我在散文创作中，得益于庄子者实在太多……庄子的'乘物以游心'

的诗性人生，为我培植超拔、自在的心态提供了有益的滋养；而道家文化，特别是庄子的艺术精神，包括经过现代化转换的艺术视野，更成为我治学与创作的一种深度背景和可贵的富矿，成为展现艺术人生的生命底线。"是否可以这样说，正是这种清醒自觉的角色分离与转换，以及精神意义上的儒道互补，使得生活中的王充闾始终保持着一种超脱和恬淡的心态，一种既可"入乎其内"又可"出乎其外"的自由精神，同时也使王充闾的散文和诗词创作一向拥有纯正的审美品格，当然也更接近艺术的应然之境。如果这样的理解并无不妥，那么，这庶几是王充闾对现代文学史和文化史的又一特殊贡献。

文史随笔的哲思妙悟

◎吴玉杰

摘要： 王充闾的文史随笔坚守着和历史文化散文一脉相承的哲学思维，这是他在散文创作领域保持深度与高度的话语密码。而文史随笔在哲学思维下以哲学视角关注当下，是王充闾扩展文体空间和张扬文本空间的成功实践。

王充闾以历史文化散文奠定他在中国当代散文上的地位。但阅读其近作发现，虽然他对历史仍然兴致盎然，然而其写作的路向和风格已发生了很大的变化。显在的基于当下的文本，融入自我的生命体验，是自我文本的解剖学，是升华的生命智慧的哲思妙悟；其透视出自我形象的嬗变，彰示了疏放自如的闲谈式文风。我们可以把王充闾近期的这些创作称为文史随笔。

一

显在的当下性哲思是王充闾文史随笔的文本指向。他的文史随笔题材广泛，从国家民族到生命个体，从历史探问到公园小记，从自我体验到创作经验，从想象力到文化赋值，等等，无不包含鲜明的当下性。虽然王充闾的历史文化散文也具有历史文本的现实张扬，然而那是隐含的当下性；而文史随笔的创作是显在的、张扬的当下性。历史文化散文是一个自我的

"封闭系统",它的当下性等待着读者在艺术空白与召唤结构中想象与填充。而随笔文本,是回到当下,针对当下,作者的创作意向更加明指。王充闾从当下老电影赢得观众青睐的现象中探求电影丰富观众审美经验、提高观众视听文化水平、滋养和熏陶观众精神世界的重要性。作为一个在文坛上活跃几十年的作家,他时刻关注着文坛现状,时刻保持着如萨义德所说的知识分子的精神质。萨义德在《知识分子论》中说:"知识分子是社会中具有特定公共角色的个人,不能只化约为面孔模糊的专业人士,只从事自己那一行的能干成员。我认为,对我来说中心的事实是,知识分子是具有能力'向(to)'公众以及'为(for)'公众代表、具现、表明讯息、观点、态度、哲学或意见的个人。"王充闾关注文学的当下性,他总是在宏阔的视阈中把握文本与文体。在谈到杂文时,他简约概括了当下的四种流行病:"俗套"加上"熟套","新闻腔"与"八股调",远离现实与空泛议论,装腔作势与故弄玄虚。《散文的文学性》是王充闾担任鲁迅文学奖散文奖的评委、阅读散文、深感当下散文文学性的缺失而作的文章。他谈到散文创作上的三病:语言比较粗疏;不善于驱遣意象;诗性淡薄,情怀、襟抱不够开阔至高点上。并结合自己的创作经验,从语言、意象与诗性等方面审视散文文学性的生成。在"语言缩略化、情感缩略化、人生过程缩略化"的当下,他谈文学性与想象性问题,这种针对性的指向比历史文化散文更加鲜明。

　　文史随笔当下性的立场和他创作历史文化散文不同。在历史文化散文中,历史性、文学性与现代性并不平分秋色,历史性与文学性是其显在的特质,而现代性是作为一种立场和意识,其隐含的当下性被包裹在历史文本的深层结构之中。或者说,当下性在历史文化散文中是一种曲折的表达。而当下性在王充闾文史随笔中占有突出地位,从某种意义上说,没有当下性就没有其文史随笔。《这里有个小山村》写泰戈尔《吉檀迦利》诗中所追求的深邃、神秘的"梵我一体"的理想境界,所表现的和谐、安宁的美好气氛,以及"天然去雕饰"的清醇的艺术风格,这"使得蜗居尘壤之中,深为生存烦扰、都市喧哗、商品化的人际关系所苦的现实世界的人们,有一种清风拂面、如饮醇醪的解脱感和舒适感"。也许这也是作者拜访此地的当下性用意所在。

他谈想象力、谈读书阅世、谈历史文化散文创作等都是如此。然而,他的当下性不是停留在现象表层,而是透过现象直逼真相,穿越表层开掘深层,指向形而上的哲思。哲思的获得首先源于哲学视角的选择。王充闾文史随笔(也包括他的历史文化散文)自觉选择哲学视角。他在《学习与思考》中说,"哲学研索本身就是一种视角的选择,视角不同,阐释出来的道理就完全不同""哲学强调两个方面,一个是视角,一个是立足点。立足点高,眼界、视野就开阔"。《这里有个小山村》以哲学视角观照小与大的关系:小山村和大作家的精神与生命之联系,小山村与大学、大学与中国、印度诗人与中国文化等。随笔《龙墩余话》讲历史文化,散文《龙墩上的悖论》从悖论,即"从哲学的角度解读历史人物、历史事件";《圣朝设考选奴才》也是以哲学思维审视英才与奴才的悖论式存在。在其他历史文化散文创作谈即文史随笔中他也多次谈到哲学视角问题。可见,在哲学视角的选择上他非常自觉。哲学视角的选择和哲学思维有关,视角的成功运用才能最终获得形而上的哲思。王充闾在"哲学思维、思辨能力"方面有很大的优势,这得益于文化修养的长期积淀和哲学思维的有意识培养。王充闾谈的不是抽象的哲学问题,而是以哲学思维、哲学视角关注当下。在信息爆炸、知识膨胀的当下,较少有人关注智慧,而智慧对于人是最重要的。他说:"信息是平列的;知识是组合起来的信息,二者有深浅、高下之分;智慧是在生命体验、哲学感悟的基础上,经过升华了的知识。"关于信息、知识与智慧的这种哲学思考非常富有针对性与启发性。

王充闾的文史随笔坚守着和历史文化散文一脉相承的哲学思维,这是他在散文创作领域保持深度与高度的话语密码。而文史随笔在哲学思维下以哲学视角关注当下,是王充闾拓展文体空间和张扬文本空间的成功实践。

二

　　自我的智慧性妙悟是王充闾文史随笔的文本表征。智慧一词在文史随笔中是一个高频词。《中西会通的文化坐标上》强调智慧的重要性，他说："知识固然重要，但尤其值得珍视的，还是人生智慧、哲学感悟。智慧是知识的灵魂，是统率知识的。知识关乎事物，充其量只是学问，而智慧关乎人生，它的着眼点、落脚点是指引生活方向、人生道路，属于哲学的层次。"哲学促使知识转化为智慧。《学与思》讲智慧、出世与入世、放开视野、动脑筋、创作出新等，是作者的生命体验，也是他的人生智慧。在哲思之下，王充闾文史随笔是其生命体验与人生智慧的传达。传达分为两个层面，针对创作主体而言，随笔是其智慧的载体；针对接受主体而言，随笔把王充闾的生命体验与人生智慧传达给读者。

　　面对纷繁复杂的人生场景，王充闾以哲性思维观照，并达成对生命现象的形而上思考，彰显出充满智慧的绝妙悟性。《银幕情深》谈电影，对人生与戏的"互动"关系却有如下认识：戏如人生，从奥赛罗的故事中总结人生爱情的经验，"保鲜爱情的真谛，莫过于相互信任""理想信念，对于一个人像生命一样重要""嫉妒作为一种欲望，它的杀伤力是非同小可的。"人生如戏，但"人生这场大戏是没有彩排的，每时每刻进行的都是现场直播，而且是一次性的、不可逆的。不像电影（当然还有戏剧）那样，可以反复修改、反复排练，不断地重复上演。但也正是为此，不可重复的生命便有了向电影、戏剧借鉴的需要与可能，亦即通过电影、戏剧来解悟人生、历练人生、体验人生。从这个意义上说，一切银幕、舞台都应该是灵魂拷问、人性张扬、生命跃动的人生实验场"。人生和戏之间的这种认识，尤其是人生是现场直播的比喻性表述对于受众来说更具冲击力和警醒作用。

　　文史随笔中的智慧性与历史文化散文的智慧性有所不同。如果说，在历史文化散文中智慧性和历史性哲思结合，那么智慧性在文史随笔中则和当下性哲思与学术性追求结合。如果说，历史文化散文注重文学性与历史性的融合；那么，文史随笔则注重文学性与学术性的融合。《蹈险余生作壮游》写朝鲜崔博的传世名著《漂泊录》的学术性价值，从他者的眼光观照明代文化，以及儒家文化对朝鲜文化的影响。作者认为《大欲无涯》是文史随笔，而并没有把它认定为历史文化散文。显然，作者有特殊的考虑，那就是学术性。这篇文章有和历史文化散文一致之处，即对人性的复杂性思考与欲望的悖论性观照。《大欲无涯》中成吉思汗欲望满盈，南征北战，功绩显赫，然而屠杀平民等负面影响并不随此"灰飞烟灭"。作者进入生命本质的深层，探求"生死之谜"："不可一世的秦始皇、汉武帝，也包括'一代天骄成吉思汗'，当他们成为尸骸之后，就同普通的贩夫走卒的尸骸没有任何实质上的区别。"从恢宏的历史场景到渺小的个体生命，从显赫的历史功绩到被淹没的尸体残骸，作者观照的是欲望对历史与生命的双重效应。也正如他在《龙墩余话》中所说："人的生命有涯而欲求无涯，以有涯追逐无涯，岂不危乎殆哉？"然而，与《用破一生心》《终古凝眉》等历史文化散文不同，创作随笔《大欲无涯》，作者并不担心"历史挤压艺术"的偏向，在文本中旁征博引，纵横古今中西，智性的议论时刻跃动于文本之中，学术性成为显性追求。学术性在《想象力谈片》《闲堂说诗》《散文的文学性》等篇章中体现得更加明显。

  作者以灵动与巧妙的方式把人生智慧对象化到文史随笔中，所以虽然学术味道浓，学术性强，但文本中的自我形象陡然站立，而这一形象和历史文化散文中的自我形象有着很大的区别。或者说，文史随笔透露出作者生命体验与自我形象的嬗变。历史文化散文的自我形象，如同一个历史老人"面对苍茫""叩问沧桑"，追思"龙墩上的悖论"；如精神分析师，绘制历史人物的"人格图谱"，解剖历史人物的心灵，追问"终古凝眉""用破一生心"的内在玄机。虽然作者在叙述的过程中有和对象主体的精神同构性，但我们似乎也看到保持审美距离的冷静观照，也可以说是一定程度上的"零度叙事"。但是，在文史随笔中我们发现，"我"与历史和当下的随影随行，"我"从"历史幕后"走到"文本台前"。在历史文化散文中，我们看到的是"我"眼中他者的历史，而文史随笔中我们看到的是"我"的历史。如《联苑忆丛》中我们既看到自由穿梭于中国楹联文化的学者，又看到一个悟性才高的神童。尤其老师上联"歌鼓喧阗，窗外脚高高脚脚"，"我"的下联为"云烟吐纳，灯前头枕枕头头"的"顶尖对决"让"我"的形象跃然而出。文史随笔中的"我"不仅仅有对历史文本的解剖，更是对自我文本的解剖。在一定意义上文史随笔是自我文本的解剖学，是基于成功经验的创作诗学。王充闾的随笔有多篇谈到历史文化散文创作，他总结自己的创作经验。一是关于历史性哲思与当下性鉴戒。他"努力把历史人物人性方面的弱点和种种命运抉择、生存困惑表现出来，用以鉴戒当下，探索精神出路"，"由于人性纠葛、人生困境是古今相通的，因而能够跨越时空的限隔，给当代人以警示和启迪。而这种对人性、人生问题的思索，固然是根植于作者审美的趣味与偏好，实际上也是一种精神类型、人生道路、个性气质的现代性的判断与选择"。追求"思想意蕴的层层递进、逐步深化"的深层结构的开掘。二是关于历史真实与艺术创新。《为骆宾王祠撰联》详解自己"剥掉一切强加给他的'伪装'和'时装'，除去罩在头上的各种'恶谥'与光环，还他以本真的面目。"《一部散文集的诞生》谈散文《张学良：人格图谱》为何能够产生：他阅读张学良的传记，发现"几乎所有的著作都着眼于弄清事件的原委，而忽略了人物的内在蕴涵，有的虽也状写了人物，却'取其貌而略其神'，忽略了鲜活的生命状态，漏掉了大量作为文学不可或缺的花絮与细节；尤其缺乏对于内在精神世界的深入探索与挖掘"。至此，王充闾追求"诗、思、史"融合的文学至境。三是关于艺术构思与艺术想象。随笔《为张学良写心史》是谈《张学良：人格图谱》的创作经验，从其成因（家庭环境、文化背景、社会交往、人生阅历）以及艺术（文体定位、谋篇布局、文学手法、广泛借鉴）等方面进行详细阐述。从务实传统、应试教育、需要匮乏、心情浮躁等方面对文学性的缺乏做历史与现实的精到分析。《龙墩余话》讲《龙墩上的悖论》的"五个专题"（欲望的无限扩张、欲望的最高实现、维护"家天下"封建继统和历史周期律、封建王朝递嬗中文化传承与知识分子地位问题）和"三个突出"探寻人生困境，引进悖论范畴、辩证观照历史人物。作者从思想即张学良的人格图谱及所谓"余话"，是在"正话"之后的表述。从出版与传播的时间上来说，是先"正"后"余"的逻辑顺序；然而，从作者的艺术构思上说，是先"余"后"正"。"余话"所含是正话的统领。从接受主体的角度说，余话对正话的解释与阐发为接受主体揭开了"写作之谜"，作者如何构思、如何想象，对接受主体对文本的理解与补充具有提升与深化作用，为批评家对于创作心理的把握提供了较为详细的文本。《想象力谈片》从民族的想象力谈到自我的想象力，谈到散文创作的想象力，谈到自己的想象力匮乏，并提出自己弥补的方式。

作者进入自我的文本世界，勇于解剖自我，真诚总结创作实践的得与失，这些基于自我创作体验与经验而生成的智慧与悟性，是关于创作的学问，是创作的诗学，它的可借鉴性与指导性对于其他的创作者与研究者来说都是十分宝贵的财富。

三

疏放的闲谈式言说是王充闾文史随笔的话语特征。《闲堂说诗》《想象力谈片》《龙墩余论》《文化赋值丛说》《貂蝉趣说》《公园小记》等标题表明，作者改变了严谨的历史文化散文的创作风格，而以闲谈与趣说等方式进行文史随笔的话语表达。这让我们看到主体形象的另一个侧面。自"五四"以来，鲁迅、周作人、林语堂等"两脚踏中西文化、一心评宇宙文章"的才胆识力使他们的随笔成为经典之作。随笔虽是随性而为，但创作主体的文化心理结构决定着随笔的高度与深度。

闲谈是王充闾文史随笔的重要体式特征。汪曾祺认为："随笔大都有点感触，有点议论，'夹叙夹议'，但是有些事是不好议论的，有的议论也只能用曲笔。'随笔'的特点还在一个'随'字，随意、随便。想到就写，意尽就收，轻轻松松，坦坦荡荡。"王充闾的《闲堂说诗》中谈到说诗的两种方式："一种是系统地、有条理地讲；一种是漫谈式的，依据古人的名篇和自我的创作实践。"他的说诗采用的是后一种方式。作者不受束缚，挥洒自如，自由与疏放。表面看来，是闲谈、漫谈，而实际上运用与文本相适应的表达方式，并具有内在的逻辑性。在给李仲元《缘斋诗稿》写的序《云锦天机妙手裁》中，作者说："缘斋为诗，由于古代诗文烂熟于心，上下古今，充塞胸臆，名章、词汇，信手拈来，暗用、化用诗古文辞，浑然天成，一似自然流洒，毫无窒碍。"和《缘斋诗稿》的文本保持一致的古风神韵，使序和文本和谐地融为一体。

闲笔的运用在随笔中随处可见，任性闲谈是作者的"无心之心"。《依旧长桥》中作者好像是无意中走出历史上的状元与相爷之乡，而讲到现在的长桥，实际上是作者有意从桥（物象）到晋江（空间），从空间到人，发掘历史和现实内在的连贯性，即长桥人"独占鳌头的心性"，是一种文化性格的传承。从文本第二部分的叙述"还是回到桥的话题"来看，作者似乎认为第一部分游离了自己的《依旧长桥》的主题，而这正是作者的"无心之心"，或者这正是作者的"别有用心"。闲笔中的婉转叙述耐人寻味。任性闲谈是表层的游离、深层的统一。《貂蝉趣话》上篇最后说"关于貂蝉的话题也就此打住了"，而下篇的开头即是："关于貂蝉的话题临时打住，但仍有大量的问题有待于探讨。比如，前面引述的除了杂剧，就是小说、平话，都是出于文人之手，既可以像《三国演义》那样，凭借着一定史实，踵事增华，添枝加叶；又可以凭空结撰，羌无故实。那么，有关貂蝉、吕布的历史真迹，是否有踪迹可寻呢？"作者和文本中同行者关于貂蝉的话题是打住了，但作者自我关于貂蝉历史真实的追问刚刚开始。若是创作历史文化散文，作者可能保持着文本叙述的一致性，会按照时间顺序和空间顺序接着说。但创作随笔，作者可以任性闲谈，不拘泥于文本表层结构的一致性，而是探讨貂蝉的真实性。如果说上篇是闲谈的趣话，那么，下篇则是闲谈的正说。这样的闲谈藏庄严于诙谐之内，寓绚丽于素朴之中，有助于拉近作者与读者之间的距离。

　　闲谈式的话语言说是一种对话方式的改变。历史文化散文是作者与历史人物的显在对话，虽然作者以小说笔法通过人性与生存困境的书写、主体情思的融入等方式实现与读者的对话，但这种对话性是潜在的。文史随笔，是作者试图用一种闲谈的方式和读者对话。闲谈的话语方式营造日常氛围，作者和读者处于平等的对话性地位。如果说，在历史文化散文中，我们看到的是作为散文家的严谨的王充闾；那么在随笔中，我们看到的是"任性"的"杂家"的王充闾，谈赋、谈旧体诗、谈杂文、谈史书、谈元杂剧、谈电影、谈摄影等多种艺术与文本，随性谈任何之想谈。虽然他的闲谈可能是针对一个具体的文体或文本，但具有超越性的指向，比如对提升摄影艺术的看法等。《貂蝉趣说》中对貂蝉人物真实性进行历史考察，对不同历史文本与文体中的貂蝉形象加以概说与趣说，涉及史书、历史小说、元杂剧、川剧乃至于流行歌曲等，在形象变迁中探问文体规定性与历史文化蕴涵。如果说，在历史文化散文中，我们看到的是"陌生化"的王充闾，那么，在随笔中我们看到的是一个熟悉的、在我们身边的王充闾。他以每个人都去的公园为题写《公园小记》，谈到公园的功能，"流连风景、美化环境，供人赏心悦目之外，往往还具备着休憩所、排气筒、缓冲器之类的特殊功能"。他通过把自我人生经验与智慧的总结传达给读者，获得与读者心灵上的交流。《寻觅一个安顿文心的场所》写到"我"和图书馆之间数十年的不解之缘，其中关于读书等人生经验、人生智慧的传达给读者以启迪。他把"心交给读者"，主动营造对话氛围，《我写历史文化散文》谈到自己最初创作上出现"历史挤压艺术"的偏向，在其他篇章中谈到自己的想象力匮乏等。这种与读者零距离的亲近与坦诚更利于实现对话性，益于产生共鸣。

　　随笔的闲谈式看似枝蔓，实则疏放自由，是无技巧之技巧，是"非完美"

之审美追求。

  显在的当下性哲思、自我的智慧性妙悟以及疏放的闲谈式言说成为王充闾文史随笔的重要特征。回到当下、回到自我，被王充闾称作"我"的"点滴体会"的文史随笔，是自我体验的哲思妙悟，是高度浓缩的生命智慧。而对于当下的我们来说，哲思妙悟的智慧是最重要的。

文章老更成 健笔意纵横
——品读王充闾

◎ 刘继才

摘要：第一次从哲学、国学、诗学的向度较为全面地解读王充闾及其散文。由于哲学的思辨已融入王充闾的思维，所以他的散文充满了哲理的睿智。作为学者的散文家，其作品几乎无处不闪耀着学术之光。他举重若轻，在似乎不经意的漫笔中，让你感受到震撼。其散文好似清风，把知识之门吹开，让你在快意中感受到学术的清凉，又好似润物无声的细雨带着学术的颗粒，浇灌你的心田。他以诗人的气质和艺术手法写散文，使他的满怀诗情像泉水一样流淌于字里行间，初看似乎看不到诗在何处，而细读则无处不是诗。王充闾之所以能成为散文大家，其原因大约有三个"一"，即一生读书，一怀才情，一场大病。

王充闾是位颇具艺术个性的散文家。早在20世纪80和90年代，他就以极具诗情和思辨性的文化历史散文称著于文坛，并随着散文集《春宽梦窄》（获首届鲁迅文学奖）与《沧桑无语》等面世而蜚声长城内外。本文拟从哲学、国学、诗学等向度解读王充闾及其散文，并阐述其获取成功的主要因素。

一

　　王充闾是位哲人、思想家。他曾说过:"如果人生可以重新选择的话,我一定要研究哲学。"因此,他对老、庄著作情有独钟,在其散文创作中,鲜明地渗透着老、庄的艺术精神。庄子的"乘物以游心"的诗性人生,为培植其超拔、自在的心态提供了有益的滋养;而道家文化,包括经过现代化转换的艺术视野,更成为他治学与创作的一种深度背景和可贵的富矿,成为其展现艺术人生的生命底线。他以庄子的艺术精神解读李白,写出了著名散文《两个李白》。龚自珍说,李白是"并庄、屈以为心"的。作者认为,李白渴望登龙入仕、经国济民,有一番大的作为,却又不是搞政治的材料。他的本性更接近庄子,张扬个性,强调自我,这和仕途追求可说是南辕北辙。结果处处遭受挫折,陷入无边的苦闷与激愤,产生强烈的心理矛盾。最后还是庄子的超越意识和艺术精神解救了他,他痛饮狂歌、登高长啸,使内心的熬煎暂时得以缓解,情感能量获得成功的转移。这样就出现了两个李白,一个是现实存在,一个是诗意存在,两者相互冲突,表现为试图超越又无法超越,顽强地选择命运却又终归为命运所选择,展现了人生的无奈和深刻的悲剧性。结果"蚌病成珠",这悲剧性的命运倒成为产生天才诗作的深厚基础和内在动力。历史老翁很会捉弄人,通过揭示人生价值、意义上的背反,和李白开了个大玩笑:本来他志不在于诗文,最后竟以诗仙身份攀上荣誉的巅峰;一心渴望建功立业,偏偏又政坛失意,屡试屡败,直至落拓穷途,跌入人生的谷底。但亏得李白远离魏阙,未得登龙入仕,否则,尽管沉香亭畔、温泉宫前,将不时地闪现着他那潇洒的风姿,但千秋诗苑的青空,却会因失去这颗耀眼的明星而变得无边暗淡。那该是多么巨大的损失呀!

　　王充闾不仅中国古典哲学底蕴十分深厚,而且还系统地研读过许多西方哲学名著,如恩格斯的《反杜林论》、罗素的《西方哲学史》《西方的智慧》、黑格尔的《美学》、柏拉图的《对话》、弗洛伊德的《梦的解析》、卡西尔的《人论》，以及叔本华、海德格尔、尼采、福柯等著名哲学家的作品。哲学不仅是一门学问，更是一种渴望超越的生存方式，是一种闪放着个性光彩、关乎人生根本、体现着人性深度探求的精神生活。如果说，哲学家一生的活动就是思想，那么，以创作为终生追求的作家，他们的一生活动就应该以一个哲学家的视角去关注人性、人生、人的命运和生存价值。由于哲学的思辨已融入王充闾的诗词、散文等所有创作之中，所以他的散文不仅具有内在的诗性，而且充满了哲学的智慧。

王充闾说："喧嚣浮躁的世界需要安静的灵魂和深刻的思想；高品质的人生不能没有哲思的陪伴，健全的社会不能没有哲学理念的导引；那么，对于一个从事精神生产的写作者，有没有哲学思维，就直接关系到精神产品的思想高度和心灵冲击力、震撼力问题。"（2011年《在第四届中国当代散文创作研讨会上的讲话》。）所以马克思把哲学比喻为"迎接黎明的高卢雄鸡"，意思是哲学是武装头脑的，是在前面指导人生的。黑格尔说，哲学是反思的科学，是事后的思索，因此，他把哲学喻为"黄昏时起飞的猫头鹰"。两位大师讲的都是关乎智慧、关乎人生的。智慧是哲学的生活化、实际化。知识的演变遵循进化论，而哲学智慧的历史演变，却不是遵循进化论的。古希腊哲学家赫拉克利特说："博学不能使人智慧。"关键在于能否使知识变成哲学的智慧。王充闾以哲学的智慧写作主要掌握两个要领：一是选择视角，一是提出问题。李泽厚曾说，哲学家只是提供一些观察人生的视角。其实，哲学探索本身就是一种视角的选择，视角不同，阐释出来的道理就完全不同。王充闾的散文《换个角度》，就是一篇极富哲思的作品。此文先从成年人与儿童的不同视线高度写起，娓娓道来，有情趣的事例迭出，有哲思的诗词频现，夹叙夹议，较深刻地道出了"相反的事物有同一性、既对立又统一"的辩证关系，而明确思维的多向性，则"是开阔思路、克服直线式、习惯性思维方式的有效途径"的道理，既具哲理性，又有实用性。如果说这篇散文的言理较为显见的话，那么他的《心中的倩影》则有另一种极具情趣的哲学沉思。作者通过作家萧乾在重访旧地时得知自己少年恋人仍健在而不肯见面,以免抹掉彼此心中倩影的故事,感叹古往今来无数哲人从哲学、科学的角度来探求时间的无限,最后总是在奔流不息的时间长河前惊愕不已,而诗人却能通过无限的想象力和有限的艺术形象,去追求和把握浩渺的时空,在想象中让时间冻结、压缩、延长、超越和倒流。至于他的历史散文《龙墩上的悖论》,更是极富哲理的意味。作者突破一般的功业成败、道德优劣的复述,大胆引进哲学、数学上的悖论范畴,揭示历史进程中关于二律背反、两难选择的无解性;关于道德与功业的背反,事功与人性的背反;关于动机与效果的背反,欲望、愿望、意志与现实的背反;关于所当为与所能为、所能为与所欲为的矛盾;关于必然与偶然、应然与突然的矛盾。从中破译那些充满玄机、变数、偶然性、非理性的东西。通过大量的矛盾事物、微妙细节、异常变故,通过对封建制度、封建帝王荒诞、乖谬的揭露,对欲望无度与权力无限予以否定,呼唤一种自由超拔的生命境界。

王充闾的纪游散文也同样闪烁着哲学的灵光。黑格尔说,美是理念的感情呈现。王充闾的纪游散文总是把视点归结到直觉形式上的。直觉形式看似很简单,但它背后所包罗的几乎是作家的全部感情和整体生命。在他的艺术中,哲理追求也往往体现在直觉形式上。或者说,艺术凭借着直觉形式反映哲理追求。这是一种高能效应。它使广大读者从一般欣赏转化为震颤性体验,由具象走向抽象,实现一种明显的理性承载。如他的《读三峡》中的一段:"一些峭拔的石壁,由于亿万年风雨剥蚀,岩石呈现出许多层次异常分明的轮廓,或竖向排列,或重叠摆放,或向两侧摊开,使人想起'书似青山常乱叠'的诗句。"作家进而感慨,"三峡,这部上接苍冥、下临江底、近四百里长的硕大无朋的典籍,是异常古老的。……它的每一叠岩页,都是历史老人留下的回音壁、记事珠和备忘录。里面镂刻着岁月的屐痕,律动着乾坤的吐纳,展现着大自然的启示,里面映照着尧时日、秦时月、汉时云,浸透了造化的情思与眼泪""假如三峡中壁立的群峰是一排历史的录音机，它一定会录下历代诗人一颗颗敏感心灵的摧肝折骨的呐喊和豪情似火的朗吟"。作品中讲述了与三峡紧密相连的悠悠岁月，从大溪文化讲起，联想到几千年的历史、人物，不惜笔墨，大写特写。通过这样的概括与联想，可以凝聚历史、凝聚哲学、凝聚生活，从而开拓出融心理境界、生活体验、艺术创造的第二自然于一体的多维向度。

二

王充闾是位学者、国学家。他身兼南开大学、辽宁大学等多所知名大学的教授，并多次应邀到北京大学等重点大学讲学。他既有学者的身份，又极具学者的素质与学养，但作为以散文名世的作家，其学术思想并不以学术专著呈现，而是体现于学术散文之中，学者笔下的散文几乎无处不闪耀着熠熠的学术之光。在王充闾散文集《淡写流年》中有一篇《忻州说艳》便颇具代表性。此文从金元时期忻州大诗人元好问写起，旁及其美女妹妹，由此引出"忻州出美女"之说。这里的牌坊门额上还赫然写着"欢迎远道客人来访貂蝉故里"，于是便引起游客关于历史上有无貂蝉之争论。作者引经据典："在《升庵外集》中最先提出，世传吕布妻貂蝉，史传不载，但在唐人李贺诗《吕将军歌》中，确有'椽椽银龟摇白马，傅粉女郎大旗下'之句，看来，还是实有其人。"接着又说，清代学者梁章钜也认为，貂蝉事隐据《吕布传》，虽然她的名字未见于正史，但其事未必全虚。这是指《三国志·魏书》中一段记述：吕布奉董卓之命把守中阁，遂与董卓侍婢私通。恐事泄露，心中不安。作者认为，这些记载，起码说明了戏曲、演义中的"吕布戏貂蝉"与王允巧计除奸，并非凭空构想，而是于史有据的。关于貂蝉的结局和归宿，作者根据已有的文字资料和民间传说，还概括了五种不同的结果，也颇具说服力。由此观之，这篇散文倒很像一篇考据文章，作者既有对名人故里的访察，又有对人物的评价；既有微观的考证，又有宏观的论析；从历史说到当下，有理有据，洋洋洒洒，不啻一篇学术论文。但是，作者要写的却是一篇忻州之行的游记。既然是散文，作者便运用了散文的笔法，灵活飞动，兴味盎然，一扫一般学术论文的枯燥和沉闷。这便是王充闾学术散文的特点。

再说专著，其《龙墩上的悖论》，与其说是一部历史散文集，不如说是一部中国皇帝的命运史。针对一个时期以来，有些文艺作品刻意美化封建王朝，把一些残暴、血腥的皇帝，塑造成英明睿智、勤政爱民的君主，着意寻觅一种所谓"人性之美"的现实，他坚持历史地、辩证地对待历史人物，从"悖论"这一全新视角，围绕王朝与皇帝命运这条主线，对诸多热闹话题展开剖析、评判，着眼于人的性格、命运、人生困境、生命意义的探寻，而不是满足于事件的讲述和场面的渲染。这就更容易引起人们的加倍关注。《龙墩上的悖论》这部作品，其学术价值和现实意义至少有三点。

一是通过对"人的欲望"的阐释，揭示了某种历史规律。西哲有言，人在根本上看，不过是活脱脱的一团欲望和需要的凝聚体。还说，人类现有的文明，是建立在人类自身进取的本性和欲望的扩张之上的。就是说，生而有欲，原是人之本性；这种本性的升华——欲望的扩张，促进了人类文明的发展，社会的进步。不加分析地、一概地否定欲望与需求，既不符合人性自身的实际，更有悖于几千年来人类文明发展的规律。不过，任何事物都有一个限度。度，规定了事物的本质，也决定着发展的方向。欲求，自然也不例外。人的生命有涯而欲求无涯，以有涯追逐无涯，岂不危乎殆哉？但是，欲望的无限扩张，也推动了历史车轮的前进。作者以秦始皇、成吉思汗等为例，说明他们的欲望和野心，他们的不择手段，有时从历史发展的角度看应予肯定，可是放在道德层面上来考查又会招致否定，这正是事功与人性的二律背反。比如恶与暴力，恩格斯指出，"恶是历史发展的动力借以表现出来的形式""暴力，用马克思的话来说，是每一个孕育着新社会的旧社会的助产婆"。这是从社会发展规律，从政治学、历史学方面加以分析的。事实上，在皇权专制的国家里，在世风日下、道德沦丧的混乱社会中，一个主要当权者，如果不具备为达到目的而不择手段的气魄与雄心，没有为世人所不齿的疯狂的权势欲、攫取欲、占有欲，也就不可能在"权力竞技场"上生存。这并非宣扬暴力和奸雄有理，而是阐明一种历史事实，目的在于揭示带有某种规律性的社会现象。

二是通过对坐龙墩、家天下的阐释，揭示了封建继统和历史周期性。欲望的最高实现，是夺取天下，当皇帝。但是夺取天下是一个长期的过程，其间充满了残酷的厮杀和血泪交流，然而维护家天下的过程，更是充满了权谋的较量和无数的明争暗斗。作者指出，在中国历史上，为此用心最苦、用力最大的两个皇帝是赵匡胤和朱元璋。并通过对他们的剖析阐明，自从皇权世袭这一国家体制确立以来，就始终潜伏着一种无法克服，甚至是无法预测的矛盾。这是一个根本跳不出去的怪圈，也可以说，是一个不能破解的悖论：要么你就干脆放弃"家天下"的皇位世袭制，"天下为公"，选贤任能；要么就得每时每刻都面临着种种根本无法解决的矛盾，兵连祸结，骨肉相残，朝廷危如累卵，社会动荡不宁，直至政权丧失，国破家亡。放弃前者不可能，因为"家天下"、世袭制是历朝封建皇帝的命根子；这样，就只能永无穷尽地吞咽混乱、败亡的苦果。

三是通过对封建王朝递嬗中文化传承与知识分子地位的阐释，揭示了社会文化的创造者自我相关的价值、功能上的悖论，即随着时间的推移，它会不断地反向转化，从而使创造的结果、最后的效应，恰同原初的愿望相反。作者以清王朝为例说明征服者曾认识到：解决人心的向背，归根结底，要靠文明的伟力，要靠广泛吸收知识分子。他们自知在这方面存在致命弱点：作为征服者，人口少，智力资源匮乏，文化落后；而被征服者是个大民族，拥有庞大的人才资源、悠久的文化传统和高度发达的文化实力。因此，清统治者从一开始就以爵禄为诱饵，通过科举制度把读书、应试、做官三者紧密联结起来，使之成为封建士子进入官场的阶梯，捞取功名利禄的唯一门径。但是，这里也明显地存在着一个难于处置的矛盾，或者说是哲学上的悖论：一方面是治理天下需要大批具有远见卓识、大有作为的英才；而另一方面，又必须严加防范那些才识过人的知识分子的"异动"，否则，江山就会不稳，社稷就会动摇。他们从过往的历史经验和现实的特殊环境中悟解到，仅仅吸引读书士子科考应试，以收买手段控制其人生道路，使其终身陷入爵禄圈套之中还不够，还必须深入精神层面，驯化其心灵，扼杀其个性，斫戕其智能，以求彻底消解其反抗民族压迫的意志，死心塌地地做效忠大清帝国的有声玩偶。

王充闾这类散文的学术价值，还在于对历史人物进行人性化的重新解读，展开多视角、多侧面的剖析，注重揭示人物的深层心理结构，力求达到历史文化认知应有的深度和较强的审美效果。他总是把古人的心灵世界视为一种精神库存，努力从中发掘出种种历史文化精神。在同古人展开对话，进行心与心的交流的过程中，着眼于以优秀民族传统这把精神之火烛照今人的灵魂；在对古人进行灵魂拷问的同时，也对今人进行灵魂拷问，包括作家自己的灵魂，一起在历史文化精神中接受撞击。从而在历史和现实之间，架起一座沟通的桥梁，挺举起作家人格力量和批判精神的杠杆。这样，就使散文作品具备了一定的思想穿透力和自省、反思意味，产生人文批判的效果，留下足够的思考空间。这样的历史散文比起某些历史专著所阐述的理论不知要深刻多少倍！然而，它举重若轻，在似乎并不经意的漫笔中，让你感受到震撼。它好似清风，把知识之门吹开，让你在快意中感受学术的清凉；它好似润物细无声的小雨，带着学术的滋养，浇灌你的心田；它又好似一位讲古的老人，把深奥的哲理融入故事情节之中，让你既便于接受，又受到启迪。

王充闾文化散文的学术价值，则体现在为文化赋值上，即把人类的文化成果尽可能地渗透到、融合到各项事物的内质中去，使其增值，或者说，把其中的文化蕴含充分地挖掘出来，使人们在日常工作生活环境中，随时随地都能品味到文化的蕴含，饱享文化的滋养。其名作《祁连雪》就属于这样的作品。

三

　　王充闾是位诗人。他自幼诵诗、写诗,先后有《鸿爪春泥》《蓬庐吟草》等诗集问世。对于他的诗词,学界和诗坛都有很高的评价,并有评论专集《王充闾诗词创作论集》出版。这里我想着重谈谈他的诗词与散文创作的关系。王充闾的诗词大体可分为三类:一是侧重于抒情类,写亲情、友情和乡情;二是侧重于写景类,写中外山水名胜、田园风光等;三是志贺类,这是他作为名人、领导干部不可缺少的部分。如果从传统诗歌看,他的诗词也不外情、景、理三要素。而写景诗,往往既情景交融,又寓理于景,将情、景、理融为一体。王充闾的诗词写景最多,也最具特点。古今中外,写景诗歌多得不可胜数,如何另辟蹊径,写出自己的风格,殊为不易。王充闾的景物诗往往使心源与造化合一,客观自然景物与主观生命情调交融互渗,一切景物都化为象征形象。吴欢章曾评价说:"他这些写景诗之所以惹人喜爱,是因为有一股真情倾注于其中,他笔下的景物总是浸润着个性化的色泽。'情景交融'是对景物描写的一般赞语,然而王充闾的写景诗的可贵之处,是他以情写景总是那么贴切,那么朴素自然,就像他所说的'翕张舒卷任天真'"(《鸿爪春泥·序》,辽宁大学出版社1993年版)。他的许多诗有时像微风拂过,给人以丝丝抚慰,如《写怀寄友》;有时像白云飘过,让你气定神闲,如《棋盘山水库即景》;有时像薄雾轻纱,让你迷离恍惚,但当你定下神来,会看到色彩斑斓的世界,如《雨中登凤凰山》;有时心潮涌动,似惊涛骇浪,令人有震天撼地之感,如《登辽宁彩电塔》就是代表作之一。但是,在王充闾的诗词中很少有剑拔弩张之作,即使像《瀑布》这样的诗,也不写其飞流直下,而是从"不解染嚣尘"着笔,写其"漫曳柔纱"之态。因此,含蓄凝重,当是其诗词的主要风格。

　　王充闾以诗人的气质和艺术手法写散文,使他的满怀诗情像泉水一样流淌于字里行间,初看似乎看不到诗在何处,而细读则无处不是诗。其特点主要有三：一是浓郁的抒情性与细节的象征性相融合，如写萧红的《青天一缕霞》就是诗一般的大写意作品。萧红是民国"四大才女"中命运最为悲苦的女性。她像白云一样飘荡无依，很快就飘得无影无踪。其本身就是一首哀婉动人的诗，所以写萧红应该诗意化一些，空灵一些。于是文章的一开头就有大段的抒情和细节描写：

> 看到片云当空不动，我会想到一个解事颇早的小女孩，没有母爱，没有伙伴，每天孤寂地坐在祖父的后花园里，双手支颐，凝望着碧空。而当一抹流云掉头不顾地疾驰着逸向远方，我想，这宛如一个青年女子冲出封建家庭的樊笼，逃婚出走，开始其痛苦、顽强的奋斗生涯。有时，两片浮游的云朵亲昵地叠合在一起，而后，又各不相干地飘走，我会想到两个叛逆的灵魂的契合，——他们在荆天棘地中偶然遇合，结伴跋涉，相濡以沫，后来却分道扬镳，天各一方了。当发现一缕云霞渐渐地融化在青空中，悄然泯没与消逝时，我便抑制不住悲怀，深情悼惜这位多思的才女。她，流离颠沛，忧病相煎，一缕香魂飘散在遥远的浅水湾。

二是诗意的抒写与哲理的沉思相融合，这类散文亦诗亦画，亦情亦理，哪是抒情哪是言理，几不可分。如他的记事散文《冰原上的盛会》，是写吉林松原市查干湖捕鱼节的。文章最后一段，作者以抒情笔调揭示这次活动的意义、价值：

> 这里是一个完全感性的世界，声音和色彩的世界，欢呼笑语、歌鼓喧阗的世界。这种劳动中歌舞、丰收时庆祝的美学意义，是在浩大的时空中，通过一个个劳动者的体温与脉搏展现了自古迄今的无穷的生命活力。这里多的是粗犷而真实的历史遗存，无须借助于深邃、高超的理念，也用不着附加什么猎奇的视角和矫情

的浪漫。表面上看，这荒寒的角落，似乎是被诗意与哲学遗忘了，其实质却蕴含着真正意义上的灵魂回归与生命还乡，攒集了太多的心理文化和哲学命题。

三是叙事与诗词的引入相融合，由于王充闾背诵过大量古诗词，所以写散文诗时，不仅常常以诗词名句为题目，而且在文中也随处可见佳联名句，穿插其中，恰到好处，诗与文浑不可分。并且，王充闾的散文不仅诗情与文意相融，而且他自己的诗词也与散文相合，或在开头时以一首或一句诗作引，或在结尾时，意犹未尽，再吟诗一首，有时在文中也会口占绝句一二首。但是散文与诗毕竟是两种不同的艺术形式，如果说散文在骨子里仍然是诗的话，那么在表现形式上，特别是在语言运用上同中之异更多，要求也更高，并且每种诗体都有一定的要求。因此，诗人下笔要多推敲，正所谓"吟安一个字，捻断数茎须"。这种在诗词创作上养成的字斟句酌的习惯，用到散文上，便使王充闾的散文具有一般散文难以企及的艺术造诣。

王充闾之所以能成为一代散文大家、文化名人，其原因概括地说大约有三个"一"，即一生读书，一怀才情，一场大病。

王充闾说："书之于我，堪称交游感遇中的心灵的守护神，不啻怡红公子的通灵宝玉，成了名副其实的命根子。"（《淡写流年》211页，作家出版社2001年版）在卧病期间，他想得比较多的是，一旦到了那个"没有明天的一天"，自己那一两万册图书该如何处置，唯恐它们成了"可怜的流浪儿"。他对书的痴情，真令人动容。

王充闾六岁入私塾，从"三（字经）、百（家姓）、千（字文）、千（家诗）"入手，接下来读"四书五经"，而后是左史庄骚、《昭明文选》、袁王《纲鉴》《古唐诗合解》等。整整读了八年，打下了比较坚实的文史根基。但是王充闾并不满足于此，他同时也看到了国学本身有一定的局限性。其一，表现为对头脑的禁锢、思维的束缚、视阈的限制；其二，按照人文科学、人文精神来衡量，知识结构不够合理，除了中国传统的东西，域外的新知了解甚少，呈现一种"偏枯"状态。为此，他除了投身社会实践外，还努力研习新知，弥补缺漏。从20世纪80年代后期以来，他用了20多年时间研读西方文史哲书籍。他学以致用，分析历史人物，除了运用唯物史观分析他们所处的时代背景与社会环境，还注意运用西方史学中已经证明有价值的一些现代科学方法，如弗洛伊德的精神分析方法、现代遗传学的方法和理念、行为科学、现代人才学、历史心理学等，研究历史人物的不同特点，如性格、心理、素质、命运等。比如，过去在历史事变中领导人的个人性格往往会起到决定性作用。而有时又强调人民创造历史，可是，应用于历史实际，便解释不通。后来他读了恩格斯1890年致约·布洛赫的信，深受启发。恩格斯提出的"合力说"认为历史是这样创造的：最终的结果总是从许多单个的意志的相互冲突中产生的，而其中每一个意志，又是由许多特殊的生活条件促成。由此而产生一个结果，即历史事变。当然，在众多合力中有主导与辅助之分。

对于法国年鉴派和美国新历史主义的研究，也使他获益匪浅。新历史主义强调解释者的主体性，认为历史是叙述的结果，文本的解释者同时也是创造者，是今天"活着的人说着过去的事"，让过去的事活在今天。在这种情况下，"不在场"的后人要想恢复原态，只能根据事件发展规律和人物性格逻辑，想象出某种能够突出人物形象的细节，进行必要的心理刻画以及环境、气氛的渲染。钱锺书也曾说，"《左传》记言而实乃拟言、代言""史家追叙一人实事，每须遥体人情，悬想事势，设身局中，潜心腔内，忖之度之，以揣以摩，庶几入情合理。盖与小说、院本之臆造人物，虚构境地，不尽同而可相通。记言特一端"（《管锥篇》第一卷166页，中华书局1979年版）。因此，史学家选择、整理史料，其实就是一种文本化，其间存在着主观性的深度介入。古今中外，不存在没有经过处理的史料。这里也包括阅读，由于文本是开放的，人们每一次阅读它，都是重新加以理解。这对于他创作历史文化散文帮助很大，即从历史中获取了巨

感悟充闾先生

大的自由空间。

但是，一个人一生饱读诗书，即使成为一位著名的学者、哲学家，也不一定就会成为杰出散文家。其中的关键还要有一怀才情。

所谓"才情"，当包括"才"和"情"两方面内容。这里的"才"，主要指天才、天分、天资等，十分重要。古人说"才为盟主，学为辅佐"，清代的袁枚则强调才分、天分，他说："诗文之道，全关天分。"他认为，古人之所以强调读万卷书，是欲助其神气，而不是以书卷代替灵性，所谓"役使万卷书，不泪方寸灵"。赵翼与袁枚虽同属于性灵派，但在这个问题上，有个人的看法。他论"才"往往与"气"联系起来，标举为"才气"。"气"需要养，孟子就说："吾善养吾浩然之气。"这说明赵翼重视诗人的生活阅历、生活环境，后天的培养、提高，客观的磨炼。他提倡"豪健之气"，向往一种真善、刚正的人格力量。他说："由来艺事妙，正以人品传。设令有市心，画已不值钱。"这是对袁枚主张的一种很好补充。

"情"，当指真性情、激情、情趣等。其中是否有真性情最为重要，因为有了真情性，自然也就有了个性，其文章也就有了特点，而不至于千篇一律。情趣是和性灵紧密联系在一起的，和健康、闲适、平和的心态也有直接关系。一个人心如死灰，形同槁木，没有丝毫灵气，是没办法写出富有情趣的诗文的。有些人整天处在浮躁之中，陷身于红尘十丈，利欲熏心，锱铢必较，心理素质不佳，也不可能充满情趣。对于作家来说，感情与感悟是缺一不可的。罗丹说："艺术就是感情。"尤其是散文作品，如果缺乏情感的灌注，便极易流于幽渺、艰深、晦涩的玄谈，以至丧失应有的诗性魅力和艺术感染力。但有了真情实感并不等于就有了艺术，而作家的感悟，特别是妙悟更为重要。生命体验有两个特征，一个是直观性，艺术在进行形而上的探索时，不可能借助抽象的概念，而是一种直觉的感悟；一个是超越性，生存苦难、精神困惑等体验活动要转化为艺术感觉，还需超出客观实在的局限，虚构出一个灵性的艺术世界。可以说，伟大的艺术家与平庸的艺匠的根本分野，就在于是否具备这种超越性的感悟。王充闾的许多散文，如《终古凝眉》《一夜芳邻》《青天一缕霞》等，就是这种直观性与超越性的统一，激起了作家探索精神最深层的冲动和敏锐感受，使艺术达到高妙的境界。

所谓"腹有诗书气自华"，王充闾的一怀才情除了来自读书外，还和先天的悟性、后天的心性修养有着密切的关系。他虽无过目不忘之天赋，但以自幼养成的"童子功"刻苦学习，博学强记。如果说一生读书是王充闾成为散文大家的基础，一怀才情是他化茧成蝶的条件，那么一场大病则是使他顿悟，从而迸发创造力的契机。苏格拉底曾经说过："没有经过自省检讨的人生是没有价值的。"而苦难、病患往往是许多天才人物自我反省的机缘。他们以对宇宙人生的超常感知与体悟，以一颗经过灾难磨砺的敏感心灵，去感受命运的残酷，人生的无常，世路的艰辛，生命的飘忽，生活的沉重，认知与体验情绪变化的微妙，心灵世界的奇异，以及创造的甜美，奋斗的艰辛。意蕴深邃的文学作品，总离不开对于生命存在、生命价值的关怀与叩问，而苦难、病残等人间的不幸，往往能给五味人生增添无限色彩与波澜。这一切既构成了文学作品的精神内核，也有助于作家迸发出创造的活力。

王充闾年轻时得过肺结核病，想不到四十年后在原发病灶上发现了恶性肿瘤，不得不开刀、住院治疗。这场大病，虽然使他一度跌进痛苦的深渊，却使他更深悟生活的辩证法，也增强了承受能力。从这个意义上说，病床也是大学校。

英国历史学家饶列如说："只有死才能使人了解自己，认识自己。"死亡是人类最原始也是最无情的选择，是精神活动的最终场所，它把虚无带给了人生，从而引发了深沉的恐惧与焦虑。而正是这种焦虑和恐惧，使生命主体悟解到生命的可贵、生存的意义。人生就是这样，只有失去之后，才懂得加倍珍惜。恐惧、悲伤的实质，正是以存在与虚无做比较，从而实现对于生命的觉醒——这是重新审视生命的一种"惊蛰"。在这里，虚无为存在提供了价值参照系和价值创造的外驱力。海伦·凯勒"假如给我三天光明"的命题，正是在这一基础之上提出来的。死亡，还能促使当事人从迷误中觉醒，省悟到平素很少考虑、也难以认知的诸多重大课题。其实，不必死生契阔，只要在病床上被抢救几次，他就会领悟到平时难以获得的生命体验。这种体验是一种穿透功能与原创功能很强的极具生命力的思维形态，佛学称之为感悟。它介于感性思维与抽象思维之间，是连接理论与材料的心性桥梁。王充闾在病后曾以陀思妥耶夫斯基和史铁生为例，说明他们的艺术感悟都来源于各自的生命体验与心灵体验。或为死刑、流放的苦难，或为丧失行走能力的痛苦，使他们获得了超常的思维能力、感应能力，增长了彻悟人生、咀嚼命运的智能。这种宝贵的生命体验，包括活在心里的外在遭遇、内在情感，以及无边的想象与梦幻，都成了他们创作中所独有的宝贵精神财富。他们作品中提出的所有哲学问题，在哲学教科书里是找不到的，完全属于他们个人，都是从各自的生命历程中生长出来。这些感悟，自然也是王充闾的切身感受。这场大病，不仅使他在生命的道路上经受了生死考验，且由顿悟而得到新的收获和新的超越。因此，王充闾的所有成名之作都出现在他一场大病痊愈之后，并非偶然。现在，他虽然已届耄耋之年，但愈老愈健，杰作迭出，可谓"庾信文章老更成，凌云健笔意纵横"，先后出版了爱情系列、友情系列、帝王系列、知识分子系列以及人性纠葛系列等颇有影响的力作。

当下，一生读书的人很多，但读过八年私塾的人很少，读过私塾又精读西方名著、中西融通的人则更少；世间，有一怀才情的人很多，但将才情用到做学问上的人很少，集中用到散文创作上的人则更少；同样，古今患过危及生命重病的人也很多，但能健康地存活下来的人很少，活下来不消极、不颓唐反而达到新的飞跃的人则更少。这三个"更少"，便是王充闾成为文坛上少见的大师级散文家的条件和契机。

大情怀大视野大手笔面对历史的沧桑
——与著名散文家王充闾先生的对话

◎ 林喦

林喦：先生是我一直尊敬的文学前辈，今天能在一起做一个交流，是一件对后学有益的幸事。近段时间，我一直阅读先生的诸多部作品，从《春宽梦窄》《鸿爪春泥》《龙墩上的悖论》到《读文人》《读女性》《张学良：人格图谱》等，受益良多。给我个人的感觉，先生的散文给读者以情理并茂、人生思考的启迪，更让读者对历史，对历史中的人物与事件有一种全新的认知。应该说，先生的作品在不同年龄、性别、职业的人群中拥有众多的读者。之所以被读者喜欢，我个人觉得，"翔实、深刻、入理、流畅、笔妙"是先生历史散文的特点，可谓博古通今，妙笔生花。实际上，我们都知道，散文是中国文学史上最常见、地位最为显赫、界定最为模糊、触及范畴最为广泛，也是最为文人雅客喜欢和使用的文体，先生作为一位作家，也以书写散文而见长。请您谈谈，为什么会如此钟情于散文？你喜爱写作的初衷是什么？

王充闾：谢谢您的期许。说到钟情散文，这和我童年时期系统接受中国传统教育有直接关系。和西方不同，散文在中国，诚如您所说，是"文学史上最常见、地位最为显赫"的文体，可以说是我们的国粹。我从六岁开始进入私塾，整整读了八年，天天接触的都是这种文体。除了"四书五经"，我还读了《左传》《战国策》《庄子》《史记》《昭明文选》《古文辞类纂》等大量文史典籍。其实，《论语》《孟子》也是散文，它们是语录体散文的典范。天天读，并且要求熟读成诵；后期又写作文言文，纪游、纪感，并且常常像古代的童生考秀才那样，陈述见解，发表策论。那些烂熟于心的散文名篇，使我在文学之路上终身受益，自然培植了浓厚的兴趣，这也叫"先入为主"吧。而小说、戏剧之类，则是在就读中学、大学以后才接触的。人们都说要"扬长避短"，我察觉到，自己的想象力不足，也缺乏波澜壮阔、动魄惊心的生活基础，写小说没有底气；而在辞采、语言、章法方面，自认还有些优势，这对于散文创作，是不可或缺的。

林喦：在诸多散文门类中，您又多以"历史"作为散文创作的素材，堪称一绝。请您谈谈这方面的体会。

王充闾：我国有特别发达的史学传统，从前传下来这样两句话：一是"文史不分家"，二是"六经皆史"，前面说的是读散文，实际上内涵多是历史。另外，历史本身具有诸多特性，这些也是我以历史为题材的客观因素：一是由于历史人物具有一种"原型属性"，本身就蕴含着诸多魅力，作为客体对象，他们具有一般虚构人物所没有的知名度，而且经过时间的反复淘洗、经久检验，头上往往罩着神秘、神奇的光圈。二是从审美的角度看，历史题材具有一种"间离效果"与"陌生化"作用。和现实题材比较起来，历史题材把读者带到一个陌生化的时空当中，这样可以更好地进行审美观照。作家与题材在时间上拉开一定的距离，有利于审美欣赏。朱光潜先生说过，"年代久远常常使最寻常的物体也具有一种美""'从前'这两个字可以立即把我们带到诗和传奇的童话世界"。是呀，我们小时候，不也常常被老祖母的"从前有一个什么什么"迷得如痴如醉吗？三是历史题材比现实题材更具有多义性、不确定性和更多的"空白"，因而具备一种文体的张力。四是就作者而言，诗人、艺术家"特别喜爱从过去时代取材"，因为这可以"跳开现时的直接性"，"达到艺术所必有的对材料的概括化"，这是黑格尔说的。《易经》上有句话，叫"载鬼一车"。写作历史散文，起死人于地下，同鬼魂打交道，文雅一点说，叫作生者对于逝者的叩问。逝者也好，鬼魂也好，往往葆有一种独特的张力。比如，

大情怀大视野大手笔面对历史的沧桑——与著名散文家王充闾先生的对话

我写古代文士，原是一种呼唤，一种寄托。古代文士那种风范，那种气节，那种追求，现世中再也难以找到了。商业社会里盛行的是消费主义文化，生活领域中呈现的是美的泛化，艺术领域中表现为美的消解，最后导致了审美主体的人的异化，人们看重的是物品的外观，追求的是感官的享受，而缺乏一个精神超越的维度。既然现实中踪迹难寻了，那么，就只好乞灵于优秀的文化传统及其载体。现在缺乏的不是文人，缺乏的是文人应有的气质、志趣、情操、节概。写他们，也是一种精神的靠拢，审美艺术的回归，是一种大欣赏、大欢慰。

林喦：读您的作品，发现您有很强的历史情结，这个历史既包括国家民族的大历史，也包括个人和家族的小历史。回望是缘于现实的需要，还是心理的需要？或者说，是主观故意，还是情不自禁？您写这类散文有哪些侧重点？

王充闾：这里有两个层次，为什么写和写什么。我把它们合在一起讲。

首先，我写历史文化散文，有着鲜明的现实针对性。前人说，"古人作一事，作一文，皆有原委"。这种"原委"，有的体现在人物的际遇、身世上，有的依托于浓烈的家国情怀，或显或隐地抒怀寄慨，宣泄作者的情感与见解。司马迁作《史记》，应该说是十分客观的，但里面同样也有"借他人的酒杯浇自己的块垒"的成分。《古文观止》的编者即指出，观《报任安书》中"家贫货赂不足以自赎，交游莫敢视，左右亲近不为一言"三句。我写过一个"友情系列"，这里有关于周总理弥留之际还记挂着老朋友的动人美谈，有宋美龄与张学良信守承诺、终始不渝的感人佳话。同样都是清代的政要，我写了纳兰性德为了营救患难中的吴兆骞，甘冒巨大的政治风险；而李光地为了一己之荣华富贵，竟然恩将仇报，出卖朋友陈梦雷。长期以来，每当想到我国革命事业处在创业维艰的草创阶段时，有那么多老朋友向风慕义、毁家纾难、赤诚相与、万里来归，我都为之无比振奋，无穷向往，同时也为历史动荡时期一些伤害无辜老朋友的作为感到痛心。再如，我发现有的知名作家当了省市区作协领导，由于欠缺领导才能，劳形苦心，最后陷入重重纠葛不能自拔，创作根本无法进行，最后竟至一蹶不振。履新伊始，他们原都是雄心勃勃、踌躇满志的，周围也是一片"先生不出，如苍生何"的过高的期望，实则大谬而不然。看来，搞好角色定位是至关重要的。这使我想到了李白。他是伟大的诗人，却不是合格的政治家。他情绪冲动，耽于幻想，习惯于按照理想来构建现实；而对于政治斗争的波诡云谲却缺乏透彻的认识，这就决定了他在仕途上的失败命运和悲剧角色，这在很大程度上反映了两千多年来中国士人的心态。于是，我写了散文《两个李白》。在《用破一生心》中，我写曾国藩一辈子活得太苦、太累，是个十足的可怜虫，除去一具猥猥琐琐、畏畏缩缩的躯壳，不见一丝生命的活力、灵魂的光彩。那么，苦从何来呢？来自过强、过盛、过高的欲望，既要建不朽功业，又要当今古完人，最后导致了悲剧结局。同样也有现实的针对性。

　　第二点，我写历史人物，着眼于性格、命运、人生困境、生命意义的探寻，而不是满足于事件的讲述和场面的渲染。比如说封建帝王，他们也是人——当然属于特殊的人群，由于他们的至高无上的社会地位，予取予夺的政治威权，特别是他们所处的血火交迸、激烈争夺的严酷环境，时刻面临着祸福无常、命途多舛的悲惨结局，往往造成他们灵魂扭曲、性格变态、心理畸形。这就更容易引起人们掩卷深思。

　　第三点，突破一般的功业成败、道德优劣的复述，大胆引进逻辑学、数学上的悖论范畴，揭示历史进程中关于二律背反、两难选择的无解性；关于道德与功业的背反，事功与人性的背反；关于动机与效果的背反，欲望、意志与现实的背反；关于所当为与所能为，所能为与所欲为的矛盾；关于必然与偶然、应然与实然的矛盾。从中破译那些充满玄机、变数、偶然性、非理性的东西。通过大量的矛盾事物、微妙细节、异常变故，通过对封建制度、封建帝王荒诞、乖谬的揭露，对欲望无度与权力无限予以否定，呼唤一种自由超拔的生命境界。

　　第四点，我特别喜欢写个性鲜明、境遇复杂、矛盾丛生、充满谜团、争议很大的历史人物，因为这类人物富有可言说性，所谓"大有文章可作"，作家可以大显身手。破解谜团的过程，就是检验作者识见水平、思想高度、历史眼光的过程，也是发挥作者分析能力、施展文学才力的过程。

第五点，坚持历史地辩证地对待历史人物、历史事件。一个时期以来，一些小说、电影，特别是热播的电视剧，呈现一种很不正常的倾向：刻意美化封建王朝、封建帝王，把一些残暴、血腥的皇帝，塑造成英明睿智、勤政爱民的君主，着意寻觅一种所谓"人性之美"。有的电视剧主题曲说，"你燃烧自己，温暖大地，让自己成为灰烬"，通过肉麻的吹捧，以博得观众的感动。《康熙王朝》的主题歌中，甚至替老皇帝喊出："我真的还想再活五百年！"真是岂有此理！

林喦：您的历史散文中，不仅有宏大叙事，也蕴含了个人的当代情思，经常是在常见的史料中开掘新的思路和新的观点，司空见惯又出奇制胜、触类旁通，具有极大的启发性。请您谈谈历史散文创作的难点在哪里。

王充闾：难点之一，历史散文，首先是文学，所以不能"有史无人"，不能停留在史实的复述上，不能用史料堆积、过程推演来代替人物的个性展示、命运观照，思想、理蕴的深入发掘。而这，恰恰是当前一些历史散文未能妥善解决的问题。难点之二，如何处理好历史真实与艺术真实的关系，这是我在历史文化散文写作中经常碰到的一个问题。散文必须真实，这是散文的本质性特征，一向被我们奉为金科玉律；而散文是艺术，因其是艺术，作者构思时必然要借助于栩栩如生的形象和张开想象的翅膀，必然进行素材的典型化处理，做必要的艺术加工。两者似乎存在着矛盾。尤其是，历史是一次性的，它是所有一切存在中独一以"当下不再"为条件的存在。当历史成其为历史，它作为"曾在"，即意味着不复存在，包括特定的环境、当事人及历史情事，在整体上已经永远消逝了。在这种情况下，"不在场"的后人要想恢复原态，只能根据事件发展规律和人物性格逻辑，想象出某些能够突出人物形象的细节，进行必要的心理刻画，以及环境、气氛的渲染。因此，海德格尔说，历史的真意应是对"曾在的本真可能性"

的重演。古今中外，不存在没有经过处理的史料。这里也包括阅读，由于文本是开放的，人们每一次阅读它，都是重新加以理解。但是，这里必须有个"度"，弄得不好，就成了小说，就会变成有些节目里的"戏说"。

林喦：散文是一种倾吐作者感情、展现主体心灵的文学样式，您用散文的文体去书写《张学良：人格图谱》，应该说是在以叙事为主的传记文学创作方面的一种突破。对于这部专著而言，一方面关于张学良的传记比较多，写出新意很难；另一方面用散文化做"张学良的人格图谱"也是一种创新，是否也有一些文学体式上的风险？

王充闾：说到创新，关于这部书，我注意做到两点。

就内容看，张学良具有无限的可言说性。传记、口述历史、回忆录，很多很多，可是并没有穷尽他的内涵，仍然有无限的叙述空间。他是一个招人注目、引人遐思、耐人寻味的谜团，他的人生道路曲折、复杂，生命历程充满了戏剧性、偶然性，带有鲜明的传奇色彩；他的身上充满了难于索解的悖论，存在着太大的因变参数；他是一个成功的失败者，他的一生始终被尊荣与耻辱、得意和失意、成功与失败纠缠着。在人生舞台上，他做了一次风险投资，扮演了一个不该由他扮演的角色，挑起了一份他无力承担却又只有他才能承担的历史重担。一般的传记，都是着重叙述家庭、身世、经历、作为；而我写的是个性特征、人格风范、精神世界、心灵隐秘。

就形式说，撰写名人传记，最容易着手的是线式结构，像串联的电路那样，将传主的一生行止依次展开，由少至老，步步推演。我则采用扇形结构——十五篇系列散文，张开好似扇骨；而中心是凸显传主的人格，犹如扇子的主轴；经过精心策划，使每篇相互贯通，又不致撞车、重复；开头、结尾两篇，各带有综合性质；中间再分三大块——分别展现传主的人际交往、情感世界，他的生平嗜好、文化生活，他的两大疑团或者说"两条辫子"。写作中兼用叙述、描写两种手法和全知与限知两种视角，这很类似旧日的"说书人"，凭着他的一张嘴，随时变换角色，不住地转移视角、调整线索，引领听众跟着他转。

文艺评论家贺绍俊先生有言,"这本书的创新,集中体现在作者对传记文体的突破上,他将散文的自由表达与传记的真实性原则有效地结合为一体,提供了一种散文体传记的新的写作方式""他将散文体的主观性和鲜明的主体意识带到了传记体中,从而改变了传记叙述的思维方式。如果说,传记叙述的思维逻辑关系是循着传主的生命轨迹而构建的话,那么,本书的逻辑关系则是在自己解读和体悟传主生平的思想脉络上构建起来的""这是一种大胆的突破,冒险的尝试"。

所谓"大胆的突破,冒险的尝试",除了贺先生明确指出的,我体会,还包括:传记属于历史范畴,历史要求客观、严谨;而笔者采用文学形式,则需要借助形象、细节、场面、心理的刻画,进行文学描写和审美创造,充分展示人物个性。二者存在一定的差异。这样,在写作过程中,作者就不能不像走钢丝一样,努力在上述两个方面找到平衡点。

林喦:文学在当下既冷清又热闹,现实生活中关注文学的人很少,而网络上却拥有着众多文学或亚文学写作者。您如何看待当下的散文创作?

王充闾:当前,散文向文学本体回归的问题,实际上并没有完全解决。如果说,二十多年前的文学回归本体,主要是从政治理性的旋涡中,从僵硬的政治化、概念化的躯壳中挣脱出来,坚守它的审美特性,表现出作家的富有个性特征的真性情、真情感和心灵体验;那么,在今天,则意味着摆脱商业时代物质主义、金钱至上的价值取向对人性的扭曲,保持作家内在的文化与理性的支撑,固守自身的精神追求。我们所处的时代是对思想充满渴望的时代。而当前,从文学审美形态的发展来说,散文创作诗性的失落,思想含量的稀薄,缺乏新鲜动人的思想刺激,已经成为普遍的弱点,其源盖由于向商业化、消费性的靠拢。进入消费市场的散文,像影视作品一样,休闲、娱乐已经成为主要功能;而其自身也成为与现代信息业结合的日常信息流的一种。这种写作,不仅消解了文学的深度追求,消解了社会批判功能,而且消解了日常诗性,造成文学本质的流失,使散文写作离开文学的特性日趋明显。在消费主义倾向成为主流的情况下，那些"快餐文学"，人们随看随扔，不可能产生文化积累，也不具备传承性，至于产生撼人心魄的传世之作就更无从谈起了。

当前，散文写作队伍空前庞大，散文已经走出书斋，撕去其神秘的面纱，这本来是值得欢迎的。但一当散文泛化，成为一种不折不扣的公共话语形式，就很难避免审美含量淡化、"散文无文"的偏向。这突出表现在语言的运用上。现今散文作者的语言功力、语言质地太差，缺乏文采、文化含量不足已成普遍现象。就整体而言，当代作家在语言方面的功夫与"五四"以来的现代作家有着明显的差距。造成这种差距的原因，就在于现代作家的旧学根底和他们与中国古代汉语的那种血浓于水的关系，当代作家却没有这份根底与关系。语言文字的意义，小则可以映现一个人的学养，大则能够反映一个民族的气质。古代汉语的凝练、丰富、雅致，已经深入到鲁迅、郁达夫等前辈作家的血肉之中，古代文化滋育起来的气质在其文字中得到了充分的映现。而我们有些写作者走的是另一条路：学养不足就拼命煽情，腹笥空匮，有的就满篇西崽口吻，生搬硬抄，拉洋旗作虎皮。

林喦：读您的散文，发现您的散文具有极强的辨识度，结实饱满，凝重大气，既不像一般学者散文那样干瘪枯燥，也不像一般才子散文那般轻浮单薄，无论多么挑剔的读者都很难在您的文字中找到瑕疵。请您谈一谈您对优秀散文的理解。

王充闾：我心目中的好散文，应该具备审美的本质，情感的灌注，智慧的沉潜，意蕴的渗透，有识，有情，有文采，有意境，具备诗性的话语方式和深刻的心灵体验、生命体验，体现主体性、内倾性、个性化这些散文文体特征，既是一种精神的创造，又是一种文化的积累。

文学在充分表现社会、人生的同时，应该重视对人的自身的发掘，本着对人的命运、人性弱点和人类处境、生存价值的深度关怀，充分揭示人的情感世界，力求从更深层次上把握具体的人生形态，揭橥心理结构的复杂性。实际上，每个人都是一个丰富而独特的自我存在。文学创作，说到底是一种生命的访问、灵魂的对接,因此要从人性的角度深入发掘,具备深刻的心灵体验与生命体验,而不能满足于一般的生活境况的复述。表现在具体写作中,或者采用平实、自然的语体风格,抒写自己智慧的人生经验,使人感受到厨川白村式的冬天炉边闲话、夏日豆棚啜茗的艺术氛围;或以匠心独运的功力,展示已经隐入历史帷幕后面的世事沧桑,以崭新的视角予以解读;或以理性视角、平常心理和畅达语言阐释终极性、彼岸性的话题;或经由冥思苦想,艺术的炼化和宗教式的参悟,将智性与神性交融互渗,使疲惫的灵魂遐想渺远的彼岸。总之,散文应是开放的,多向度的。

林喦:我的一位文学朋友提到您,曾经有过这样的评价,他说,在当下历史散文的创作中,"南有余秋雨,北有王充闾"。这样的评价既是对您历史散文创作所取得的成绩的恳评,也是对当下历史散文创作格局的一种总结,有道理。您对这样的评价怎么看?

王充闾:这里有两个限制词:一是单就地域讲,特指南方、北方;二是讲散文,主要还是讲历史文化散文。北方文化底蕴差一些,写这类历史散文的人不多,结果就把在下铆住了。其实,秋雨先生才华横溢,影响广远,是我没法比并的。

林喦:王先生,《渤海大学学报》近几年一直努力做"当代辽宁作家研究"这一栏目,目前也取得了一些成果,但总体上讲,还需要继续努力。尤其是在总结和梳理当代辽宁作家的作品成就、创作风格、文学格局、文学生态、地域特色、文学语言、个案作家等诸多方面都要做系统研究,包括当代辽宁文学在中国文学或者是世界华语文学谱系中的地位问题。目前,世人对辽宁文学的了解仅仅限于"圈里人"和"爱好者",或者是"偶然发现"这样的范畴,而不是通过课堂或者学术渠道。我想,我们自己包括作家本身、文学评论家以及相关部门都应该重视起我们的文学。文学是一个民族、一个国家、一个区域、一个城市的发展名片,您对这种观点怎么看?

王充闾:您的想法,实获我心。对于辽宁作家的关注,贵刊做得很好。

林喦:谢谢您,祝您身体健康。

用负责任的态度书写历史文化

◎王 研

> 作家在撰写历史文化人物传记时，不能戏说、胡说、乱说
>
> 应当为读者提供一种距离历史文化人物更近的阅读方式
>
> 成功的历史文化名人传记，不仅要面向历史，也要面向当下

敬畏历史文化是一个国家能够文明、健康发展的根本前提。然而，近年来，一些文学艺术作品以戏说、颠覆历史文化为"时尚"，以恶搞、嘲弄历史名人为"乐趣"，这种创作潮流必然会对文化的整体发展造成负面影响。

在中国梦的伟大愿景中，文化的繁荣强盛是极其重要的内容之一。提升文化水平离不开对传统资源的继承。而继承传统，首先就需要用负责任的态度去面对传统、认识传统。

2012年，中国作家协会宣布将推出《中国历史文化名人传》大型丛书。这是一项重大的国家文化出版工程，参与撰写工作的均为文学界和文化界的顶尖学者。

首批推出的十种书已于今年1月正式出版，当中包括我省著名作家、学者王充闾撰著的《逍遥游：庄子传》。该书以严谨的态度面对历史，用创新的写作手法，真实而又艺术地勾勒出文化巨匠庄子的一生，展现了庄子的思想脉络和巨大的文化魅力。

《逍遥游：庄子传》出版后备受肯定，4月9日，王向峰、彭定安、

贺绍俊等三十余位省内外知名学者齐聚沈阳，围绕该书的学术价值、文学价值进行了深入细致的研讨。

历史名人热、传记热，是当下文化领域的一个突出现象。站在传播历史文化的角度来看，这一现象值得称道，然而，不少作品背离历史真实、以戏谑的方式书写历史名人，却不能不令人感到忧虑。

传记是一种文学形式，但又与一般的文学作品不同，它的第一原则是真实性。如果失去了真实的面貌，那么所谓的历史文化书写也就变成了一种亵渎历史的行为。

肆意的戏说和颠覆，不仅不能为历史文化提供有价值的阐释，更意味着敬畏之心的泯灭。敬畏是每个人在历史文化面前都应具有的一种态度，因为敬畏才能做到严谨，严谨才能还原真实，真实才是对历史负责。

《逍遥游·庄子传》正是一部带着敬畏之心、严谨创作而成的传记。该书的作者，著名作家、学者王充闾，以现代的视角去接近历史文化巨匠，用散文式的笔法描绘出庄子的人生，完成了一次穿越时空的哲思对话。

著名学者王向峰、黄留珠、贺绍俊、李炳银等先后为《逍遥游·庄子传》撰写评论文章，给予高度评价。上周，"王充闾新著《逍遥游·庄子传》研讨会"在沈阳举行，省内外与会学者一致认为，《逍遥游·庄子传》是一部极具个性特点的上乘之作，作者以探寻、研究的意图书写庄子，使世人了解其成长历程、思想轨迹、性格特点、重大贡献与巨大影响，具有提供建构和谐生存人文环境的精神食粮的重要意义。

> 在颠覆历史人物成为"时尚"的时候，庄严认真的治学写作行为显得尤为珍贵……当传主是影响后世的伟大人物时，更容不得半点戏说，这是一个不可侵犯的写作规约。

如今的图书市场上，历史人物传记数不胜数，精品却很少。正如著名批评家、中国作协创研部研究员李炳银所说，在到处都可见少正经、戏说、

感悟充闾先生

胡说、乱说历史人物的时候，像《逍遥游·庄子传》这样庄严认真的治学写作行为，就特别显示出珍贵。

"传记文学，是一种基于事实存在的文学写作。因此，真实、丰富的资料掌握，是传记文学作家最为要紧的工作准备。"李炳银表示，有人因为资料稀少，就没有约束地胡乱编造，这是一种对历史和现实都不负责任的表现，"像王充闾这样治学严谨的人，自然不会选择这样的方式。"

著名批评家古耜评价《逍遥游·庄子传》是一部新意迭出、质文俱在、难能可贵的扛鼎之作。他说："在传记著作中，让传主形象尽可能拥有准确可靠的材料依据，从而具备较高的历史真实性与可信性，是最起码也是最根本的要求，这决定了一切严肃的传记创作，都离不开必要的考证内容。《逍遥游·庄子传》审时度势，知难而进，以独具个性的思路和方法，展开相关考证，从而把还原庄子的工作扎扎实实地推进了一步。"

作为传记，尤其是历史人物传记，其基本事实的真实性是必须遵守的。针对当下的一些文学现象，渤海大学教授石杰提出，作家在撰写历史人物传记时，可以进行细节的虚构，可以力求传神，使语言具有感染力，但不能随意发挥、凭空捏造，要在尊重史实的基础上进行文学创作。她反对戏说、颠覆和凭空捏造。

那么，面对庄子这样一位原始资料极少的历史人物，应当如何作传？石杰认为，《逍遥游·庄子传》提供了很好的经验。"充闾先生采取的主要办法就是以其对《庄子》的个性化解读，来整合、还原庄子。这种解读从头到尾都围绕着传主的人生，都充满着作者的生命体验，体现出很强的识见修养。"

青年学者王明刚强调，当传主是影响后世的伟大人物时，更容不得半点戏说颠覆，这是一个不可侵犯的写作规约。他说："为庄子立传是非常冒险和艰难的事情，因为史料记载一鳞半爪，最具权威性的《史记》提及庄子也不过235字。想从《庄子》中了解庄子，也并非易事。"因此，他认为，不肆意颠覆，不堆砌材料，也不板着面孔掉书袋的《逍遥游·庄子传》，火候适宜，将历史性、当下性、文学性和学术性"融"为一炉，熔炼出了真实严谨、潇洒雅致、深邃厚实的美学风格。

根据学者李耀中的粗略统计，《逍遥游·庄子传》中涉及直接论及庄子的著作78部；论述所及中国古代文献135部；读庄诗逾百首；古今论庄及相关文献著作人258人；外国名著19部；外国名家40人。这还不包括王充闾用于研读篇章而未在书中直接述到的大量作家作品。因而，李耀中坦言，王充闾的写作是建立在对庄子的充分研究基础之上的，他所做的准备工作不仅仅是为专业工作者考虑，更是广及各层次的受众。

"书中没有攻城野战、宫闱秘闻，传主被展示出的是思想锋芒和对宇宙人生的思考。充闾先生集纳各家观点，客观地表述和评述，最终凝练成自家胸臆，其全面客观，可谓古今无出其右者。这是一位学者的社会责任心。"李耀中说。

> 用散文体书写人物传记，为传记文学创作提供了有益经验……不论读者出于文学、哲学、欣赏哪种立意，都能在品味过程中被引入一种哲思的境地。

王充闾以文学手法立传，还原了一个在平民生活经验中升华人生哲理的智者。这是《逍遥游·庄子传》为传记文学创作提供的一个有益经验。

著名学者、辽宁大学教授王向峰说，《逍遥游·庄子传》是一部长篇历史文化散文，"我认为，《逍遥游·庄子传》是一部工程浩繁的散文工程，充分地显示了王充闾的传统文化素养与精进的专务之功，堪称他文化散文创作的举巅之作。"

王充闾把庄子称为一位名副其实的"诗人哲学家"，为他作传，若不能穿透他的诗性语言，不能进入他的哲学体系，则无法成文。对此，王向峰表示："即便进入庄子的哲学语境，但如不能感悟他的精微哲理，以至达成心印，也很难实现应有的境界。"《逍遥游·庄子传》之所以有许多值得研究的成就,就是因为它进入了这样的境界。

《逍遥游·庄子传》令人耳目一新之处是采用散文体来创作人物传记。王充闾对这样的写法有详细的阐述,他说:"以散文形式,写实手法,钩沉出处行迹,展现人物精神风貌;凡有细节勾勒、形象刻画,尽量注意出言有据、想象合理;征引寓言故事,坚持抽象与具象结合;立论采取开放、兼容态度,展列不同观点,择其善者而从之。"

辽宁大学副教授徐迎新坦言,王充闾提供了另一种历史写作方法,将叙述、描写、评议、论证相结合,呈现出一种由记载、记忆、联想与憧憬构成的立体的精神世界。"因此,我认为,充闾先生不是在一般的意义上为庄子作传,而是以探寻、研究的意图走近庄子、庄学。由于材料极少,人们几乎没有可能复原庄子完整的人生经历及其生命中那些重要的细节,只能就有限的资料,抓取其光彩的时刻。这种情形,只有结构灵活、形式自由的散文体最为适合。"

作家白长鸿也称赞《逍遥游·庄子传》成功地将传记、散文、理论专著融为一体,展示了较强的可读性和深刻的思想内涵,提供了一种距离读者更近的《庄子》阅读方式,也为丰富庄学的文本类型提供了借鉴。他认为:"这是一部语言精湛、文笔恣肆、思想深刻的'品庄'之作。不论读者出于文学、哲学、欣赏哪种立意拿起这本书,在品味过程中,都会被逐渐引入一种哲思的境地,不知不觉成为庄子哲学思想的思考者。"

王充闾的散文创作在文学界享有极高评价。散文的文体风格与庄子思想中的"逍遥"之意十分契合。王明刚在仔细研读《逍遥游·庄子传》后发现,除了散文笔法,当中还杂糅了多种文体,戏剧效果、小说写法、历史叙述和诗歌意境闪烁其间。因此,这本传记显得既厚重又轻盈,既细密又疏朗,既朴素又华美,给读者以品咂不尽的审美感受。

优秀的历史文化散文,应是作家对史学视野的重新厘定、对历史的创造性的思考与沟通,从而为不断发展变化着的现实生活提供丰富的精神滋养和科学的参照体系。

中华民族文化博大精深，文化名人是当中的杰出代表，他们的灿烂人生就是中华文明历史的缩影，他们的思想智慧、精神气脉深深融入中华民族的血液中，成为代代相袭的中华魂魄，在实现中国梦的历史进程中，必定成为再出发的精神动力。正因为此，中国作协计划用五年左右的时间，完成一项原创的纪实体文学工程——《中国历史文化名人传》大型丛书的出版。《逍遥游·庄子传》便是这一工程的首批成果。

回望历史的根本目的是从历史中汲取养分，然后为今所用。也就是说，一部成功的历史文化名人传记，不仅要面向历史，同时也要面向当下，用历史的经验来观照现实。

研讨期间，多位学者提到《逍遥游·庄子传》的第六章"善用减法"。在这一章中，王充闾写道，从中国历史来看，大致可以找到三种人，一类专门用"加法"，一类善用"减法"，还有一类人是"加减法"混合用。所谓"加减法"指的是一种人生理念，"减法"指的是不慕荣利、摒弃虚誉，追求自我精神的超越，强调知足知止。当今社会，喜用"加法"的人太多，而善用"减法"的人太少。当"加法"效应不断放大，人必然会深陷焦虑而无法自拔。《逍遥游·庄子传》虽是以古人为书写对象，但实际在为现实的困境寻求出路。

青年学者王香宁说，《逍遥游·庄子传》写出了一种现代价值，书中的史料不再是僵硬的陈迹，而是实现与现代语境对接的媒介，这是将庄子其人其作其思想自然而然地转换到中国现代逻辑思维的契机。她认为："充闾先生为庄子立传，不仅看重庄子其人其作的深刻内涵，而且看重庄子思想的深远影响。当下，传统的价值认同被功利性的价值观所取代。现代人急功近利、心灵迷失、情绪焦虑、行为浮躁，与庄子所说的'与接为构，日以心斗'具有相似性，即人的生命内性的丧失。这时需要深度的精神文化，关怀人的情感世界，引导人们化解现代社会的矛盾冲突，释放心理压力。《逍遥游·庄子传》便具有提供建构和谐生存人文环境的精神食粮的意义。"

"充闾先生在创作《逍遥游·庄子传》的过程中,采取的是与庄子对话的姿态。"著名批评家、沈阳师范大学教授贺绍俊提出,在写作过程中,王充闾的身份并不是一名纯粹的作者,他以非常确定的主体性进入写作之中,"充闾先生有浓郁的政治情怀,他的政治情怀从文化内涵上看,有两点非常突出,一是具有现代知识分子的意识,二是具有传统的儒家精神。他始终以先贤为榜样,将匡世济民作为文化理想。现代知识分子意识,使得他对社会、历史和政治的认知更加清醒,也更加科学。"

作为一位文化学者,王充闾的文化理想、使命和责任,透过《逍遥游·庄子传》获得了完整的体现。正如他自己所说:"优秀的历史文化散文,不应只满足于对历史场景的再现,而应是作家对史学视野的重新厘定、对历史的创造性的思考与沟通,从而为不断发展变化着的现实生活提供一种丰富的精神滋养和科学的参照体系。"

传记写作要写人更要写心
——对话王充闾

◎ 王 研

"传记热"是近年颇受关注的一个文化现象，但热潮背后隐藏着许多问题。其一，传记类图书种类繁多，出版量极大，质量却参差不齐；其二，作家对传记主角的描写，背离史实处多，尊重史实处少，出现大量失真、失全之作；其三，缺少有观点、有思考、有厚度的佳作。

对于上述问题，著名作家王充闾也有所关注。4月26日，王充闾接受本报记者专访，他从新书《成功的失败者：张学良传》说起，对传记写作进行了深入剖析。

> 如何做到不重复别人，独具特色，别出心裁，这是个大难题……
> 要在万山丛中辟出一条新路，孤峰特峙，迥异流俗。

王研：您以"成功的失败者"为题，撰写张学良传记，请问是出于什么考虑？为什么要拟这样一个题目？写这样的人物，空间大，但拘束也多，您觉得写作中最大的难点是什么？最大的满足又是什么？

王充闾：周恩来同志曾经赞誉："张学良是民族英雄、千古功臣，是一位伟大人物。西安事变挽救了国家民族的一大危机，为中华民族促成了惊天动地的大团结。"2009年，国庆六十周年时，张学良又被列入"100位为新中国成立做出突出贡献的英雄模范人物"。所以，为这样一位人物立传，我觉得非常值得。加之我和他是同乡，所谓"桑梓情缘"。我的故里离少帅的出生地只有十几公里，小时候去过很多次，从当地乡亲那里，听到许多关于他的逸闻趣事。乡关故旧，对少帅的人格与德政赞佩有加，每当说起他来，都流露出一种深深的怀念之情，里面夹杂着几分惋惜、几分悲愤。年轻时我就立下志愿，要把他写出来，再现他的多面、立体形象。

再者，诚如您所说，为他立传"空间大"，就是说他有足够的可言说性——命运起伏跌宕，人性复杂深刻，矛盾冲突激烈，个性空间开阔，可以进行多样化解读，其间有着谜一般的代码与能指，可予破译，可供探讨，可加辨析。他的一生始终被尊荣与耻辱、得意和失意、成功与失败纠缠着。他的人生道路曲折、独特，生命历程充满了戏剧性、偶然性，带有鲜明的传奇色彩。他之所以成为一个言说不尽、历久弥新的热门话题，在很大程度上，得益于他的独特的人格魅力，他的充满张力的不可复制的自我，迥异于寻常的特殊吸引力。

我的定位是，张学良是一个成功的失败者。出版前，国家出版总署（现国家新闻出版署）、中央统战部审定了书稿，认同这一结论。他活了一百零一岁，政治生涯满打满算只有十七八年，却度过了五十四载的铁窗岁月。政治抱负，百不偿一。为此，他自认是一个失败者。同历史上一些悲剧人物一样，张学良也是令人大悲慨、大感伤、大同情的；然而，如果从另一个角度看，多少"政治强人""明星大腕"，极其得意，闪电一般照彻天宇，鼓荡起阵阵旋风、滔滔骇浪，可是，旋踵间便悄然陨落。一朝风烛，瞬息尘埃。而张学良，中华民族将千秋铭记他的英名、他的伟绩。这还不是最大的成功吗？

说到写作上的难度，同我撰写《庄子传》不同——写庄子苦于没有材料，而关于张学良的记述，多如山积，光是传记也得有几十部吧？如何做到不重复别人，独具特色，别出心裁，这是个大难题。当然，在万山丛中能够辟出一条新路，孤峰特峙，迥异流俗，这也是您说的"最大的满足"。

> 立传属于写史……要靠超拔的史识和科学的史观，在选材、立意、知人、论世方面，做到准确、客观、公正，不溢美，不曲护，恰如其分，实事求是。

王研：看得出来，《成功的失败者：张学良传》这本书，是传记，但又有别于一般的传记，在叙述视角、叙述风格以及叙述方式等多个方面，都给读者带来一种新的体验。同时，二十章既是一个整体，又可单独成篇。从当下的传记创作来看，这样的风格和体例有一种清新之感。能否请您自己总结一下，这本书与一般的传记相比，有哪几方面的不同？您在创作时，是有意为之，还是偶然所得？如果是有意为之，那么为什么选择这样的写法？

王充闾：您读得很认真，分析得也很准确。这种写法，是逼出来的，也就是"有意为之"吧。我前面说了，有关张学良的素材，多年来已经挖掘得比较充分。要出新、独创，在材料方面已无用武之地。您知道，立传属于写史；而写史除了把握史实，还须具备史识与史观。高明的史笔，从不满足于陈述史实，总要做出独到的分析、准确的判断。这就要靠超拔的史识和科学的史观，在选材、立意、知人、论世方面，做到准确、客观、公正，不溢美，不曲护，恰如其分，实事求是。写作中，我以马克思主义唯物史观为指导，对于传主的功过是非做出科学的剖析、论证。同时，吸收中国古代传统史学和法国年鉴派、美国新史学以及文化心理学、行为科学、现代人才学中的有益养分，透过事件、现象，展开人物心理、个性、悖论、偶然性的解析，拓展精神世界的多种可能性空间，发掘出个性、人格、命运、道路抉择、人生价值等深层次的蕴意。概言之，就是在坚持事实真实、准确的基础上，运用哲学的思维、史家的眼光进行科学的探索，力求达到现代文化立足点应有的高度。此其一。

其二，文体创新。运用多年来创作历史文化散文、描写人物的经验体会，在精心结撰、谋篇布局方面，采取折扇式的叙述方式，以传主的爱国主义的宏伟抱负及其悲剧性的结局为折扇的主轴,然后"并联式"地射出二十支扇骨,分别写少帅的人生经历、思想追求、业余爱好,特别是世人最为关注的他的两个人生节点,或曰"两条辫子"("九一八"为什么不抵抗,晚年为什么不回大陆);以及传主的三个亲人、四个朋友、两个当事者;最后以《成功的失败者》一章统括全局——古代有个说法,叫作"千里来龙,到此结穴"。这种结构,改变了对于传主从生到死依次道来的传统写法。二十个专题,每个都有不同的视角,互不雷同,却又相互关联,统一于主题中心。著名文学评论家贺绍俊分析:"这本书的创新,集中体现在作者对传记这种文体的突破上,他将散文的自由表达与传记的真实性原则有效地结合为一体,提供了一种散文体传记的新的写作方式。""他将散文体的主观性和鲜明的主体意识带到了传记体中,从而改变了传记叙述的思维方式。如果说,传记叙述的思维的逻辑关系是循着传主的生命轨迹而构建的话,那么,王充闾在这部传记中所表现出的逻辑关系则是在自己解读和体悟传主生平的思想脉络上构建起来的。"

其三,传记是历史,我把它当作文学作品来写,就是说不以单纯的叙事为满足,还通过文学的手法,运用文学的语言,借助形象、细节、场面、心理的刻画,进行审美创造,穷原究委,探赜烛微。既保证了叙事写实的客观性,又体现了鲜明的文学色彩和主体意识。

最近,中国图书评论学会推荐二十部好书,本书有幸入列,它的推荐理由是:"本书以独特视角客观再现张学良传奇一生,叙述角度新颖,完全不同于常规的传记著述。作者以史实为依据,选取传主与他人的关系进行叙说,并间以传主的自述,夹叙夹议,全书带有人物评传的味道,是一部可读性极强的纪实文学作品。"

> 作为一种文学样式,传记应该透过事件、现象,致力于人物心灵的剖析,拓展精神世界的多种可能性空间,发掘出人性、人格、命运抉择、人生价值等深层次的蕴意。

王研：当下，传记在市场上很热，但大多数是为出版而出版。能不能谈一谈您对传记创作的一些想法？您怎么看待当下传记创作的现状？作为一种文学样式，同时又兼具历史书写的功能，您认为传记应该怎么写？

王充闾：传记属于历史范畴。唐代刘知几有言："史书者，记事之言也。"说明我国史书传统是以记事为主（司马迁的《史记》属于特例）。而西方传记则注重人的思想、人的精神风貌、人的实践活动，亦即人的精神存在与物质存在。应该说，历史的张力、魅力与生命力，无一不与人物紧密连接着。历史中，人是出发点与落脚点。人的存在意义，人的命运，人为什么活、怎样活，应该成为史家关注的焦点。广大读者期待着通过阅读传记来增长生命智慧，深入一步解悟历史、叩问人生、认识自我，饱享超越性感悟的快乐。"文学是人学"。作为一种文学样式，传记应该透过事件、现象，致力于人物心灵的剖析，拓展精神世界的多种可能性空间，发掘出人性、人格、命运抉择、人生价值等深层次的蕴意。

王研：许多作家写传记，更多地把笔墨放在人物跌宕起伏的经历上，特别是情感经历，通过增强故事性来吸引读者。我注意到，《成功的失败者：张学良传》这本书更关注张学良的性格特质与心态转折，以充满哲思的笔触来重新审视张学良的人生经历。您是否认为，把作者的思考与传记主角的故事置于同等重要的地位，同时呈现，互为推进，能够写出更有深度的传记？

王充闾：我的立足点是给少帅"写心"，模塑一个有血有肉的立体形象，亦即着眼于展现传主及有关人物的个性特征、内在质素与精神风貌。这就要运用文学语言，调动心理描写、形象刻画和广泛联想等多种艺术手段。我是这样为晚年定居于夏威夷的张学良画像的："告别了刻着伤痕、连着脐带的关河丘陇，经过一番精神上的换血之后，像一只挣脱网罟、藏身岩穴的龙虾，在这孤悬大洋深处的避风港湾隐遁下来。龙虾一生中多次脱壳，他也在人生舞台上不断地变换角色，先是扮演横冲直撞、冒险犯难的堂吉诃德，后来化身为头戴紧箍、身压五行山的行者悟空，收场时又成了流寓孤岛的鲁滨孙。"

张学良的性格特征是极其鲜明的,属于情绪型、外向型、独立型。一是活泼、好动,反应灵敏,喜欢与人交往,情绪易于冲动;二是正直、善良、果敢、豁达、率真、粗犷,重然诺,讲信义,勇于任事,敢作敢为,在他的身上,始终有一种磅礴、喷涌的豪气在;三是胸无城府,"玻璃人"般的坦诚,有时像个小孩子,而另一面,则不免粗犷、孟浪、轻信、天真,思维简单,而且我行我素,不计后果。

这种性格和气质,有一定的先天因素,而更多的是受一定思想、意识、信仰、世界观等后天因素的影响,它们制约着张学良的行为,影响着他的命运——休咎、穷通、祸福、成败。揭示张学良的个性的形成是读者共同关心的一个问题。我从他的家庭环境、文化背景、社会交往、人生阅历四个方面加以剖析。四个方面形成一种合力,交融互汇,激荡冲突,揉搓塑抹,最后造就了张学良多姿多彩、光怪陆离的杂色人生。

在寻找与感悟中发现灵性
——评王充闾的散文创作

◎ 初　旭　王景涛

不能说时下的批评完全遗忘了散文文学，但散文也确实没有赢得批评家的青睐，他们甚至没有做起码的两件事：发现与选择。持各种目的，从不同角度出发的各种批评几乎不约而同地避开了特定历史氛围和社会的心理需求，为当代散文文学的命运做出各种悲观形势的推测与裁定。于是就有了散文文学是生存还是死亡的困惑。其实，这一切本不该发生。只要对当今散文创作稍加留意，就创作队伍的庞大、精神景观的广阔、风格与个性的多样而言，散文的收获并不亚于小说和诗歌，甚至可以说，当今散文所具有的泛文化性，它的渲染力和铺盖性远在小说与诗歌之上。而且，一个有趣的现象是，由于新时期文学太注意塑造自立思想者和觉醒者的光辉形象，结果付出了相当大的代价——相应而来的是想象力的空前紧张与头脑的沉重。文学需要一种轻松、舒缓、洒脱的氛围。已经有不少的小说和诗歌作者开始频频地打量散文，以求一种解脱和超越。如此，在这种背景下讨论王充闾的散文创作，或许会给文坛一点点启示。我们这位作者，成为散文家是无意为之，恰恰是这种"柳荫絮语"中的"偶拈诗笔"，在不经意中获得了成功。

感悟充闾先生

劳者自歌 随兴而就

我们曾经虔诚地相信散文王国里"神"的存在，曾经一刻不停地默念着它去升华万物，寻找涅槃，结果我们编织了太多的光彩照人但又规规矩矩的现代童话和传说。在宗教精神和浅薄的乐观情绪导引下，散文"形散而神不散"的命题长期以来被作以绝对化和凝固化的理解，散文完全成为一种表达主题最为准确的工具。我们的散文太缺少了一点随便，太缺少了一种意志的自由，太缺少了一股生气与冲动。如果在散文中有所谓无所不在的"神"，那么这个"神"绝不应该是一个可以用语言归纳到干干净净的主题，而应是一种自由的意志，它应该表现为一个激动人心的意志，一种感人肺腑的情绪，一股来自生命本体的冲动。散文，是人类寻求自由、渴望与世界交流的特有的切近形式。

散文创作要紧的在于作者心态开放，在于生命意志的亢奋和冲动，在于一种出自自我经验世界的真实的情感契机，在于所思所感的本色质朴。这也正是我们读王充闾散文所获得的第一个启示。"劳者自歌，随兴而就"，作者淡然的自谓，道破了散文创作的天机，也道出了自己多年来散文创作中的意蕊心香和本色风流。尊重自我的经验，一切从真实的感受出发，自会达到呼风唤雨、左右逢源的境地。在王充闾这里，一切都以作者的兴感为中心而铺展开去，一切都在随着真实的意志冲动而隐没上升，看不见令人窒息的闭合的主题贯穿引领，只有作者漫天漫地的脚步与兴致，只有神驰意荡的从容与适意。于是，在不知不觉间，我们追随着作者走了很远很远。打开王充闾的散文集，其中不管是浓重"乡情"的抒发，还是幽微"心迹"的描述，抑或飘忽"萍踪"的追念，都会使人感受到这种自然与晓畅的艺术感染力。而这一切，无疑都得归于作者对人、对生活、对艺术的一种追求与真诚。表现在创作上，至少有两个层次的蕴意。

其一，在创作缘起上，坚持从生活出发，从感情生活中获取灵感和才思。

这不仅给他的散文造成了极浓厚的感性气氛,产生了蓬勃的生机与活力,而且从根本上避开了散文创作中存在的一条危险的轨道——矫情。事实上,生活的氛围与美学的境界在这里已构成了难舍难分的存在,而作者却于此间悠闲漫步,来往穿梭。那篇清新隽永、潇洒优美的《柳荫絮语》产生于一次别开生面的茶话会,全部的机心在于茶话会上一次诚恳的交谈和作者体察入微的感受:"其实,不要说一别四十寒暑的天涯倦客,即便一直生活在市区的人,当看到满城新绿时,又何尝不为之动情呢?"这是引领全文的关键,于是街市柳影、榆林晨境、柳的传说与象征……在真切的情感引发下悉入笔底,给人以无限的向往与美的享受。至于那篇飘逸潇洒、诗情画意、气足神盈的《黄昏》更是源自作者亲身经历的生活。一次空中旅行,不仅带给作者以惬意,也带给作者发现与感悟。于是,来自天际深处的生活画面与经验迅速组合起来,谱成了一曲黄昏颂歌,一份生活启示。这是从生活中寻找情感与观念,而不是让生活俯就于先验的观念。

其二,在创作过程中,一切以情感的自然出发、波动、起伏、隐没为依傍,自觉顺应情感流动的真实过程,行于所当行,止于所不可不止。缘情而发,这是很古的道理和审美经验,但关键在于情感本身的真伪,即情感是不是自在性的,是否为生活所引发。真正感人的散文创作,从来不是过于强迫观念而玩弄情感的,而是以创作为情感表露的必然途径和形式,把创作变成自立人生的形式。所谓"登山则情满于山,观海则意溢于海",不是指疯子式的冲动,而是指审美自然的需求。王充闾就是把创作作为一种生活,使情感顺乎一种本能,因而才有那种兴至意足的美学效应。他的一支笔,始终伴随着他的脚步与心灵,捕捉意绪,描摹情感。一本《柳荫絮语》,几乎是他整个人生的投影,而其中的每一篇作品,差不多都真实地记录了他情感的细微与意念的变化,组成了一条明晰的情感轨迹。《小楼,夜听春雨》是写对春雨的喜悦,作者倚窗而立,思绪绵绵,但激动并没有长久地进行下去,而是在"润物细无声"之中,在记忆与经验中勾抹了几笔亮色之后,便轻轻带住;《壮歌行》却与此不同,冲动是亢奋的,也是持久的，因为"感人的歌声留给人的记忆是长远的"，引起的激动也必然是一个较长的情感生发过程……

凡此两点，不仅使他的散文保持较大限度的真切魅力，也使他的散文视野开阔，我们看到，作者那一支隽灵的笔始终在追随着自己的心灵与脚步，倾吐着真诚，挥发着真知灼见。一粒玉米、一朵花、一席谈话以至异域风情、国事民瘼，都在作者笔下聚拢来，组成生机盎然的美学空间。

与其说是一组博大的审美空间，毋宁说是一种心态的显示，一种自由开放的心态，一种真正的"视通万里，思接千载"的散文美感心态。"多年来，养成晨兴、傍晚负手闲步的习惯。清风徐来，柳丝拂面，平日的诸多感想、见闻，汩汩地涌上心头。书中多数篇章都是在这种情况下构思的。"（《柳荫絮语》后记）如果说这种"劳者自歌，随兴而就"的心态寓含了意志的自由与开放，那么在"负手闲步"与"柳丝拂面"之中，一股轻松、舒缓、乐观、快适的情绪之流已经不引而出了。不过，这种悠闲快适之中的轻思漫想已不可能表现为对现实的逃避和柳下喝茶式的淡泊，时代和他个人经历决定了这诸多"汩汩地涌上心头"的感想必然地流向广阔的社会生活。事实上，在作者从容有序地描古述今、求诗问典之中，我们还是不用任何媒介就可以感受到一种轻轻的抒情成分，一股无处不在的乐观情绪。作者往往并不直接抒情，而常常是用意味深长的几笔将这潜在的情绪与情感轻轻托出，让人思感无穷。《壮歌行》里，作者因歌声而触发了对往事的记忆和各种关于歌的联想，结尾写道："这一夜睡得虽晚，却很香甜。一觉醒来，已是满窗红日。好，又是一个响晴天！"

多么惬意的一夜歌声，一夜联想！而这歌声与联想迎来的又是多么新鲜美好的一天！《海上抒怀》里，作者随着波涛的起伏而神驰意往。面对无限的广阔，感到了生命的价值。文中抒情笔致处处可见。透明、碧蓝的广阔，颠簸、翻腾的梦境，以及"我"不由自主地"步出船舱，走上甲板，顺着航行的方向，迎着海风，迎着海浪，满怀希望地坚定地走去"的举动，不但烘托出透明澄碧的感情氛围，而且展示出内在的、积极乐观的情绪流程。就这样，轻松、乐观、积极的情感氛围浸染了王充闾的散文空间，这积极乐观的情感基调无疑来自艺术家热爱生活的美好人格和与之关联在一起的善良愿望。这些，无疑会给人以感奋、向往和陶醉。

寻找与感悟

在漫天漫地的兴致与脚步里，在谈古论今的潇洒惬意中，那遍布在字里行间、如火如荼、呐喊跳跃的意念渐渐沉淀下来，慢慢地，一股厚重充实、浸润筋骨的力量袭向读者的心头。于是，局限在消融，意志在升华，在极度扩展的自我世界中人格趋向完善。王充闾在一笔不苟地揭示、发掘着社会生活的善与美，在挚诚率真地和读者交流着关涉人生与人类的真知灼见。无形的责任和使命紧紧包围了他，使他绝不轻易放过一次交流与思想的机会，一线流水，一次旅行，一串音乐……生活的万紫千红，在他的视野里，变成了五光十色的思想。乐于追究，敏于思索，已经成为一种嗜好，一种性情。王充闾散文里所表现的沉思和默想虽是持久连续的，却并不是随意地流露和发泄，它具有自己的倾向和重心——所有的意向与观念都维系着人类主体现实的处境，都关怀着人类社会的发展与演进。这是一种不折不扣的现实主义理性精神。它源自现实，又皈依现实。理性不仅构成了创作的支点，而且成为滤尽一切感受、联想、描摹的最后本源。

所有这一切，都融进了一次次真诚的寻找、感悟之中。寻找与感悟，在此不仅是一种理性行为，而且也成为一种弘扬精神、生发思想的方式。当这种行为方式以特有的诚恳与持重出现在我们面前时，一种蓬勃巨大的信念迅速地诞生了。而且，由于寻找与感悟本身的真诚，由于追寻、发现、思度、领悟本身都来自活生生的现实，来自作者的人生经验。寻找、感悟虽为一体化的存在，但两者并不等同，寻找本身，常常不是有形可察的，它是一种潜在的理性驱动力，一种意向。而感悟则是伴随着寻找而出现，它是一种理性的升华，是寻找的结果和归宿。这样，孤立地谈寻找、感悟，

感悟充闾先生

无疑是对作品内在关联机制的割裂。王充闾的全部创作，都是寻找与感悟、思索与升华的结果。差不多每一篇作品，都表现出砥砺人志的寻找和感悟。《龙首寻秋》在这方面也许更有代表性，乍看起来，"寻秋"是颇有些漫不经心的，作者因受秋色的诱惑，不但收不住眼神，也收不住思绪。但是一路的倾听顾盼、品鉴思量中，摄入眼中的皆是生机与活力，最后沉入眼底的是几树如火如荼的红叶。

> 果然在一处断崖前，有几树新红赫然出现，像一束束烛天烈炬炊烧在青翠的树峦里，把整个山容点活了。从这些灼灼醉叶，可以想见那"赤云万叠、降雪千林，十数里山峦艳如霞锦"的奇丽景观。借用一句哲学语言来表述："无限在有限之中映射出来了。"

在这，我们才了然作者心机，原来这一路的流连，一路的联想，都是为着一种寻找——寻找生机和活力。于是，在这么不肯安宁的寻找中，秋天变成了一个意味深长的启示，一种关涉人生的感悟。这种感觉于《在乎山水之外》中也许更为显露一些。这是一篇较短的文字，却写得流转充盈，富有机理。在两次不同的游历中，作者都不期而然地听到了文学家苏轼与白居易治水的业绩。于是，作者顿生感悟：历史的实质本来在于一种"严峻的选择"，而在这种选择下，"李唐赵宋风吹浪""什么凌烟阁，纪功碑，都将随着岁序的迁流而荡然无存，唯有刻在人民群众心头上的丰碑，将历久不磨，巍然永在"。这是对历史的感悟，也是一种精神寓托，一种对生存价值和使命的寻找。

由于寻找，感悟已成为理性的依托形式，成为一种思想方式。所以寻找、感悟也就成为理性的全面渗透与辐射的过程。作者广博的阅历、丰富的知识在这一意向下统摄起来，使其寻找、感悟更加自然和自觉，帮助他的散文创作取得了在美学上的成功。

洒脱中的流美

散文的意义也许最终是语言的意义。介于诗歌、小说、戏剧之间的处境与地位决定了散文的选择首先将是语言的选择。它应该集诗歌、小说、戏剧以至声像语言于一体。这样，散文才有无法被替代的优势，才是一个创造性的存在。这也决定了散文将是最难为的，一个有志于散文创作的人首先应该经营的就是磨炼几套笔墨，然后再从这些笔墨中形成风格。王充闾散文的成功同样含有语言艺术的创造性成分和个性风貌。可以说，这是一片充满生机与活力的语言天地，在朴素、自然、疏朗、洒脱的语言里，传达出了作者热情的期待、睿智的思考和深刻的启示……

小时候听伯父说，有一次他趁夜黑天外出躲债，慌急中闯进一处坟场，恍然觉得往哪边走前面都有东西挡着，好像陆逊陷入诸葛亮的"八阵图"中一般，怎么也摆脱不了，直到天麻麻亮看清了路，才走了出去。当时人们都说他碰上了"鬼打墙"。

这是《冲破"鬼打墙"》一文的开篇。大约作者也认为散文"系日常交换意见的器具"（周作人语），所以，采用了日常生活用语作为基本的叙述语体。这种语体的灵便、活泼自然和作者真实的情感相契合，从而形成了行云流水式的晓畅与通达。尤其当这一语体和第一人称的叙述角度结合在一起的时候，作品进入了一种自由自在的天地，没有束缚，没有做作，没有障碍，有的只是真诚与放达，感染与魅力。

但是，这并不是作者全部的语言经验，也不足以构成一种风格，在以日常口语为基础搭就的语言框架里，时常全蹦跳出如瑰宝一般精致、工巧、玲珑、剔透的句子，它们和灵动、素朴、简约的日常语言自然地衔接在一起，形成了平实中有变化，朴素里见精致，通俗中显古拙的语言风范。这

感悟充闾先生

集中表现在以诗入文、以诗为文这一特点上。作者同中国古典诗歌有着深厚的缘分，那种"不着一字，尽得风流"的诗句不仅影响到了他的思想方式，而且已经以经验的方式，积淀在记忆深处，呼之即出。这样的笔致随处可见。

> 我们继续在"葫芦峪"里穿行着；小说家S君半认真半开玩笑地说："舍弃六桥三竺，肯到这个深谷幽涧中漫游，这想大概只有两种人。一种是情人，谈情说爱是最不怕幽静的。古人游西湖有诗云：'人自乞晴侬乞雨，要它微雨散行人。'说的正是这种情况。再一种就是诗人，览胜寻幽，更饶诗兴。这两种人还有一个共同特点，就是不避艰险，不惮劳苦……都有一种'衣带渐宽终不悔，为伊消得人憔悴'的献身精神。"

这是《谣趣·诗趣·理趣——江南漫兴之一》中的一段。落落大方中参入两句诗，无形中增添了一种情趣，一份含蓄，一处曲折。以此点睛，可谓神到。

就语态而言，王充闾的散文也是变化多于统一，常常是集叙述、描写、议论于一体。其中的描写语言尤为称道。作者经常将白描手法和细描手法结合并用，有时移情于物，就更见精妙。如《昙花，昙花》。

> 推开了屋门，只见雪亮的灯光下，妻子正全神贯注地观察着那盆平素很不引人注意的昙花。几分钟后，在扁平的叶状新枝的边缘，翠玉般的花蕾，竟和电影特写的一模一样，逐渐地，逐渐地张开了。层层花瓣上的每根筋络都在拼力地舒展，似乎要把积聚了多年的气力和心血，尽情地倾泻无遗，要把全部的美和爱都奉献给培育它的主人。中间的花蕊像粉蝶的触须，在微微地颤动。花冠大似碗口，晶莹如玉，洁白胜雪，透出浓郁的幽香，沁人心脾。

那空灵俊逸的神韵，轻轻摇曳的身姿，使人联想到郁郁葱葱的树冠上的一朵飘忽的白云，我连大气也不敢嘘出，唯恐一不小心将它吹荡开去。

这段描写细腻入神，将客观的昙花赋予一种人格，新颖，工巧，可见出作者驾驭语言的功力。再如写海上黄昏。

夏日的黄昏，过得迟缓；可是又变幻得十分敏捷，一不留神，夕阳的猩唇就吻了海。湛蓝的天空与茫茫的沧波分别从头顶和脚下同后向天际驰去，渐渐地汇合在一起⋯⋯

这是《诗思牵余故园心》中的段落，读了这段描写，会在你的视界里沉淀下来一个活泼、新奇，充满瑰丽与壮观的意象，一股浓重的感情氛围浸润而来。语言洒脱而流美，显示出了盎然的生机与活力。

应该说，这一切都在证实着一个作家的素质与修养。文学，需要天赋，更需要时间与毅力。王充闾自己的实践，回答了一个基本的关乎文学存在与发展的命题。

然而，不能不说的是，任何一种成熟都同时具有一种缺憾，而过分的成熟本身就意味着一种停顿和凝固、一种活力与生命的萎缩。王充闾也存在着同样的处境。其一，他的创作，基本上已形成一种模式，他总是从现实生活身边琐事、历史掌故中获取灵感，总是在微笑中联通古今，引发议论，总是那几套叙述、议论，描写的笔墨交叉⋯⋯这种样式呈现出一种平面化，缺乏一种弹性和张力。因而，它顽强地阻挡了主体精神的介入与冲撞。如何以自我为中心创造一个富于弹性、多维拓展的圆形模式，也许这正是王充闾所面临的选择。这同样需要眼力、精力和时间。其二，王充闾的散文所表现的实际上是一种乐感心态，这种心态重现实、重乐观，当然也具备积极向上的力量。但是，这种力量至少在当前还缺乏其应有的深刻，因为它是基于宏观历史的进化而引发的乐观，因而，这种乐观也就构成一种进化论和决定论，它缺乏一种深沉壮阔的人类命运感、历史悲剧感。如何使这种心态彻底地扭转，使思想升发起一种冲力，也是王充闾面临的基本选择。其三，毋庸讳言，王充闾所掌握的大量的古典诗词的精金粹玉，一方面，在他散文中如数家珍般地随手拈来丰富他创作的同时，另一方面也束缚了他的手脚，成为一种累赘，显得碍手碍脚，如此发展，未免有"掉书袋"之嫌。

当然，这些毕竟是成熟中的不足，而我们也坚信，王充闾在今后的散文创作中，一定会走出困境，因为在散文世界里有无数新的绿洲正等待着他去开垦。

哲理美：对人生与世界的戚悟和升华
——王充闾散文印象一论

◎王 科

南朝吴均在《与朱元思书》中描绘山阴道的瑰丽风光和审美效应时说，"风烟俱净，天山共色……奇山异水，天下独绝""鸢飞戾天者，望峰息心，经纶世务者，窥谷忘反"。那意思说：碧空澄明，烟雾净尽，分不出哪是蓝天，哪是青山；这天下绝无仅有的山水呀，使人的心灵得到净化，并由之大彻大悟，鄙夷那红尘滚滚、人欲横流的俗务，努力攀向新的人生目标。这是多么美的景致，多么自然的哲思！如果我们不摒弃作者油然而生的遁世之意，如果我们不局囿于自然景观的索解，那么，这清纯静美、卓尔不凡的万千气象以及对人精神的涤荡吸摄，又岂止说的富春江山水，它不是完全可以用来形象地说明作家的人格和美学评判吗？

由此，我想到了王充闾，想到了他那如江上清风、山间明月般素朴自然的美文，想到了他散文对人生与世界的哲学感悟和理性升华，以及从中透发出来的摄人心魄、令人心折的哲理美。我甚至以为，这种本质的、哲理的对人生、世界的把握方式和感受方式，这种鲜明地显现了创作主体的个性色彩，既是王充闾对二十世纪五六十年代散文模式的强有力突破，也是对新时期散文的大幅度超越；既是对散文艺术的大胆探索和导引，也是对时下散文矫靡之风的有力反拨和匡正。一句话，王充闾的散文以理取胜，他似乎是以哲理的双翅，腾飞在当代散文的世界中，似乎是以哲理的光环，皴染着自己散文的风景线。

感悟充闾先生

感悟和升华哲理，是王充闾散文创作的执着追求。可以说，从试笔文坛那天起，他就一直以此作为自己的使命和义务，并孜孜以求，笔耕不辍。在《清风白水》的后记中，他明言自己的创作宗旨，那就是要"究世事之得失，发物理之精微，追求文章的深度与力度，对读者有所启迪"。显然，这"得失""精微""深度与力度"和"对读者有所启迪"就是指那丰富的意蕴和深湛的哲理。为达到此目的，他凭借自己的优势——传统文化的深刻熏陶、生活艺术的多维修养，思想理论的高深造诣，惨淡经营多彩的散文艺术，将那深刻的哲理蕴含在深沉的激情中，将那独到的发现渗入在精巧的构思里，多角度、多层次地展示散文的哲理美，从而确立了其散文创作那哲学的、文化的高品位。那么王充闾的散文是怎样实现自己对人生与世界的哲学把握，渗透出一种当代散文鲜见的哲理美呢？

偏重哲理，从生活和心灵的视野中寻觅哲理美。新时期以来，在反思二十世纪五六十年代散文创作的经验教训中，人们形成了一种矫枉过正的定势，认为散文与哲理无缘，哲理伤文，散文应是纯情的宣泄和诗意的流露。缘于此，卿卿我我、轻歌曼舞的鼓颂之词，杯水风波、心灵爝火的夸饰之作蜂拥而来，而那些紧扣时代脉搏，抒写深刻哲理的作品却寥若晨星。王充闾同志却不然，他秉承了中国古代散文的优良传统，以理铸文、以理塑造自己散文的灵魂；他高扬哲理的旗帜，努力实践自己的文学主张，其作品如暮鼓晨钟，催人警醒；似舒展风云，一扫铅华。循着这个视角研读他的散文，我们发现，无论是纵横捭阖的杂谈，还是谈天说地的偶感；无论是徜徉山水的记游，还是意绪飞腾的履迹，都包蕴着促人怀想、使人彻悟的哲理，都满含着需经过心灵发酵与咀嚼的新意，都藏有接受主体需要和作家的意旨理趣产生共鸣的东西。无疑，这种艺术效应的原动力，就是恩格斯称赞的"最崇高的土地上成长起来的""高尚思想"，亦即哲理。正是这种深刻的哲理化作了王充闾散文的恒久魅力，并使之与一般化的散文隔开了一条鸿沟。简言之，王充闾的散文就是在哲理的映照下，闪烁出奇光异彩的学者化的美文。

哲理美：对人生与世界的感悟和升华——王充闾散文印象一论

当然，偏重哲理并非要主题先行，去搞理念游戏，"为赋新词强说愁"，而是要在纷纭万状的五彩世界中自然发现哲理，甚至在平淡无奇、司空见惯的事物中寻觅到常人难以认识到的哲理美。并以此为媒介物，小中见大、平中显奇、浅中寓深地加以艺术呈现。王充闾的散文就做到了这一点。这首先要说到他的几十篇《人才诗话》。《人才诗话》从宏观上看，似乎是人才艺术的杂文随笔，随而透过舒卷自如、谐趣间出的外在形式，我们几欲可以认为它是人才学的哲理阐释，是人才学与哲学的联姻。它篇篇都有作者的独到发现，篇篇都有观照历史的哲思，篇篇都浸透着马克思主义辩证法的哲学意识。在《李煜和爱因斯坦》中，作者阐发了"正确地设计自己，选准主攻方向"也是成才的关键这个发人深思的道理；在《成才——强者之歌》中，作者一反"逆境成才"这个千古为人认同的定律，指出这也是有条件的，那就是成才人应该是个强者；在《爱才犹贵无名时》中作者认为，真正的伯乐，不应止于"锦上添花"，而应"雪中送炭"；在《智套·门客·山中宰相》里，作者判定，真正优化的参谋班子，应该是由不同知识结构组成的、优势互补的人才群体；《楚材晋用》更不趋时，作者说，引进人才要比引进先进设备重要得多；在《南郭先生与大锅饭》中，作者的发现更是横扫千古，石破天惊，指出人们不能一味责备南郭，如果齐宣王采用"齐竽历试"的方式，也许南郭早就愤而成才了。这些独到的新见，睿智的思索，都一反千百年来人们形成的思维定式，都不失为精警的哲理体验，令我们咀嚼不尽，沉吟再三。《人才诗话》尚且如此，更遑论那些狭义的散文了。

在那些"正宗"的散文里，摄入作品中那色彩缤纷的意象链，诸如宇宙万物，天地山河，人生历史，民风世俗，茶余漫话，异域探索，无不在其笔下幻化成远见卓识的真谛，包蕴古今的经验，稍纵即逝的灵感，震人心魄的顿悟。如《五岳还留一岳思》，作者通过自己游历天下的感受，对传统的"止于至善"的思想方式和心理上的"无谬误论"提出了质疑，既抒发了自己的审美体验，又阐释了深刻的哲理；在《读三峡》中，面对"这部上接苍冥，下临江底，近四百里长的硕大无朋的典籍"，作者思贯千载、

感悟充闾先生

视通万里，悟出了"它的每一叠岩页，都是历史老人留下的回音壁、记事珠和备忘录。里面镂刻着岁月的履屐，律动着乾坤的吐纳，展现着大自然的启示"这种哲理式的感悟，其力度远远超越了那些皮相地、浮泛地对大好河山的讴歌；在《冰城忆》里，面对洞府仙乡般的水晶世界，饱览争奇斗艳、竞逞才思的冰灯、冰塑，他坚信"世事长新，永无停日"。这种哲理的抒发，不是颇有些出人意料吗？在《黄山三人行》《美的探索》里，他告诉我们："生活中最能引发人们关心的，往往是那种矛盾接近顶点，将要解决，但尚未解决的事物。"多么深刻，何等新颖！这些涉足四域八荒的游记，几乎都在描山画水的同时，破译出了山水中蕴含的人事，发掘出了一些哲理的思索。应该说，这是难能可贵的。没有广博的学识，没有诗人的慧眼和哲人的深思，怎能有此情理兼备的斐然妙文？

记事散文中，也多有抒写哲理之作。这些文章，无论题材重大与否，作者都没有就事论事、浅薄为文，而是以事为基点，切入事物的内部，道出箴言警句般的惊人之语。《记事珠》这篇散文，洋洋洒洒地叙写了当年引种薏苡（药玉米）的经过。那时青春气盛，对一切都充满狂热的幻想，企盼一下子将辽河套变成米粮川，因而忽视了作物生长的自然规律，导致禾苗贪青疯长，颗粒无收。后来，当地人锲而不舍，经过反复摸索，终于掌握了薏苡的生长规律，试种成功。今天，望着油光可鉴的薏苡，遥想如烟的往事，作者不禁思潮澎湃："我忽然觉得它很像珍珠。古代传说中有一种记事珠，或有阙忘之事，以手持弄此珠，便觉心神开悟，焕然明晓。我想，若是把这些薏苡粒串缀起来，悬置座前，不也同样是一种记事珠吗？"前事不忘，后事之师，联系到二十世纪五六十年代我国社会生活中的大跌宕和急剧的否定之否定，我们不是很能顿悟这其中的弦外之音、音外之旨吗？显然，那深湛的内涵是不言自明的。在《古洞泛舟》中，作者置身于清幽静谧的洞天水府，没有痴迷于大自然那鬼斧神工创造的神秘世界，而是领悟到神州大地"胜境无穷"；《昙花，昙花》中，作者为这难见经传的花仙子竭尽全力、绽放奇葩而惊叹，发出了怜才、爱才、惜才的呼声；

仔细吟味，《买豆腐》也绝不是侈谈豆腐经，字里行间充溢着伟大与平凡、朴素与深邃的辩证哲理。总之，在王充闾的散文中，这种大华若朴、大浓若淡的哲理，已经渗透于他散文内在的情韵之中，成为其散文美的重要因子，使人愈品愈然，并追随这哲理的线索，漫步在美的艺术空间，受到强烈的感染和震撼。

铸炼哲理，从情趣融合的意境中升华哲理美。王充闾的散文虽然渗透着哲理的情韵，但是，他并非是在苦心孤诣，刻意追求。那些让人荡气回肠、悚然顿悟的哲理，皆是他长期积累、自然得之。对于哲理，这个主体感受的外化和生活经验的结晶，他总是将其隐含在娓娓的叙谈中，附着在景物的描绘上，阐释在激情的抒发中，交汇在情趣的漫笔里。情从景生，理自情出，让三者有机地结合成一体。平心论之，要做到这一点，不是很容易的事。在近几年的散文园地中，不是常看到一些矫情（理）的散文吗？这些文章的作者往往将心灵罩上严密的帷幕，不与读者做真诚的交流，甚至将外来的理念焊接在某种意象上，抑或干脆将自己都不知所云的电光石火倾销给读者，使文章云山雾罩，或充斥着生硬的生理性元素，或留下几声贵族式的叹惋。王充闾却从不如此。与这些外华内枯、血贫气短的文章作者形成鲜明的对照，他不去体现某些抽象的定义，不去进行理念的演绎，而是力图在主体与客体的交流中，寻找二者审美的契合点，然后将移情对象艺术化，从中锤炼出金灿灿的思维晶体。在此思想指导下，寻常题目，一经他下笔生发，往往便如阴阴夏木般伸展开来，密叶繁枝，交窗覆瓦，使人兴味盎然。《捕蟹者说》就是一篇融情入景、铸理入情、充满理趣的上品。作者在这幅速写般的忆旧之作中，通过对典型景物的勾勒和典型事物的捕捉，于蕴藉的画面中贮满透视人生哲理的深度与张力。那难忘的家乡大地"河清云淡""草野茫茫""江天寥廓"，跟父亲打草捕蟹，是何等惬意的快事！饶有兴趣的经验，扣人心弦的"战斗"，作者只寥寥几笔，就把一幅"辽滨捕蟹图"跃然纸上了。同时，萦绕于文中的乡恋之情与对自然景观的多角度描绘，又为后文的结穴之语铺染了诗意的辉光，从而使文势自然转到了哲理的升华:"甘食美味往往出现在艰辛的劳动之后。"这,也许就是《捕蟹者说》要述说的人生要义吧。

在王充闾的散文中,情理交融不是简单地相加,而是自然地糅合,发乎自然之情,止乎应有之理。《梦雨潇潇沈氏园》等就都如此。作者旁征博引,评勘钩沉,将我们引入陆唐爱情悲剧的层峦叠嶂之中,正当那摧肝泣胆、柔肠百转的哀情撞击心扉,使人忘情于其间时,作者那哲人般的评论轰鸣而来:"犹如春蚕作茧,千丈万丈游丝都环绕着一个主体,犹如峡谷飞泉,千年万年不停歇地向外喷流⋯⋯爱情同人生一样,也是一次性的。人的真诚的爱恋行为一旦发生,就会在心灵深处永存痕迹。这种唯一性的爱的破坏,很可能使尔后多次的爱恋相应地贬值。在这里'一'大于'多'。对这种现象,我们应提到爱的哲学高度加以反思⋯⋯"这精辟的议论,深邃的哲理,给人以多么深刻的启示!这是作者从人类普泛的感情生活现象中提炼出来的认识,也是一个"宦况诗怀一样清"的纯情书生对苦恋的真切理解。这高层次的哲理,既浸润着纯洁浓烈的情,又依托着哀婉动人的历史背景和暮雨潇潇的现实景象,开掘了多么深刻的社会文化内容,真叫人含英咀华、低回不尽。在《两个爱情的神话》里,作者展开感情的丝线,将天上、地下、人间、仙界、古代、今天、中国、外域穿插铺排在一起,使景中情、情中理,宏微结合,点面相融,感情腾挪跳跃,形象呼之欲出。写到最后,作者自然喷涌了自己朴实的见解:"爱情不是来去无踪的神秘天使,也不是随手可拾的寻常草绳,而是发生于符合人伦道德的两性之间的爱慕之情。它是感性与理性、自发与自觉、本能冲动与道德文明、直观与愿望、现实与理想的对立统一。"这样,这种哲理性的分析就有了它赖以植根的艺术形象,这种哲理也就能与其他元素和谐地编织成艺术的锦绣。试想,如果这些哲理只是空泛的、枯燥的议论,不与动人的多重意象、高扬的主观激情融合为一,那将如何拨动人的心弦,如何产生令人耳目一新的艺术美?

幻化哲理,从多种手法的融汇中观照哲理美。王充闾散文的哲理常常借助于比喻、用典、想象、联想等多种多样的修辞手法和最活跃的力量。他许多篇章的哲理美，都以想象、联想作为载体，都依托于想象，穿透了历史的风烟，跨越了空间的壁垒，在传递思想的同时，又创造出许多发散式艺术形象。如《读三峡》，从"混沌初开、乾坤始奠"的原初，到大江东去，浩浩荡荡的今天，从诗仙诗圣，到当代精英，从自然景观到人文地理，皆串联于锦绣文章之内，简直如同带领我们流连于三峡历史博物馆，向我们展示三峡历史的万载风云。吟味之余，我们自然会认同于作者关于民族历史的深情咏叹；《南疆写意》则在天高地迥的大背景下，尽情神游古今，驰骋思绪。古丝绸之路的繁华和辉煌，瀚海行旅的艰难与悲凉，土尔扈特回归的壮举，葡萄美酒夜宴的风光，一个个意象接踵而来，稍纵即逝，一句句妙喻锦上添花，历久难忘。其他篇章，如《青天一缕霞》《昙花，昙花》《清风白水》等也都是"笼天地于形内，挫万物于笔端"。作者凭着心灵的感应，使客观物象嬗变成感人的哲理，靠着想象和联想，构造出多彩的艺术世界。在他笔下，一株昙花绽开生命的笑靥，一缕晨光点燃思古的幽情，澎湃奔腾的长江吟咏出沉郁的史诗，婀娜多姿的绿柳昭示出生活的哲理。真是：哲思鹏程正好风，万水千山总关情！

与想象、联想相联系，王充闾的散文引文、用典颇多。对此，一些同志时有微词。我倒觉得，这正是王充闾散文书卷气浓、学术品位高的标志。作家，首先应当是学者；学问，对搞散文的人至关重要。走进王充闾的散文世界，你不能不叹服作者才思敏锐、博学多闻，你不能不心折于其文章的知识密度大、信息量强。你可能真如行走在山阴道上，穿陵涉谷，繁复恢宏，幻幽幻朗，倏临倏逝，目不暇接，乐而忘返。你可能会发出这样的由衷之语：无怪乎大家称他为够格的学者型作家，无怪乎大家惊叹他的学问功底！真的，王充闾的作品犹如小百科全书。"他不知从哪里弄来那么多的资料；诗、文、笔记、野史、专著，应有尽有；一旦留意闪光，偶有所得，有关的资料、例证、格言、诗情、画意纷至沓来，如众星拱月，花团锦簇"，美不胜收！说春雨，他滔滔不绝，佳然连篇；谈黄山，他遍数奇峰，妙语如珠；道沈园，他一咏三叹，柔肠百转；讲三峡，他横空用世，似数家珍；就是唠豆腐他也追本溯源、洋洋千言。那么多脍炙人口的清词丽句，那么多内蕴丰厚的传说掌故，他信手拈来，运用自如，且都聚焦于哲理的阐发上，真是非同凡响。《黄昏》更是旁征博引、游刃有余的典型之作。文中他历数中外名家歌咏黄昏的名诗，王维、泰戈尔、高尔基、莫泊桑、凡尔纳、赫尔岑、夏洛蒂·勃朗特、刘禹锡、朱自清、李商隐、陈毅、叶剑英、卢森堡、伏契克、刘白羽二十余家，令人眼花缭乱、叹为观止。在大批量的灵活引用之后，作者笔下的黄昏折射出了撼人心魄的理性之光："日出前的景象，竟与日落后的景观非常相似，证明了二者原本是同一的"！

比喻、比拟，也是王充闾散文抒发哲理的重要手段。他常常取辟设喻，隐喻所阐释的哲理，也常常妙喻连篇，凸出所写事物的本质特色，这在他的游记散文中俯拾皆是。这些比喻和比拟，言近旨远，以小见大，洞察了人生的精微，揭示了世界的奥秘，扣准了生活的脉搏，使读者的审美情绪向着超越时空、多于七彩的辽远天宇飞驰。请看《清风白水》中的一段文字。

> 那淙淙飞瀑，飒飒松风，关关鸟语，卿卿虫鸣，那水中五光十色、迷离扑朔、绚丽多姿的碧波，山上宛如娇羞不语、情窦初开的少女的笑靥的杜鹃花萼。那隐现在水雾氤氲的瀑面上，酷似七彩神龙夭矫天际的虹彩，那原始森林中绿茵茵、暄蓬蓬、绒毛地毯般的地衣和悬挂在枝头的一丝丝、一缕缕、随风飘荡、如新娘头上的轻柔的婚纱的长松萝。那五角枫、高山栎、黄栌木、青榨槭的如霞似火、燃遍天际的醉叶。那充盈着质朴的美、粗犷的美、宁静的美的梦之谷、画之廊，都在人类感情的琴弦上奏起美妙的和声，不期然地浸入了你的性灵。

这红线穿珠、鱼贯而下的比喻和比拟，不只推出一幅绝美的画面，还谱写了一支深情的哲理之歌。人们，是多么渴求这永葆童真的精神家园哪！这些以多种手法酿就的哲理之章，不正是诗人对人生、世界的感悟和升华吗？

在当代散文园地中，王充闾是姗姗来迟的大器晚成者。巍巍的医巫闾山铸造了他散文的高洁风骨，滔滔的辽河之水陶冶了他散文的非凡气韵，漫漫的革命征程赋予了他诗家哲人的睿智。他歌唱高山，歌唱大地，他描写人生，描写历史，他的文章如金秋的彩带，舒放飘逸，他的哲思如奇伟的山峰，沉实深邃。他似乎综合了当代名家之长：杨朔的诗情画意，秦牧的旁征博引，刘白羽的豪迈奔放，魏巍的情真意挚，在散文花圃中开辟了自己的领地。可以预计，中国当代散文发展史上将有他浓重的一笔。然而在满足之余，人们不能不有杞忧和感喟：能否在歌颂美丽浪花的同时，鞭挞龌龊肮脏的泡沫？能否在礼赞直挂云帆济沧海的同时，揭橥那吞噬性命的暗礁漩涡？能否在指点万里江山的同时，俯视一下芸芸众生的寻常巷陌？能否在确立大家风范、攀升新层面的同时，全方位铺彩设色，多几幅淋漓酣畅的笔墨？

对此，广大读者殷殷地期待着。

四十年的艰难跋涉
——王充闾散文论

◎如　是

摘要：王充闾散文制作大体可分为四个阶段，每个阶段的作品又表现为不同类型。概而言之，即时代社会型、美感哲思型、历史情怀型和生活回忆型。每一类型的创作都有其产生的原因和特色，从中亦可见出王充闾散文创作的总体面貌和发展倾向。

关键词：散文创作；时代社会型；美感哲思型；历史情怀型；生活回忆型

从20世纪50年代中期到今天，王充闾的散文创作走过了四十多年的历程。这漫长的时间让他付出了巨大的代价，也为他赢得了令人瞩目的成就。他出版了八部散文随笔集、一部诗词集和一部诗词鉴赏专著，获得过多次文学奖项，其影响引起了海内外文坛的广泛关注。对这样一位作家的创作进行整合性研究显然并非一件易事。这不仅因为被研究对象的丰富复杂，更在于笔者自身的诸多局限。因此，本文乃是名副其实的抛砖引玉。

以题材内容为标准，王充闾散文大体可划分为如下四种类型，即时代社会型、美感哲思型、历史情怀型、生活回忆型，每一类型又联系着一定的时间段。本文即以此为线索进行论述。

一、时代社会型

时代社会型是王充闾散文创作第一阶段的特征，时间大致在 20 世纪 50 年代中期到 80 年代初中期。

王充闾是 20 世纪 50 年代中后期开始散文创作的，其时他正在一家地方小报工作。小报虽然没有为他提供良好的成长环境，但是他的第一篇散文作品却是在那里发表的，之后他调到了市报社。任市报副刊编辑期间，王充闾的散文创作一发而不可收。用他自己的话说，是"青年时期心境豁朗，收获甚丰的一段"。可惜好景不长，继之而来的"文化大革命"使他受到牵连，散文创作也被迫停笔。大概是初出茅庐之故，这一段的作品并未结集，因而，我们今天所看到的第一阶段的作品都是改革开放初期所作，辑于散文集《柳荫絮语》。

和当时散文创作的整体倾向一样，王充闾此一时期的作品也表现出鲜明的模式化特征。作品的主题极其单一而明晰，以一句话概括，即是对祖国、人民和时代的歌颂。《老窑工的喜悦》（1980）通过玉梁庄花盆窑在"文革"前、"文革"中和"文革"后的遭遇以及老窑工李大伯心情的变化，歌颂了时代和劳动人民，《东风染绿三千顷》（1980）、《送穷》（1982）几篇与之有着共同的主题；《仙阁遐思》（1982）、《古洞泛舟》（1982）等篇的笔墨虽然更侧重于审美对象的原生态的描写，内涵也因之丰厚一些，但题旨还是未离开歌颂。与这样的思想内容相应的便是艺术形式的简单化和格式化。文体结构几乎无一不是由对既定的他者的叙述到对既定的主题的归结，语言也多为"展示"和"呈现"（布斯语），即非个性化的、作者退隐的、掩藏叙述行为的。这种情形并不奇怪，因为作为一个主体范畴，形式就存在于作家的知性之中。它一方面制约着作家如何去观察和理解生活，引导着他对诗的话语即虚构性话语的营造；另一方面，也是更根本的，形式毕竟要受知性的左右。当知性在创作主体那里表现出强烈的不可靠的时候，作品的形式是不会显现出它的本质形态的。

这是一个特定历史时期的特定散文形态。如果我们对王充闾在此一时期的散文创作不够熟悉的话，那么从当时脍炙人口的《荔枝蜜》《海浪花》中可获得了解。时间尽管已过去了三四十年，它对于我们来说也并不陌生，因为我们的文化和文学观念中有它的基因在。这一阶段的王充闾的散文创作主要表现为自我的缺失。自我亦即艺术个性，它在文学作品中的重要性是不言而喻的。一部或一篇文学作品没有艺术个性，便如同一副躯体没有生命。俄国伟大作家列夫·托尔斯泰这样说："一切作品要写得好，它就应当……是从作者的心灵里歌唱出来的。"何况是散文这样的"向内性""主观性"强的文体。然而，王充闾当时的作品显然缺乏足够的艺术个性，缺乏个体生命情感体验，笼统说即缺乏一己的东西。作品从政治的角度去认知和表现历史及现实，以主流意识形态话语代替个人体验和个人话语，为祖国而歌，为人民而歌，为时代而歌。时代的情感便是一己的情感，社会的体验便是一己的体验。时代、社会、群体置换了自我，事物本身固有的真实性和复杂性也就在这种置换中消失殆尽了。这种置换是自觉的，自觉到作家当时自己也弄不清真伪而以伪为真了。他在《柳荫絮语》的后记中说："胸中有得，兴会淋漓，笔之所至，自然成篇，谈不上有什么法度与定式。""好在感情是真实的。'开口见喉咙'，直抒胸臆。无论是状时代之洪波，写人情之欣戚，究世事之得失，发物理之精微，都是意之所适，情之所钟，从心泉中自然涌流出来的。炉锤在我，全无矫饰。"我们自然不会认为作家是在违心地说话，那样就太简单了；但同时更不能无视作品的真实。那么这种以伪为真、真伪混淆的情况是怎么发生的呢？这是研究王充闾散文必须探讨清楚的，因为这里包含着比较复杂的历史的和文化的原因。

如前所述，王充闾这一阶段的散文创作大体上是在20世纪50年代中期到80年代初中期。那么，这一时期的文学创作倾向如何，不会不影响到王充闾的散文创作。我们知道，中华人民共和国的建立，结束了中国近半个世纪的分裂局面,将中国社会的发展历史带入了一个崭新的时期。这是一个天翻地覆、日新月异的时代,它催人奋起、引人向上。而经历了旧中国的黑暗的作家们也必然怀着满腔热情投入欢乐光明的新生活的怀抱,用手中的笔谱写新人新事的颂歌,新的社会制度秩序也要求文学创作与之相适应,这种情形表现在文学上,便是主题的礼赞性、歌颂性和题材的时代性、社会性、群体性。作家以文学为参与和改造社会的工具,文学也因此而显示出极大的功利性。"十七年"时期的散文虽然有过两次短暂的"勃起"并展示了其文体的艺术魅力,但更多的时候仍然是与当时文学创作的总体倾向保持一致的,即使是散文大家杨朔、秦牧、刘白羽的创作,也是如此。有学者将"十七年"时期的散文创作概括为"'我'的淡化、'情'的稀释、'真'的丧失、'美'的忽视",不是没有道理的。"文革"十年的散文更是成了政治观念的传达与演化的工具。新时期散文虽然得到了长足的发展,但相对于其他文体的变化来说呈现为一种"渐进式"。特别是最初几年,那种歌颂性的散文仍有着相当的地位。在这样的文学历史背景下,王充闾在20世纪80年代初期的散文创作表现出鲜明的时代和社会特征便是可以理解的了。

然而外在的文学影响充其量只能说是客观原因,否则王充闾在新时期里为何没有接受那些充满自我情感体验的作品的影响便不好解释。

其实,除了特定历史时期的文学创作倾向的影响这一外在因素外,更深层的原因是他的文学观。王充闾是在中国传统文化的浸润中成长起来的作家。他四岁初识"之无",六岁进入私塾,举凡左史庄骚、汉魏文章、唐宋诗词、明清杂俎,几乎都为他熟烂于胸,传统文化根基之深是当代作家中罕见的。而传统文化在中国文人身上的表现是什么呢?是"达则兼济天下",是"先天下之忧而忧",那么,"诗以言志""文以载道"的文学观也就不能不潜移默化地影响到王充闾的创作观念和实践了,乃至使他误认为这种"状时代之洪波""究世事之得失"就是"开口见喉咙、直抒胸臆",就是最高的艺术真实了。固然,这里或许并非没有虚假的成分,而且是一种很高尚的真实。时至今日，当我们面对着琳琅满目的"新体验文学""私小说"时，我们能说我们一点也不留恋《创业史》《海浪花》的文学时代？问题是当时的以歌颂时代和社会为宗旨的文学是以牺牲个体情感体验为代价的，因此才千篇一律，千人一面，而真正的文学繁荣绝非从这种整齐划一的创作中产生得出来的。我们似乎难以从王充闾散文的文本之外找到个体情感压抑的佐证，但杨朔的那篇抒写自我的散文《我的改造》中的一些表述却很有说服力和代表性。"他认为自己没能'改造'好，生怕灵魂深处的'小资产阶级情调'冒出来犯错误，受批评他试图寻找一条规避、隐匿自我，颂扬'普通劳动者'，光辉业绩之路。"杨朔在这条路上获得了相当的成功，王充闾也在这条路上迈出了第一步。遗憾的是这样的创作只能获得短暂的辉煌，而难以经受得住文学史无情的大浪淘沙。从这一点上说，王充闾要比杨朔幸运得多。

无论是社会历史原因也好，还是观念上的原因也罢，都可见出创作主体艺术理性的缺乏。艺术的本体是什么？艺术创造的价值和意义是什么？艺术与主体自我、艺术与现实世界的关系怎样？这些在当时的作家的心里都还没有获得正确的解释，或者说还遮蔽着，只有在语言和意境等形式因素方面，才可见出一定的艺术审美品位。

二、美感哲思型

美感哲思型是对王充闾散文创作第二阶段作品特征的概括、时间大致是从20世纪80年代初中期到90年代中期。

从1983年起，王充闾的散文创作开始发生变化。作家的艺术视域明显放宽，文本内涵也渐趋厚重。到1985年，已基本完成了由对时代和社会的歌颂到美感哲思的过渡。产生这一变化的原因基本有两方面。从客观上说，当时的散文创作已呈现出相当的自由状态。刚刚从十年禁锢中解放出来的作家们抒真情、写真事、说真话，散文开始向艺术本体靠拢。这种情形不能不对王充闾的创作产生影响，导致他主观上的一些变化。而一个真正的艺术家也绝不会让他的创作停留在某个阶段上。他会不由自主地对以往的创作产生不满足感而去攀缘新的高峰，寻求超越是艺术家的本性。为了改变前期散文的单薄浅显，王充闾开始下大力气研读哲学和美学。他读马克思的哲学著作，读西方哲学史，读黑格尔美学论著，而哲学和美学也确实给予了他真诚的回报，使他在认识世界、感悟人生上有了大的飞跃，这一时期的作品多辑于《王充闾散文随笔选集》和《春宽梦窄》。

此时，王充闾已经不再满足于对时代、社会和人民的声音的图解，而是将笔端扩大到一个更繁复的艺术世界。"这里看欣戚心迹，有风雨萍踪；有纯情的忆恋，有热切的憧憬；有新旧异质的递嬗，有出世入世的融合；有'今古乾坤秋一幅'，有'万里灯前故国情'。"而美感则是他这一时期作品的主要特征。他笔下的审美客体包罗万象，几乎每一种都让他感受到美的存在。暗夜中的遥远的灯光让他体悟到了追求的美好（《追求》），秋夜里的昙花一现让他感悟到一种高尚的情操（《昙花，昙花》），喝茶让他体味到一种幽静的韵致（《三道茶》），漫步繁华的纽约街头，想起欧·亨利的《麦琪的礼物》，让他感受到一种深沉的爱情之美（《我漫步在纽约街头》）……活跃的文化氛围和勃发的创作激情使他持续地对自然山水和人文景观做美的观照，积极乐观的人生态度又使他笔下的自然景物多具壮美之特征。读王充闾散文，你绝不会因物落泪，对景伤情，只能感受到一种昂扬向上的推动力。他笔下的世界是一因创生造化而健动不息之大天地，其间充满盎然勃发的生机。生存于其间的个人也由此悟得生命的崇高与伟大，而决心实现其理想和建树。可以说，由"歌颂"到审美，使王充闾的散文艺术向前跨进了一大步。

与美感相对应的是哲思。此一时期，王充闾的散文创作常常表现出对事物进行哲理性思考。《"马背上的水手"》中，在写罢备受贫困折磨的杰克·伦敦偶然得到了一个月薪为六十五元的邮递员的"肥缺"，为了写作又放弃了这个职务后，作家谈道："我想，如果杰克·伦敦当时毅然接

感悟充闾先生

受了这个职务，或者奥克兰有一个可以通融的邮政局长的话（笔者注：杰克·伦敦曾要求邮政局长允许他日后递补，遭拒绝），美国邮政系统可能添加一名额外的邮递员，而文学的天宇中却见不到了这颗闪耀着奇光的巨星。"这句话，揭示了文学创作的真谛。文学创作的成功是在痛苦磨难和失落中获得的，它永远与安逸舒适无缘。而文末的"过去以为简·爱重回盖茨海德府所慨叹的，没有生命的东西都没变化，而有生命的却变得认不出来了，乃是不可移易的真理，其实是不确的——没有生命的东西同样在变"，则从更广阔的范围揭示了历史的规律：人间正道是沧桑。《鳄鱼的悲喜剧》的结尾甚至由鳄鱼的遭遇揭示了生存的原理："鳄鱼在其自身价值没有被人发现、得到社会承认的时候，遭人厌弃，受到驱逐；为了延续生命，不得不终朝每日搏击风浪，冒险犯难去寻觅食物，但遨游江海，自由自在，可以在风涛险阻中终其天年；而今，安然酣卧在养殖园中，绝无风波、冻馁之虞。但这种宁静舒适的境遇的取得，却是以失去自由、摧戕个性，最后统遭宰杀为其代价的。"艰难困苦虽为所厌，却可拥有生命的自由；安全舒适虽为所取，却会失去生命自由。鳄鱼如此，人又何尝不是如此呢？然而人似乎天生弃逆从顺，避苦趋福。这就从悖论的角度揭示了生存的永恒的矛盾和悲剧。庄子的"不材之木无所不用，故能若是之寿"的引用，更增强了这种哲理性。

综上可见，美感与哲思构成了王充闾散文创作第二阶段的重要特色，使这一时期的创作与前一时期相比有了显著的不同。美感使他的作品更具形象性，更绚烂多姿，文体风格更富于变化；哲思使他的作品的思想内涵更深刻厚重，更具开放性。这种哲思不仅不同于创作初期的主题先行，而且有别于那种"甘食美味往往出现在艰辛劳动之后"（《捕蟹者说》）的哲理性抒发。它多是自然生发，水到渠成的。虽然仍有"卒章显志"的印迹，但"隔"的感觉显然轻了。这就不能不涉及自我体验问题。

如前所述，当作家的创作处在为祖国而歌，为时代而歌的阶段的时候，严格说来是抽空了一己生命的情感体验的，群体、社会完全将自我代替了。

但是，当王充闾创作发展到第二阶段的时候，再说其作品中没有一己生命的情感体验便不合适了。他感悟自然、赞叹造化，实际上也是感悟人生、体验生命，某些哲理性思考本身就充满了生命和人生的自我体验意味。比如《我漫步在纽约街头》结尾处的"悲哀如还有泪有笑，则人心尚有感有觉，此可谓悲剧之最初境界；若到了泪与笑都没有时，则为彻底的悲哀，自是悲剧的最深层境了"一段，若无生命体验，便难写得出来。《青天一缕霞》《梦雨潇潇沈氏园》等篇也满蕴着作家的自我体验。放翁老年感情的孤苦无依，读来甚至催人泪下。但是，客观地说，此时期作家的自我情感体验仍有一定的群体性、单向性和表面性，因而显得抽象、浅显、浮泛。在作家的笔下，生命是有着无限的价值的，人生是积极乐观的。一切都是自然而然不证自明，因此作家的心境也是安静澄明的。即使有些切近生命深层的情感体验，相对于整个创作来说也极为有限。痛苦、无奈、困顿、不安、矛盾、彷徨、孤寂、无依等等情感因素的缺乏，正是创作主体缺乏内心深刻的情感体验的缘故。这，决定了他此时期的作品绚烂，但缺乏撼人心魂的力量。

三、历史情怀型

历史情怀型是对王充闾散文创作第三阶段作品特征的概括，时间大致在20世纪90年代中期到90年代末，作品多辑于《面对历史的苍茫》和《沧桑无语》。

王充闾是以重温和反思的方式走进历史的，导致他进入历史的直接原因是当年的几次出行。1993—1997年间，他先后访问了河南、安徽、云南、黑龙江以及山西等地。耳闻目睹，加之对有关史料的思考研读后，心有所感并发而为文，于是有了《面对历史的苍茫》和《沧桑无语》中的一些篇章。熟悉王充闾散文的人都知道，这之前他的散文多是以游记方式写成的。在自然景观中融入时代精神和人文思想，是他的艺术思维的基本特征。因此，作品所凸显的是一种文化情境。这主要体现在他的第二阶段的散文创作。

而在第三阶段的散文创作中，历史是主体审美观照的重心。对历史的思考与表现成了这一时期散文创作的主题。在这类历史情怀型散文里，自然风物、人文景观与历史是叠合在同一层面上的，而诗词、逸闻、佳话则是引发作家的激情与联想的珠子，经由一根心思的贯穿，衔接古今，沟通内外，使创作主体从一个景点、一桩事件进入苍茫的历史深处，于是，尘封久远的历史文化内涵便在古今相接的一瞬间汩汩而出。

《青山魂》等篇以历史人物为描写对象。《青山魂》透过诗仙李白的坎坷遭遇，表现了诗人的诗同生存与当时的社会现实之间的巨大反差，以及诗人内心的剧烈冲突，展示了人生的悲剧性、矛盾性和局限性；《寂寞濠梁》中，作家面对庄惠濠梁观鱼之遗址，表现了凡俗与超脱两种不同的人生，展现了庄子自由适意的人生追求；《桐江波上一丝风》写汉朝隐士严子陵，虽不及李白庄周的深切感人，那超拔高蹈的人格风范也可闻可见；《春梦留痕》展示了一代文豪苏东坡的苦难历程和精神风采；《梦寻》写了陆游唐婉的感人至深的爱情悲剧；至于《叩问沧桑》《狮山史影》《文明的征服》《土囊吟》等篇，则由个人命运的观照扩大到了对历史遭遇的审视，是对阶段性史实的艺术表现。总之，王充闾的历史散文立足于时代的高度，以哲人的眼光，史诗的笔法，解读民族历史和民族精神。用他自己的话说，就是"或敞开传统文化和现代文化双重渗透下的自我，对文化生命做真正的慧命相接，将灵魂的解剖刀直逼自我，去体味焦灼后的会心，冥思后的渐悟，凄苦后的欢愉；或关注历史上递嬗兴亡、人事变迁的大规模过程在时空流转中的意义，强调人情物事的文化价值，而使某些特殊人格与精神的象征挺立于时间长河之中，显示出一种历史的乐感和恒定感；或是夸张时间的销蚀力，以致一切人事作为都隐现了终极毁灭的倾向，如此引发一种宇宙的悲剧感与无常感。"

历史是什么？是过去了的存在，是一切事物的发展过程，是自然界和人类社会的昨天和前天。它以铁一般的事实，向人们敞示着自身的意义，昭示着亘古长存的实在性。面对历史，王充闾不再局限于触景生情，对客体生发美的感悟；也不再迷醉于生命自身，追寻无尽的青春活力，而是在事物的关系中去分析、肯定、批判、叩问。于是，历史便在作家冷峻的审视下现出了其真实面目。《土囊吟》揭示的是历史的教训。在叙述了宋朝徽钦二帝的惨痛遭遇、金代海陵王的重蹈覆辙之后，作家借《阿房宫赋》中的话语，沉痛地说："灭六国者，六国也，非秦也；族秦者，秦也，非天下也。""秦人不暇自哀而后人哀之；后人哀之而不鉴之，亦使后人而复哀后人也。"可谓深刻透辟。《文明的征服》所阐发的是历史的规律。作家写罢金人接受汉文明而在接受过程中丧失了一些自身固有的优势后，慨然叹道："呜呼，遐方禹域，依旧是天淡云闲，铁马金戈，都付与荒烟蔓草。谁是最后的征服者？不是拿破仑，不是亚历山大，也不是完颜三兄弟，而是文明。"这样的表述是极深刻的。试想朝代变迁，新旧递嬗，几时脱离过这一道理？非有至深的识见，绝难道得出来。这样的例子举不胜举。可见，这一阶段的历史题材散文，处处闪烁着理性的辉光，它来自作家的禀赋，也来自作家的文学观念。他在答某报记者问时说："如果说，史学是史家心灵的历史，史家应有自主的人格，坚持个性化的独立的批判精神，那么，历史散文作家就更应高扬主体意识，让自我充分渗入对象领域。……这里最关紧要的，是要有所发现，有所发明。要在历史的观察中，凝注创作主体敏锐的目光，看到他人所未曾看到的东西。"

那么，这种"他人所未曾看到的东西"来源于何处呢？或者说，是否单凭理性辉光的照耀便会"有所发现，有所发明"？这里又涉及创作主体的内心体验问题。表面看，我们似乎可以说王充闾的历史情怀型散文极少有情感体验的表露。这里只有历史，有朝代更替、民族兴衰、人事嬗变。经过了长期求索和磨折的作家似乎有些疲惫，有些淡漠，只是立于历史之外对历史进行冷静地打量，于是，历史便以其客观实在性占据了文本的整个艺术空间。然而，纯粹的历史静观似乎也只能到此为止了，因为无论如何的超然冷静，也掩盖不住另外一些东西——当然，首先你必须得具备感悟能力——《青山魂》中的李白何以由一个文化历史存在，变成了一个活

感悟充闾先生

生生的具体的生命？他的入京时的欢欣，蹉跌时的抑郁，借诗言情时的悲愤，弥留时的悲怆何以把握得如此深刻、恰切？《春梦留痕》中苏轼的形象何以如此真切感人？《梦寻》中陆游唐婉的为爱而悲、因情所苦何以跃然纸上，如见如闻？《土囊吟》中徽、钦二帝的复杂心境又何以如此入木三分？这些，单用理性和文字的力量是解释不了的，答案只能说是来源于一己生命的体验。正由于这种体验，才有了李白的苦闷，才有了严光的狂放，才有了东坡的疏朗，才有了建文帝的凄惶。读《陈桥崖海须臾事》，我们分明听见了作家面对荡然无存的梁园、汴水发出的一声长长的慨叹，读《寂寞濠梁》，我们也难区分那立于濠水边的是作家的身形还是庄子的身形。不过，这种个体情感体验的表现形式却因其文化的、职务的、文学的（指中国古代散文写作的影响）诸多因素的作用而迥然有别于其他作家个体情感体验的表现，即隐蔽的、直接流露的，因此，我们不妨称其为"隐形情感体验"。它导致了文本与接受间的距离，当然也更含蓄隽永。这，或许也是学者散文的共性吧。

体验使王充闾的历史散文创作进入了对终极的探索和追问。面对历史的残编断简、废墟遗迹，王充闾已经不是在写历史人物和历史事件，而是在叩问永恒与瞬间、无限与有限、存在与虚无、成功与幻灭、辉煌与苦难之间的关系和意义，是在进行艺术的哲学探究。这种探究的答案。我以为是"虚无"。王充闾在《陈桥崖海须臾事》中说："前人何希齐有这样两句诗：'陈桥崖海须臾事，天淡云闲今古同。'它把我引到了开封附近的陈桥驿。漫步古镇街头，想到诗中说的，从赵匡胤在这里兵变举事，黄袍加身，建立宋王朝，到末帝赵昺在崖州沉海自尽，宣告宋王朝灭亡，三百多年不过转瞬间事，可是仰首苍穹，看看大千世界，依旧是天淡云闲，仿佛古今都是一样，不禁感慨系之。"在《存在与虚无》中，面对皇家累累荒冢，他又写道："无论是胜利的，失败的，得意的，失意的，杀人的，被杀的，为敌为友，是亲是仇，最后统统都在这里碰头了。像元人散曲中讲的：'列国周秦齐汉楚，赢，都变作了土，输，都变作了土。'纵有千年铁门槛，终归一个土馒头。"这种"虚无"感不能简单地视为消极悲观，而是由体验达到的艺术的形而上学，是对终极事物的切近。它不同于第二阶段散文创作中的局部的哲理性话语，而是整体性的，体验性的。它使王充闾的散文创作进入了最高艺术境界，作家本人也从中获得了"形而上学的慰藉"（尼采语）。

导致王充闾散文创作经由体验而进入形而上学境界的原因固然是多方面的，诸如学识和阅历的增加，以及由此产生的对人生和世界更加深刻的理解等，但我以为疾病是一个不可忽视的因素。1993 年 8 月，王充闾罹患重症。这固然是人生之大不幸，却为他的艺术的提升创造了契机。"疾病是生命的黑夜，是一种更沉重的公民身份。每一个出生的人都持有双重公民身份，也即在康乐的王国和病痛的王国。虽然我们都喜欢使用那本好的护照，但是我们每个人迟早都需要，至少有那么一段时间。让自己成为那另一个地方的公民。"疾病让人冷静，让人向内体验，让人沉到事物的深处，于是，处于勃勃跃动中的生命便沉静下来，宇宙人生在人的眼里展现出另一副面目，即历史的苍茫，存在的虚无。可以说，从创作伊始至今，王充闾这一阶段的散文创作使他的创作达到了高峰，获得了令人瞩目的艺术成就。

四、生活回忆型

生活回忆型是对王充闾散文创作第四阶段特征的概括，时间在 20 世纪 90 年代末期，作品辑为《何处是归程》。

何处是归程，这或许是每一个怀着乡愁的精神的旅人都要发出的疑问。因此，我觉得王充闾这类生活回忆型散文的实质在于寻找精神的故乡。《童年的风景》中的开头几句"人，不知不觉就来到这个世上了，就长大了，就老了。老了，往往喜欢回忆小时候的事情……于是，人生的首尾两头便接连起来了"，就交代了这类散文的文体特点：生活回忆。

感悟充闾先生

　　这回忆似乎是循着人生的轨迹进行的。王充闾有着不堪回首的童年。那荒凉的大沙岗子、空漠的旷野、一字形排列的村庄、愚钝麻木而又仁义粗野的乡人，是他从小生活的自然环境和社会环境。会蒸碗花糕的嫂嫂的乐观和善，西厢里的房客的怪僻，吊客的无泪的哀哭，胡匪的别样人生，塾师的严厉，魔怔叔的渊博，母亲的慈善，小妤姐的情窦初开，都给作家留下了深刻而复杂的印象。他带着乡愁去回忆它们，笔端流露出眷恋和叹惋。接下去的一辑"流光系缆"，则追忆了作家成年后的坎坷际遇以及中年回首的慨叹。《薏苡的悲喜剧》是特殊年代给人留下的特殊的教训，《鸬鹚的苦境》是青年时期受压遭妒的经历的记叙，《疗疴琐忆》是病床上获得的人生感悟，《回头几度风花》是对逝去的岁月的慨叹。原来，"回忆是中老年人的一种特有的专利。……它常常是重新感受年轻，追忆逝水年华的一种无可奈何的心灵履约，是对于昔日芳华的斜阳系缆，对于遥远的童心的痴情呼唤。当然，也是对于眼前的衰颓老病所造成的心灵创伤的一种抚慰。"然而，这种心灵履约、痴情呼唤、创伤抚慰都毕竟过于空泛，人生也不仅仅是坎坷和顺遂，因而之后的几辑便减了回忆色彩，而更具现实意义。"浮世清欢"是从喧嚣的尘世和繁重的人生中寻求解脱和乐趣，"山川捧读"是从自然中感悟宇宙人生的意义，"坠绪茫茫"表露出一种困惑和茫然，"心香一瓣"展现出渴望和寻觅。总之，作家几十年个体生命的人生遭遇和心路历程，分门别类，童年的悲欢、青年的坎坷、中年的寻觅、老年的淡泊，一一呈现在读者面前。这类生活回忆型散文多取自过去和当下的日常生活，且极富个人生命体验。一篇《疗疴琐忆》，谈世事，谈人生，谈文化，几乎全是心迹的流露。内中的许多见解都极为独特。比如对失眠的苦恼，对疾病的认识，对某些规律、常识、公理的怀疑，极具个体性，若非源自内心的感受，是写不出来的。这类生活回忆型散文在他的整个散文创作中非常重要，它既不同于歌颂时代、社会和群体时的简单热情，也不同于美感哲思阶段的乐观向上，与历史情怀时期的孤高清冷也有差异，勉强说来，是热切的希望杂着深深的失望，淡淡的喜悦伴着淡淡的哀愁。

已进耳顺之年的作家回首六十个春秋的足迹，他想守住童心，他想系住流光，他想以浮世清欢为精神慰藉，他也曾在山川捧读中寻求生命的价值，然而最终仍是坠绪茫茫。"年光已经飞鸟般飘逝了，留下来的只是一个个空巢，挂在那里任由后人去指认、评说。"《何处是归程》题记正流露出这种苍凉、飘零的意绪。乡愁是永恒的，正如同寻觅是永恒的一样。也许这归程就在脚下，就在现在，就在悲欢离合的际遇里，就在苦辣酸甜的情感中。作家将生命的追问融入日常生活，正表现出一种哲学的思辨。

综上所述，我们对王充闾四十年的散文创作做了大致的界分和表述。我以为，第一阶段尚属于时代、社会的产物，第二阶段也有些浮泛，第三阶段的历史情怀型散文创作无论思想上还是艺术上均达到了高峰，第四阶段的生活回忆型则有由绚烂归于平淡的迹象。断言王充闾散文创作会沿着写日常生活的路子走下去似乎缺乏根据，因为这于他有一定的局限。从种种情况看，他很可能还会继续历史情怀型散文创作的路数。但怎样在原有的基础上产生突破呢？须知艺术是最忌重复的。而这路径，特别是对于王充闾来说，大概仍在于对艺术本体的切近。

自我的再次放逐
——论王充闾1977—1984年的散文创作

◎ 石　杰

内容提要：王充闾1977—1984年的散文创作仍沿袭了二十世纪五六十年代的"时代的抒情"。这里既有其自身的原因，也有社会的作用，为官与为文的矛盾是其中的一个重要因素。王充闾是在20世纪50年代中期开始散文创作的，他的创作历程大体可以分为六个阶段。"文革"后到80年代中期是他的散文创作的第三阶段。本文对此进行研究。

1976年10月是值得庆贺的日子。

"四人帮"的粉碎，结束了中国历史上一个噩梦般的年代，文学也开始了新的历史阶段。几代知识分子焕发了极大的热情和批判精神，文坛的面貌明显改变。

王充闾也按捺不住创作激情，重新拿起笔来，开始了他新阶段的散文创作。

1978年他发表了散文《高跷忆》《故垒情思》《海上抒怀》；1979年他发表了随笔《灯下漫笔》；1980年他发表了散文《春天》《老窑工的喜悦》和《东风染绿三千顷》，以及随笔《何前恭而后倨也》。

这之后，他的散文创作一发而不可收。至1984年迄，短短五六年的时间，写下了几十篇、十几万字，还有一些旧体诗词。

这期间的成果，多辑于散文集《柳荫絮语》。

自我的再次放逐——论王充闾1977—1984年的散文创作

> 党的十一届三中全会以后,面对着潮平岸阔、虎跃龙腾的蓬勃景象,创作情怀又从长久的冬蛰中苏醒过来。心灵上的锁链脱掉了,一种火热的激情和昂扬的活力喷涌而出。真实的感受,伴着联翩的浮想,通过理性的过滤,揭示出潜藏在生活深处的美感。这样,就再次与缪斯女神打上了交道。

这段话,可看作是他对当时的创作心情和情形的总体概括。

那么,在这一阶段里,王充闾都写了些什么,又是怎样写的呢?我们不妨从文本出发,做以下具体的分析。

根据西方当代文学批评对于内容、形式和主题的内涵的界定并以此作为划分的标准,王充闾此一阶段的作品可分为四种类型。

第一类是记人叙事类散文。写于1979年春节的《高跷忆》大概是王充闾重新提笔后发表的第一篇散文了。作者以"我"的所忆所见,介绍了辽南高跷队在"文革"中的沉寂和"文革"后的复兴。那精彩的表演和喜气洋洋的场面的描写,让人如闻如见;《老窑工的喜悦》记叙了玉梁庄花盆窑在"文革"中被毁和"文革"后复兴的经过,作品将花盆窑的命运和老窑工的心情一起描写,重点展示了粉碎"四人帮"后农民精神面貌的改变;《东风染绿三千顷》则借助稻乡迷人的场景的描绘以及母女两代人的不同命运,写出了"四人帮"横行期间农业机械化事业的停滞和粉碎"四人帮"后农村现代化步伐的加快。这类作品的写作时间离"文革"结束较近,而且有一个共同的特点,即都以"文革"中和"文革"后进行对比,从而歌颂了粉碎"四人帮"后农村生产生活以及农民精神面貌发生的变化。

第二类是抒怀性作品,典型的有《壮歌行》和《逝者如斯》。前者中,作者借助从歌声中所受到的鼓舞,表达了改革开放之初内心的兴奋和激动;后者则由海上一梦引发的对光阴易逝的慨叹,表达了一种珍惜生命、奋发向上的情怀。行文多取抒情和议论,虽不拘格套,但显得直白。

第三类属游记回忆类,是本阶段作品中艺术性最高的。代表作有《仙阁遐思》《古洞泛舟》《捕蟹者说》和《淹城纪闻》。《仙阁遐思》写的是登临蓬莱仙阁引发的遐想，作者在极写了蓬莱仙阁的"凌虚结撰，气象非凡"和海市蜃楼的"奇"之后，指出"人世间的一切成果都是靠艰辛的劳动取得的"，并歌颂了如"铺路的鹅卵石"一般的普通劳动人民；《古洞泛舟》写的是游本溪水洞，作者先写了古洞的种种奇观妙景以及泛舟其中的种种感觉，最后归入到祖国母亲的美丽和今人开发、建设的责任；《淹城纪闻》的结构与前两篇一致，在写罢淹城遗址的景象和关于淹城被破的古老传说之后，引申出一个哲理，堡垒最容易从内部攻破；《捕蟹者说》是一篇回忆性散文，文中回忆了儿时随父去大草场割草，间歇时捉蟹的趣事，结论是"甘食美味往往出现在艰辛劳动之后"。

第四类讲为官之道，体裁多为随笔。《记事珠》一文主要写了20世纪50年代后期下放农村劳动期间试种药玉米失败的经过，意在指出领导干部应以此为鉴，"公余之暇，偶一思之，也不无益处"；《何前恭而后倨也》认为领导干部应正确对待文艺作品；《灯下漫笔》由历史上的文字狱谈到民主政治的必要性；《茶余漫话》讲为官清廉；《在乎山水之外》讲为民兴利……

不能否认，王充闾这一阶段的散文创作较50年代末期在内容上丰厚了许多，语言及表现方法也更趋成熟了。题材之广泛涉及古今，不仅有叙写当时的现实生活的，还有写风景名胜的，写沉思漫想的，大量诗文史话的融入也增加了不少厚重感。这些和他在"文革"期间的遭际有关。

如前所述，"文革"初期他是属于被打倒的一类的。虽然没有受到更大的折磨，但也尝到了孤独、痛苦、迷惑，以及有才华不得施展的滋味。对现实和前途的失望迫使他进入了书的世界，于是在原本就坚实的古文化基础上又获得了大量的文史知识。加之这时的王充闾已年届不惑，再不是二十几岁的毛头小伙子了，他已经有了一定的人生阅历，思想和情感也已成熟。这些都决定了他此时期的创作必然发生变化，有些篇章取材构思叙述描写甚至已达到了相当出色的地步。比如与文集同名的散文《柳荫絮语》，以"柳"为聚焦点，融所见、所感，诗话、史实，浪漫的情怀、质朴的现实，以及叙述、说明、描写、议论于一炉，娓娓道来，丝丝入扣，将一个普普通通、司空见惯的"柳"，写得活灵活现、神形毕肖；《小楼一夜听春雨》又以"春雨"为文眼，由"雨"引发开去，写了春雨的诸多妙处，饶有情致。

"他选取最能打动自己思想感情的景物，或生活的一角，构成一个特定的抒情背景，以倾吐其见闻和感怀，唤起读者对美的向往，对生活的认识和联想。正如史密斯说的：'理论学在玫瑰丛中，身入其境，芬芳扑鼻。'"

"学识对散文创作具有重要作用。说起来，散文人人可写，人人会写，但成就一篇有质量的散文，其制约因素要比其他体裁多得多。而学识的深浅高低，就是影响散文质量的最重要的因素，桐城古文把'义理'放在'考据''辞章'之上，不是没有道理的，这也就是为什么现代、当代散文大家，都是学问家的缘由。"

"由于改革开放，作者视野开阔，思谋与运笔更加成熟。这时期的散文写作更有诗意与余味，有的还有哲理色彩，颇有嚼头。"

评论界关于王充闾此阶段的散文创作的评论，或许都还说得不错。

但是，客观一点说，对王充闾此阶段的散文创作不应给予太高的评价，他的散文水准还没有达到有些人所说的那个程度。

并不是"有的文章所承载的文化信息过于密集"，也不是"对艺术的亮点正有可能造成生活的盲点"。在这背后，还有更为重要的东西。

《仙阁遐思》中王充闾对蓬莱仙阁和海市蜃楼的描写是迷人的。且不说"八仙过海""白蛇盗草"之类传说的神奇，就是实际的蓬莱阁，也蔚为大观。

它凌空结撰，气象非凡。一组结构缜密、布局整齐的古代建筑群高耸于壁立海隅的丹崖山上……十几座参差错落的殿、阁、祠、亭，设计精巧，各臻其妙，就中以蓬莱阁最为壮观，重檐飞甍，金碧辉煌，十六根朱红楹柱，显得极有气势。确实像《老残游记》中写的那样，"画栋飞云，珠帘卷雨，十分壮丽"。

至于海市蜃楼，作者虽无缘看到，所引袁可粒之语却倍增其妙。

仲夏二十一日，偶登署中楼，推窗北眺，于平目苍茫浩渺间，见俨然一雄城在焉。因遍观诸岛，咸非故形：卑者亢之，宫殿楼阁杂出其中。谛视之，飞檐列栋，丹青彩黛，莫不具焉。其纷然成形者，或如盖，如旗，如浮屠，如人偶语。春树万家，参差远迩，桥梁洲渚，断续隔连，时分时合，乍隐乍显，真有画工之所不能穷其巧者。

这样的描写分明倾注着作者对描写对象的百倍喜爱，然而接下去笔锋一转，却破坏了这种情绪：现实生活中绝没有这般便宜事。"没有耕耘，哪来收获？"人世间的一切成果都是靠艰辛的劳动取得的。结语中的这段话不能不让人觉得硌楞。因为，对蓬莱仙阁和海市蜃楼的观照显然是一种纯粹的审美，是非功利的，是诗的把握世界的方式。尤其是对海市幻境的描写，甚至表现出与神秘意境的相通。这庶几近似于叔本华的诗人的完全客观化："他在这个客体中丧失了自己，就是说，甚至忘记了他的个人存在，他的意志，仅仅作为纯粹的主体、作为客体的清晰的镜子而继续存在，因此就像那个客体单独存在那儿，而没有任何人去觉察它，于是他不再能从观照中分出观照者来，而两者已经合而为一，因为全部意识是被单一的感性的图画所充满所占据了"。也类似于王国维的"无我之境，以物观物"。而"没有耕耘，哪来收获""人世间的一切成果都是靠艰辛劳动取得的"却是一种科学的理性的把握世界的方式，是将审美客体对象化、实用化。这样一来，作品的思想和内容、情与理便难免显得不大协调，就是说，卒章处总结得出的道理与前边的内容内在地脱节了,好像硬安了个尾巴似的。

《古洞泛舟》也是如此。那"一个个宛如利剑、尖锥,倒悬头上,令人心旌震怖"的洞顶的钟乳石,那"形如玉柱擎天"的洞底的石笋,那"或如冰雕玉砌,隽秀空灵,或如斧斩刀劈,峭拔凌厉"的底、壁上的石盾,以及"波平如镜,船似在镜中行,两岸清丽的倒影使人联想起宋人的山水画"的静美所共同汇成的古洞之奇特景观,怎能归结为"神州大地,胜境无穷。各地该有多少至今尚未被发现的山川佳胜,需要我们去探索,去开发,去建设"的理性阐述呢?一审美,一实用;一艺术,一功利,二者在情感上是永远合不到一起的。

《淹城纪闻》似乎稍好一些。由淹城被破的传说得出堡垒最容易从内部攻破的结论,虽然有明显的主流意识形态话语的痕迹,似乎也还顺理成章;而《捕蟹者说》由情趣盎然的捕蟹食蟹归结到"甘食美味往往出现在艰辛劳动之后",则更显牵强,简直就是《仙阁遐思》和《古洞泛舟》的翻版。

至于记人叙事类作品,概念化、倾向化更为严重,除了题材内容上的变化之外,与20世纪50年代后期和60年代初期的写作几无差异;抒怀性散文和讲求为官之道的随笔虽不乏思想和情感的真诚,但总能让人感觉到一种官方话语色彩,体味到作者在小心翼翼地与主流意识形态保持着一致。——在"文革"结束之后,在改革开放之初,重新提笔的王充闾仍然做着一种"时代的抒情"。

其时中国文坛的形势已经发生了不小的变化。与政治思想界的趋势相一致,文坛也开始了对"文革"的否定,这便是人所共知的"伤痕文学"。作家们认真地揭露、批判"文革"的种种罪恶,大胆地反思、干预现实社会中的弊病,热情地高扬人性和人道主义,批判现实主义精神达到了新中国成立以来从未有过的高度。继"伤痕文学"之后又有"反思文学""改革文学",都不约而同地表现出文学对现实的参与功能。人们要揭发,要倾诉,要把内心深处长久积压的悲愤,如水般倾倒出去。

和这些文字相比，王充闾的散文显得有些轻飘，有些不合时宜。

当时文坛上的一支生力军，是50年代进入文坛，"文革"中被迫停笔，"文革"后重新获得创作机会的中年作家群。他们既有丰富的个体生命体验和阅历，又有对社会和历史的深刻认识，思想和艺术上的双重成熟度是青年作家们难以相媲美的。苦难造就了他们，他们又用笔来回报自身所承受过的苦难。是人性使然。

王充闾应该是属于这一作家群体的。50年代后期他即已开始创作。"文革"前虽然还未创出名气，但已初露头角，而且积累了一定的写作经验。"文革"中虽未遭到重创，那种孤独、寂寞、苦闷、彷徨也未尝没给他提供一定的个体生命体验。然而，他却抛开那段惨痛的经历于不顾，而续上50年代末60年代初的笔调，做"时代的抒情"。

这样说是不是有悖于文本呢？比如《高跷忆》《东风染绿三千顷》《老窑工的喜悦》等文。

然而，谁都可以看出，这样的叙写，只是普遍性的倾向性的东西，是一些公共性话语，谈不到多少个人情感体验。而对于个人在"文革"中的遭遇，有的始终没写，有的在二十年后才略有涉及。

王充闾为何要"逃避"心灵的倾诉？这是需要弄清楚的。如果说王充闾在50年代后期的"时代的抒情"尚可见出真诚，"文革"中的停笔尚可见出无奈，那么，"文革"后的逃避倾诉便似乎有些令人费解了。其实这里面是有着复杂的原因的。

诚然，王充闾在五六十年代的"抒情"性文字并非出于时代的重压而迫不得已，他还没有那种觉悟。作为一个刚刚走上社会的二十多岁的青年人，他当时单纯得只知道热爱、服从。然而，他接受了当时的文学模式，接受了一种思维方式，一度作为范式存在的杨朔散文曾深深得到他的喜爱并长久地对他产生影响。这对于一个初涉创作的人来说，无疑是十分重要的。

"文革"后的王充闾自然是成熟得多了。他对"文革"中一些现象的不满，他的由不得已到心甘情愿地做一个逍遥派，都说明了他在观念和思想上发生的变化。或许正是由于这种"成熟"吧，在"文革"后众声倾诉、众口讨伐的声浪中，在他按捺不住创作的激情而重新提笔后，仍然没有打开心扉——十年的阴影还没散去，他宁肯再做一次"歌颂"，让自己的人生之路走得稳当一些。

这样说也并非意味着王充闾是在完全自觉的情况下有意选择了心灵的逃避。相反，他倒觉得他对文学充满了真诚。"真实的感受，伴着联翩的浮想，通过理性的过滤，揭示出潜藏在生活深处的美感。"《柳荫絮语》后记中的这段话，说的就是在追求一种真实的书写。他还借助明人诗句"但写真情和实境，任它埋没与流传"，进一步表达了为文的真诚。文学是什么？文学应该写些什么？作家为何而写作？社会的变迁并没有为他提供这类问题的答案，他也还在坚守着"为君为臣为民为物为事而作，不为文而作也"（白居易语）的古训。这一阶段的作品，从行文上也可看出古文学对其产生的深刻影响。比如那些游记回忆类体裁的散文，就明显带着唐宋以来记游文体的结构特征。他自己就曾说过，古文选本中，他最喜欢的就是《古文观止》。内中的好多篇章，他都达到了熟读成诵的地步。而众所周知，一部《古文观止》是为科举考试的人编写的，它在章法上的规范化，不能不对写作主体产生束缚。

这一时期，王充闾的散文中开始出现了对古诗文的大量引用。以《柳荫絮语》中的一段为例。

在一般人心目中，秾李夭桃自是佳丽无比的春色。可是，那位写过《陋室铭》的很有些辩证思想的刘禹锡却说："城中桃李须臾尽，争似垂杨无尽时！"在诗人的笔下，柳色是十分秀美的。陆放翁说："杨柳春风绿万条，凭鞍一望已魂销。"孙魴说："春来绿柳遍天涯，未见垂杨未可亭。"足见其推崇之至。也许是这些原因吧，自古以来，从皇家到民户，从军营到田庄，灞桥、梁苑、

感悟充间先生

隋堤、沈园，到处都喜欢栽植柳树。文成公主远嫁西藏，临行时还珍重地带上一株长安的翠柳，栽在大昭寺内。至今，去拉萨观光的人还可以一瞻"唐柳"的风采。清末爱国将领左宗棠率部下西征，"新栽杨柳之千里，引得春风度玉关"，后人记着他的"遗爱"，亲昵地称之为"左公柳"。

短短三百余字，几乎都是由诗句、故事构成的。虽然博雅、恰切，但终归是借他人之口表自己之意。这样的语言，毕竟还是隔了一层。语言不纯然是外在的符号，更是作者内在的情感、气质的外化。"气以实志，志以定言，吐纳英华，莫非性情"（刘勰语）。古人的观点，还是颇有见识的。

当然，王充闾之所以在"文革"后继续进行"时代的抒情"，与他这一阶段的仕途情况也有着密切的关系。

1975年底，王充闾被提拔为营口市委办公室副主任。这是他走上领导岗位的开始，用他自己的话说，是"从七品、从八品"。1980年5月，王充闾参加了为期三个月的省委党校学习，之后，被调进辽宁省委组织部任调研室副主任。不久又做了省委书记秘书。1983年初，全省各市改选领导班子，王充闾又被派往营口市做市委常委、宣传部长，一年后升任市委副书记。

仕途上的擢升固然反映了人生价值的实现，同时也导致了为官与为文之间的深刻的矛盾，尤其是在思维方式上。从政者的思维通常是理性的，讲求严谨，合乎逻辑，而创作需要的是情感的强烈的喷发，可以悖情悖理；从政者的思维往往表现为向外性，而创作重视生命体验；从政者讲究服从，创作强调创造，强调个性。

官员职务不仅使他的思维方式与思想观念同创作发生一定的矛盾，而且占据、分割了他的时间。等待着他的是不断的应酬、会晤，以及没完没了的公务。尽管他采取了几乎不近情理的措施，断然拒绝所有庸俗的"来访"，但工作总不能不做吧。开会，调查，写材料，陪同领导出访，谈话，组织活动……在这种状态下,他怎可能静下心来,潜心于文学的构思和写作?他的大部分作品的初稿都是在晨昏的散步中完成的——

> 多年来,我习惯在业余时间,把所见所闻所思所感写成散文、随笔之类的作品,零零碎碎也有一百几十篇了。回顾它们诞育的历程,绝大部分都是在散步中完成构思的……伴着风声林籁,月色星光,展开点点、丝丝、片片、层层的遐思、联想。此刻的散步,看似悠闲自在,散漫无羁,实则脑子里在进行紧张的劳动,思维和记忆的细胞空间活跃,注意力一直集中在某个兴奋点上。上下古今,云山万里,浮想联翩,绵邈无穷。

说得轻松随意,其实正是在紧张的工作之余挤时间进行创作的艰难情形的具体体现。

创作不仅仅是推敲词句和结构篇章,更重要的是一种情绪和心境。而这种情绪和心境的获得是需要安静和时间的。"文学……要进入情境进入角色,要集中精神,鸦雀无声地促涌出来。要是有第二个人坐在旁边,那就受到干扰了。"正因此,短篇小说大师契诃夫才宁肯让他的妻子像月亮一般,伴着他却又保持着一定的距离。王充闾虽然有着超乎常人的自我控制能力和毅力,但是,在繁杂公务的催迫中,他能捕捉到灵感,寻找到体验吗?能真正从内心深处获得一种写作心境吗?

然而,社会毕竟发生了大的变化,王充闾也刚刚和民族一起经受了一场国家的和个人的灾难。尽管种种原因使他本阶段的创作仍处于"时代的抒情"的状态,具有平面化概念化倾向,但内在的情感体验也还是从字里行间流露出来。《海上抒怀》中的"'流光容易把人抛',一弹指间,四十个春秋已经过去了",毕竟在踌躇满志中,流露出对韶华易逝的感叹;《捕蟹者说》中关于草原上食河蟹的情形的描写,也分明表现出对儿时生活的眷恋。其实,那些游记回忆类散文中的思想和内容的脱节,情与理的不和谐，是否就是个体情感体验和公共话语之间的矛盾的体现呢？"朱自清先生有诗云：'中岁为诗难孟晋，只宜工拙自家知。'就我个人的气质和素养看，大概也确乎难以在艺术方面获得大的突破。又兼身处省、市领导机关，会海浮沉，劳形案牍，深入生活与研习创作的机会很少。所以，尽管抓紧了可能支配的一切业余时间，兢兢为之，而作品质量终觉平平，往往流于直白，失之清浅，实在有负于这瑰奇、绚丽的伟大的时代。"

《柳荫絮语》后记中的这段话，似乎表明作者已经意识到了自身创作上的局限和缺陷。

论王充闾智性散文的叙事节奏

◎阎丽杰　麻玉霞

摘要： 王充闾的智性散文有着鲜明的叙事节奏。这种叙事节奏源于文本中古代与现代的反复交替，故事时间与文本时间的反复交替，引文和叙述的反复交替，表层结构与深层结构的反复交替。

王充闾的智性散文集中地体现在《诗话人生》中。智性散文诗意地表现出智性的深邃和学理的探索，智性散文正是用审美的手段，燃起了读者求知的欲望。智性散文的思维个性上升到理性的高度，对读者的日常思维进行指引、点拨、完善，透射出常人难以企及的智慧的光芒。智性散文追求智慧和理趣，已经成为当代散文创作的重要现象或一种风格。

智性散文的异军突起和其独特的审美特征有密切关系。把智性话语转换为诗性话语，脱离现有的散文抒情传统而在散文作品中注入智性的哲理，无疑是一种冒险，很容易使作品沦为抽象的说教，失去生动形象的感染力。王充闾的智性散文的成功和其叙事节奏有密切的关系。

王充闾的智性散文的审美特征之一就是其语言具有鲜明的叙事节奏，这是他的智性散文的一大特点。散文的语言是最重要的，它决定了文章的文体形式。智性散文之所以不是论文，是因为智性散文具有审美特点，"言之有文"。

由于王充闾的一篇智性散文往往由几个具有同构性的题材组成，形成一种等量停顿、回旋往复的节奏感。这种节奏的反复出现便形成了智性散文的音乐性。王充闾智性散文的叙事节奏如下。

第一，古代与现代的反复交替。在王充闾的智性散文中，融贯古今，上下交错。他的创作视野从没有忽略历史，他或者以古喻今，或者以古鉴今，他以现代意识透视历史的古籍，试图从历史中寻求发展的规律。他继承传统，用古典的文本阐释现代的智慧和事理。在他的笔下，古典作品成为智慧的载体，古典诗词成为构筑文本的文学话语。好像古代的作家争着抢着替王充闾代言，为他阐明现代的智性哲思。他的智性散文有古有今，古今交错，这样就产生一种韵律感，如同波浪忽高忽低，不断地向前推涌，直到到达目的地。如他的《扬州旧事》开头写今天的扬州石塔路的中心矗立着一座千年古塔，然后笔锋一转，马上写这里在古代有一座僧院惠昭寺，由此引出了王播中进士的前后不同的境遇，此处实现了由今到古的跳跃。作者的笔锋又一转，写今天对人才成名前后的感怀，表明了自己对王播境遇的看法。接着又把读者的视线从现代拉回到古代，描述了北宋晏殊的文坛逸事，把任用人才问题进一步推进。笔者随后又把笔锋转到现代，阐明自己对人才的深刻看法。为了使自己的论点更有说服力，又把笔锋从现代转到古代，引用了宋代苏东坡的《石塔寺》诗，借他人酒杯浇自己块垒。最后，作者又把读者的眼光拉回到了现在，进一步表明自己的观点。

在王充闾的智性散文中，古今互文、古今交替的特点很明显，等量的古今交替，使王充闾的智性散文产生了鲜明的韵律感，从而有了一种音乐美。

他的智性散文贯穿古今，打破了时空的界限，开拓了审美想象空间，增强了智性散文的艺术张力，显示了情思的深远和智慧的渊博，没有深厚的文学底蕴和广博的历史知识是做不到这一点的。正是思接千载，视通万里，"观古今于须臾，抚四海于一瞬""笼天地于形内，挫万物于笔端"，读者在获得审美享受的同时也获得了一种智性的启迪，这正是智性散文的魅力所在。

第二，故事时间与文本时间的反复交替。王充闾的智性散文中引用的典籍故事往往体现为故事时间，而对典籍故事的阐发往往体现为文本时间。

王充闾的智性散文意在表现智性哲思，而表现智性哲思不能像电影艺术那样注重视觉形象，也不能像剧本那样注重台词，有完整的情节，也不能像诗歌那样注重强烈主观感情色彩，而是更接近叙事作品。他的智性散文有很强的叙事色彩，他用叙述的策略阐释智性哲思。福斯特认为有无时间性可视作叙事与非叙事的区别。因此，可以用叙事理论分析王充闾的智性散文。王充闾的智性散文叙事手法表现在他的作品中既有故事时间还有文本时间。

王充闾的智性散文都引用了古代的诗词典籍，由于古代诗词典籍往往都涉及一些文坛逸闻趣事，讲述了生动形象的故事，因此文坛逸闻趣事包含故事发生的自然时间状态，即故事时间。故事时间是原生态时间，是尚未被形诸语言的事件的时间。例如《扬州旧事》中，他先写了唐代王播寄食惠昭寺的故事叙述的一桩文坛逸事，之后又写了北宋晏殊的文坛逸事："北宋的晏殊，当过一朝宰相，又是一位出色的词家兼著名诗人。在他当政时期，引用了一大批贤能的人，像范仲淹、韩琦、欧阳修等都出自他的门下。他有一次，游览扬州的大明寺，发现壁上题诗很多，便让随从给他一一诵读，但'戒其勿言爵里姓名'。就是说，只看诗作水平，而不以门第、名位论其高下。直到遇见佳作，才询问作者的情况，结果，发现了诗才出众的王淇。当即请他来衙署一见，并招待饭食，然后把他由县主簿提拔为开封府推事，直至两浙、淮南转运使。"这里包含着晏殊引用人才的故事行为，也就有了故事时间。接着，作者笔锋一转，阐发这个故事蕴含的智性哲理，这种阐发性的叙述话语侧重表现的是一种文本时间。这种故事时间与文本时间的交替模式在王充闾的智性散文创作中屡见不鲜，因而形成了王充闾智性散文的叙事特色和叙事节奏，使他的作品增加了回旋反复的韵律美。

王充闾的智性散文毕竟不是叙事作品，但有夹叙夹议的表现手法。他的智性散文有叙事策略，他的叙事往往只是涉及的故事一个片段，因此，故事时间并不是像小说那样故事时间贯穿整个文本，而是仅占文本的一部分。一篇智性散文中可以有数个具有同类性质或者有关联的古诗典籍所涉及的故事，因此，一篇智性散文可以有几个故事时间，在故事时间和文本时间的大体有规律的隐和显的交错中，便产生一种节奏感，一种音乐美。当然，文本时间和故事时间难免有差异，但总体上还是等量停顿的。例如，在《扬州逸事》中，穿插了唐代王播的文坛逸事和北宋晏殊的文坛逸事，这两个文坛逸事都存在故事时间，在故事时间和文本时间的交错中，产生了一种韵律感，这正是王充闾的智性散文的独特特点之一。

叙事速度变快与变慢的反复交替。散文尽管不属于叙事性作品，但散文有叙事成分。我们仍然可以借鉴叙事的理论研究王充闾的叙事散文。根据叙事内容和情感的需要，往往会有叙事速度变快和变慢的情况。当故事时间长而文本时间相对短时，叙事速度就变快了。当故事时间短而文本时间长时，叙事速度就变慢了。这种叙事速度轻重缓急的变化打破了叙事的单调局面。智性散文的叙事速度一般总是变慢。智性散文只有故事片段，故事片段导致故事时间变短，因而文本时间相对变长。他的智性散文不像爵士乐，也不像迪斯科，而更像舒缓的音乐。这个舒缓的音乐浸透了作家生命的体验，令人展开理性的遐思。

第三，引文和叙述的反复交替。王充闾的智性散文表现了一种诗性智慧，这种诗性智慧源于深厚的文化底蕴，最突出地表现在对古诗和典籍的引用和融会贯通。在王充闾的智性散文中，引文和叙述是互相印证、有机融合的。他的一个鲜明的特点就是引文之后必有必要的阐释叙述，叙述之后必有必要的引文，以进一步为散文的题旨服务。因此，他的智性散文大多是在引文和叙述的反复交替中完成的，这种有规律的反复交替就形成了一种音乐美。例如他的散文《轻着力，转身时》讲述了人才机遇的重要性。在这篇散文中，引文和叙事的反复交替层次是很鲜明的，也是比较有代表性的，他的很多智性散文都有这个特征。他的引文往往是古典诗词典籍，读他的智性散文有一种徜徉在古典文化之河的感觉，然后他又把古典文化加以整合、过滤、点拨，形成一种形而上的认识，由感性认识上升到理性认识，用自己的语言加以叙述阐发，给人一种豁然开朗的感觉，使读者有一种情感的升华，认识的飞跃。

第四，表层结构与深层结构的反复交替。王充闾的智性散文内部结构有两个向度，一个是历时性向度，一个是共时性向度。表层结构是历时性向度，研究句子与句子、事件与事件之间的关系。深层结构是共时性向度，研究内容要素与故事之外的文化背景之间的关系。他的智性散文在表层结构与深层结构的反复交替中延展。

在表层结构中，王充闾注重文辞的修饰美，他对句子和句子的处理上，不但要考虑每个字的意义，还要考虑每个字的声音。要想把智性哲思变成艺术，而不是纯粹抽象的议论，就要把智性哲思转变成艺术话语，王充闾在处理句子与句子、事件与事件之间的关系上确实下了很大的功夫。他用诗性的激情和丰富的想象把历史的文本编制成了智性散文。他的语言虽然不像诗歌那样讲究韵律，但句子有平仄起伏，使得句子有了魅力、韵律、文采。他的智性散文在时间的顺序中延展。表现手法丰富，如有议论、抒情、叙述等表现手法。时序有顺序、逆时序。

在深层结构中，王充闾注重在作品中注入大量的文化因子，引经据典，使作品充满了文化的张力。他的智性散文突出表现在有丰富的文化含量。正是文化含量使得他的散文具有了深度，具有了哲理性，脱离了泛化的浅薄的层次，从而产生了广泛的影响，作品也因此得到了流传。

王充闾智性散文的叙事节奏是生活节奏的艺术反映。之所以产生节奏韵律，这不仅是出于形式美的需要，也是一种思想内容的需要。王充闾的智性散文创作手法是用古典诗歌和文化典籍来传达理性智慧，而古典诗歌和文化典籍并不是一种逻辑性的明确的语言表述，古典诗歌和文化典籍里到底蕴含多少诗性智慧，无法透识，其优点在于文本含蓄，获得巨大的艺术张力，使读者在山重水复的重叠意境中有了前所未有的新奇感受，但这样也容易造成概念的模糊和多义。为了便于读者的理解，这就需要作者不断地重复具有同样意蕴的古典诗歌和文化典籍，以促进读者的思维机制的活跃，使读者在重复的过程中逐渐理解读者的用意。每一次古典诗歌和文化典籍的出现都产生一次停顿，产生一次节奏，同一篇智性散文中以同样的节奏出现几次古典诗歌和文化典籍，就产生了回旋往复的节奏感。因此，王充闾的智性散文就有了节奏韵律性。具有同构性题材的反复出现使智性散文产生了一种韵律感，情感的起伏也形成了王充闾智性散文的韵律美。

第二部分

题赠王充闾文学研究中心成立十周年

◎王向峰

营口重来十载长,汤汤流水忆沧桑。
屡闻诸友精研进,多有中坚鬓染霜。
阔步充闾挥健笔,文坛拓境闪辉光。
今朝可预他年事,传世之书史广藏。

注:2021年11月19日,王向峰教授参加王充闾文学研究中心成立十周年纪念大会并赋诗。

敬呈充闾先生

◎张　冰

誉满文坛四海闻，博学儒雅著等身。
中华百代多才俊，辽海千年第一人。

寄充闾先生诗十章
（用家安先生韵并序）

张冰

余曾嘱王充闾研究会成员细读充闾先生著作后，写些体会文章。家安以十章七律呈现，读后激荡心情，不觉有赓歌之想。余古体诗着笔甚少，勉为其难次韵一组，聊与共鸣，更是对充闾先生之感佩。

一

潇洒风仪属好官，凛然气透古松寒。
长歌不屑长扬赋，博学堪倾博士冠。
无事看云遐想易，有情执笔静心难。
已忘多少青灯夜，摇落星辰碧落宽。

二

丁令威去鹤谁来，长林振羽露飞埃。
无心圣代虚歌席，醒物春风拂汉台。

今古回思多感慨，死生叩问有悲哀。
君胸不尽花番次，一一皆从碗底开。

三

漫言四季各平分，一笔生花日日芬。
传世文章珍白玉，著身富贵淡浮云。
龙墩悖论清寒逼，凤篆挥来正气殷。
著述百千年未百，生涯更待续雄文。

四

学养枝繁荫后坤，更从坟典扎深根。
殚精浮世思敦化，竭虑生涯岂苟存。
雅室瑶笺生气象，雄才玄理长精魂。
几经陵谷情无改，处处忧民重感恩。

五

芝兰为佩宰官香，岂肯民氓安子桑。
一路簪缨山岳重，几程世事水风凉。
将军传里明宏志，紫塞光中论帝皇。
回首经行辽阔地，林阴渐已起甘棠。

六

更是归帆卷海涛，敢从逆水奋长篙。
腾风早识骓千里，掠影惊闻鹤九皋。
赋尽楚云春梦窄，听阑越调管弦高。
斜阳古道千朝迹，断碣残垣感野蒿。

七

才德先生久撼吾，万泉汇出大明湖。
巨鱼在钓竿犹劲，灵凤栖篁贵不图。
东海扬尘曾几见，南山为寿岂空呼。
千秋典籍深滋濡，孕育春光一路铺。

八

清韵东风上柘枝，高情未肯近瑶池。
青春凭在潮红际，白雪尤看岁晚时。
往事钟声回玉案，素怀月影冷金卮。
蓬芦犹继濠梁论，鱼兽蒿莱更与持。

九

为官岂虑大行台，守正清心霁色开。
世事沧桑凭谁问，烟波云雨入鸿裁。
吟秋悲洒关河泪，探古寒依驿路槐。
不尽儒风催砚笔，焉输英绚子荆才。

十

沧桑多故岂遵回，植土棠丛宁受埃。
漫道一峰殊大岳，精成百卷筑高台。
五车学已胸中有，千载文从德上来。
三部曲章重开卷，惊闻大野响殷雷。

读王充闾"人文三部曲"三首

◎李秀文

颂王充闾《国粹》

清新俊逸吟佳句，璀璨明珠落玉盘。
锦簇百花齐斗艳，云翻碧浪共扬帆。
思维深邃翻新意，意境优佳抒锦篇。
惠济民生荣大道，名扬中外誉文坛。

读王充闾《文脉》

文采风流气势雄，肃然起敬令人崇。
语言优美词牌正，意境高精韵味浓。
壮物言情歌异曲，遣词造句见奇功。
才思敏锐神来笔，满腹经纶润宇穹。

一剪梅·读王充闾《庄子传》

华夏堂堂伟业兴。崇尚文明，拥抱光明。弘扬美誉铸经纶，巨匠独心，乐育新生。
四海讴歌振玉声。德艺双馨，霞蔚云蒸。中华瑰宝贵传承，神州精英，万里鹏程。

学习充闾先生诗文点滴体会

◎原学玉

王充闾文学研究中心成立大会致贺（对联）

研究开先河，山海当惊推盛典；
撰修辟新径，诗文更喜赋鸿篇。

读充闾先生散文、诗词大作感赋（对联）

一

故里争荣，风华露润，真山、真水、真功夫，出真才人、真学者，襟抱春云翔远雁；
群峰共仰，箕斗光昭，新典、新编、新天地，展新气象、新精神，文章秋月印寒汀。

注："襟抱春云翔远雁""文章秋月印寒汀"系王充闾先生诗句。

二

为文终集大成，思而今，第二人想，自当不作；
从政堪称异数，念往昔，无双士论，抑或须斟。

七律 · 读充闾先生《逍遥游：庄子全传》感赋

故事联通古与今，哲人对话寄情深。
歌飞云外蘧庐[①]乐，蝶舞梦中庄子吟。
十六春秋[②]功浸血，万千丘壑境开心。
逍遥亮翅游当代，大自在行无二音。

注：①蘧庐，典故名，典出《庄子集释》卷五下《外篇·天运》。"仁义，先王之蘧庐也，止可以一宿，而不可久处。"郭象注："蘧庐，犹传舍。"蘧庐指古代驿传中供人休息的房子。犹今言旅馆。这里指充闾先生的诗集《蘧庐吟草》；②充闾先生的大著《逍遥游：庄子传》从酝酿构思到完成，前后整整耗费了十六年。

充闾先生大著《逍遥游：庄子传》读后感篇末有作

膺填义愤目常瞋，岂是笼中物好驯。
广宇自由飞思想，危崖独立矗精神。
堪怜举帜陈王涉，绝叹弯弓铁木真。
百代风流重数点，与君几个共遨巡。

读王充闾《国粹》感赋三十五首

◎寇春连

庚子正月,特殊的日子,宅家居久自然要规划时间,于是读王充闾先生的《国粹》自然而然地提上日程,遂用临江仙词牌填写了数首词,作为读后之感。

临江仙(一)云人是月史是风

史是风云人是月,读来重在通心。同明同志未同音,闻听终觉浅,书写倍知深。

自是篇中修未尽,词成又复长斟。几番浮起几番沉,无侪能与和,依律可低吟。

临江仙(二)黄帝

不息车轮尘浩浩,大河上下泱泱。周齐秦汉楚襄王,传奇雄霸业,转瞬即平常。

自古江山多壮丽,几经刀剑风霜。溯源追本至炎黄,森森双柏子,可佑岁绵长。

临江仙(三)庄子

众说纷纭身坐忘,耳边无复余声。山巍峨处水澄清,自能消日月,何必酌觥觯。

大道如何成至简，庸人或有难能。几争微利几争名，不甘于落拓，未料累浮生。

临江仙（四）孟子

竹有节兮松有志，此心已付春山。何分长路与穷边，幽怀思远虑，回首便经年。

临历饥寒齐大任，方能担以才贤。胸中意气已掀然，敢言天下事，待和白云篇！

临江仙（五）秦始皇

力拔山兮成霸业，堪称一世枭雄。邯郸路上欲无穷，风云从叱咤，生死付昏憒。

金铁重埋泉已涸，蓬蒿以奠幽宫。浮名历载亦成空，身前身后事，已付水流东。

临江仙（六）文成公主

昨日兵盟何以恃，但凭公主和亲。双方幸遇得良因，不曾屈使命，未负耦耕身。

聊向篇中寻故事，铅华字字生津。三千雪域远相闻，借听知己者，应是最高云。

临江仙（七）李白

骨已作尘名未朽，时人皆在风传。君身岂负笔如椽，颖锋流剑气，绝句贯灵川。

古往今来无别有，方能称以诗仙。濯心洗耳仗和泉，胜缘逢异士，醴酒问青莲。

临江仙（八）苏轼

竹杖芒鞋轻胜马，黎音共说坡翁。清风百世一孤忠，卓然而所立，谁与此身同。

闻听秋鸿留有爪，归来可觅行踪。不妨樽酒赴从容，无求真境界，万象落心胸。

临江仙（九）赵佶

愁向杏花深处说，来生许做词臣。嗜书耽艺一闲人，笺中裁锦字，扇底舞罗裙。

奈此风情皆误了，枉称国主人君。沧桑诗句岂堪闻，未言先泣泪，不觉已销魂。

临江仙（十）秦良玉

良玉勋名青史记，征鞍卸却金钗。桃花马上灭狼豺，瘦肩担日月，壮志满襟怀。

万里乘风身独向，提兵剑指边崖。薄衫并与泪深埋，千秋翻作雪，万恨掩泉台。

临江仙（十一）纳兰性德

君是人间惆怅客，相思翻作愁吟。但凭饮水话春心，体寒知病苦，语浅话情深。

落拓绝非无所止，当为诗酒难禁。谁人独抱一张琴，且将云路翼，与日落平林。

临江仙（十二）袁枚

坐侃行吟聊适意，对花赏月频斟。主携樽酒客听琴。名园依绿水，晴日上云岑。

幸得闲身游物外，一生所好随心。几从诗话字中寻，如斯真逸趣，自可作良箴。

临江仙（十三）曾国藩

独坐危襟空涕泪，吞声和作珠玑。岑岑宿病不能医，置身于炼狱，抱恨更无疑。

为著功名心力竭，盛时常作衰时。位高权重雁行低，长绳堪作缚，轻世自相欺。

临江仙（十四）鸿蒙开

岁月但凭岩画记，鸿蒙日渐初开。黄河有水自天来，长波千万里，至此断青崖。

沧海桑田频迭变，寒丘秋草垓垓。数堆瓦砾半沉埋，墨池遗笔冢，当复旧形骸。

临江仙（十五）生生之为易

天地无私生万物，乾坤与日争新。顺时载道睦人伦。威寒回暖律，权重守谦仁。

东上朝阳西下月，于今几度回轮。得偿所愿莫因循。自难修世事，不老是红尘。

临江仙（十六）尽信《书》不如无《书》

书可为凭安足信，无疑处又生疑。字中世界眼中迷，丹青难画处，留与后人题。

颂美多须增盛德，自然语软声低。萌新敝后莫相欺，须知千古事，堪比俗埃低。

临江仙（十七）广陵散

应叹曲中无续者，今时频唤归来。不明音律韵同谐，琴声销别恨，曲水绕楼台。

赋到沧桑工未得，谈何魏晋风怀。人行处处惹尘埃，岂容残酒醒，皆被利名埋。

临江仙（十八）诗词密码

艺海千珍并万宝，殷勤留著诗词。倚声协律带香题，字随前路远，志与白云齐。

学取绝非平与仄，循章亦是毛皮。休将颜色定高低，荒园生碧草，高格拟清奇。

临江仙（十九）联趣

著字寻章劳上下，更多列坐轩楹。昭昭然此甚分明，难来元却易，自拥最高层。

沦陷其中颇得趣，只言偏系深情。试将酽句破愁城，一如鸿雁侣，叠韵赋双声。

临江仙（二十）姓氏文化

草有三荣颜色好，不开花也含情。浅深素艳岂堪争，闻香随所念，何许绪纷萦。

一世生离多抱恨，只因身后功名。辛勤到老事无成。积愁人易老，赴履问归程。

临江仙（二十一）座次格局

曾厌妖娆桃李俗，遍寻世外清溪。如今何事最相宜？偶然思过往，可耐雪霜欺。

各色华裾倾满座，难分上下高低。向来自恃与肩齐。鹤长凫鸭短，不辨识东西。

临江仙（二十二）三峡气象

山塞湾回盈碧水，云萦叠叠峰峦。一帆万里若来前，如期相约往，也记远游篇。

未必高唐生秀颖，天无际却能宽。庸人岂碍韵超然，长吟聊促膝，砚不废磨研。

临江仙（二十三）徽文化

一任流光无以载，几番寒暑相更。自甘寂寞复丹青。翠屏流逸韵，小字枕弦声。

武德文魂今尚在，不因桃李相轻。身心所向两牵情。须知风与月，尽可适平生。

临江仙（二十四）江南传奇

梦里江南频欲往，几携只履难行。前朝旧事曲中听，凭栏身独向，那座凤凰城。

却望重阶寻雨巷，自然别有娉婷。草成一笔万毫轻。风烟皆过客，转处已留声。

临江仙（二十五）古晋北

三晋云山多险峻，任他岁逐时迁。个中最是雁门关，不教风雨入，胡马涉长川。

功过兴亡多少事，几经沧海桑田。千秋宜向曲中弹，虽无徽促柱，却有史为弦。

临江仙（二十六）凉山云和月

危石连云通鸟道，风从万壑凉山。摩天秀色落人间，夜郎城外望，皓月满晴川。

如水合声歌不尽，无分急管繁弦。今年欢笑复明年，怡怡亭畔路，抑或可行船。

临江仙（二十七）丝绸之路

川壑纵横通九域，一轮皓月同天。黄沙未阻自回旋，林泉鸣响谷，两处共春繁。

数载文明誊史册，由君再耸吟肩。增辉花萼十三弦，临江仙叠韵，何必破长笺。

临江仙（二十八）贤母品格

有苦强颜从未语，子辛唯汝深知。远行又怕受寒饥，灯残人静处，缝制四时衣。

如此儿孙多不见，还嫌絮语声低。山遥水阔信音稀，应知千里外，日日盼归期。

临江仙（二十九）邯郸道

燕赵悲歌多壮丽，邯郸自写春秋。几多俊士并名流，滔滔千古事，提笔便双钩。

梦断黄粱皆再续，大千更叠无休。天长水阔两悠悠，莫悲身是客，江海任云游。

临江仙（三十）隐士

遁世避官安市隐，宿心坐拥桃源。羊裘未着亦垂竿，蛮烟须自洗，直向钓台看。

深晓吟身终是客，如何还在忧天。浮华看淡梦难圆，一同邀上你，做个美花仙！

临江仙（三十一）文明融合

万里河山披锦绣，由卿锦上添花。修身治国必齐家，茫茫环四野，无处不繁华。

持此终朝从夕至，全凭一棹天涯。扶摇何必泛仙槎，红霞追晓日，春色未应赊。

临江仙（三十二）家天下

自古才贤频辈出，江山预让三分。雄图霸业撼乾坤，青山埋白骨，铁马没烽尘。

无可奈何春易逝，重游自有来人。一如岁序几更新，你方登上罢，我便结前文。

临江仙（三十三）情是何物

最是情关无以越，教人几近痴魔。天涯谁唱断肠歌，一声亲妹妹，一句爱哥哥。

病起风前愁入骨，已然难愈沉疴。年光时事苦相磨，红尘三万丈，何以渡沧波？

临江仙（三十四）科举

夜冷窗寒灯影乱，红炉有待添柴。荆钗布袜与芒鞋，龙门尤可望，应是我情怀。

大隐并非离市井，那人衣锦归来。一行车马满长街，昨时称过客，今日做同侪。

临江仙（三十五）历史周期律

四序交更频代换，从随日月循环。古今无恙是江山，天涯皆是客，行遍履尤艰。

曾有壮心存远业，今凭余力忧天。灯昏砚冷少成篇，寸心难写寄，唯把旧书看。

敬充闾先生诗歌二十一首

◎张家安

读王公充闾前辈诸文集感赋十首

　　同邑张冰先生，余之故交也，操觚作文，顷刻可成，于诗酣酒热间，论及文坛耆旧，而必申私淑王公之意也。夫王公者，本名充闾，又以汪聪、林牧、柳荫、任之初等号显于时，乙亥二月生，世隶盘锦。初为教师、记者，继任省市领导，虽世务纷繁，然案间灯下之笔墨，未尝一日废也。数十年间，累牍盈篋，蔚然可观。盖守其矩，遂执一省之牛耳；能通其变，乃有天下之文名。若《春宽梦窄》《千秋叩问》《皇帝论》诸书，盛行不衰，而《国粹》《庄子》《文脉》三部，用力尤勤。吆兮，世之不朽者有三，曰立德，曰立功，曰立言，我王公则兼而有之。诚以待人而有德，敏于任事而有功，至于精要之言，岂须赘论？今张兄董理其文学研究院诸事，遂益知王公之生平也，遂作诗十章，用申寸忱焉。

一

异时屈宋出衙官，几砚生香犯雪寒。
心迹何曾违世俗，功名漫说误儒冠。
尝闻素节谋身易，岂解红尘得路难。
醒醉千秋吾辈在，为公暂放酒杯宽。

二

真趣逍遥物外来，忘机每欲绝尘埃。
世缘独悟收书卷，人境双清逸钓台。
借酒青莲浇梦苦，迁官白傅解民哀。
无因朝市还他界，自是心平岳对开。

三

辽海文才占七分，竞看椽笔出清芬。
一襟霁月来青琐，百卷雄章耸碧云。
为政还从人性论，化民堪省鲁儒殷。
高情未废春秋法，绝唱宏开班马文。

四

独凭只眼看乾坤，宿习经年种慧根。
千古兴亡归笔砚，一朝治乱幸安存。
宜循大化讥蛮触，肯贾真才役梦魂。
梦窄春宽观冷眼，甘霖犹待被新恩。

五

漫道鸿编字字香，真情化雨到农桑。
黄河涛浊声声暖，紫极光澄夜夜凉。
王气从来通草木，悲歌自古起沧浪。
春风料峭安排尽，谁信寒荒傲海棠。

六

归舟更起广陵涛，千古撑来仗一篙。

风急独倾三斗酒，骥行真对九方皋。
情牵古道心潮涌，梦断龙墩汉月高。
回首濠梁何寂寞，鱼龟禽兽乐蓬蒿。

七

修到无为换故吾，珠泉圣雪汲羊湖。
其间趣味开胸臆，之外烟云逼画图。
海运图南鹏独往，山深转北鹤群呼。
高才况得如椽笔，万尺琼笺次第铺。

八

梅放昆仑雪压枝，孤芳凛厉肃瑶池。
千秋叩问连天处，一脉传承话古时。
且摘新蔬张绮座，莫垂夕照到琼卮。
高台荐赏饶高思，正是春风渐把持。

九

幽州一柱讶云台，援笔轻摇剑气开。
万劫诗书谐旧制，几多人物正新裁。
高风遥举摩天翮，边驿深阴拔地槐。
千古江山凭叩问，从来青眼属贤才。

十

芝兰盈室月低回，岂有雄才溷俗埃。
青绶悬腰仍尚雅，素心有梦更登台。
驹阴岂独悲川逝，风物频将袭郭来。
古道斜阳征路远，掠天椽笔扫云雷。

读王公充闾前辈《蘧庐吟草》书感

一集高轩好性灵，艳才非复少年行。
灯笼太守怜初咏，秀士白衣矜正声。
濠上观鱼如悟我，宦中轻利岂为名。
芙蓉滴露香兰笑，肯念苍生寄管城。

注：1948年十三岁时，先生于私塾作《灯笼太守》诗；又于1959年作《刺"白衣秀士"》。

题浑河下游用王公充闾前辈韵

未向云途叹莽苍，风涛涌处转青廊。
百年烟雨连三岛，坐遣诗情共久长。

附前辈元玉

意绪飘岚入莽苍，高山流水翠云廊。
一川草木通王气，始信源头意味长。

访古楼兰遗址未果用王公充闾前辈韵

渐萎胡杨忆旧年，重阴曾托几时天。
漫从风影惊陈迹，一曲悲歌共怆然。

附前辈元玉

大漠沉埋若许年，惊沙狂卷漫遥天。
残垣不见成虚忆，百快当时一惘然。

盘锦红海滩用王公充闾前辈韵

滩头风物见清佳,吹起涟漪浴晚霞。
难得劫馀成此境,一篙风雨出红花。

附前辈元玉

辽东湾北景偏佳,海畔彤彤列绮霞。
绿满蒹葭金罩野,白鸥轻吻碱红花。

盘锦百里苇塘用王公充闾前辈韵

欢情续处即横塘,一棹渔歌两鬓苍。
吹老苇芦多少事,与谁百里按清商。

附前辈《风雨苇塘》诗

蛮风烈雨扫芦塘,犹有闲情入莽苍。
绿到须眉天不管,冲霄翠鸟奏宫商。

烂柯山即兴用王公充闾前辈韵二首

樵径才开向上行,仙凡算计共楸枰。
翻天覆地余莺语,错听当时落子声。

仙尘两界欲何行,着实迷茫此一枰。
曾记升天到鸡犬,可怜斧柄献殊声。

附前辈《烂柯山》诗

烂柯山下少人行,不见王生见石枰。
斧柄未留留话柄,仙凡一样重虚声。

瑷珲感兴用王公充闾前辈韵

国恨家仇到眼纷，当年一纸黯销魂。
重来负我清游趣，独对乌苏指暮云。

附前辈元玉

江天寥廓雁纷纷，高阁登临忆国魂。
岁月难平庚子恨，长松如盖已干云。

题成吉思汗陵用王公充闾前辈韵

秋原萧索白云多，大造枯荣岂奈何。
其奈灾荒其奈乱，亦称王霸亦称魔。
驱兵马踏苍生骨，挽日人期鲁氏戈。
汉武秦皇今数尽，往来未绝风兮歌。

附前辈元玉

灭国开疆枉自多，强梁无奈死神何。
衢街枕藉横尸骨，妇孺凄惶说战魔。
踏破山河驰铁马，凿穿欧亚挺琱戈。
长生终竟成虚话，一样金棺伴挽歌。

己亥岁末与友小酌书感用王公充闾前辈韵

一席能同月旦评，相知岂独是同庚。
清琴佐酒酣陶令，深夜言神怨贾生。
回首沧桑聊任物，引杯风雨总关情。
平生我亦东西惯，珍重喃喃问语声。

附前辈《岁末抒怀》诗

行藏奥蕴任猜评，暂息蓬庐七二庚。
入仕碍难存至性，耽诗端可慰平生。
青云鸿鹄高天侣，燕石湘兰大雅情。
鸥鹭不争车马道，狂庄圣孔伴虀声。

鲁迅先生逝世八十三周年书怀用王公充闾前辈韵

欧风吹过百年时，椽笔宏论病不支。
呐喊正怜家国窘，彷徨欲遣子孙知。
千钧利剑初心在，一曲悲歌壮志迟。
向此尘寰欲回首，冀谁警世苦寻思。

附前辈《悼鲁迅先生》诗

崎岖历尽惜明时，红烛长燃力不支。
珠玉未随清梦杳，文名久被世人知。
萍踪汗漫千程远，噩耗沉埋半载迟。
静夜无眠怀旧雨，一篇薤露寄哀思。

新雨分我一杯羹
——读王充闾作品有感

◎王爱民

从此卸下，马背上驰骋的江山
一枕青山落定，运笔推敲辽阔大地
长白山缓步秋点兵，压低诗词的韵脚
满脸涌起辽河的波浪

沿榫卯结构的命理行走
流水顺着线头，回到针眼
回去，由句号回到逗号
回到，一页页锦绣文章

青山垂钓水底的影子
天空是更大的留白
新雨分我一杯羹
为我平分天下春色
平生事纷纷，一句顶万千水滴

回去，青蛙回到蝌蚪找妈妈
甲壳虫回到蜗牛与黄鹂鸟的歌声

　　　　回去，蝴蝶回到毛毛虫

　　草抖动鬃毛，回到一群狼的身上

　　　一滴叶尖上跳舞透明的雨水

　　　　回到大地盈盈的眼睛

一朵云起，论天下事，扶起多少笔误

　　　　我听你敲出的钟声

　正是读了几辈子的翻书声和拍案声

　　　　身子里有一块块铁鸣叫

回去，由老年回到中年回到青年

　　　　少年回到童年

　　　　指头上发出芽叶

　　　春韭调琴弦三分绿

　　　半首诗打开如烹小鲜

　　　扯住一棵大树的衣角

回去，回到一块还没凉透的石头身旁

　　　听听它内心的花纹

　　　　回到月亮的摇篮

　　回到萤火虫后屁股的灯火里

　　　回去，大海回到陆地

　　　回到一条河击水的中流

　回到源头，回到一朵含雨的云

　　　　回去，我想尽办法

摆脱命运也要回去
由城里回乡下，由一万朵花
回到骨朵
由叶子，回到庄稼的根部

哪怕剩下几根下骨头
也要由风，捎回到泥土
回去，穿过身子回到自己

回去，尽可能多尽可能远地回去
由星星敲黑板的手
回到喊我回家吃饭的呼唤声里
让一座慈祥的山，回去
回到送别儿子进京赶考前
瞩望的母亲

大地就是一张纸页
我们每个人都在等着
被天边的彩虹，远去的流水
认领

读充闾先生《国粹：人文传承书》赋诗五十七首

◎赵彦久

读《国粹》第一篇《中国心》随感三首

其一　史概人与事

中华文史不离分，史述文宣事与人①。
事乃风云人比月，烘云托月事由人！

其二　读史要通心

今贤读史肯通心②，穿越时空访古人。
研判迷局查背景，解析评论不失真。

其三　自信中国心

文明延续五千年，经史子集容大全。
傲世中华凭自信，民魂国粹总承传③！

注释：①中华自古文史不分家，经史子集四库全书皆述史。而历史无非人与事在时空中的演变。②这首诗中的今贤代指王充闾先生，他主张读史要"通心"，要"穿越时空"与古人对话，考察历史事件的全背景，才能做出正确的判断。③这首诗中的"民魂"概指中国心。

读《国粹》第二篇《始祖》随感

七言排律·缅怀轩辕黄帝（新韵）

华夏文明耀五千，追恩始祖乃轩辕。

开基立业源河陕，拓域联盟逐鹿原。

制箭烧陶耕谷稻，调音创字造车船。

德泽疆野设官使，教化九州辟井田。

百岁躬巡勤理政，万民拥戴颂王贤。

功昭日月驭龙去，古柏福荫世代延！

读《国粹》第三篇《道家智者》随笔

五律：智者庄子（新韵）

庄周凭道智，处世不须争。

"减法"安身命，修齐崇"忘"功。

无为求"日损"，苦乐顺其更。

隐避"牺牛"祸，逍遥驭大鹏。

注释：引号里的词与字都是引用了充闾先生文中的词与字。

读《国粹》第四篇《士君子》随感

五律：赞孟子（新韵）

择邻慈育圣，为士树风标。

勤养浩然气，轻君贵庶胞。

成仁求诸己，取义竞英豪。

政倡依民本，德行万古彪。

读第五篇《秦始皇之道》有感，遂吟七绝五首（新韵）

其一：功也过也

扫平列霸广开疆，同轨同文同度量。
孰料更弦施暴政，祚期万世化黄粱！

其二：防患未果

一统六合称始皇，集权设郡筑城墙。
家胡患比羌胡烈，诛尽胞亲血脉丧！

其三：焚坑失政

焚书岂可卫皇权？恣意坑儒酿祸端！
刘项不知文墨事，挥师相竞入秦关。

其四：寻仙误国

祖龙求寿欲成仙，封禅修宫造巨船。
徐福携童潜海隅，蒙君空盼葬骊山。

其五：遗恨黄泉

嬴政开基企万年，谁知二世便无传。
八千陶俑排兵阵，不抵陈吴九百竿！

读第六篇《和亲者》随笔

七律：拓荒公主入神坛（新韵）

唐蕃古道险行艰，拉萨长安结睦缘。
进藏文成传技艺，和亲松赞弃胡衫。
文明火种播天路，商旅农耕惠雪原。
宝镜为山昭日月，拓荒公主入神坛。

读第七篇《千古文人心》读后感

七律：咏李白（新韵）

生于碎叶长青莲，个性飞扬悖仕缘。
有意登龙屈供奉，无心翰墨却诗仙。
举杯邀月狂歌舞，对影吟花醉妄言。
蚌病成珠辉万世，骑鲸捉月畅游天！

读第八篇《达人境界》有感

七律：窘境达人苏东坡(新韵)

坡翁贬谪至儋州，三载瘴乡遗迹留。
冠笠拖屐衣贝布①，访黎扶杖诵田牛。
桄庵教化寒门子②，端砚嘉学进士酬③。
豪宕旷达脱窘境，鸿痕雅绩耀千秋！

注释：①贝布即古时儋州珍贵特产（以植物吉贝为原料所织成的吉贝布），它曾是贡品。②桄庵即桄榔庵，苏东坡被贬后，巡官不准其居州衙馆舍，无奈他只能购地建茅舍，自号"桄榔庵"。茅舍既是他的居室，又作为其讲学的场所。③坡翁遇赦北归时，将自用的一方端砚赠给了就学弟子（姜唐佐），并题诗"沧海何曾断地脉，白袍端合破天荒"。寄望海南学子也能像内陆人才一样登科擢第。果然在他北归之后，海南破天荒有了学子考中进士。

读第九篇《才人真绝代》有感

七律：叹赵佶（新韵）

书画精英做帝王，道君当政酿国殇[①]。
阉人献策靖康耻[②]，蔡党权谋被虏亡[③]。
创体瘦金书隽雅[④]，革新艺苑绘繁芳[⑤]。
文才错用前车鉴，可叹徽宗效重光[⑥]！

注释：①宋徽宗赵佶本是书画天才，他不擅长政治与权谋，却被错选为北宋第八代皇帝，他笃信道教，人称"教主道君皇帝"。②宋徽宗听信了阉人童贯的计策，联合金国（女真）与辽国（契丹）开战，结果引狼入室，招致靖康之耻。③蔡党指奸臣蔡京及同伙。徽宗重用蔡京偏离政道，导致父子、家人及朝臣被金兵俘虏，囚禁北地而亡。④赵佶开创了"瘦金体"书法，隽雅刚劲，自成一派。⑤宋徽宗执政期间，大力推动了宫廷书画院的建设与改革，培养了一大批书画人才，可谓我国历史上书画普及发展与提高的鼎盛时期。⑥重光是南唐后主李煜的字。

读第十篇《女杰》随感

七绝四首：赞秦良玉（新韵）

其一：血战浑河

浑河血战退清兵，拼死搏杀石砫荣[①]。
据守榆关敌丧胆，帅旗辉映女英雄！

其二：平叛靖边

黔川二吏反朝廷[②]，夫妇挥军扫叛戎。
拔寨攻城凭女将，提督白杆振威名。

其三：两次勤王

清军犯境迫皇城[③]，策马金钗奋请缨！
诸将拥兵思自保，勤王唯有四川营！

其四：一门忠烈

锦绣征袍血染红，一门忠烈建奇功[④]！
君王赠赋颂巾帼，像奉麟阁万古铭[⑤]。

注释：①明朝天启元年（1621）三月，努尔哈赤率兵数万直逼沈阳，与秦良玉麾下数千石砫土司兵遭遇，在浑河岸畔血战数日退敌。②明朝万历年间，播州（今遵义）土司杨应龙反叛。天启元年（1621），四川永宁土司奢崇明叛乱。秦良玉与丈夫（四川石砫土司、官位宣抚使）马千乘，奉朝廷之命两次起兵平叛。他们麾下的石砫兵所用武器为以白杆制作的长矛，故被称为"白杆兵"。③明朝崇祯二年（1629），皇太极率后金军队迫近北京，次年又来犯京。秦良玉率兵勤王，驰援京师，并驻军在宣武门外的一条胡同内，后来此地被称为"四川营"。④秦良玉及丈夫马千乘，可谓一门忠烈：马千乘忠于朝廷被陷害冤死狱中，秦良玉的两位兄长（秦邦屏、秦邦翰）战死辽东，弟秦民屏捐躯沙场，民屏的儿子佐明、祚明身负重伤，良玉之子马祥麟与儿媳张凤仪为国殉难战死沙场。⑤为表彰秦良玉的功绩，崇祯皇帝在皇宫平台召见秦良玉，并当场赋诗四首，手书赠良玉，盛赞其功。下一句的麟阁是代指麒麟阁，那是古代皇家褒奖功臣，为其供奉画像的场所。

读第十一篇《平常心》有感

七律：纳兰性德素描（新韵）

出身显赫善词文，随扈君王拔等伦①。
聪慧天资轻贵胄，由然本性羡平民。
雕笼锁困华亭鹤②，晓梦欣怡劳燕吟③。
传世华章多怅怨④，纳兰患少庶常心！

注释：①纳兰性德出身名门，其父是权倾朝野的康熙朝宰相。纳兰本人十八岁中举，二十二岁二甲进士，并被授为皇帝一等侍卫。他天资早慧，是清代最卓绝的词人，著有《饮水词》传世。等伦是指档次相同的人物，拔等伦则意为卓越超群。②这一句是用典：晋代的陆机被奸人谗害，临刑前叹曰，再想听华亭鹤的鸣叫亦不可能了。鹤本鸣于九皋的云游之禽，困于华亭便失去了自由。在此比喻纳兰职任随扈犹如困于雕笼中的鸟儿，不能自由自在地飞翔。③这句是引用了纳兰一首五言诗中的含义：在这首五律中他自比雕笼中的黄鹂，虽绮羽玉食却惶惶不安，向往自己能像冲破晨梦的紫燕那样，在春风中翱飞，在梁间呢喃吟唱。④纳兰传世的词作有三百多首，其中"愁""泪""恨""伤心""怆怀""无奈""断肠"

等词字，几乎开卷可见，字里行间饱含着哀怨与凄情。这种消极情绪严重地影响了他的身心健康，致使其英年早逝，只活了三十一岁。

读《国粹》第十二篇《性情生活家》随感

七律：羡袁枚（新韵）

早岁登科入翰林，满文稍逊远宫门①。
八年县令犹惊梦，五秩闲居始慰魂。
修整随园烹美味，遍游名岳畅身心②。
风流倜傥多佳赋，灵性吟怀情果真③！

注释：①袁枚乃清代著名诗人，自号"随园老人"。他二十三岁中举，二十四岁中进士，并入翰林任"庶吉士"深造待选。后因满文未过关而外放，前后几度任县令近八年而不得志，之后归隐闲居，过了四十五年他自己想要的惬意生活。秩字释义：一秩为十年。袁枚归隐闲居四十五年，用五秩乃概指之。②归隐后期，袁枚数次出游名山大川，足迹遍及大江南北，并留下许多诗篇。③袁枚主张写诗要重"性灵"、要有真情。他除了留有《小仓山房诗集》外，更著有《随园诗话》，开创了"性灵诗派"，并成为当代的诗坛盟主。

读第十三篇《苦味人生》有感

七律：曾公自惩（新韵）

分裂性格求美名，国藩当比苦行僧。
劳蛛缀网修三立①，兵克太平屠数城②。
坦荡躯壳藏伪懦，灵魂猥琐假英雄。
潜心用破跻贤位，终日惶惶乃自惩！

注释：①三立是指古代圣贤所追求的人生终极目标——立德、立功与立言。②曾国藩所统帅的湘军，先后攻破了太平军占据的九江和南京等城池，大肆奸淫掳掠，大开杀戒，血流成河，尸骸塞江，惨不忍睹。而他先前还曾为湘军写过一首《爱民歌》，可见其仁义爱民是虚伪的说辞。

读第十四篇《鸿蒙开》有感

七律：赞贺兰山岩画（新韵）

贺兰屏障护银川①，岩画史诗入眼帘。
鹿马人羊图数万，剥蚀损毁存五千②。
传承远古无声剧，见证人文有像刊。
揭示鸿蒙趋雅化，中华根脉载流源③。

注释：①银川在此文中概指银川平原。②岩画中的鹿马人羊等个体图像原本有数万个，经过几千甚至上万年的风刀雨剑的剥蚀损毁，现今仅存五千余组图像。③在贺兰山口有一幅古老岩画，刻有伏羲女娲人首蛇身、尾部相交的图像。这与《山海经》等古籍中所记载的人祖之说如出同源。

读第十五篇《生生之为易》有感

七律：概说《周易》（新韵）

华夏国学源易经，阴阳生化演无穷。
乾坤一统合德性，卦象万千涵世宏。
知几见微能预测，乘时审势待机行。①
三才契构共同体②，元典聪察哲理明③！

注释：①"知几""乘时"都是《易传·系辞》中的词汇。"知几"

是见微知著之意，可预测世事之玄机。"乘时"则是把握时机之意，谓之审时待势而动。②《周易》把整个宇宙分为天、地、人三大构素，称为"三才"，互相感应；主体的人与客体的自然界构成"命运共同体"，强调"天人合一"，即天道与人道、天文与人文的和谐统一。③元典，是代指最初（最早）的典籍，《周易》即是我国最早的教人认识世界与社会、预测事势、趋吉避凶、具有哲学理念的典籍。我们的传统文化基本上都源于此典籍，故而被称为"元典"。

读第十六篇《尽信〈书〉不如无〈书〉》有感

七律：读史需设疑（新韵）

尽信史书存弊端[1]，誉人增美毁人添[2]。
述贤讳过驳浮杵[3]，曲笔饰尊西狩尴[4]。
义理实情孰取舍[5]，思维推断近还原。
研究史料需疑问，忖度时局求本然。

注释：①孟子在阅览《尚书·武成》时，提出"尽信《书》则不如无《书》"的论断。这里的《书》是指《尚书》，它是我国史上最早的史料文献汇编，收集了虞、夏、商、周各朝代的诰文和大事记。②东汉王充在所著的《论衡·艺增》中指出："著文垂辞，辞出溢其真，称美过其善，讲恶没其罪。"。③④古人有为尊者讳耻、为贤者讳过之规，这就是孔夫子修订《春秋》时所谓的"曲笔"。⑤古代史料，存在着"义理正确"与"事实正确"这对矛盾，故而史官需视情而取舍，有时为义理的正确而隐藏实情。

读第十七篇《广陵散》有感

七律：慷慨悲凉说魏晋（新韵）

魏晋朝纲兴替繁，世家贵胄揽枢权。
玄佛泛起儒学退①，名士潜身鄙做官②。
避祸七贤宁买醉③，三曹诗赋辟文泉④。
建安风骨今犹颂，唯叹广陵散曲湮⑤！

注释：①②魏晋时期是我国历史上政治最混乱，但思想最解放、精神上比较自由的时代之一。朝廷重才轻德，权贵操纵国事，文人鄙视名利、不愿为官，儒学滞退而老庄玄佛诸教泛起。那是一个思潮涌动、立异标新的时代。③七贤是指以阮籍、嵇康为代表的"竹林七贤"。他们不满司马昭的政权，不愿为官，以饮酒为乐，以此表达对当权者的蔑视与反抗，也因此遭到当政者的迫害。④三曹是指曹操、曹丕与曹植父子三人。他们都是当时的大文学家，思想解放，鄙视旧俗，倡导新的文风，被称为"建安风骨"，对后世的诗赋文风影响深远。⑤"竹林七贤"中的嵇康是反抗司马政权最坚决的斗士，最终被当政者杀害。临刑前他索琴抚曲《广陵散》，并说这是一位同游的老先生教给他的，并嘱咐他不可再转教他人。在场听曲者被琴声感动，皆掩面拭泪。嵇康一死，此曲失传。

读第十八篇《诗词密码》随感三首

一、诗言情志（新韵）

旧体诗词意境深，抒情言志乃心音。
构思奇妙存高远，形象鲜话入画真。
叙事寄怀兼述理，评今论古和朋昆。

前贤佳作宜多诵，最忌堆编无病吟！

二、概说格律（新韵）

诗词格律纸一张，若肯研习定晓详：
平仄相隔多偶数，句间粘对细思量。
孤平重韵勿容犯，三仄三平尾必防。
对仗遣词分类辨，新声古韵著华章。

三、简述技巧（古风）

高屋建瓴意笔先，形象思维寓于言。
琢句炼字凸诗眼，起承转合善谋篇。
比喻夸张烘渲染，含蓄蕴藉妙双关。
叠字互文巧用典，谐谐格律韵自然。

读第十九篇《联趣》随感七绝三首

其一

先生自幼拜塾师[①]，饱览诗书诸子辞；
信手拈来皆妙笔，义乌题骆誉名驰[②]。

其二

楹联精巧本源诗，对仗分门甄选词；
平仄协调旋律畅，镶名用典更添姿。

其三

诗词联对讲协音，何必陈规守佩文[③]？
现代四声无入字[④]，倡推新韵利兴群。

注释：①王充闾先生自幼入私塾，拜辽西名家刘璧亭为师，读传统国学八年，尽览经史子集，为其成为我国当代文学大师筑下了坚实的根基。②指其为义乌市的骆宾王纪念堂题写的楹联。③即《佩文韵府》，这里也概指以前的各种韵书。④我国于1958年颁布了现代汉语拼音方案，取消了古代汉语四声（平上去入）的旧读音，推行新四声（阴平、阳平、上声、去声）的新拼音，把原有的入声字分派到平上去的三声之中。但当代人学的是现代汉语拼音，不会辨别派入平声字里的原入声字，所以中华诗词学会组织专家依据汉语拼音的规则编撰了《中华新韵》《通韵》等新韵书，以便于当代人及后人学诗选韵。这也是促进我国音韵学与时俱进的重要举措。

读第二十篇《姓氏文化》随感

七律·姓氏文化重礼仪（新韵）

国学积淀孕民俗，姓氏渊源上古出。
血脉传承存寄寓，名称字号表相符。
五伦十义恭尊长①，六故三亲宜雅呼②。
敬讳分明休错谓，家人外客礼仪殊！

注释：①五伦：父子，君臣，夫妇，长幼，朋友。十义：父慈，子孝，兄友，弟恭，夫义，妇听，长惠，幼顺，君仁，臣忠。②三亲：即指宗亲、外亲、妻亲。六故：指父、母、岳父、岳母、自己、妻子等六方面有交情的熟人。三亲六故一般不作具体所指，而是概指亲朋好友。

读第二十一篇《座次格局》随感

七律·座次明礼节（新韵）

中华礼制溯周源[①]，座次安排窥一斑。
宗庙尊卑昭穆位[②]，朝廷论职列金銮。
民间序齿别先后，官场贬谪称左迁[③]。
今尚中前尤崇左[④]，西方敬右忌十三[⑤]。

注释：①我国礼制源于周朝。周公旦作《周礼》，它是一部通过官制来表达治国方案的著作。②昭穆，是古代的宗法制度。它规定了宗庙中的神主（灵位）排列次序（亦包括他们在墓地里墓穴的排序）。始祖居中，以下按父子的辈分排列为昭穆。昭居左，穆居右。周以后稷为始祖，后稷后的第一代为昭，第二代为穆。以后的第三、第五、第七代，以至下推于任何奇数代，皆为昭。第四、第六、第八代，以至下推于任何偶数代，皆为穆。③我国古时各朝代崇左崇右并不一致，例如战国时代秦崇右而楚崇左，春秋至秦汉时以崇右为主流，隋唐两宋始尚左，元代又复尚右，明清又复尚左。这只是大体情况，并不尽然。后人认为尚右于前，尊左在后。④我国近代始，对于尊右还是尊左逐渐有了统一的认识，公认为：前为尊，后为次；中为尊，侧为次；左为尊，右为次。⑤西方社会与我国不尽相同。他们主张女士优先，以右为尊，并且忌讳十三这个数。

读充间先生《国粹：人文传承书》赋诗五十七首

读第二十二篇《三峡气象》随感

三峡行吟六首（新韵）

七绝：瞿塘峡

江出奉节迫夔门，峡锁瞿塘流啸奔。
扼守巴东吴楚惧，峰奇水浩摄人魂。

七律：白帝城怀古

先主托孤在此城，诗仙顺水下江陵。
公孙称帝域名改，杜甫登台诗句铭。
诸葛难撑西蜀运，吴兵大火毁连营。
汉朝庙宇今安在？殿奉明良好弟兄！

注释：白帝城原名子阳城，因西汉王莽旧臣公孙述在此守备，他传言白龙现身而自称白帝，之后便改了城名。杜甫的《登高》诗亦作于此处，并被誉为唐诗七律第一诗。白帝庙中原先是供奉公孙述的塑像，后人因其追随王莽叛汉而将其毁掉，换上了刘备关羽张飞及诸葛亮的塑像，并题有"明良殿"的匾额，以褒奖所供四人君明臣良之品格。

七绝：巫峡

云遮雾绕隐真容，百转长峡雨后晴。
十二奇峰皆秀丽，宛如人在画中行。

七绝：神女溪

黛翠神峰溪水清，急流深谷小舟轻。

山茶草药原生态,绝壁悬棺藏洞中。

七律:三峡工程

钢凝巨坝锁江腰,湖若镜涵云影漂。
电站轰鸣输动力,船闸起落水梯桥。
工程繁浩诚枢纽,蓄泄激流任控调。
神女惊悉奇迹现,毛公遗愿慰今朝。

七律:三峡人家

依山傍水楚人家,楼外村姑笑敬茶。
风鼓乌篷轻撒网,江如湾月映峰峡。
昭君故里听橘颂,屈子家乡歌对答。
袅袅炊烟鹅戏水,神仙居此种桑麻。

读第二十三篇《徽文脉》随感

七律·也说徽文脉(新韵)

徽山峻秀水朦胧,谢朓诗格创永明[①]。
筑起名楼吟意绪,招徕俊逸隐宣城。
青莲子美互倾慕[②],元稹乐天文脉通[③]。
谁谓文人矜善己[④],古今诗赋总关情!

注释:①谢朓是南北朝时期的山水派诗人,擅写五言诗,与沈约共同开创了"永明体"五言诗体裁,奠定了格律诗的基础格式。诗仙李白最推崇谢朓的诗篇,并在此楼多有吟咏,还多次来宣城寻访谢朓的诗踪。②李白号"青莲居士",杜甫字子美。他们互相倾慕对方的诗才,并且都入梦吟诗寄托思念,成为诗坛中的千古佳话。③唐代诗人白居易(号乐天)与元稹也是心心相印的诗友，他们的诗作是"心有灵犀一点通"。可以说李白与谢朓、李白与杜甫、白居易与元稹的文脉是相承的。④自古有"文人相轻""文人善己"的说法，曹丕在《典论·论文》中就有文人"善于自见、轻人所短"的论述。王充闾先生在《微文脉》一文中亦有描述，但也言说实不尽然。

读第二十四篇《江南传奇》随感

七律·读王充闾先生《江南传奇》有感（新韵）

江南古镇久闻名，商贾云集信地灵。
同里滨湖河网曲，周庄环水物流通。
任生隐退修园逸①，沈富夸财犒赏坑②。
宁效思鲈张翰智③，不为蹄脍万三蒙④！

注释：①晚清武官任兰生，官场失意退回同里，修建豪华园林名曰"退思园"，养性闲居，颐享天年。②沈富即沈万三，名富，字仲荣，号万三，乃周庄富豪，富可敌国。其人虽生财有道却不谙政治，炫富媚君，拍明太祖朱元璋的马屁，献"龙角"、出资修南京城墙，还犒赏三军。朱元璋疑其有反心而治罪欲诛之，马皇后说情免其死罪，发配云南客死他乡。③西晋文学家张翰，性情豪放，因喜悦他人琴声而随之远游不辞别家；当官后又因思念家乡名肴"莼菜脍鲈羹"而擅离职守，归乡食莼鲈被解除官职。后人将此故事称为"莼鲈之思"。④此亦用了"万三蹄"的典故。"万三蹄"乃周庄沈府三大名菜之一，就连明太祖朱元璋也慕名来沈府品尝并赞不绝口。沈万三以此献媚皇上，并做出许多出格之事，其蒙昧之举招来杀身之祸，既可悲又可笑。

读第《国粹》第二十五篇《古晋北》随笔

七律·读《古晋北》怀古

自古兵家争晋北，鸣镝遍野雁门关。
贿阏脱困刘邦险[①]，被陷突围杨业捐[②]。
造像云冈绝世伟，悬空宝刹万民瞻。
玄珠国粹珍维护，要塞雄浑永续传。

注释：①汉初，高祖刘邦帅军征讨匈奴，匈奴单于冒顿初败，之后便示弱诱汉军追击，高祖急功，便亲率小股部队追击，至白登山被匈奴大军包围。谋士陈平献计：以金银珠宝贿赂匈奴单于冒顿的皇后——阏氏，请她说服冒顿撤围。冒顿考虑到难以灭汉，不如撤兵见好就收，刘邦因此侥幸脱险。②杨业乃北宋代州守将，勇猛善战，被契丹人称为"杨无敌"。金沙滩一战他因为儿子（杨七郎）得罪顶头上司潘美，潘美设计使杨业陷入重围，且见死不救，致使杨业被俘捐躯。

读《国粹》第二十六篇《凉山云和月》随笔

七绝五首

其一：凉山入汉

武帝遣蒙使夜郎[①]，文君卖酒苟西昌[②]。
相如拟赋抚彝众[③]，自此凉山入汉疆。

其二：景美月华

群峰耸峙涧川深，邛海风清月摄魂。

兹莫织毡升桂殿④，雨中螺髻景迷臻⑤。

其三：走婚异俗

母系摩梭俗走婚，两情相悦爱纯真。
生儿怎晓谁为父，不恋钱权只恋人。

其四：汉彝同根

汉彝兄弟本同根，封建歧压酿悖伦。
五月渡泸降孟获，孔明抚慰众归心。

其五：彝海结盟

红军征战过羊坪，彝海丹刘歃血盟。
智策疏通决胜路。结局殊与翼王同⑥。

注释：①蒙代指唐蒙，曾出使夜郎。②西昌古称邛都，司马相如与卓文君曾在此地卖酒。③汉武帝派遣司马相如为特使，前去宣抚因唐蒙修路横征暴敛而闹事的夷众。相如写就《喻巴蜀檄》，平息了众怨。而后武帝又封司马相如为中郎将，全权署理"西南夷"事务。④传说中的彝家姑娘名叫兹莫领扎，她心灵手巧，织出的毛披毡上的花草蜂蝶栩栩如生，就连月宫仙子也拜她为师，请她到月宫里教仙女们织毡和弹月琴。⑤指西昌城外的螺髻山，此山景色绝美。⑥指太平天国时期的翼王石达开。

读第《国粹》第二十七篇《丝绸之路》随笔

七律·读《丝绸之路》感怀

广袤南疆漠野茫，丝绸旧道焕仪妆。
古城湮灭新城矗，沙海翻出油海狂。

感悟充闾先生

　　　　肉串袭人抓饭美，甜梨适口烤馕香。
　　　　张骞玄奘留遗迹，扈特东归辟故乡①。

　　注释：①土尔扈特部本是清代厄鲁特蒙古四部之一。因其与准噶尔部首领失和，便率其所部西迁至伏尔加河下游，自成独立的游牧部落，在那里生活了一百四十多年。后来实在忍受不了沙俄极端的欺凌与压榨，土尔扈特部首领渥巴锡率十七万族人决意东归。他们浴血奋战，冲破沙俄帝国军队的层层围追堵截，历时半年才回到祖国的怀抱，到达新疆时族人仅剩下七万余人。清廷安排他们定居于南疆的库尔勒一带。

读王充闾先生《国粹》第二十八篇《贤母品格》随笔

七律·赞我国古代四大贤母

　　　　成就圣贤皆有因，首功当让好娘亲。
　　　　择邻教子断机杼①，截发退鱼筵礼宾②。
　　　　节俭仁慈非苟世③，懿行报效字铭身④。
　　　　崇德尚育常垂范，万古流芳颂母恩！

　　注释：①战国时期孟轲（亚圣）之母仉氏教子的故事。②晋代名将陶侃之母湛氏教子的故事。③北宋大文豪欧阳修之母郑氏教子的故事。④宋代抗金名将岳飞之母姚氏教子的故事。

读《国粹》第二十九篇《邯郸道》随笔

七律·邯郸故事多

　　　　古来燕赵多侠士，仗义侯嬴报信陵①。
　　　　老妪杀胡凭智勇，民丁上马即雄兵。

卢生梦警邯郸道②，桀骜廉颇肯负荆③。
成语之乡何自荐④，墨儒相辅亦相融⑤。

注释：①侯嬴是战国时期的侠士，赵国的信陵君请他来帮助完成大业，侯嬴献上"窃符救赵"之计，但因自己年迈不能随主人上阵杀敌，侯嬴便于信陵君出征时拔剑自刎，以死相报知遇之恩。②卢生是《黄粱梦》故事中的主人公，这则故事记载于唐代文人沈既济的传奇小说《枕中记》。③此处借用了《将相和》的典故。④邯郸是我国成语之乡，例如"邯郸学步""围魏救赵""毛遂自荐""完璧归赵""负荆请罪""南辕北辙""奇货可居"等都出自邯郸。⑤义士游侠多是墨子的门徒，后来又接受了儒学的思想，使"仗义行侠"与"兼济天下"的理念并存，从而也造就了燕赵之士的慷慨悲壮的人生。

读王充闾先生《国粹》第三十篇《隐士》随笔

七律·刍议隐士

史上神洲隐士悠，沽名养性各千秋。
子替待价终南匿①，避祸严光钓濑流②。
弘景山中称宰相③，许由洗耳远王侯④。
而今盛世惜才俊，祈愿英贤匡九州。

注释：①即唐代诗人卢藏用，字子潜。他考中进士后，为了更快地爬上高位，刻意隐居终南山，沽名钓誉。之后果然得到朝廷的重用。他这种投机行为被讥为"终南捷径"，遗为笑柄。②严光即严子陵，东汉光武帝刘秀的好友。他不愿为官，多次推辞了刘秀的聘请，最后隐居于富春江的七里泷，并且经常垂钓于此。此地被后人称为"严陵濑"。③陶弘景是南北朝时的隐士，他人在山林却心系朝廷。梁武帝多次请他出山都被拒绝，但梁武帝向他咨询却总有回应，因而被称为"山中宰相"。④许由是上古尧帝时代的隐士，他屡拒官禄，隐于箕山。尧帝派人来相请，许由则在颍水之滨洗耳，以示自己不愿闻听此类言语。

读《国粹》第三十一篇《文明融合》随笔

七律·读《文明融合》随感

白山黑水女真兴，铁骑三千夺宋京。
淳朴民风失渐弃，奢靡骄惰遂攀升。
金廷仿效中原令，夷汉文明异化同。
并蓄兼收成一统，野蛮终被雅潜融。

读《国粹》第三十二篇《家天下》随笔

七律：家天下的弊端

上古君王唯任贤，夏朝禹位始家传。
优先嫡长德才次，争储频生骨肉残。
玄武伏兵兄弟死①，逼宫靖难叔侄煎②。
政权兴替循规律，天道轮回讵枉然！

注释：①指唐太宗李世民发动的玄武门事变，杀死了其兄长李建成（太子）及弟弟李元吉，自己登上了皇位。②明太祖朱元璋立嫡长子朱标为太子，不幸朱标早逝，太祖想立干练的燕王朱棣为储，但群臣反对，说朱棣本庶出，其上还有两兄长。太祖遂立朱标之子朱允炆为皇太孙。太祖驾崩后，朱棣以"清君侧"为由，发动"靖难之役"，将建文帝朱允炆赶下台，自己当上了皇帝。

读《国粹》第三十三篇《情是何物》随笔

《情是何物》读后感

遗山质问情何物[1]，赶考途中赋雁丘。
国故悲歌梁祝传，莎翁经典罗密欧。
宁为真爱求同死，不做违心积怨俦。
相恋纳西双殉逸，云杉坪里续风流[2]。

注释：[1]金朝末代诗人元好问，号遗山。他十六岁便赴京赶考，途中遇猎人射杀了一只雁，而另一只雁悲鸣着盘旋不止，最后触地殉情而亡。元好问买下这两只雁，垒石成冢，号为"雁丘"。遂以此为题材，填了一首词，即《摸鱼儿·雁丘》，起首一句是"问世间，情为何物？直教生死相许"。[2]相传纳西族青年男女相恋受阻后，就相约去玉龙雪山附近的"十二欢乐坡"跳崖殉情。经考证十二欢乐坡就是玉龙雪山的云杉坪，现已辟为景点之一。

读《国粹》第三十四篇《科举》随笔

七律：也说科举

科举选贤千载传，实为君主设牢监。
夺心仿效熬鹰法，禁锢高悬驯狗鞭。
范进中得疯溃妄，九图望榜喜跌残[1]。
前朝凭此驭文士，培养奴才护政权。

注释：[1]清朝顺德的秀才梁九图，考后觉得自己答题很棒，遂于发榜时把梯子架在贡院的榜墙上等着看榜。发榜时先从第六名开始往前念，当听到有人念出"第一名梁九图"时,九图喜得手舞足蹈(忘了站在梯子上),便摔了下来,成了残疾之人。

读《国粹》第三十五篇《历史周期律》随笔

七律·读《历史周期律》感怀

例举清朝细品评,十三遗甲起雄兵。
一宗三祖拓疆速[①],五岳八荒尽扫平。
寸草为标思训诫[②],儿孙不肖致国倾。
兴亡难违周期率,照鉴明君重守成!

注释:①指清朝的太祖努尔哈赤、世祖顺治、圣祖康熙,以及清太宗皇太极。②清圣祖康熙为警训子孙守成不失寸草,遂把三十六根一寸长的草棍插入景泰蓝小罐中,叫人每天数验一次,借此告诫后人不失寸草。

七言长排·充闾先生《文脉》读后感

◎ 于秋香

文脉精华载蕴长，赏心悦目贯鸿章。
古今巨献弘乾漾，中外奇书大雅藏。
笔砚春秋求慧智，本根基业潋韬洸。
易经品鉴承名志，儒道推崇助梓桑。
老子回归心善举，仙山探究祖风扬。
千秋雪月蒙妖术，万世宗师馥蕾苍。
美夋兼葭诗慕晓，绝伦梦境意夸张。
子周俯瞰红尘苦，物我逍遥白玉芳。
燕赵悲歌多感慨，侠肝相照少离伤。
李冰造福丰碑永，魅力垂青简册装。
楚汉争锋魔雨覆，流氓乱世霸权狂。
人伦政治维尊贵，血脉残生断异殇。
谗寇奸谀埋俊杰，悲歌鹤恸恨潇湘。
江河伏恶全才嫉，贾谊追辞志宇飏。
脱俗文君佳话榜，投身司马凤求凰。
朔踪故国城遗景，感叹人间正道沧。
酒意悠然心自在，陶潜隐逸菜肴尝。
荣襄往事云烟淡，圣辱回闻帝井凉。
佛祖僧人师表帅，侠肝义胆洛宾王。

感悟充闾先生

风杯举羿逃禅迫，花甲豪书斗恶忙。
四杰文豪源北域，一尊祠像座南洋。
乾坤欲指余晖染，杜甫倾怀笔触详。
韩愈奇居萦国梦，仕林缭乱失华堂。
陈桥驿变权威立，匡胤凶残宋汲殃。
灵异东坡鸿润道，内涵意象笔锋芒。
腐沉过渡哀家痞，警墨留痕酿玉浆。
客子光阴诗卷里，易安艺术雅中央。
陆游梦枕遐思羽，泪目流波爱断肠。
九曲棹歌镌石壁，一根礼棒打鸳鸯。
含烟带露花容俏，恋故思君海空茫。
大汗驰骋征扩土，家园亨畅复开疆。
狮山梵影浮迷雾，势力宫廷蓄暗仓。
仕达清廉名利弃，谦微境界瑞嘉祥。
倾流附丽盈诗赋，画做弘笺馥韵彰。
李贽焚书明火执，龙湖逆水暗城亡。
移除宦祸观山翠，泯灭人伦践世纲。
兴叹湍源浑水涌，惊飞幻彩薄杯晾。
李陈探拷心头涩，背景交融善恶惶。
滟滟晴波词曲婉，柔柔羽墨纳兰臧。
人生似梦红尘劫，经典如歌绿茗香。
臻妙仲师投首选，抒怀锦瑟恨情遑。
贪功欲圣勤耕志，促化融冰入别舫。
救国先锋开棘路，耀坤后世立弘梁。
攀升仕径通天道，漠视龙门学老庄。
隽隽箴言垂史册，迢迢皓宇动星铓。
千秋照纪流云秀，万户争鸣举世昂。

华夏繁生超北美,充间著作朔东方。
大家触笔晖春暖,厚德荣天筑国昌。